Hans Ernst
Die Hand am Pflug

Hans Ernst

Die Hand am Pflug

Vom Bauernknecht zum Volksschriftsteller

rosenheimer

5. Auflage
© 2001 Rosenheimer Verlagshaus GmbH & Co. KG,
Rosenheim

Titelbild: Hubert Neubauer, Gleisdorf
Druck und Bindung: Wiener Verlag, Himberg
Printed in Austria

ISBN 3-475-53156-9

Es muß kein überwältigend schöner Tag gewesen sein, als ich das Licht der Welt erblickte, denn mein Vater hat mir erzählt, daß er recht gefroren hätte, als er sich auf den Weg machte, um die Hebamme zu holen. Vor mir war schon eine Schwester da, aber der muß es auf dieser schnöden Welt nicht gut gefallen haben, weil sie sie nach zwei Monaten bereits wieder verließ.

Eigentlich ist »das Licht der Welt erblicken«, ein dummer Ausdruck, denn wenn man erst ein paar Minuten alt ist, sieht man gar nichts. Und überhaupt, so voller Licht ist die Welt grad nicht. Es gibt Schatten genug. Aber die lernte ich erst viel später kennen.

In der Schulstraße 21 im zweiten Stock, im Neuhauser Viertel der Münchner Stadt hat dieses Ereignis am neunten November 1904 stattgefunden, an einem späten Herbsttag also.

Meine Mutter stammte aus der Reichenhaller Gegend. Sie war klein und zierlich, hatte ein schmales Gesichtl und ein Herz voller Liebe für mich und für die Familie. In ihrer Jugend hat sie bei den Reichenhallern Theater gespielt. Später ist sie dann nach München in Stellung gegangen zu einer Familie, die ein Zigarrengeschäft betrieb. Wenn die Zigarrenleute mittags ihr Schläfchen hielten, stand meine Mutter im Laden. Der ledige Schustergeselle Johann Baptist Ernst muß rausgekriegt haben, daß das Fräulein Anna um diese Zeit allein anzutreffen war, denn er kam um die Mittagszeit immer von der Landsbergerstraße über die Donnersberger Brücke herüber und kaufte sich in dem kleinen Geschäft seine Zigarren oder den Rauchtabak »Schwarzer Reiter«.

Meine Mutter hat ihn dann überredet, das Schusterhandwerk an den Nagel zu hängen und zur Eisenbahn zu gehen, wegen der Pensionsberechtigung und vielleicht auch, um ihren Reichenhaller Verwandten mitteilen zu können, sie heirate einen

Beamten. Darauf legte man schon damals großen Wert. Wenn mein Vater bei seinem Leisten geblieben wäre, dann hätte ich heute vielleicht ein Salamander-Schuhgeschäft, und mein Lebensweg wäre nicht so verworren und verschlungen gewesen. Mit dem Beamten ging das aber auch nicht so schnell, denn zuerst mußte mein Vater bei einem Gleisbautrupp arbeiten, und die Bauarbeiter waren noch schlechter bezahlt als die Beamten.

Es ging uns aber nicht schlecht, denn meine Eltern waren sparsam und fleißig und konnten sich nach mir noch einen Buben leisten, den Pepi, der auch im November geboren wurde. Der Pepi war kein so schönes Kind wie ich, und das freute mich.

Aber wie gesagt, es ging uns nicht schlecht. Mein Vater doppelte und flickte Schuhe für seine Kollegen von der Eisenbahn, und er sagte, daß der Lohn dafür sein Biergeld sei. Die Mutter putzte und wusch bei reichen Leuten. Für das Geld kaufte sie uns Kleider. Manchmal nahm sie uns mit zu ihren Herrschaften. Einige waren ganz nette Leute, und ich durfte mit ihren Kindern spielen. Andere waren nicht so nett, und ich mußte dann in der Küche auf einem Hocker sitzen und warten, bis meine Mutter fertig war mit der Arbeit. Wir hatten auch ein Zimmer mehr, als wir brauchten. Es wurde vermietet, und wenn es wieder leer war, dann nahm meine Mutter kleine weiße Zettel und schrieb mit zierlicher Schrift darauf: »Zimmer an soliden Herrn zu vermieten. Wöchentlich mit Kaffee 4 Mark. Zu erfragen bei Ernst in der Schulstraße 21/II.«

Ich durfte das Mehlpapphaferl halten, wenn meine Mutter die Zettel an Bretterzäune und Bäume klebte. Wir hatten immer nur Zimmerherren, nie ein Fräulein. Wenn meine Mutter auf Arbeit war, wäre mein Vater mit dem Zimmerfräulein allein gewesen, und anscheinend traute sie ihrem Johann Baptist nicht so ganz, denn er war mit seinen dreiunddreißig Jahren ein flotter Bursche. Sonntagmorgens band er sich eine Bartbinde um, damit hernach die Spitzen seines Bartes steil emporstanden wie beim Kaiser in Berlin, den er aufrichtig verehrte.

Auch den Märchenkönig Ludwig II. verehrte er, dessen Bild in der Küche unter dem Kruzifix hing, das wiederum von zwei grellen Öldrucken umrahmt war, die die Himmelmutter zeigten und den Herrn Jesus, durch deren blutrote Herzen spitze Pfeile gebohrt waren.

Meine Mutter war recht fromm, und, so glaubte ich, froh und glücklich. Oft sang sie, wenn sie am Herd stand – sie kochte großartig – das Lied:

»Ja, ich bin zufrieden,
geh es, wie es will.
Unter meinem Dache,
leb ich froh und still.«

Ich kann mich nicht erinnern, daß meine Eltern jemals gestritten hätten. Meine Mutter tratschte auch nie im Stiegenhaus mit anderen Frauen. »Dabei kommt nichts G'scheites raus«, pflegte sie zu sagen.

Sonntags, so um vier Uhr nachmittags, ging mein Vater in die Wirtschaft, die auf der anderen Straßenseite lag. Dort gab es Paulaner-Bier. Er war ein beliebter Gesellschafter am Stammtisch, voller putziger Einfälle. Es war ihm gut zuzuhören, wenn er von der Zeit erzählte, die er als Schustergeselle auf der Walz gewesen war. Er war bis nach Elsaß-Lothringen gekommen und hatte dort ein paar französische Brocken aufgeschnappt, die er immer wieder anbrachte: »Le boeuf der Ochs, la vache die Kuh, fermez la porte, die Tür mach zu.« Manchmal schnitt er bei seinen Erzählungen so auf, daß sich die Balken bogen; er schwindelte so herrlich, daß er es selber glaubte. Dazu trank er seine sechs bis acht Halbe Bier. Er vertrug schon etwas, und ich habe meinen Vater niemals betrunken nach Hause kommen sehen. Meistens kam er um acht Uhr zurück und brachte jedesmal der Mutter ein Stück Leberkäs mit und uns Buben ein paar Würstl. Wenn wir schon im Bett lagen, weckte er uns und ließ uns von den Würstln abbeißen.

Viele Walzgeschichten erzählte er auch uns Buben, wenn er abends auf seinem Schusterschemel hockte und eine Sohle aufnagelte oder Absätze richtete. Ich spielte gern mit den Holznägeln, legte sie von einer Schachtel in die andere und wieder zurück. Der Pepi spielte lieber mit dem Schusterpech und hatte oft ein ganz schwarzes Gesicht. Die Mutter bügelte am Tisch mit dem Kohlebügeleisen, das sie von ihrer Herrschaft als Hochzeitsgeschenk erhalten hatte. Manchmal sangen die Eltern auch gemeinsam. Meistens das Lied »Neuschwanstein, stolze Feste«, oder das vom »Wildschützen Jennerwein«.

Ach, du schöne, versunkene Welt der traulichen Wohnstube mit dem milden Licht der Petroleumlampe und mit dem Rauch aus Vaters langer Pfeife! Die ganz lange, die bis zum Boden reichte, benutzte er nur selten. Dann durfte ich sie anzünden, weil er mit den Händen nicht so weit hinunterlangen konnte. Der Duft von Bratäpfeln mischte sich drein, und manchmal erzählte auch die Mutter aus ihrer Kinderzeit. Vom König Watzmann zum Beispiel, vom Kaiser im Untersberg oder vom Seerosenteich – Sagen und Märchen, von denen mein Gemüt wie von einem Rausch erfaßt wurde.

In unserer Wohnung war alles blitzblank sauber, und so hielt ich es für sehr ungehörig, daß der Kaminkehrer einmal, als meine Mutter gerade das Treppenhaus gereinigt hatte, auf die unterste Stufe mit Kreide eine Leiter malte. Wie sollte ich wissen, daß er damit allen Hausbewohnern anzeigen wollte, daß er am nächsten Morgen schon in aller Frühe käme, um die Öfen zu kehren, die sie also nicht anheizen durften. Mich empörte jedenfalls die Schmiererei, ich suchte mir einen Lappen und wischte die Leiter weg.

Du liebe Zeit, das gab einen Aufruhr am anderen Morgen, als der Kaminkehrer an die Wohnungstüren klopfte und überall eingeheizt war! Die Leute beschimpften den Kaminkehrer, weil er sein Kommen nicht auf die übliche Weise angezeigt habe. Der wiederum beschwor, daß er die Leiter gezeichnet hätte. Also mußte jemand sie ausgelöscht haben. Doch wer? Auf mich kamen sie nicht, aber ich steckte trotzdem meine Hände in den Hosensack, als mein Vater sagte:

»So einem Kerl sollte man auf die Finger klopfen, bis sie blau werden!«

Ein anderes großes Ereignis war der Waschtag. Auf die Tafel an der Waschhaustür mußten die jeweiligen Parteien schreiben, an welchem Tag sie die Waschküche benutzen wollten. Es gab viel Streit deswegen. Meine Mutter stritt nie und mit niemandem. Wenn ihr Waschtag kam, ging sie schon sehr früh in die Waschküche hinunter, heizte den Kessel ein und kochte die Wäsche. Dazwischen lief sie immer wieder in den zweiten Stock hinauf, um nach uns Kindern zu sehen. Wenn wir unseren Malzkaffee mit dem Stück Schwarzbrot ausgelöffelt hatten, durften wir mit in die Waschküche.

»Setzt euch auf den Hocker da hinten und seid brav«, sagte die Mutter. Es roch nach Flammerseife und Lauge. Die Mutter fuhr mit einem dicken Prügel in den Kessel und hob einen Pack Wäsche heraus auf den großen Waschtisch. Von dem Augenblick an sah man nichts mehr. Alles war in weißen Dampf gehüllt. Der Waschtisch, der Hocker, wir Buben und die Mutter. Man hörte nur das Rauschen der Wurzelbürste. Das war die beste Gelegenheit, dem Pepi einen Rippenstoß zu geben, weil er den ganzen Hocker für sich allein beanspruchte und mich hinunterschieben wollte.

Der Pepi schrie sofort wie am Spieß. »Mama! Mama!« schrie er, rannte in den weißen Dampf hinein, stieß sich an der Kante des Waschtisches und plärrte noch schrecklicher. Die Mutter schrie auch, aber nicht so laut wie der Pepi. Sie schrie nach mir. Wahrscheinlich wollte sie mir eine langen. Aber man läuft doch einem Schlag nicht entgegen. In dem weißen Dampf konnte sie mich nicht gleich finden, und hernach hatte sie es wieder vergessen. Meine Mutter war nicht nachtragend und schlug kaum einmal zu. Wenn sie es wirklich einmal tat, dann nur, wenn wir wirklich eine Maulschelle verdient hatten, die sie uns dann gleich darauf am liebsten wieder weggestreichelt hätte. Vom Vater, kann ich mich erinnern, bekam ich zur damaligen Zeit nur einmal mit dem Schusterriemen Schläge, weil ich ihm seine Bartbinde auf der Innenseite mit Schuhwichse bestrichen hatte.

Wir hatten kein Bad in der Wohnung. Aber samstags wurden

wir in einen hölzernen Zuber gesteckt und richtig abgeschrubbt. Der Zuber war hoch und eng, so daß man sich nicht ausstrecken konnte wie in einer Badewanne, sondern mit verschränkten Beinen darin saß wie ein indischer Fakir. Der Pepi schrie auch da jedesmal. Ich biß in den Waschlappen, dann spürte man die rauhe Wurzelbürste nicht mehr so.

Selbstverständlich durften wir zum Spielen auf den Hof und auf die Straße. Beim Haus war eine Spenglerwerkstatt, die Herr Korbinian Huber betrieb, dem auch das Haus gehörte. Hinter der Werkstatt war ein kleiner Garten mit ein paar Fliederbüschen. Mein Revier ging von der Donnersberger Brücke bis zum Rotkreuzplatz. Wir waren eine Menge Buben. Mein Bruder Pepi war selten dabei, er spielte lieber mit den Puppen der Mädchen im Hinterhof bei den Fliederbüschen. Auf der Donnersberger Brücke hatten wir einen besonderen Sport. Wir beugten uns weit über das Geländer, wenn ein Zug kam. Dann wurde man jedesmal völlig eingehüllt in den weißen Dampf, ähnlich wie in der Waschküche.

Auf dem Rotkreuzplatz war damals noch eine Rasenanlage mit Bänken und Büschen. Dort traf ich an schönen Tagen meinen Großvater, den Vater meines Vaters. Er saß mit anderen alten Männern auf einer Bank, an seiner Joppe das Eiserne Kreuz und die bayrische Tapferkeitsmedaille. Die Alten unterhielten sich viel über den Siebziger Krieg, von Sedan und Gravelotte. Manchmal saß mein Großvater auch allein dort und sinnierte vor sich hin. In solchen Stunden mag ihm zu Bewußtsein gekommen sein, was er aufgegeben hatte, als er das Bauernanwesen in Friedberg bei Augsburg verkauft und mit der Großmutter in die Stadt gezogen war. Er war der Scholle untreu geworden, und vielleicht reute ihn das jetzt. Die Großmutter war verstorben, und er lebte in einem Altersheim. Meine Mutter hätte ihn gern zu uns in die Wohnung genommen. Aber das wollte er nicht. Einmal im Monat, so um den ersten herum, wenn er seine Rente bekam, schenkte er mir ein Zehnerl und sagte jedesmal, ich sollte es in die Sparbüchse tun. Den Pepi nahm ich nie mit auf den Rotkreuzplatz.

Der Großvater starb 1908, im gleichen Jahr, in dem wir unsere alte Petroleumlampe pensionierten. Der Hausherr ließ elektrisches Licht einrichten. War das eine Herrlichkeit! Man brauchte bloß an einem Schalter zu drehen, dann war die Wohnstube ganz hell. Aber man drehte bei uns den Schalter erst, wenn es schon so dämmerig geworden war, daß man einander kaum mehr sah. Denn im Gang war ein Zähler angebracht, in dem eine kleine Scheibe lief und das Geld zusammenzählte, das man für den Strom bezahlen mußte. Je mehr Lampen brannten, desto schneller lief das Rädchen und desto mehr Geld kam zusammen für den Mann, der jeden Monat mit einer blauen Mütze erschien und aufschrieb, wieviel die Scheibe zusammengebracht hatte. Meine Mutter brauchte jetzt nicht mehr das Bügeleisen hin- und herzuschwingen, um die Holzkohlen zum Glühen zu bringen. Sie steckte jetzt den Stecker in zwei kleine Löcher, und dann kam durch eine Schnur Strom in das Bügeleisen. Ich grübelte damals darüber nach, wie man die Scheibe zum Stehen bringen könnte, wenn das Licht brannte. Aber es fiel mir trotz aller Anstrengung nichts ein. Technisch war ich nie besonders begabt und bin es auch heute noch nicht.

Alles Neue hat seine Vorteile. Aber auch seine Nachteile, denn wir Kinder konnten jetzt in der Dämmerung nicht mehr dem Laternenanzünder nachlaufen. Der Mann hatte einen grauen Havelock an und trug eine lange Stange, um zur Laterne hinauflangen zu können. Ach ja, die Schulstraße war damals noch eine Oase stillsten Friedens. Keine Trambahn fuhr dort, kein Auto und kein Motorrad. Höchstens das Bierfuhrwerk von der Paulaner-Brauerei mit den fetten Rössern.

Wie schon gesagt, war meine Mutter sehr fromm. Mein Vater, darauf bestand sie hartnäckig, mußte sonntags um sieben Uhr in die Frühmesse gehen. Mich nahm die Mutter dann mit ins Hochamt, wenn wir alle gefrühstückt hatten, was an den Sonntagen länger dauerte, weil es da Semmeln gab, Butter und Marmelade, und der Vater kriegte ein weichgekochtes Ei. Ich fand das Hochamt immer furchtbar langweilig, weil ich herzlich wenig verstand von dem, was der Pfarrer auf der Kanzel zu sagen hatte. Meine Mutter hing ehrfürchtig am Munde des Herrn Pfarrers, damit ihr kein Wort auskam. Dann las sie wieder mit Hingabe in ihrem schwarzen Gebetbuch.

Dieses Gebetbuch und ihr Bild sind die einzigen Erinnerungsstücke, die ich von meiner Mutter noch habe. »Inhaberin Anna Blank« hatte sie mit ihrer zierlichen Schrift auf die erste leere Seite geschrieben. Ich erinnere mich an ein anderes Buch, das sie mir oft zeigte. Es war ein Album, zur Hälfte gefüllt mit Bildern von Geistlichen und Klosterfrauen. Und ich sehe meine Mutter noch, wie sie mit dem Finger auf die einzelnen Bilder deutete und erklärte: »Das ist der Vetter Anton, der war Kooperator in Pfaffenhofen. Der Dicke da, das ist der Großonkel Stefan, der war Dekan in Simbach. Das ist die Tante Richarda und das die Base Irmingard.« Die Klosterschwestern schauten mich alle so herzlieb an. Die Pfarrer weniger. Eine von diesen Nonnen war sogar Äbtissin in einem Kloster und soll auch Geschichten geschrieben haben. Wir besuchten sie einmal, aber daran kann ich mich nicht mehr recht erinnern. Ich weiß nur noch, daß wir Kaffee und Kuchen gekriegt haben und daß der Pepi sich die Hose vollmachte, worüber die Mutter recht verlegen wurde.

Während die Mutter und ich im Hochamt waren, mußte der Vater auf den Pepi aufpassen und auf das Fleisch. Als Suppenfleisch kaufte die Mutter meist Brustspitz und für den Schweinebraten ein Pfund Schulterstück. Dazu gab es dann Semmelknödel und im Sommer auch einen Gurkensalat. Der Vater zog immer wieder die Pfanne aus dem Ofenrohr und probierte das Schulterstück, ob es schon durch sei. Manchmal probierte er so oft, daß das Schulterstück bloß mehr ein Schulterstücklein war. Die Mutter brach darüber nicht in eine endlose Schimpferei aus, sondern sagte nur mit leisem Vorwurf:

»Aber Vater, denkst du denn an uns gar nicht?«

Dann ging sie über die Straße hinüber, wo eine Metzgerei war im Eckhaus. Sonntags hatte die Metzgerei zwar geschlossen, aber die Mutter ging hinten hinein und kaufte ein Wammerl, weil das schneller durchgebraten war. Manchmal holten wir in der Metzgerei ein gekochtes Lüngerl, einen ganzen Hafen voll für zwanzig Pfennige. Die Mutter kochte es aber noch mal und tat verschiedene Sachen hinein. Sie machte Knödel dazu. Das gab zwei herrliche Mahlzeiten.

Einmal fuhren meine Eltern nach Altötting und nahmen mich mit. Auf den Pepi gab eine Frau vom dritten Stock Obacht, weil er noch zu klein war, um eine Wallfahrt zu machen. Wir blieben in einem Christlichen Hospiz über Nacht, und als ich in der Früh aufwachte, sah ich meine Eltern nicht. Sie waren in die Frühmesse gegangen und zur Kommunion.

In diesem Hospiz wird noch niemand so durchdringend geschrien haben wie ich in dieser frühen Morgenstunde. Ein halbes Dutzend Klosterschwestern kam gerannt und versuchte, mich zu beschwichtigen. Es gelang ihnen aber nicht, ich schrie, was ich schreien konnte. Eine Nonne wollte mir den Mund zuhalten, da biß ich sie in die Hand. Sie schrie dann auch auf, ganz kurz und spitz, und sagte hinterher:

»So ein verzogener Bengel! Was wohl aus dem einmal wird, wenn er jetzt schon so rabiat ist!«

Zum Glück kamen dann meine Eltern und trösteten mich, indem sie sagten, daß sie in der Kirche mit dem Christkind gesprochen hätten, es möge mir zu Weihnachten ein Schaukelpferd bringen.

Ich war froh, als wir wieder in der Schulstraße waren. Dort war meine Heimat, meine kleine Welt, die ich von Herzen liebte, die breite Straße, auf der wir alles machen konnten, schussern und Reifen treiben und Traller (Kreisel) spielen. Im Winter konnte man dort auch Schlittschuh laufen. Aber ich hatte keine Schlittschuhe, dafür aber einen Schlitten, den der Vater aus Kistenbrettern zusammengenagelt hatte. Der Pepi wurde in eine Decke gewickelt, und ich zog ihn dann umher. Manchmal, wenn ich mit anderen Buben ein Rennen veranstaltete, fiel der Pepi herunter und plärrte natürlich wieder.

Heute noch höre ich meines Vaters Pfiff, wenn wir hinauf mußten. Es war ein langgezogener, auf- und abschwellender Pfiff auf zwei Fingern. Man konnte ihn bis zum Rotkreuzplatz hören. Aber sonderbar, niemand regte sich auf über diese Lärmbelästigung. Die Leute waren damals noch nicht so nervös wie heute. Man wußte auch, wer da gepfiffen hatte. Da das gleichbleibend pünktlich geschah, richteten sich mit der Zeit auch andere Familien danach. Es wurde dann still in der Schulstraße, und die Nacht konnte sich ruhig über die Dächer legen.

Im Sommer gingen wir oft alle miteinander in den Hirschgarten hinaus. Dort bekamen wir eine Bretzl, ein paar Blattl vom Radi, durften vom Maßkrug einen Schluck nehmen, und rannten dann in den Wald hinein. Die Hirsche dort waren ganz zahm, und man konnte ihnen Brot auf der flachen Hand geben. Brot mochten auch die Schwäne im Nymphenburger Kanal. Brot war überhaupt ein verbreitetes Nahrungsmittel. Im Vaterunser, das wir jeden Abend nach dem »Müde bin ich, geh zur Ruh« beten mußten, hieß es ja auch: »Unser täglich Brot gib uns heute.« Also muß schon was daran sein. Heute singen sie den Schlager: »Unser tägliches Brot ist die Liebe.« Da bin ich jedoch der Meinung, daß man in der Liebe mit Brot allein nichts ausrichten kann. Aber von der Liebe wußte ich damals noch nichts.

Die Schwäne im Nymphenburger Kanal wurden von vielen Leuten gefüttert. Eine Frau warf gleich eine ganze Semmel hinein. Der Schwan knapperte daran herum, aber er konnte sie nicht anbeißen, weil es eine große Semmel war. Ich holte mir die Semmel mit einer Gerte heraus und verschwand damit im Gebüsch, obwohl man in die Grünanlagen nicht hineindurfte, weil die zum Schloß gehörten, und das Schloß gehörte dem König.

Einmal verfolgte ich einen Zitronenfalter und lief in die Anlagen hinein. Und schon kam ein Polizist den Rieselweg dahergeschritten und drohte mit emporgehobenem Finger, daß er mich einsperren werde. Ich rannte schnell davon. Nachlaufen konnte er mir ja nicht, weil der lange Säbel ihn daran hinderte, und auch der Helm mit der funkelnden Spitze rutschte ihm vom Kopf. Außerdem war ich barfuß viel schneller als er. Seitdem mochte ich die Polizisten nicht mehr, obwohl sie schön waren mit ihren Uniformen und den weißen Handschuhen und den hochgezwirbelten Schnurrbärten, wie ihn auch mein Papa trug. Die Polizisten hatten damals noch viel Macht über die kleinen Menschen. Bei den Reichen trauten sie sich weniger und tippten vor ihnen mit drei Fingern an den Helmrand.

In diesem Jahr, als wir das elektrische Licht bekamen, zog unter uns eine neue Familie ein. Sie hießen Zimmerer und hatten zwei Kinder, ein Mädel und einen Buben. Der Herr Zimmerer war Trambahnführer, und seine Frau nähte auf einer Maschine, die man mit der Hand treiben mußte. Der Bub hieß Ludwig, wurde aber Wiggerl genannt, das Mädl, die Emma, war bloß um einige Monate älter als ich.

Wir begegneten uns zum erstenmal im Treppenhaus, als ich für meinen Vater das Bier holen mußte. Das mußte ich jeden Abend, drei Quartl in einem Maßkrug. Aber wehe, wenn die Kellnerin keine Maß eingeschenkt hätte! Ich glaube, mein Vater hätte am nächsten Sonntag sein Stammlokal gewechselt.

Der Maßkrug war von gelber Farbe mit einem hohen spitzen Zinndeckel darauf. Wenn man den Deckel aufhob und den Maßkrug ans Licht hielt, dann sah man unten am Boden das Schloß Hohenschwangau.

In der Wirtschaft mußte ich an einem Strang ziehen, dann läutete ein Glöcklein und das Schenkfenster hob sich. Ich brauchte gar nichts sagen, das Fräulein Wally wußte auch so, wem der Maßkrug gehörte und daß sie eine Maß einschenken mußte, obwohl ich ihr bloß achtzehn Pfennig hinlegte. Wenn ich zwanzig Pfennige hinlegte, gab sie mir zwei Pfennige heraus, und wenn ich vergaß, sie daheim herzugeben, sagte mein Vater schon nach dem ersten Schluck:

»Wo bleibt der Zweiring?«

In unserm Haus gab es in jedem Stockwerk im Treppenhaus einen Abort und eine Wasserleitung. Wenn ich rechten Durst hatte, trank ich von dem Bier. Hatte ich zuviel erwischt, ließ ich ein bißl Wasser drauflaufen. Der Vater hob immer gleich den Deckel hoch, schaute hinein und nickte dann anerkennend:

»Brav, Wally, gut hast wieder eingeschenkt. Tu nur auf deine

Stammgäst schaun!« Manchmal fluchte er auch: »Sakrament! Die Plempe wird auch immer dünner.«

Die Mutter zuckte dann jedesmal zusammen, als hätte jemand sie geschlagen.

»Muß man denn gleich immer fluchen, Vater?«

»Ist ja wahr auch! Die Wirt werden allweil dicker und fetter und das Bier allweil dünner. So kann's nicht weitergehen! Da muß was kommen!«

Es war damals ein geflügeltes Wort, daß es so nicht weitergehen könne und etwas kommen müsse. Es war ja auch eine Unverschämtheit, zwei Semmeln kosteten fünf und ein Pfund Fleisch sechzig Pfennige! Die Wohnung kostete – eine Küche und drei Zimmer – fünfundzwanzig Mark! Wenn das kein Geld war!

Ein paar Tage später begegnete ich wieder den Zimmerer Kindern. Der Wiggerl und ich schauten uns eine Weile mißtrauisch an. Dann sagte er:

»Ich bin der Wiggerl. Und wie heißt du?«

»Hansi«, sagte ich und betrachtete die Emma. Sie war schwarzhaarig, fast rabenschwarz, und hatte ein paar Sommersprossen auf der Nase. Der Wiggerl nannte sie Wurzl, und sie sagte, daß ich sie auch so nennen dürfe. Sie wollte Sängerin werden. Vorläufig aber durfte sie nur eine Squaw machen, wenn wir Indianer spielten. Der Wiggerl behauptete nämlich, einer seiner Vorfahren stamme von einem Indianer ab, der mit dem Zirkus Sarasani in München gastiert habe, und wenn ich sein Blutsbruder werden wolle, dann müsse ich sein Blut trinken. Dabei ritzte er sich mit einem Nagel die Haut am Arm auf. Kaum daß ein paar Tröpferl Blut zusammenkamen. Mich ekelte fürchterlich, aber ich wollte nicht feige sein und schleckte sie weg. Darauf wollte die Wurzl, daß ich auch ihr Blut trinke, und ritzte sich in den Oberschenkel. Aber mir langte der Blutsbruder schon, ich wollte nicht auch noch eine Blutsschwester! Darauf meinte sie, ich müsse sie dann wenigstens heiraten. Wir veranstalteten also eine richtige Indianer-Hochzeit, gleich hinter der Spenglerei im Garten.

Natürlich mußte ich jetzt auch einen Federschmuck haben. Er durfte zwar nicht so wuchtig sein wie der vom Wiggerl, der Häuptling blieb, weil er älter war und schon lesen und schreiben konnte. Mein Vater hatte eine ganze Schuhschachtel voll Hühnerfedern, die er zum Pfeifenreinigen brauchte. Für fünf Pfennige bekam man auf dem Viktualienmarkt eine ganze Hand voll.

Schwieriger war es dann schon, die Friedenspfeife zu rauchen. Die lange Pfeife meines Vaters war dafür wie geschaffen. Aber dazu mußte ich warten, bis ich einmal allein zu Hause war. Das ergab sich eines Nachmittags, als meine Mutter mit dem Pepi zum erstenmal zum Haarschneiden ging.

Der Wiggerl und ich hockten mit unserm Federschmuck auf einem Schragen hinter der Spenglerei. Die Wurzl kniete vor uns und durfte uns die Pfeife anzünden. Wir qualmten einer nach dem anderen. Der Rauch wehte fröhlich über das Blechdach der Spenglerei hinweg. Die Wurzl wollte ebenfalls rauchen und wir ließen sie auch anziehen. Nach einer Weile lief sie schnell ins Haus und verschwand gleich im Parterre hinter der Tür, wo 00 draufstand. Nach einer Zeit kam sie wieder und sagte:

»Hab ich ein Bauchweh gehabt!«

Recht wohl war mir auch nicht, aber das verschwieg ich. Der Pfeifenkopf war aus Porzellan, und ein Gamskopf war darauf abgebildet.

Im Wassersack fing es an zu brodeln, so schnell und hastig rauchten wir, denn jeden Augenblick konnte der Spenglermeister Huber um die Ecke kommen, und der durfte uns nicht erwischen. Der Huber war ein unscheinbares Männlein mit Glatze und einer dicken Warze am Kinn. Er kam an jedem ersten zu uns in die Wohnung, um die Miete zu kassieren. Dann nahm die Mutter ein blaues Heft aus dem Küchenkasten, in dem der Herr Huber den Empfang der fünfundzwanzig Mark bestätigen mußte. Die Mutter konnte den Mann nicht leiden, weil er immer dann zum Kassieren kam, wenn der Vater nicht daheim war. Die Mutter beklagte sich darüber beim Vater.

»Wenn er frech werden sollte, dann haust ihm gleich die Kohlenschaufel nauf!« riet ihr der Vater.

Als die Mutter mit dem Pepi vom Haarschneiden heimkam, erzählte sie, daß der Pepi furchtbar geschrien hätte beim Bader. Dann stellte sie Teewasser auf, und ich fragte sie, ob ich meine Frau raufholen dürfe zum Tee.

»Wen?« fragte die Mutter.

Ich sagte, daß es sich um die Zimmerer Wurzi handele. Die Mutter sah mich nachdenklich an, dann sagte sie kurz und bündig:

»Nicht, daß mich der Tee reuen würde, aber das wollen wir lieber gar nicht erst anfangen. Und – was ist denn überhaupt mit dir? Du bist so blaß! Ist dir nicht gut, Hansi?«

Mir war sauschlecht, aber ich konnte doch nicht sagen, daß das vom Rauchen kam. Geduldig schluckte ich das Zuckerstückl, das sie mit Hoffmannstropfen beträufelt hatte. Dann aber fiel ihr Blick zufällig an die Wand, wo die Pfeifen hingen. Die große Pfeife hatte ich nicht mehr ganz genauso hingebracht, und das an peinlichste Ordnung gewöhnte Auge meiner Mutter merkte das sofort.

»Was ist denn mit der Pfeife los?« fragte sie. »Du wirst doch nicht geraucht haben?« Dabei richtete sie die Pfeife gerade und sah mich durchdringend an. »Der Pfeifenkopf ist ja noch ganz warm. Also hast du geraucht.«

»Nein, ich habe nicht geraucht«, sagte ich, weil ich den Wiggerl nicht mit hineinziehen wollte.

Der Pepi rannte gleich zum Küchenkasten und nahm einen Kochlöffel heraus, daß die Mutter mich damit schlagen sollte. Und so was nannte sich Bruder! Da war mir mein Blutsbruder Wiggerl schon tausendmal lieber. Es wäre übrigens das erstemal gewesen, daß meine Mutter mich mit dem Kochlöffel geschlagen hätte.

In diesem Augenblick läutete es, und der Pepi rannte gleich, obwohl es ihm niemand angeschafft hatte. Herein trat unser Hausherr, der Huber. Er lächelte zuckersüß, wie immer, wenn er kam, sagte aber gleich, daß er in einer peinlichen Sache käme.

»Der Lausbub hat nämlich geraucht, hinter meiner Werkstatt! Die zwei vom Zimmerer waren natürlich auch dabei. Aber die Pfeife – die dort war es, die ist von euch. Ich glaube nicht, Frau Ernst, daß dies in Ihrem Sinne ist. Wie leicht könnte da einmal ein Brand ausbrechen, und gerade Ihnen, Frau Ernst, möchte ich so einen Verdruß ersparen.«

Meine Mutter war abwechselnd rot und blaß geworden.

»Warum ausgerechnet mir?« fragte sie. Der Spenglermeister lächelte wieder und schaute meine Mutter ganz seltsam an, sagte aber, vielleicht weil wir Buben dabeistanden, ganz was anderes, als er sicher hätte sagen mögen. »Wie machen Sie das bloß, daß Sie so schlank bleiben? Meine Mathilde wiegt jetzt fast zwei Zentner! Und noch kein Fältchen haben Sie im Gesicht. Und diese Augen, nein, diese Augen! Sie sind nicht hellblau und nicht dunkelblau. Nach meiner unmaßgeblichen Meinung sind sie tintenblau. Und wenn ich Ihren Lausbub da noch mal erwische mit der Pfeife und mit Zündhölzern, dann müßte ich gegebenenfalls Anzeige erstatten.«

»Nein, das bitte nicht«, flehte meine Mutter. »Er wird es schon nicht mehr tun.«

»Ich habe ja gesagt, gegebenenfalls«, und dabei schaute der Hausherr meine Mutter wieder so zwingend an und zwinkerte dann mit dem linken Auge.

Als er gegangen war, saß meine Mutter am Tisch und stützte den Kopf in die Hände. So saß sie eine ganze Weile. Endlich hob sie das Gesicht, und ich sah, daß ihre Augen feucht waren. Sie wischte mit dem Handrücken darüber und sagte dann:

»Komm einmal her, Hansl. Warum hast du mich angelogen?«

Ich senkte den Kopf und zuckte die Schultern. Dann hielt sie mir eine lange Rede, was man mit einer Lüge alles heraufbeschwören könne. »Es gibt nichts Erbärmlicheres, als wenn ein Mensch lügt. Wer lügt, der wird auch einmal stehlen. Merke dir das für dein ganzes Leben, Bub. Die Wahrheit bekennen, ist oft schwer, aber sie reinigt das Herz. Gib mir die Hand jetzt, und versprich mir, daß du mich nie wieder anlügst.«

Ich war wie von einer Zentnerlast befreit, gab meiner Mutter die Hand und schaute ihr markig in die Augen, so wie dem Wiggerl, als wir Blutsbrüderschaft schlossen. Dann sagte meine Mutter:

»Und jetzt gibst mir ein Bußl, dann sind wir wieder gut.«

Dankbar schlang ich die Arme um ihren Hals, herzte und küßte sie und war so von Herzen froh, daß sie mir den Umgang mit den Zimmerer Kindern nicht verbot. Wiggerl und Wurzl wurden nämlich sonntags auch in die Kirche geschickt, und darum durften sie meine Spielgefährten bleiben. Ich hatte aber jetzt zwei Sorten von Menschen, die ich nicht mochte: Polizisten und Hausherren. Besonders unsern Hausherrn, weil er meine Mutter zum Weinen gebracht hatte.

Als wir dann Tee getrunken hatten, fragte ich, ob ich noch ein bißl hinunter dürfe. Ich mußte doch unbedingt den Wiggerl informieren und erfahren, ob der Huber auch bei ihnen gewesen sei. Auf meinen Indianerschrei hin kamen der Wiggerl und die Wurzi sofort. Wir setzten uns beim Feuerwehrhaus auf den Betonsockel der Umzäunung und hielten Kriegsrat. Daß der Huber uns, besonders mich, verpetzt hatte, das schrie nach Rache, und wir beschlossen, ihm etwas anzutun. Die Wurzi meinte, man könnte ihm vielleicht, wenn er mittags hinter dem Haus sein Nickerchen hielt, mit einem Pfeil die Warze vom Kinn schießen. Der Wiggerl warf seiner Schwester einen vernichtenden Blick zu und sagte bloß: »Du blöde Henn!«

»Aber was machen wir dann?« fragte ich.

»Laß mich nur nachdenken.« Was dem Wiggerl dann einfiel, war der Vorschlag, die Klinke der Werkstattür einzuschmieren. Wenn der Huber dann in der Früh die Werkstatt aufsperrte, mußte er unweigerlich hineinlangen. Wir einigten uns auf Wagenschmiere, von der der Herr Zimmerer eine Büchse voll im Keller hatte. Er brauchte sie für den Zweiradkarren, mit dem man Bündelholz und Briketts holen konnte.

Als wir an diesem Abend bei unserer aufgeschmalzenen Brotsuppe mit Kartoffeln saßen – der Vater hatte ein Stück Schwartenmagen dazu –, plapperte der Pepi:

»Hansi aucht.« Er konnte das »r« nicht sprechen und stotterte auch ein bißchen.

»Was ist mit'm Hansi?« fragte der Vater.

»Ach nichts«, sagte die Mutter schnell und richtete die achtzehn Pfennige her, daß ich die Dreiquartl Bier für den Vater holen sollte. So eine Mutter gab es wohl auf der ganzen Welt kein zweites Mal, denn diesmal wäre ich beim Vater wahrscheinlich nicht ungeschoren davongekommen!

Der Spenglermeister Huber langte tatsächlich am nächsten Morgen in die Wagenschmiere. Ich sah vom Abortfenster aus zu, wie er mit Wasser und Bürste die Hand säubern wollte. Er fluchte dabei und schrie nach seiner Mathilde, sie solle ihm heißes Wasser und Schmierseife bringen.

Ach ja, es war schon eine herrliche Zeit damals mit dem Wiggerl und der Wurzi. Das »i« hatte übrigens ich ihrem Namen angehängt. Es klang nicht so hart wie das »Wurzl«. Wir waren der Kern einer Gemeinschaft von Buben und Mädln aus der Schulstraße. Einmal aber wollte die Wurzi aus der Reihe tanzen. Sie sagte so kaltschnäuzig, wie es eben nur eine Neuhauser Göre kann, der rothaarige Rudi von der Konditorei Lechner sei ihr lieber als ich und sie wolle ihn auch heiraten. Ich sagte das sofort dem Wiggerl, und der wollte sofort nachdenken. Kriegsrat hielten wir zwei wieder einmal. Zunächst wurde untersucht, warum die Wurzi mir untreu werden wollte. Das war schnell erforscht, denn der Rudi konnte der Wurzi allerhand Süßigkeiten zustecken. Ich konnte ihr nichts schenken, höchstens einmal ein paar Schuhnägel oder ein verrostetes Absatzeisen.

Die Sache wurde dann so bereinigt, daß der Rudi mir und dem Wiggerl jedem zwei Stück Gesundheitskuchen geben mußte, wenn er die Wurzi haben wollte. Danach vollzog der Wiggerl als Häuptling die Eheschließung der beiden, und ich machte den Beiständer. Die Flitterwochen dauerten nicht lange, dann fand die Wurzi wieder zu mir.

Wir nützten den schönen Herbst reichlich aus, strolchten einmal zu dritt barfuß bis zum Marienplatz, starrten lange die

Fassade des Rathauses an und schauten ehrfurchtsvoll zur Mariensäule empor. Ich sagte, daß wir jetzt eigentlich ein »Gegrüßt seist du Maria« beten könnten, auf Vorschuß sozusagen, denn wenn wir was ausgefressen hatten, beteten wir auch immer ein »Gegrüßt seist du Maria«, damit es gut ausgehen möge. Aber die Wurzi meinte, hier hätten wir doch keine richtige Andacht, weil so viele Menschen umherliefen, und außerdem hätten wir zur Zeit auch nichts ausgefressen.

Am Stachus sahen wir zum erstenmal in einem Spielwarengeschäft einen elektrischen Zug. Menschenskind, war das was! Das war von allen Wundern das Wunderbarste! Der Zug war in Betrieb und hatte vorne sogar zwei Lampen. Man brauchte ihn gar nicht aufziehen, er lief von selber. Als Eisenbahnersohn fühlte ich mich zuständig und erklärte den anderen beiden Sachen, die ich selber nicht verstand. Also hätte ich bei der Mariensäule doch beten sollen, daß das Christkindl mir vielleicht so einen Zug bringe. Der Wiggerl sagte: »Was meinst, was so ein Zug kostet?« Ich antwortete ihm: »Das Christkindl hat schon Geld in der Sparkasse.«

Darauf schaute mich der Wiggerl recht mitleidig an, und ich wußte nicht warum.

Auf einmal klingelte ganz aufgeregt eine Trambahn hinter uns. Als wir uns umdrehten, fuhr gerade die Linie 9 vorbei. Auf der Plattform stand am Führerstand der Herr Zimmerer, drohte uns mit der Faust und deutete mit dem Kinn in westliche Richtung.

Da rannten wir schnell die Landsberger Straße hinaus, über die Donnersberger Brücke, und von da aus hatten wir dann nicht mehr weit zur Schulstraße.

Von dieser Zeit an aber beschäftigte mich nur mehr der Wunsch nach so einem elektrischen Zug, den mir das Christkind bringen sollte. Ich redete mit dem Wiggerl nicht mehr darüber, weil der immer so komisch lächelte, sondern mit der Wurzi. Sie fragte mich, ob man mit diesem Zug auch nach Paris fahren könne. Die Wurzi war immerzu von Fernweh geplagt. Sie wollte ganz weit wegfahren und war mir neidig, weil ich schon in Altötting gewesen war. Zimmerers konnten nie so weit reisen, weil es bei der Trambahn keine Freikarten gab wie bei der Eisenbahn. Mein Vater hatte vier Freikarten im Jahr und meine Mutter zwei. Aber sie ließen sie meistens verfallen, weil sie wegen uns Kindern nicht verreisen konnten.

In diesem wunderschönen Herbst fuhr der Vater mit mir einmal nach Reichenhall, wo wir beim Vetter Pauli übernachten und wohnen konnten. Ich sagte dem Vater, daß er der Wurzi eine Karte schreiben müsse. Er tat auch so, als schriebe er eine Karte, aber die Wurzi hat nie eine bekommen.

Wir gingen im Kurpark spazieren. Der Vater hatte seinen Spazierstock über den Arm gehängt und rauchte eine »Wetschina« (Virginia). Er erzählte mir, daß der Vetter Pauli die Wetschinas von Österreich herübergeschmuggelt habe, weil die österreichischen viel besser wären als die bayrischen. Seitdem stieg der Vetter Pauli ganz gewaltig in meiner Achtung, und ich stellte ihn mir vor, wie er mit geschwärztem Gesicht und mit einem schweren Rucksack in stockdunkler Nacht die zerklüfteten Berge überquerte. Ein furchtloser, verwegener Schmuggler. Sonst war der Vetter Pauli Leitner bei der Stadt als Schreiner angestellt und hatte einen riesengroßen Kropf.

Im Kurpark gingen viele feingekleidete Leute spazieren, und mein Vater sagte, daß dies Kurgäste seien. In einem Pavillon spielte eine Musikkapelle. Ein großer Mann mit einer Joppe, die hinten zwei Schwänze hatte, stand vor den Musikern und fuchtelte mit einem dünnen Steckerl wild umeinander. Ich meinte immer, wenn er sich weit vorbeugte, daß er jetzt gleich einem Musiker mit dem Steckerl eine naufhauen würde. Die Musiker saßen auf Stühlen und hatten keine so lange Joppen an, aber auch weiße Mascherl am Hals. Mein Vater sagte, daß der mit dem Steckerl der Kapellmeister sei und mehr Geld verdiene als die anderen, die sich mit den Geigen und Trompeten abplagen mußten.

Der Vetter Pauli lieh meinem Vater seine Reichenhaller Tracht, mit der er zu einem Fotografen ging. Dort wurde ihm ein langer Bergstecken in die Hand gedrückt, und den rechten

Fuß mußte er auf einen Felsblock stellen. Die Schnurbartspitzen aufgezwirbelt, den grünen Plüschhut mit der Adlerfeder auf dem Kopf, mußte mein Vater mit scharfem Blick zu einer Felswand schaun, als ob er dort einen Königsadler schweben sähe.

Als wir nach acht Tagen heimkamen, hatte ich viel zu erzählen. Dem Wiggerl und der Wurzi gingen die Augen über, und sie waren mir wieder neidig, weil mein Vater Freikarten hatte. Ich erzählte ihnen von dem Reichenhaller Vetter, der ein großer Schmugglerhauptmann wäre und furchtbare Kämpfe mit den Grenzern zu bestehen habe... Dem Kapellmeister schenkte ich einen goldenen Zauberstab, mit dem er seine Musiker dirigierte, und den König Laurin hatte ich mit seinen Söhnen durch das Burgtor reiten sehen, als sie von der Jagd heimkamen.

Die Mutter mußte dieses Gespräch im Treppenhaus belauscht haben, denn sie sagte beim Nachtessen zum Vater:

»Der Bub hat eine Fantasie, das ist geradezu beängstigend. Was der heut den Nachbarskindern von Reichenhall erzählt hat, das war schon allerhand.«

»Laß ihn doch«, schmunzelte mein Vater und fügte hinzu, daß eine gesunde Fantasie besser sei als Duckmauserei.

»Ja, aber es war doch alles gelogen!«

»Bloß ein bißchen geschwindelt«, meinte mein Vater. »Lügen ist ganz was anderes.«

Meine Mutter meinte, daß man darüber streiten könne, und es sei schwer, die Grenze zu finden. Aber es wurde darüber kein endlos langer Diskurs geführt. Acht Tage darauf durfte dann der Pepi mit der Mutter nach Reichenhall fahren, weil mein Vater noch Urlaub hatte und bei mir bleiben konnte. Die gingen aber nicht im Kurpark spazieren, sondern in die Berge hinauf. Und Schifferl sind sie auch gefahren auf dem Königssee.

Allmählich wurde es Winter, und auch der hatte in der Schulstraße seine Reize. Da drunten konnte man Schlittschuhlaufen und mit dem Schlitten fahren. Und natürlich Schneeball werfen.

Dabei passierte mir ein Unglück. Wir hatten uns eine Menge Schneebälle hergerichtet, weil für zwei Uhr die Schlacht gegen die Buben und Mädel von der Hausnummer 24 anberaumt war. Der Wiggerl schickte mich mit einer weißen Fahne als Parlamentär auf die andere Straßenseite hinüber. Der Hauptmann der Gegenpartei lehnte höhnisch ab. Also begann die Schlacht. Wir hatten unsere Schneebälle naß gemacht, damit sie schwerer wurden, aber trotzdem kamen die anderen zu uns herüber. Die Mädel mußten uns Buben die Schneebälle in die Hand geben, wir zielten und warfen. Und leider ging die Frau Huber gerade zum Tor heraus und rannte mitten in meinen Schneeball hinein. Sie schlug die Hände vors Gesicht und begann fürchterlich zu schreien. Ich hatte sie mitten auf das linke Auge getroffen. Wenn sie nur nicht so geschrien hätte! Es liefen viele Leute zusammen. Der Herr Huber kam auch, ließ sich informieren, drehte sich um und kam dann mit einem Stecken auf mich zu, denn die Frau hatte ihm gesagt, daß ich es gewesen sei. Sie hielt immer noch ihr linkes Auge, aber jetzt bloß mehr mit einer Hand. Das Auge war dick geschwollen. Natürlich wartete ich nicht, bis der Herr Huber bei mir war, ich rannte davon, so schnell ich konnte.

Am Abend saß man Gericht über mich. Der Herr Huber hatte seine Frau zum Augenarzt gebracht, weil sie meinten, das Auge wäre hin, aber es war nur blau und geschwollen.

Der Herr Huber kam zu uns in die Wohnung und verlangte, mein Vater solle die Rechnung vom Augenarzt bezahlen. Mein Vater wurde ärgerlich und fragte ihn, ob er denn nicht in der Krankenkasse sei, ein jeder müsse in der Krankenkasse sein, auch ein Spenglermeister.

Das ginge meinen Vater einen Dreck an, schrie der Hausherr zurück. Ein freischaffender Handwerksmeister sei kein Proletarier und müsse nicht in der Krankenkasse sein.

Das »Proletarier« muß meinen Vater richtig gewurmt haben, denn er stand auf und deutete mit ausgestrecktem Zeigefinger auf die Tür.

»Hinaus!« schrie er. Das sei immer noch seine Wohnung, und

wenn der Herr Huber nicht sofort ginge, dann zeige er ihn an wegen Hausfriedensbruch.

Der Hausherr ging, aber die Rechnung schickte er trotzdem. Damit es keinen neuen Streit gäbe, zahlte meine Mutter sie stillschweigend. Ganz ungeschoren kam ich jedoch auch nicht davon. Der Vater beutelte mich ganz schön. Aber das war auszuhalten und nicht gar so schlimm. Viel schlimmer war die Drohung, daß das Christkindl mir heuer nichts bringen würde. Der Traum von einem elektrischen Zug war ausgeträumt. Der Wiggerl sagte mir zwar, daß es gar kein Christkind gäbe und daß die Eltern die Geschenke kauften und unter den Christbaum legten. Aber ganz überzeugt war ich nicht, denn alles wußte der Wiggerl auch nicht.

Die Drohung, daß das Christkind mir nichts bringe, hing wie ein Damoklesschwert über mir und machte mir viel Kummer. Je tiefer die Tage in den Advent gingen, desto zahmer wurde ich. Denn diese heimlichen Wochen vor Weihnachten, diese traumstillen Abende, wenn es in der Wohnung schon nach Weihnachtsgebäck duftet und draußen der Schnee unter jedem Schritt knirscht, die haben es in sich.

Meine Mutter ging in den Wochen vor Weihnachten zusätzlich noch zum Schulhausputzen und kam dann immer recht spät heim. Sowie sie eine freie Minute hatte, strickte sie. Auch der Vater saß oft die halbe Nacht auf seinem Schusterstuhl.

Da sagte der Vater eines Abends zum Pepi: »Jetzt müssen wir bald den Wunschzettel fürs Christkindl schreiben. Heut nacht hab ich es schon vorbeifliegen sehen.«

Zu mir sagte er nichts, aber er setzte sich hin und schrieb dem Christkind Pepis Wünsche auf. Der Pepi sagte sie ihm vor, weil er ja selber noch nicht schreiben konnte. Ich auch nicht, aber der Wiggerl hätte mir's schon aufgeschrieben.

»Liebes Christkind«, diktierte der Pepi, »bring mir einen Baukasten und einen Fotzhobel (Mundharmonika) und einen Traller (Kreisel), wo singt. Es grüßt und küßt dich dein Pepi.«

Ob der Vater alles genauso geschrieben hat, weiß ich nicht. Der Zettel wurde in einen Umschlag gesteckt, den sie aber nicht zuklebten, und dann im Treppenhaus vors Fenster gelegt, wo ihn das Christkind abholen sollte. Mir war ganz weinerlich zumute, doch ich ließ mir nichts anmerken, denn ich wußte schon, was ich zu tun hatte. Als ich nämlich an diesem Abend das Bier holte, läutete ich drunten beim Wiggerl. Der kam auch gleich heraus, und ich sagte ihm, daß er unter den Zettel schreiben müsse: »Und einen elektrischen Zug.« Der Wiggerl verzog den Mund zwar wieder so spöttisch, aber er tat mir als Blutsbruder den Gefallen. Hernach legten wir den Brief wieder vor das Fenster.

Als ich mit dem Bier heimging, sah ich nach, ob der Wind den Brief fortgeweht hätte. Aber er lag noch da. An diesem Abend war ich so brav, daß ich keinen Schluck von dem Bier trank. Der Vater sagte anerkennend:

»Brav, Wally, so laß ich mir's gefallen. Bleib nur so, wie du bist.«

Immer näher kam der Heilige Abend heran. Es war ein Samstag, wo der Vater schon mittags um zwei Uhr Feierabend hatte. Ich saß wie auf Kohlen, hatte bereits alle möglichen Verstecke abgesucht und auch eine Schachtel unter Mutters Bett gefunden. Darin war ein Baukausten, eine Mundharmonika und ein singender Kreisel. Aber kein elektrischer Zug für mich. Sollten sie es wirklich übers Herz bringen und mich leer ausgehen lassen? Vielleicht gab es doch ein Christkind?

Der Mutter hatte ich von meinem Spargeld eine Schachtel Pralinen gekauft, dem Vater wollte ich noch ein paar Zigarren besorgen, aber weil ich den elektrischen Zug nirgends entdecken konnte, ließ ich es sein. Vielleicht würde ich die Pralinen auch selber aufessen.

Am Nachmittag, als es schon dämmerig wurde, schloß der Vater sich im Schlafzimmer ein. Wahrscheinlich putzte er jetzt den Christbaum. Da ging plötzlich das Licht in der ganzen Wohnung aus. Der Vater kam heraus, schraubte im Flur eine neue Sicherung ein, und das Licht brannte wieder. Aber nicht lange. Kaum hatte der Vater sich eingeschlossen, erlosch das Licht abermals. Das wiederholte sich drei- oder viermal. Mit engelhafter Geduld erneuerte der Vater die Sicherungen, und ich mußte ihm dabei mit einer Kerze leuchten.

Nun hielt ich es einfach nicht mehr aus. Heimlich schlich ich mich aus der Wohnung, läutete dem Wiggerl, und der half mir dann, auf das Blechdach der Spenglerwerkstatt hinaufzusteigen. Von dort konnte man in das Schlafzimmer sehen.

Welch wunderbarer Anblick! Am Boden kniete der Vater und spielte mit einem elektrischen Zug! Er hatte endlich die schadhafte Stelle in der Zuleitung gefunden und mit Isolierband umwickelt. Jetzt brannten die Sicherungen nicht mehr durch. Der Zug raste über die Strecke, verschwand in einem Tunnel und surrte an einem Bahnhof vorbei. Drei Personenwagen waren erleuchtet, und auf zwei Güterloren war Holz geladen. Der Vater legte jetzt auch noch die Monteurzange darauf und einen schweren Schraubenschlüssel. Aber der Zug verminderte seine Fahrt nicht. Der Vater setzte sich jetzt auf den Boden, verschränkte die Beine übereinander und strahlte über das ganze Gesicht. Seine Schnurrbartspitzen zitterten förmlich vor Freude. Er ließ den Zug vor dem Bahnhof halten, pfiff dann mit gespitzten Lippen und ließ ihn wieder anfahren.

Da sprang ich schnell zum Wirt hinüber und kaufte fünf Zigarren.

Endlich war es dann soweit. Der Pepi und ich saßen in der Küche und warteten. Der Pepi war furchtbar aufgeregt und neugierig, ob das Christkind ihm auch alle Wünsche erfüllt habe, und meinte schadenfroh:

»Hättest der Frau Huber den Schneeball nicht ins Gesicht geschmissen, dann kriegetst auch was.«

So eine Niedertracht am Heiligen Abend! Ich beschloß, ihm den singenden Kreisel so schnell wie möglich kaputt zu machen.

Dann läutete das Glöcklein, und wir durften hinein. Unter dem brennenden Lichterbaum lagen die Geschenke, darunter mein elektrischer Zug. Der Vater machte ein feierliches Gesicht, die Mutter lächelte so, wie nur Mütter lächeln können, wenn sie Freude und Glück in den Augen ihrer Kinder sehen.

Jetzt gab ich der Mutter die Pralinen und dem Vater die

Zigarren. Geradezu herrlich stand ich vor dem Pepi da, der nichts hatte. Die Mutter hatte Tränen in den Augen, der Vater schneuzte sich heftig und legte mir die Hand auf die Schulter.

»Da ist dein elektrischer Zug, Hansi«, sagte er.

Dann sangen wir »Stille Nacht, heilige Nacht«.

Die Mutter hatte eine sehr schöne Stimme, aber der Vater konnte die seine nicht halten, wenn er hoch hinauf mußte. Als wir an die Stelle kamen »Schlafe in himmlischer Ruuuuh«, da überschlug sich seine Stimme. Da kam mir das Lachen aus, der Vater drehte sich um und wischte mir eine, daß mir das Lachen verging. Später gingen wir in die Christmette. Zimmerers gingen auch, und der Wiggerl erzählte mir, daß er ein paar Handstutzl (Pulswärmer) und ein Buch bekommen hätte mit dem Titel »Der Weg ins Leben«. Und die Wurzi hatte eine Puppe und ein Puppenwagerl bekommen, obwohl sie sich einen Indianerbogen und zwölf Pfeile gewünscht hatte.

Am Nachmittag des ersten Weihnachtsfeiertages lud meine Mutter alle Zimmerer zu uns ein. Es gab Punsch, und sie sprachen viel über uns Kinder. Aber das störte uns nicht, weil wir vor meinem elektrischen Zug knieten.

Der Winter dauerte ziemlich lange in diesem Jahr. Doch dann spitzten beim Rotkreuzplatz die Palmkätzchen heraus, und der Wiggerl sagte: »Gott sei Dank, jetzt können wir bald wieder barfuß laufen!« Es dauerte jedoch immer noch drei Wochen, bis es so weit war.

In diesem Frühjahr lernte ich Frau Dora Breitwieser kennen. Sie hatte in der Nymphenburgerstraße ein Hutgeschäft und beschäftigte ein paar Lehrmädchen. Sie war Modistin und meine Taufpatin. Die Frau Patin war groß und schlank, trug die Haare aufgetürmt und hatte einen hohen Kragen an der weißen Bluse. Ihre rosige Haut und die langen Wimpern machten großen Eindruck auf mich.

Ich weiß nicht, ob das damals Brauch war oder ob sie es aus freien Stücken tat: Sie wollte mir meinen ersten Schulranzen kaufen. Das hatte sie meiner Mutter mitteilen lassen, wir sollten zu ihr kommen am Mittwochnachmittag. Man schrieb ja bereits das Jahr 1910, und ich mußte bald zum Schuleinschreiben gehen. Die Wurzi kam auch in die Schule.

Der Frühling lag verschwenderisch über der Stadt. In der Nymphenburgerstraße blühten die Kastanienbäume. Meine Mutter sagte, die Kastanienblüten seien Kerzen, zu Ehren des lieben Gottes angezündet. In den Gärten blühten Tulpen und Flieder, weiß und rot, und auf den Wiesen zwischen den Häusern gelber Löwenzahn. Auf den Balkonen prangten die Geranien. Und die Schmetterlinge flogen auch schon.

O ja, so eine Großstadt, München zählte damals etwa vierhundertfünfzigtausend Einwohner, hatte auch ihre Reize. Die hohen Hausfassaden und das Grün der noch unerschlossenen Flächen spielten wunderbar ineinander. Auf den Straßen sah man einspännige Fiaker mit Kutschern, die auf einem hohen Bock saßen und Zylinder aufhatten. Wenn eine zweispännige Kutsche kam, saßen meist reiche Leute drin.

Als wir zur Taufpatin gingen, begegnete uns so eine glänzende Kutsche, mit zwei Schimmeln bespannt. Auf dem Bock saß ein Mann in blauer Uniform mit vielen Schnüren auf der Brust. In der Kutsche hockte ein Mann mit weißem Bart. Auch zwei Damen saßen in der Kutsche. Sie hatten breitrandige Hüte auf, mit vielen Blumen garniert. Die Leute schrien »Hoch!«, manche verneigten sich, und Frauen machten ein Knickserl. Als die Kutsche vorüber war, sagte meine Mutter, es seien der Prinzregent Luitpold und zwei Prinzessinnen gewesen, aber auf der Straße brauche man vor dem Prinzregenten sich nicht zu verneigen oder ein Knickserl zu machen. Aber manche Leute täten halt übertrieben untertan, und das sei nicht gut. Das Knie brauche man nur vor Gott zu beugen, aber der begegne einem halt nicht in einer Kutsche mit zwei Schimmeln.

Meine Mutter äußerte öfter solche Ansichten, aber die verstand ich damals noch nicht. Heute weiß ich, daß es ganz vernünftige Ansichten waren und daß sie mein Leben beeinflußt haben.

Bei der Frau Patin war es im Laden weniger schön. Da

standen eine Menge runder Kugeln herum, an denen die Hüte fassoniert und aufgesteckt wurden. Es lagen eine Menge bunter Fleckerl und Bänder umeinander, und ich dachte, daß die Wurzi eine Freude hätte, wenn ich ihr ein paar mitbrächte. Wenn ich was Außergewöhnliches sah, mußte ich immer an die Wurzi denken. Und dem Wiggerl würde ich erzählen, daß ich den Prinzregenten Luitpold gesehen und daß er mir die Hand gegeben hätte.

Die Frau Breitwieser sagte, sie freue sich, daß wir gekommen seien und schaffte einem Mädchen an, Kaffee zu kochen. Sie gab ihr Geld, um sechs Schillerlocken aus der gegenüberliegenden Konditorei zu holen.

»Für den Buwi Milch oder Eis. Was magst du lieber, Buwi?«

Der Buwi war ich, und ich sagte: »Himbeereis.«

Dann schlug die Frau Patin eine schwere Samtportiere zur Seite, und wir schritten in einen prächtigen Salon mit herrlichen Möbeln. Von der Decke hing ein Kronleuchter herab mit vielen Glühbirnen. Durch eine weitoffenstehende Flügeltür gingen wir auf eine Terrasse. Ein rotweißgestreiftes Segeltuch hielt die Sonnenstrahlen ab. Mich interessierte natürlich der Mechanismus, mit dem man dieses Segeltuchdach bediente, und ich wollte gleich an der Kurbel drehen, aber meine Mutter sagte:

»Laß das, Hansi, mach ja nichts kaputt! Setz dich!«

Dazu kam ich aber zunächst nicht, denn die Frau Patin drückte mich an ihren gewaltigen Busen und wühlte in meinen blonden Locken.

»Kaum zu fassen«, sagte sie »was für ein hübsches Bürscherl er geworden ist. Komm, gib deiner Patin ein Bussilein.«

Ich schaute zuerst meine Mutter an, weil die stets gesagt hatte, man dürfe fremde Leute nicht küssen. Aber jetzt nickte sie, und so hielt ich halt der Frau Patin mein Goscherl hin. Die Küsse der Frau Patin schmatzten, und ich wurde ganz naß um den Mund herum und auf den Wangen.

»Nein, wie die Zeit vergeht«, sagte dann meine Taufpatin.

»Da kommst du also heuer tatsächlich schon zur Schule. Ich schenke dir einen Schulranzen und was dazu gehört. Was für einen Ranzen möchtest du denn? Einen braunen oder einen schwarzen?«

Weil ich darüber schon lange nachgedacht hatte, konnte ich sofort antworten, daß ich einen braunen möchte, mit einem Pferdl hintendrauf.

»Gut, dann einen braunen. Ich werde – wann geht eigentlich die Schule an? Am ersten September, gell? Dann werde ich gleich morgen die Sachen besorgen«, sagte die Frau Patin und hatte während der ganzen Zeit den Arm um mich gelegt.

Das Mädchen kam mit dem Kaffee und hatte alles auf ein Wagerl gepackt, das sie auf die Terrasse herausschob. Ich mußte gleich an den Wagenschmierkübel vom Herrn Zimmerer denken, weil eins von den Radeln am Teewagen quietschte und geschmiert hätte werden müssen. Die Frau Patin schenkte den Kaffee ein, und mir gab sie das Eis. Meine Mutter sagte, daß es das doch nicht gebraucht hätte und daß wir deswegen nicht gekommen wären. Ich war ganz verblüfft, denn jetzt hatte meine Mutter gelogen. Das durfte ich ihr zwar nicht vorhalten, ich sagte daher bloß:

»Aber als wir hergegangen sind, hast du gesagt, daß wir wahrscheinlich einen Kaffee kriegen und eine Torte.«

Meine Mutter wurde brennend rot, aber die Frau Patin lächelte nur und fragte mich, als ich mein Eis gegessen hatte, was ich jetzt noch möchte, und ich antwortete, daß ich eine Handvoll von den bunten Fetzerln möchte.

»Was meint er?« fragte sie, aber meine Mutter wußte es auch nicht. Als ich es näher erklärt hatte, versprach mir die Frau Patin eine ganze Schachtel voll von den Abfällen. Dabei lachte sie, weil ich einen so bescheidenen Wunsch hatte.

Hernach wollten die beiden wohl etwas besprechen, was mich nichts anging, denn meine Mutter fragte, ob ich nicht etwas im Garten spielen dürfe.

Natürlich durfte ich mich auf dem großen Rasen herumtummeln. Bloß hatte ich nichts zu spielen. Nicht einmal Schusser hatte ich mir eingeschoben. So lief ich einem bunten Schmetterling nach, bis ich ihn erwischte. Ich setzte mich mit dem Falter auf eine Birkenbank unter einem Goldregenstrauch und betrachtete das wunderschöne Farbenspiel seiner Flügel.

»Bring ihn ja nicht um!« rief meine Mutter. Aber das hatte ich sowieso nicht im Sinn, ich hielt ihn nur vorsichtig fest, damit ich ihn besser betrachten konnte.

Als wir dann heimgehen wollten, schenkte mir die Frau Patin ein goldenes Zehnmarkstück und sagte, ich solle es ins Sparbüchserl tun. Es war das einzige goldene Zehnmarkstück, das ich je geschenkt bekommen habe. Meiner Mutter schenkte sie auch ein Geldstück, aber es war kein Goldenes. Die Mutter bekam wieder einen roten Kopf und sagte, das könne sie unmöglich annehmen.

»Doch, doch«, lächelte Frau Breitwieser. »Schaun Sie, Frau Ernst, ich habe keine Kinder und tue es gern.«

Darauf sagte meine Mutter, daß sie dann der Frau Breitwieser ein Deckchen sticken werde für den Teewagen.

Beim Abschied beugte sich die Frau Patin noch mal zu mir herunter und küßte mich. Diesmal auf die Stirn. Dabei sagte sie:

»Du bist ein liebes Kerlchen, besuch mich wieder. Ich mag dich gern.«

Das machte mich stolz, vor allem deswegen, weil ich mir sagte, daß der Wiggerl wohl nie so eine Liebeserklärung bekäme, denn er war ja kein so liebes Kerlchen wie ich. Wie beschwingt ging ich neben meiner Mutter her und traute mich kaum, mit meinen nagelbeschlagenen Stiefeln fest aufzutreten, weil das einen Lärm gemacht hätte, der meine weihevolle Stimmung gestört hätte. Ich war verliebt in meine Patentante.

Wir gingen in die Metzgerei, und die Mutter kaufte für das Geld, das die Frau Patin ihr geschenkt hatte, Fleisch und Wurst. Wir aßen überhaupt recht gut um diese Zeit, und meine Mutter wurde immer runder. Ich mußte ihr das Schürzl hinten einknöpfen. Und das Schürzl wurde auch immer enger, und wenn der Mutter etwas auf den Boden fiel, dann sagte sie:

»Heb es auf, Hansi, du bückst dich leichter als ich.«

Drei Tage darauf kam ein Lehrmädchen meiner Frau Patin und brachte eine Schachtel. Darin waren der Schulranzen, eine Tafel, eine gefüllte Griffelschachtel und ein in Leder gebundenes Buch, auf dem mit goldenen Buchstaben geschrieben stand: »Poesiealbum«. Auf die erste Seite hatte Frau Breitwieser hineingeschrieben:

> »Wenn Dich einmal der rauhe Wind
> des großen Lebens streift,
> dann denk, daß man am besten
> nur in den Nöten reift...
> Zur steten Erinnerung an Deine Taufpatin Dora Breitwieser
> am 18. April 1910.«

Es war auch noch ein Brief dabei, den meine Mutter mir vorlas:

»Liebster Hansi! Bevor ich in Urlaub fahre, schicke ich Dir noch die versprochenen Sachen. Ich wünsche mir, daß Du recht brav bleibst und fleißig lernst. Das ist sehr wichtig, weil deine liebe Mutter mir gesagt hat, daß Du einmal Lehrer werden sollst. Dann haben Deine lieben Eltern immer Freude mit Dir. Und mir machst Du auch eine Freude damit, denn ich habe Dich sehr lieb und werde immer meine schützende Hand über Dich halten. Wenn ich in vierzehn Tagen zurückkomme, dann besuchst Du mich wieder, gell? Bis dahin liebe Grüße und Bussi von Deiner Taufpatin Dora Breitwieser.«

»Da müßt ihr euch schon extra bedanken«, sagte mein Vater. Als ob die Mutter das nicht selber gewußt hätte! Aber mein Papa war überhaupt groß in solchen Bemerkungen, daß man meinte, es ginge alles von ihm aus. Aber sonst war er recht lustig, mein Vater, um diese Zeit, pfiff immer fröhliche Weisen vor sich hin, und meine Mutter brauchte jetzt nicht mehr zum Waschen und Putzen zu gehen. Trotzdem bekamen wir Buben neue Matrosenanzügerl und allerhand Wäsche.

Etwa fünf Tage später las meine Mutter in der Zeitung voller

Schrecken, daß die Modistin Dora Breitwieser bei einem Zugunglück in der Nähe von Paris tödlich verunglückt sei.

Wir gingen zur Beerdigung, und mein Vater setzte seinen Zylinder auf. Ich durfte ein Veilchensträußlein auf den Sarg meiner Taufpatin werfen und weinte bitterlich, denn sie hatte mich doch geliebt. Nun konnte sie ihre schützende Hand nicht mehr über mich halten. Zwar war mir noch nicht ganz klar, was Tod und Sterben wirklich heißt, aber ich weinte, weil meine Mutter auch weinte. Der Vater allein blickte markig, die Schnurrbartspitzen aufgedreht, über die geschnittene Ligusterhecke zu dem großen weißen Engel aus Stein hinüber, der beim Eingang des Friedhofes stand. Der Pepi weinte auch nicht, er schneuzte sich mit den Fingern in den Boden hinein, obwohl er ein Taschentuch hatte.

Nach der Beerdigung gingen wir in die Wirtschaft, die vorm Friedhofseingang war. Mir schmeckten die Würstl nicht recht und meiner Mutter auch nicht. Der Pepi aß zwei von meinen Würstln mit, und mein Vater trank zwei Maß Bier, rauchte einen Schweizer Stumpen und seufzte einmal:

»Ja, ja, so schnell geht's oft. War so eine gute Haut!«

Diese Bemerkung tat mir weh, denn meine Frau Patin war keine Haut, sondern eine schöne Frau und meine stille Liebe.

Schon ein paar Tage darauf traf mich eine zweite schmerzliche Enttäuschung. Man hatte mich bei der Schuleinschreibung nicht genommen. Die Mutter sagte, daß ich das ABC schon auswendig könne. Aber sie zuckten nur bedauernd die Schultern. Es ginge eben nicht, dieser Jahrgang sei sowieso schon überfüllt. Wenn ich wenigstens im August oder Anfang September geboren wäre. Aber November – nein.

Meine Mutter jammerte, daß mir dieses eine versäumte Schuljahr das ganze Leben nachhängen werde. Aber mein Vater sagte, daß man da nichts machen könne. In dem einen Jahr würde ich wahrscheinlich geistig reifer werden und täte mich dann leichter.

Aber die Wurzi hatten sie genommen, weil sie im Juli bereits sechs geworden war.

Bald darauf wurde ich krank. Der Doktor kam, meine Mutter machte mir kalte Wickel und saß fast immer an meinem Bett. Manchmal zog ich ihren Kopf zu mir herunter, daß ich ihre tintenblauen Augen ganz nah bei mir hatte. Dann legte sie ihren Kopf an meine glühenden Wangen, und ihr Mund zärtelte über meine fieberzerrissenen Lippen.

Auf einmal blieb die Mutter aus, und eine andere Frau, die ein weißes Häubchen mit einem roten Kreuz trug, pflegte mich. Aber ich war so krank, daß sie mich in das Haunersche Kinderspital schafften. Als die Sanitäter mich vom Schlafzimmer durch die Wohnküche trugen, sah ich wie verschleiert viele Blumen und Kränze, und ich fragte, was denn los sei. Mein Vater sagte, daß der Großvater Geburtstag habe. In meinem Fieberwahn wußte ich nicht mehr, daß der Großvater längst gestorben war.

In Wirklichkeit war meine geliebte Mutter im Kindbett gestorben und hatte das kleine Mädl gleich mitgenommen.

Dann wußte ich überhaupt lange nichts mehr. Später erzählte man mir, daß ich eine doppelseitige Lungenentzündung gehabt hätte und dazu noch eine eitrige Rippenfellentzündung.

Ich lag wochenlang im Haunerschen Kinderspital. Langsam stieg ich dann aus den Fiebernebeln heraus und konnte wieder unterscheiden.

Pepi und der Vater besuchten mich jeden Sonntag. Er trug immer eine schwarze Krawatte und an der Joppe einen Trauerflor. Ich hielt es für durchaus richtig, daß er um meine Patin so trauerte. Wenn ich nach der Mutter fragte, hieß es, sie sei beim Vetter in Reichenhall zur Erholung.

Das Krankenzimmer war sehr groß, es lagen sechs Kinder in dem Raum. Die Ärzte kamen täglich an mein Bett, aber was sie miteinander redeten, verstand ich nicht. Einer von ihnen mußte der Oberarzt sein, denn der schaffte den anderen und den Schwestern immer etwas an. Eines Tages sagte er zu mir:

»Ja, Hansi, für dich hätten wir vor Wochen keinen Pfifferling mehr gegeben. Aber jetzt hast du es geschafft.«

Er zählte auf, was ich alles gehabt hatte. Aber das verstand ich wieder nicht, weil er es lateinisch sagte. Eine Schwester war dabei, die war noch recht jung. Ihr Gesicht war von der weißen Flügelhaube so eng eingerahmt, daß ich es nicht recht erkennen konnte. Sie kümmerte sich besonders um mich, und wenn sie einmal ein paar Stunden nicht zu mir gekommen war, packte mich die Sehnsucht nach ihr. Schwester Bonaventura war mindestens genauso schön wie die Frau Breitwieser. Daß ich die nie mehr sehen würde, war mir unfaßlich, und ich nahm mir vor, meine Mutter, wenn sie aus Reichenhall zurück war, zu bitten, mit mir an das Grab meiner Patin zu gehen.

Aber die Mutter kam nicht. Nun, wenn es ihr in Reichenhall so gut gefiel, dann durfte sie schon dort bleiben. Ich hatte ja jetzt eine Ersatzmutter.

Eines Tages öffnete sich die Tür, und die Wurzi streckte den schwarzen Kopf herein. Hinterher kam der Wiggerl und dann noch der Konditor-Rudi. Der Rudi brachte mir ein Stück Torte mit, der Wiggerl einen gläsernen Schusser, und die Wurzi zog eine Tüte mit Waffelbruch aus ihrem Kittelsack.

Was mag man den dreien alles angedroht haben, daß auch sie mir den Tod meiner Mutter verschwiegen!

Die Wurzi setzte sich gleich auf mein Bett, ihre braunen Mandelaugen schauten mich herzlich an, und sie sagte:

»Gott sei Dank, Hansi, daß du nicht hin worden bist.«

Das war derb gesagt, aber herzlich gemeint.

»Wo jetzt sowieso immer so viele Leut sterben«, sagte der Rudi, und ich sah, wie der Wiggerl ihm einen Knuff in den Rücken gab. Aber ich war zu sehr erregt und von Freude erfüllt, daß mir das besonders aufgefallen wäre.

Die Schulstraße war in mein Krankenzimmer gekommen, die vertrauten Ecken und Winkel in den Hinterhöfen, der Kanal und die Schwäne, die Donnersbergerbrücke und der Rotkreuzplatz. Meine vertraute Kinderwelt brachten die drei mir mit.

Ich durfte schon aufstehen und mit ihnen auf den Gang hinausgehen und auch in den Garten. Dort sangen die Vögel, und es war sommerlich warm. Ich wollte ihnen die schöne

Schwester zeigen, doch ich fand sie nirgends. Als sie wieder gingen, hätte ich beinahe geweint, aber der Wiggerl sah mir mit seinem Indianerblick so fest in die Augen, daß ich mich beherrschte.

Es war schon Ende Juli, als der Vater mich mitnehmen durfte. Am zwölften Mai war ich in das Krankenhaus gekommen, am zehnten Mai war meine Mutter gestorben.

Wir waren nur ganz kurz daheim. Die Wohnung war wie ausgestorben ohne Mutter. Der Vater packte einen Rucksack mit Wäsche von mir und führte mich an der Hand über den Rotkreuzplatz, die Nymphenburgerstraße weit hinaus, bis zum Waisenhaus. Dort traf ich dann meinen Bruder Pepi wieder.

Ich weiß nicht, wie es heute in Waisenhäusern zugeht. Zu meiner Zeit war es eine harte Schule. Man wurde in eine strenge Ordnung eingefügt. Ordnung, das war gut, ich war sie von daheim gewöhnt, die Strenge aber weniger. Uns wurde viel erzählt von Gott und seiner Barmherzigkeit, sie predigten uns Geduld und hatten oft selber keine, was zu verstehen ist, denn die vierhundert Kinder dort waren beileibe nicht nur Engel. Ich, zum Beispiel, ganz bestimmt nicht. Die Erzieher und Erzieherinnen konnten gar nicht in die einzelnen Kinderseelen eindringen und konnten vor allem die alles behütende Liebe einer Mutter nicht ersetzen. Ich getraue mir heute behaupten, daß Waisenkinder es im Leben viel schwerer haben als andere. Wenn der rauhe Wind sie umbraust, dann fehlen oft die starken Wurzeln. Sie sind gehemmt und brauchen eine gütige Hand, die sie führt.

Immerhin, man hatte dort pünktlich sein Essen, mußte sich pünktlich schlafen legen und pünktlich beten. Die ersten Tage kam es mir vor, als hätte man mich in ein Gefängnis gesteckt. Eine hohe Mauer umgab das Waisenhausgelände. Das eiserne Tor war stets geschlossen, man konnte nicht auf die Straße hinaus und nicht hinüber zum Kanal zu den Schwänen. Man wurde geschlossen spazierengeführt, und auch da herrschte strenge Disziplin. Das fand ich auch richtig, denn wenn jeder hingelaufen wäre, wohin er gerne wollte, dann hätte wahrscheinlich die Glocke zum Abendessen nur mehr für die Hälfte der Kinder geläutet. Ich wollte zum Wiggerl und zur Wurzi, in die Schulstraße.

Ich merkte gleich, daß der Pepi sich dort viel verlorener vorkam als ich. Er drängte sich an mich und suchte den Schutz des älteren Bruders, und den gewährte ich ihm sofort sehr nachdrücklich.

Es gab Buben, die eine geradezu teuflische Freude daran fanden, den Pepi zu hänseln, weil er das »r« immer noch nicht recht sagen konnte und weil er stotterte. Wenn jemand ihn fragte, wie er heiße, dann sagte er immer: »Jiiiiiiiosef Enst.«

Die Hänseleien hörten sofort auf, als ich kam, denn ich hatte vom Wiggerl viel gelernt und konnte hart zuschlagen. Vor allem, ich hatte vor niemanden Angst. Auch vor dem Direktor nicht, vor den ich eines Tages zitiert wurde. Er hatte einen Zettel in der Hand, auf dem anscheinend geschrieben stand, für was alles man mich hielt. Vor allem für renitent. Der Herr Direktor war so freundlich, mir zu übersetzen, daß dies aufsässig bedeute. Man hatte stramm und aufrecht vor ihm zu stehen. Ich knallte die Absätze zusammen und stand vor ihm wie ein Rekrut vor seinem Hauptmann. Das hatte ich auch vom Wiggerl gelernt, und es imponierte dem Herrn Direktor, denn seine Stirnfalten verschwanden, und er wurde recht gnädig.

»Also, wie war das mit dem Lindinger Franz?« fragte er. »Du sollst ihn so geschlagen haben, daß er eine geschwollene Backe hat. Und du sollst grundlos auf ihn eingeschlagen haben.«

»Das ist gelogen, Herr Direktor«, sagte ich.

Schon runzelte er wieder die Stirn.

»In diesem Haus wird nicht gelogen«, sagte er.

So siehst du aus, hätte ich am liebsten gesagt. Aber ich sagte es nicht, mußte ihm vielmehr jetzt Antwort geben, warum ich überhaupt zugeschlagen hätte. Ich müsse meinen kleineren Bruder beschützen, erklärte ich ihm. Und das gefiel ihm. Ich kam mit einer Verwarnung davon und mit der Ermahnung, mich mehr in Geduld zu üben.

Von da ab aber bemühte ich mich mit engelhafter Geduld, dem Pepi das »r« beizubringen. Wir hockten uns irgendwo abseits, und ich machte ihm immer »rrrrrr« vor, bis es endlich auch bei ihm einigermaßen klappte und er wenigstens den Namen Ernst fehlerlos aussprechen konnte. Das Stottern aber behielt er noch lange bei.

Sonntags besuchte uns der Vater, und wir durften dann ein paar Stunden mit ihm spazierengehen. So kam dann der Allerheiligentag heran, und der Vater ging mit uns Buben zum Westfriedhof hinaus. Wir standen vor einem Grab, und der Vater sagte:

»Da liegt eure Mutter begraben.«

Der Pepi verstand das noch nicht so. Mich aber traf das wie ein Blitz aus heiterem Himmel, und der Vater erzählte mir später, daß ich aufgeschrien und dann mit den Händen die Erde vom Grab weggebuddelt hätte, weil ich meinte, die Mutter müsse da drunten ersticken. Mit Gewalt habe er mich wegschleppen müssen, und ich sei wochenlang wie verstört im Waisenhaus herumgesessen, hätte kaum mehr gegessen, so daß sie Angst bekamen, ich würde wieder krank. Aber dann fing ich mich endlich und erlebte mein erstes Weihnachten im Waisenhaus.

Es war furchtbar, weil ich immer an das letztjährige Weihnachten denken mußte und an meinen elektrischen Zug und daß meine Mutter noch gelebt hatte. Wir bekamen alle das gleiche geschenkt, eine Tüte mit Gebäck und einen Pappteller, auf dem Äpfel und Nüsse lagen und eine Orange. Ein riesiger Weihnachtsbaum stand in der Ecke des großen Saales, gleich neben der Bühne. Der Herr Direktor hielt eine lange Ansprache, und auf der Bühne wurden dann lebende Bilder gezeigt, mit dem Jesuskind in einem Barren, aus dem das Stroh heraushing, mit Josef und Maria, vielen Hirten und Engeln, kleinen und großen. Die großen Engel wurden von Schwestern dargestellt, die wie verklärt die Blicke nach oben richteten, als sähen sie wirklich zwischen den Kulissen den Stern von Bethlehem.

Es mögen an die hundert Kerzen gewesen sein, die an der

großen Tanne leuchteten zwischen goldenen Kettenkugeln und Lametta. Sie verschenkten ihr Licht über den halben Saal hin, aber mir war, als leuchteten sie alle miteinander nicht so schön und hell, wie die zehn oder zwölf Kerzen, die im Vorjahr meine Mutter noch angezündet hatte. Um mich wurde es trotz der hundert Kerzen ganz dunkel, und mir war, als könnte mir überhaupt kein Licht mehr leuchten, seit meine Mutter in der dunklen Erde lag.

Aus welchem Grund uns dann im Frühjahr der Vater aus dem Waisenhaus herausnahm, weiß ich nicht. Vielleicht haben wir ihn erbarmt, oder es war ihm selber zu einsam in der leeren Wohnung. Die Frau Zimmerer nahm sich unser ein bißchen an und achtete darauf, daß wir jeden Morgen um acht Uhr in den Kindergarten gingen. Dort bekamen wir auch unser Essen, und um vier Uhr holten der Wiggerl und die Wurzi uns ab. Um sechs Uhr kam dann der Vater von der Arbeit heim und kochte etwas. Ob er gut gekocht hat, weiß ich nicht mehr. Jedenfalls wurden wir satt und brauchten keinen Hunger leiden.

Wenn die Wurzi ihre Schulaufgaben machte, malte ich jeden Buchstaben mit, lernte auch das Einmaleins mit ihr und hatte richtige Freude dabei, weil ich meinte, daß ich der Schulbehörde damit etwas auswischen könnte. Warum hatten sie mich nicht aufgenommen!

An einem Sonntag, es regnete in Strömen und ich vergaß diesen Sonntag nie mehr, geschah mir eine der Grausamkeiten, die an Kindern begangen werden, wenn man sie unvorbereitet vor die Tatsache stellt: »Das ist jetzt eure neue Mutter.«

So war es nämlich. Nach dem Mittagessen nahm der Vater seinen Regenschirm, ging fort und sagte, wir sollten schön brav sein, er käme bald wieder. Unsere Matrosenanzügerl hatten wir anziehen müssen, und so saßen wir kleinen Matrosen vom »Schlachtkreuzer Bismarck« (das stand nämlich auf dem Mützenrand) in unserer Küche und warteten. Der Vater blieb auch wirklich nicht lange aus, dann kam er und sagte, daß man bei diesem Sauwetter keinen Hund nausjagen solle. Und doch war er freiwillig in dieses Sauwetter hinausgegangen, um mit einer großen, mageren Frau wiederzukommen. Der Vater sagte, wir sollten ihr schön die Hand geben und »Mama« zu ihr sagen. Der Pepi brachte das fertig. Ich nicht, denn für mich gab es keine Mama mehr, für mich hatte es nur eine Mutter gegeben. Meine kleine, zierliche Mutter, die nun auf dem Westfriedhof lag. Daß ich so störrisch war, machte ihr nichts aus. Sie meinte, das gäbe sich mit der Zeit. Wahrscheinlich aber hat sie damals schon gedacht: Dem bring ich's noch bei.

Sie mußte aus der Au stammen, weil sie in der Mariahilf-Kirche im Kirchenchor sang, und arbeitete in einer Fabrik. Wahrscheinlich war sie ein recht spätes Mädchen, das um einen Witwer mit zwei Kindern froh sein mußte. Es war furchtbar langweilig. Sie stellte Teewasser auf, und der Vater mußte ihr zeigen, wo alles war, der Tee und das Geschirr. Dabei erzählte er wieder einmal von seinen Wanderjahren, und die Chorsängerin lächelte süßsauer dazu. Zum Glück kamen der Wiggerl und die Wurzi herauf und fragten, ob wir zum Spielen in ihre Wohnung hinuntergehen dürften. Ich glaube, daß mein Vater mit der langen Chorsängerin gern allein sein wollte, weil er es so schnell erlaubte. Im Gang sagte ich dem Wiggerl und der Wurzi sofort, daß die fremde Frau unsere neue Mama werden solle, und der Wiggerl sagte gleich: »Was? So eine Stange?« Die Frau Zimmerer aber sah uns mitleidig an und sagte: »Arme Buben.«

Bald darauf geschah eine zweite Grausamkeit. Ich weiß nicht warum, entweder war der Chorsängerin die Wohnung in der Schulstraße zu groß, oder es gefiel ihr sonst was nicht. Auf alle Fälle zogen wir um, in die Westendstraße 61 in eine Mansardenwohnung im Hinterhaus. Die wird auch billiger gewesen sein.

Nun hatte ich keinen Wiggerl mehr und keine Wurzi. Gegen das neue Viertel war die Schulstraße ein Paradies gewesen. Wenn man vom Hinterhof auf die Straße kam, sah man auf der andern Seite nichts als öde Mauern ohne Fenster. Es war die Rückseite der Augustiner-Brauerei. Es roch hier immer nach Hopfen und Malz. Ein Stück weiter war es dann wieder freundlicher. Da war am Eck eine Konditorei, dann weitete sich der Platz. Dort standen die Schrenk-Schule, eine Kirche und das Kapuzinerkloster.

Noch ein Stückchen weiter gab es ein Wirtshaus, so daß ich es beim Bierholen nicht weit hatte.

In dieser Wirtschaft wurde auch die Hochzeit gefeiert. Es waren viel Leute da am Abend, wahrscheinlich der ganze Kirchenchor von der Mariahilf-Kirche. Die neue Mama hatte ein schwarzes Kleid an mit einem hohen Stehkragen und einen weißen Schleier auf dem Kopf. Trotz des schwarzen Kleides sah sie an diesem Tag nicht so düster aus und lächelte sogar, als ihr Bruder Richard sagte, daß sie wahrscheinlich froh sei, doch noch unter die Haube gekommen zu sein. Dieser Richard, zu dem ich Onkel sagen mußte, war ein lustiger Mann. Zu dem faßte ich Vertrauen, er imponierte mir auch, weil sie sagten, daß er in der Fremdenlegion gewesen sei. Einer spielte auf einer Ziehharmonika, und der Onkel Richard sang ein Lied, das hieß: »Ich bin der Stolz von der Au, am Mariahilfplatz geboren...«

Der Pepi schlief nach dem Abendessen, als er satt war, bald ein und wurde in die Mansardenwohnung hinaufgetragen. Ich aber durfte noch bleiben und beobachtete alles mit neugierigen Augen, die ich auch nicht zumachte, als ein junger Chorsänger die Kellnerin in die Arme nahm und küßte. Die Kellnerin kreischte ein bißl auf, aber sie ließ es sich gefallen. Je schneller die Stunden vergingen und je lustiger die Leute wurden vom Bier, desto schwerer wurde der Stein, der sich mir aufs Herz legte. Wenn mein Vater mit der neuen Mama tanzte, mußte ich an meine verstorbene Mutter denken und begann schließlich leise vor mich hinzuweinen.

Zunächst ging nach der Hochzeit alles noch ganz gut. Wir brauchten nicht mehr in den Kindergarten zu gehen, und die Stange ließ uns auch nicht hungern. Sie selber aß mehr, als meine Mutter gegessen hatte, wahrscheinlich weil sie so lang war und also mehr Platz hatte für alles Essen. Allem Anschein nach aber begann sie bereits für zwei zu essen, und ihr Rock wurde vorn auch immer kürzer, genau wie bei meiner Mutter, bevor sie im Kindbett gestorben war. Vielleicht kriegte die Stange auch das Kindbettfieber? Es war nicht der Himmel bei ihr, aber auch kein Fegfeuer. Noch nicht.

Sie schlug mich das erstemal, als ich es vor Sehnsucht nicht mehr aushielt und die Landsbergerstraße entlanglief, über die Donnersbergerbrücke zum Wiggerl und zur Wurzi.

Sie hatte eine knochige, harte Hand.

Für sie brauchte der Vater keine Hebamme zu holen, weil sie ins Krankenhaus ging, genau an meinem ersten Schultag. Die anderen Kinder wurden von ihren Müttern hingebracht. Ich mußte allein gehen und stand ganz verloren herum mit meinem schönen Schulranzen.

Mein erster Lehrer hieß Kritscheneder. Er war jung, ich mochte ihn sofort und er mich auch, weil ich so spielend leicht lernte. Ich sagte ihm aber nicht, daß ich schon ein Jahr vorher mit der Wurzi mitgelernt hatte.

Der Bub, den meine Stiefmama zur Welt brachte, bekam den Namen Ludwig. Ausgerechnet Ludwig. Ich beschloß sofort, niemals Wiggerl zu ihm zu sagen, denn einen Wiggerl gab es für mich nur einmal, den Wiggerl von der Schulstraße, der mein Blutsbruder war und außerdem auch mein Schwager, denn die Wurzi und ich waren noch nicht geschieden. Und dann sagte die Stange selber, daß der Ludwig zwar Ludwig heiße, aber daß man Buwi zu ihm sagen müsse.

Als die Stange sich von den Kindbettwochen erholt hatte, zeigte sie nach und nach ihr wahres Gesicht. Sie ließ uns spüren, daß nur der Buwi ihr Kind sei und wir die Stiefkinder. Die von der ersten, wie sie sich den Nachbarleuten gegenüber ausdrückte. Aber mich freute es, daß ich von der ersten war und nicht von ihr. Meine Mutter würde für mich immer die erste bleiben.

Bald wurde das Essen weniger, und ich konnte meinen Vater nicht begreifen, der es mit ansehen konnte, daß wir hungrig schlafen gingen. Bevor wir ins Bett stiegen, mußten wir uns im Hemd vor das Kruzifix stellen, die Hände aufheben und beten:

»Müde bin ich, geh zur Ruh, schliesse meine Augen zu...« Und dann noch ein Vaterunser für unsere verstorbene Mutter. Der Vater sass am Tisch und las die Zeitung. Wenn er einmal aufschaute, blinzelte ich ihm zu. Aber er verstand das lange nicht. Und als er dann wusste, warum ich ihn anblinzelte, schnitt er heimlich vom Brot zwei Scheiben ab und brachte sie uns ans Bett. Der Pepi und ich schliefen in einem Bett, ich oben und er unten. Als die Stange dann Brotbrösel im Bett fand, schlug sie uns beide mit einem Stecken. Und sie sagte, wenn wir es dem Vater petzten, bekämen wir's am andern Tag wieder mit dem Stecken. Dann machte sie mit Kreide einen Strich auf der Unterseite des Brotweckens, damit wir uns kein Brot mehr nehmen konnten, ohne dass sie es merkte.

Mit meinem Vater war etwas nicht mehr in Ordnung, ich verstand ihn nicht mehr. Er schlug nicht mit der Faust auf den Tisch und setzte sich nicht ein für die Kinder seiner ersten Frau. Er getraute sich nicht einmal zu murren, wenn sie ihm auch bloss einen »Frass« hinstellte. Allmählich achtete er auch auf sein Äusserliches nicht mehr. Früher war er die Korrektheit selber in Kleidung und Auftreten, jetzt liess er sich gehen und besuchte immer öfter das Wirtshaus.

Die Stange fuhr den Buwi in einem hohen Kinderwagerl spazieren, und uns sperrte sie in der Zeit in die düstere Hinterhauswohnung ein. Ich hatte nie einen Pfennig Geld in der Tasche. Nie bekamen wir einen Apfel oder ein Schleckerl. Aber dem Buwi steckte sie alles zu. Es war oft so, dass nicht einmal ein Stück Brot im Haus war. Sie liess beim Kramer aufschreiben und zahlte alle vierzehn Tage. Meine Mutter hatte nie aufschreiben lassen.

Wer das nie mitgemacht hat, als Kind richtig Hunger zu leiden, der weiss nicht, wie man sich nach einem trockenen Stück Brot sehnen kann. Sie war auch keine besonders gute Köchin, jedenfalls haben wir nie mehr einen so guten Schweinsbraten auf den Tisch bekommen oder gar Leberknödel, wie meine Mutter sie machen hatte können. Ihre Spezialität war eine »Zwudlsuppe«. Das waren Mehlteigkügelchen, mit Wasser aufgekocht und mit gerösteten Zwiebeln. Und gerade diese Suppe brachte ich einfach nicht hinunter. Aber sie zwang mich dazu. Wenn ich sie erbrechen mußte, kratzte sie das Erbrochene zusammen und zwängte es mir mit Gewalt in den Mund. Dazu gab es dann Schläge, mit der Hand, mit dem Kochlöffel und einmal sogar mit dem eisernen Schürhakl. Mit dem schlug sie mir ein Loch in den Handrücken, daß es furchtbar blutete und sie mit mir zum Doktor gehen mußte, daß er es nähte. Der Doktor war in der Landsberger Straße, und auf dem Rückweg kaufte sie sich in einer Konditorei ein großes Eis und mir ein ganz kleines und machte zur Bedingung, daß ich dem Vater nichts sagen dürfe von dem Schürhakl. Ich mußte sagen, daß ich mich mit einem Glasscherben geschnitten hätte.

Sie betete viel, aber mich lehrte sie zu lügen. Und ich mußte daran denken, daß meine Mutter einmal gesagt hatte, lügen sei das Erbärmlichste, was ein Mensch tun könne. Und daß ein Mensch, der lügt, auch stehlen würde. Das hatte ich bis dahin noch nicht getan, aber es sollte bald dazu kommen.

Ein kleines Licht kam in mein armseliges Dasein, wenn der Onkel Richard uns besuchte. Er brachte uns immer was mit und blieb so lange da, bis wir es aufgegessen hatten. Er kannte seine Schwester besser als mein Vater. Einmal kam er, als ich gerade auf meiner Zither spielte. Das war der steife Deckel einer Schuhschachtel, in die ich Stricknadeln gespannt hatte. Wenn man daran zupfte, gab es einen hellen Klang. Der Onkel Richard sagte:

»Der Bub ist ja musikalisch! Den müßt ihr auf eine Zitherschule schicken.«

»Du redest dich leicht«, sagte meine Stiefmutter. »Kaufst du ihm vielleicht eine Zither?«

»Später ja«, sagte der ehemalige Fremdenlegionär. »Aber zum Lernen braucht er vorerst noch keine. Die hat der Zitherlehrer.«

Hernach nahm er meinen Vater und uns zwei Buben mit in ein Wirtshaus. Er kaufte uns Würstl und dem Vater ein Bier und dabei fragte er mich, ob sie uns schlüge. Ich sagte, daß sie uns sehr oft schlüge und daß wir immer Hunger hätten. Darauf schaute der Onkel Richard unsern Vater lange an und fragte ihn:

»Und das läßt du zu? Was bist denn du für ein Mannsbild! Ich kenn meine Schwester, und darum hab ich gefragt. Ich glaub, da muß ich öfter einmal nachschauen.«

Das tat er dann auch, zahlte meine Zitherstunden, von denen eine eine Mark kostete. Dann aber sagte er, daß er nun eine längere Zeit nicht mehr käme, weil er in Württemberg eine Stelle als Vorarbeiter annähme. Er ließ der Mutter zehn Mark da für die Zitherstunden. Ich ging dann nicht mehr lange zu dem Zitherlehrer, weil die Stange das Geld anderweitig verbrauchte und der Zitherlehrer umsonst auch keinen Unterricht mehr geben mochte.

Dabei hätte ich das Zitherspielen in späteren Jahren so gut brauchen können. Wieder war ein schöner Traum zerronnen, obwohl ich »Der Weg zum Herzen« schon ganz leidlich spielen konnte.

Das Weihnachtsfest wurde noch trauriger als das im Waisenhaus. Der Buwi wurde fein ausstaffiert, wir bekamen nur ein paar Kleinigkeiten, und als der Vater meinen elektrischen Zug aufstellen wollte, schimpfte sie, in der kleinen Wohnung sei dafür kein Platz.

Der Pepi und ich hatten blaue Flecken am ganzen Körper und wurden immer magerer. Der Buwi aber wurde rosig und dick. Die Leute im Haus merkten auch bald, daß unsere Stiefmutter uns hungern ließ. Aus Barmherzigkeit fiel da und dort einmal ein Stückchen Brot ab. Eine alte Frau gab mir einmal einen Tip. Ihn zu befolgen, kostete mich trotz meines Hungers einige Überwindung. Aber dann stand ich doch eines Tages vor der Klosterpforte und sagte mein Sprüchlein auf. Da bekam ich eine Schüssel mit Klostersuppe durch ein kleines Guckfenster gereicht und ein Stück Brot. Manchmal steckte ich das Brot ein und schob es dem Pepi heimlich zu. Wenn man satt war, hielt man die Schläge leichter aus, und außerdem gewöhnte man sich daran. Sie gehörten schon bald dazu wie das Salz zur Suppe.

Dann wurde unsere Stiefmutter krank. Wir mußten beten, daß sie bald wieder gesund würde. Ich aber betete, daß sie noch lange im Bett bleiben müsse.

Um diese Zeit war sie froh, wenn wir auf die Straße hinuntergingen. Das nützte ich sofort aus und strolchte wieder in die Schulstraße zum Wiggerl und zur Wurzi. Dem Wiggerl konnte ich alles sagen. Er sagte wieder: »Laß mich nachdenken, was du ihr antun könntest.« Er gab mir manchen Tip, aber der beste war der Tip gegen den Hunger.

»Komm mit«, sagte er. »Brot kriegen wir schon.«

Er ging mit mir zum Marsfeld. Da standen wir vor den hohen Kasernen und schrien zu den Fenstern das Sprüchlein hinauf:

»Lieber Herr Soldat,
schenk mir ein Kommiß
weil ich ihn so gerne friß,
weil ich ihn so gerne mag,
drum möchte ich ihn alle Tag.«

So mancher Kommißlaib wurde aus den Fenstern heruntergeworfen, und der Wiggerl wußte, daß dies Bauernsöhne seien, die von daheim was geschickt bekämen und auf das Kommißbrot leicht verzichten könnten.

Als ich zum erstenmal mit so einem Kommißbrot heimkam, lächelte sogar die Stange. Jetzt gab es wenigstens eine aufgeschmalzene Brotsuppe und keine Zwudlsuppe mehr. Aber sie sagte, ein bißchen hart und rauh wäre es schon, dieses Soldatenbrot, und ich solle schaun, daß ich auch einmal ein paar Semmeln heimbrächte. Sie nähte aus einer alten Bluse ein Säckchen und schickte mich los. Ich wußte genau, was sie wollte. Aber das kam mich schon verdammt hart an, in einen Bäckerladen zu gehen und um Brot zu betteln. Aber was sollte ich machen? Wenn ich nichts heimbrachte, schlug sie mich. Wenn ich nicht schon unterwegs eine Semmel oder ein Roggenweckerl aß, daheim bekam ich nichts mehr davon. Das Weißbrot brauchte sie für sich und den Buwi. Bei den Metzgern hatte ich weniger Glück, aber auch da bekam ich hin und wieder einen Wurstzipfel. Zum Bettler hatte sie mich also gemacht. Da ging ich schon noch am liebsten an die Klosterpforte und sagte mein Sprüchlein herunter: »Ich bitt den Herrn Jesus um Suppe und Brot.« Und hernach wollten die Brüder in der braunen Kutte kein »Dankeschön« hören, sondern nur ein »Vergelt's Gott«.

Oft stand ich lange Zeit am Eck bei der Konditorei und betrachtete gierig die Auslage. Da türmten sich Wunder an Süßigkeiten auf. Marzipanstangen, Pralinen, Schokolade, Pfefferminzkügelchen, Torten und Sandkuchen. Über mein Herz legte sich hoffnungslose Traurigkeit, denn niemals würde ich mir von diesen Herrlichkeiten etwas kaufen können. Zumindest nicht, bevor ich groß war und mir selber etwas verdiente. Aber würde ich denn überhaupt jemals groß? Sicher hatte mich meine Stiefmutter bis dahin schon erschlagen, oder ich war verbrannt in dem Fegefeuer, in dem ich jetzt lebte.

Die Süßigkeiten hinter dem Glasfenster zogen mich magnetisch an. Ich spürte die Marzipanstangerl in meinem Mund zergehen. Nur eine dünne Glaswand trennte mich von den schönen Sachen, und ich konnte doch nicht zu ihnen kommen. So wandte ich mich halt wieder ab, ging an unserm Wohnhaus vorbei, die Westendstraße hinunter und griff bei einem Obsthändler in eine Steige vor der Tür, in der Orangen waren. Der Obsthändler rannte mir nach und schrie: »Haltet den Dieb!«

Ich konnte natürlich viel besser laufen als er und landete schließlich auf der Theresienwiese bei der Bavaria. Dort setzte ich mich auf eine der Steinstufen und schälte langsam die Orange ab. Aber sie schmeckte nicht recht. In mir dröhnte immer noch das Wort »Dieb«. Weiß Gott, ich hatte es schon weit gebracht mit meinen acht Jahren. Bettler und Dieb. Wenn das keine Zukunft war! Wenn meine Mutter in ihrem Grab das wüßte!

Als ich die Orange gegessen hatte, weinte ich vor mich hin. Ich war am Ende. Aber es war ja gleich, ich wollte jetzt sowieso sterben. Vielleicht ließ ich mich über das Geländer der Donnersbergerbrücke fallen, wenn ein Zug daherkam. Nein, die Hackerbrücke tat es auch, zu der hatte ich es nicht so weit. Dann würden der Zugführer, der Schaffner und viele Leute herumstehen und sagen, daß die Stange an meinem Tod schuld sei.

In meiner grauen Trostlosigkeit sah ich plötzlich einen Lichtschimmer. Vor der Bavaria fuhren dauernd Fiaker und Kutschen vor. Wenn die Leute aussteigen wollten, rannten einige Buben gleich los, öffneten eifrig das Einsteigtürchen und hielten die Hand auf, und manche Leute taten Geld hinein. Hernach stiegen sie dann in der Bavaria bis zum Kopf hinauf. Von dort konnten sie über die ganze Münchner Stadt schauen. Als die Leute herunterkamen, waren die Buben schon wieder geschäftig zur Hand.

Wenn das kein Fingerzeig vom lieben Gott war! Hier konnte man ohne Mühe Geld verdienen! Aber so einfach war das auch nicht, denn die Buben waren eine verschworene Gemeinschaft von der Schwanthalerhöh und ließen keinen Fremden herein.

Ich bekam Prügel, teilte aber auch ganz schön aus. Ich sah jedoch bald ein, daß ich allein gegen die Übermacht nicht ankam. Doch ich wußte schon einen Ausweg und holte mir am Sonntag den Wiggerl. Die Wurzi ging auch mit und nahm gleich von daheim einen Stecken mit. Ich band mir einen Stein ins Taschentuch, und der Wiggerl schnitt sich mit seinem Taschenmesser eine Rute ab im Gebüsch bei der Bavaria. Was da jetzt auf sie zukam, das hatten die Schwanthalerhöher wahrscheinlich nicht erwartet. Die Auseinandersetzung dauerte keine zehn Minuten, dann standen wir drei allein vor der Bavaria, und wenn eine Kutsche kam, öffneten jetzt wir die Türchen, und die Wurzi machte sogar ein Knickserl dabei.

Am nächsten Tag, als ich wieder allein vor der Bavaria stand, kamen ein paar Buben daher und fragten, ob sie wieder mitmachen dürften. Von da ab gehörte ich zur Gilde der Schwanthalerhöher.

Dreißig, vierzig Pfennige waren da oft an einem Nachmittag zu verdienen, und ich konnte mir nun Marzipanstangerl und einen Sandkuchen kaufen. Am liebsten mochte ich die Blockschokolade, fünf Ripperl um zwanzig Pfennige.

Diese Herrlichkeit dauerte leider nicht lange. An einem

Nachmittag kam plötzlich die Stange daher, sie fuhr den Buwi in dem hohen Kinderwagerl spazieren. Ehe ich sie sah, mußte sie mich schon eine Zeitlang beobachtet haben.

»Da treibst du dich also rum«, sagte sie. »Dreh deine Hosentaschen um!«

Ich hatte erst fünfzehn Pfennige. Die nahm sie mir gleich ab und sagte: »Daß du mir ja nicht heimkommst und bringst nicht noch was mit!«

Ich mußte alles abliefern. Wenn es zu wenig war, schlug sie mich oder kochte am andern Tag eine Zwudlsuppe. Auf ihren Spazierfahrten mit dem Buwi hatte sie auch gesehen, daß gerade das Oktoberfest aufgebaut wurde. Daraufhin mußten der Pepi und ich mit dem Leiterwagl jeden Nachmittag, wenn ich aus der Schule kam, losziehen und das Holz aufsammeln, das die Zimmerleute an Abfall herumliegen ließen. Mit dem Verdienst an der Bavaria wurde es sowieso weniger, weil die Fremden im Herbst nicht mehr so zahlreich kamen.

Nun muß ich ehrlichkeitshalber auch berichten, daß ich nicht alle Schläge umsonst bekam. Ein Zehntel waren sicher berechtigt. Ich weiß zwar nicht, wie andere Eltern das geahndet hätten, aber damals hab ich gemeint, sie bringt mich um.

Ich hatte mit einem halben Dutzend Buben von der Westendstraße ausgemacht, daß wir nach Holzapfelkreut hinausgehen und dort ein Feuerl machen wollten, um Kartoffeln zu rösten. Ich besorgte Zündhölzer, aber der Pepi sah mich dabei und sagte, er würde es der Stange melden, wenn ich ihm nicht auch Zündhölzer gäbe. Gern tat ich es nicht, aber was blieb mir anderes übrig.

Damals war noch viel Wald, Wiesen und Felder bei Holzapfelkreut. Wir machten ein Feuer und brieten Kartoffeln darin. Der Rauch umwehte unsere Gesichter, der Wind der Freiheit war um uns. Ich war so glücklich und meinte, allen Ängsten und Nöten meines Lebens entronnen zu sein. Ich hatte nur noch den Wunsch, nie zurück zu müssen in mein Elend, immer an diesem Feuer sitzenbleiben zu dürfen und mit einem spitzen Steckerl die gebratenen Kartoffeln herauszustechen.

Inzwischen aber bahnte sich in der Westendstraße bereits ein neues Unheil an. Der Pepi versuchte auf der Straße mit den Zündhölzern eine Zeitung anzuzünden. Das gelang ihm nur, indem er die Zeitung zwischen die Beine zwickte. Als die Zeitung dann brannte, schwenkte er sie in der Luft, ohne zu merken, daß seine Hose auch brannte. Die Kellnerin rannte aus der Wirtschaft heraus und schüttete dem Pepi, der fürchterlich schrie, ein Schapf Wasser auf den Bauch, und ein Herr schlug mit seinem Hut auf den Unterleib meines Bruders. Dann trugen sie ihn in die Mansarde.

Es war schon ziemlich spät, als ich von Holzapfelkreut heimkam. Ich wußte, daß ich dafür wieder meine Prügel bekommen würde. Aber als ich auf das Haus zuging, sagten mir einige Kinder, daß ich heut furchtbare Schläge kriegen würde, weil mein Bruder Pepi beinahe verbrannt wäre. Natürlich hatte er gleich gesagt, von wem er die Zündhölzl bekommen hatte.

Ich traute mich nicht mehr hinauf, weil ein Mädl vom Nachbarhaus mir berichtete, meine Stiefmutter hätte beim Kramer im Laden gesagt: »Heut erschlag ich ihn.«

Die Dämmerung fiel bereits stark, es kam die Nacht. Es war ja schon Herbst, wo es um acht Uhr ganz finster war. Ich versteckte mich hinter den Aschentonnen im Hof und sah, wie in der Mansarde Licht gemacht wurde. Dann schlich ich mich wieder aus dem Hinterhof. Ich dachte wieder an die Hackerbrücke und an den Zug, vor den ich mich fallen lassen könnte. Dann warteten sie in der Mansarde vergebens mit dem Stecken oder dem Lederriemen.

Auf einmal packte mich jemand am Joppenkragen. Ich starrte in die eiskalten Augen meiner Stiefmutter. Sie stieß und prügelte mich die vier Stockwerke hinauf. Sie schnaufte schwer, als wir droben ankamen, riß die Tür auf und schrie meinen Vater an, der am Schusterschemel saß: »Da hast ihn jetzt!«

Der Vater sagte kein Wort, stellte nur einen Stuhl in die Mitte des Zimmers und zog den Schusterriemen aus dem Wassereimer, wo er ihn eingeweicht hatte, weil er besser zog, wenn er naß war. Die Stange hielt mich auf dem Stuhl fest, und der Vater drosch mit Hingabe auf mich ein. Ich glaube, er drosch so lange auf mein Hinterteil, bis ihm der Schnaufer ausging. Dann mußte ich sofort ins Bett, ohne Essen. Das schlimmste aber war, daß sie den Pepi mit ein paar Wiener Würstl zu mir ins Schlafzimmer schickten, mit denen er mir immerzu vor Mund und Nase herumwedelte.

Am nächsten Tag durfte ich nicht auf die Straße. Erst am Sonntag wieder, und das war der Hauptsonntag vom Oktoberfest, wo damals immer noch ein Pferderennen stattfand. Der Prinzregent Luitpold war gestorben, und an seiner Stelle fuhr König Ludwig III. mit großem Gefolge zum Pferderennen.

Ich kletterte auf einen Baum, um alles sehen zu können, vor allem den König, von dem mein Vater sagte, daß er mit seinem weißen Bart so gar nicht einem König gleich sähe, er solle sich ein Beispiel nehmen an Ludwig II., seinem Vorgänger. Von dem sei noch Glanz ausgegangen, aber der »Millibauer« mache gar nichts her. Warum die Leute den neuen König einen »Millibauern« nannten, wußte ich nicht.

Wir zogen wieder einmal um und zwar in die Guldeinstraße. Das war keine Mansarde mehr, und die Wohnung war auch um ein Zimmer größer. Wahrscheinlich hing das damit zusammen, daß der Stiefmutter der Rock vorne wieder zu kurz wurde.

Die Gegend da draußen war schöner. Ich mußte jetzt zur Guldeinschule gehen. Dort gab es leider keinen Lehrer Kritschender mehr. Aber der neue Lehrer Fischlein lobte mich, weil ich so sauber schreiben konnte und auch im Aufsatz gut war. Die Geschichtsstunde und den Naturkundeunterricht sehnte ich geradezu leidenschaftlich herbei. Nur im Rechnen war ich schlecht, und da bin ich auch heute noch keine Größe. Zwar hat man heute ganz andere Rechenmethoden in der Schule, aber auch bei den alten könnte ich meinen Enkeln nicht helfen. Und wenn sie mich fragen, wie man das oder jenes ausrechnet, dann schau ich bloß zur Decke hinauf, schüttle mißbilligend den Kopf und sage: »Ich versteh nicht, daß ihr das nicht könnt. Wozu geht ihr denn in die Schule? Zu meiner Zeit...« Aber das wage ich jetzt nicht mehr zu sagen, seit die kleine Monika diesen Satz beendete, indem sie meinte: »Zu deiner goldenen Zeit?«

Wer das Wort von der »goldenen Zeit« aufgebracht hat, weiß ich auch nicht. Ich weiß nur, daß es keinen Wert hat, Vergangenem nachzutrauern, und »golden« ist die Vergangenheit nur in der Erinnerung.

Die Stange hatte eine neue Art erfunden, uns zu strafen. Sie ließ uns auf den Boden sitzen, die Füße lang ausstrecken und die Arme über der Brust verschränken. Dazu mußten wir dann singen: »Ein Männlein steht im Walde.« Der Buwi brauchte diese Folter nicht mitzumachen. Der Buwi war ja ein braver Buwi, vor allem ihr Buwi und nicht von der anderen Frau, die im Friedhof lag. Wenn man eine Stunde so dasaß, konnte man ohnmächtig werden. Den Pepi hat es einmal umgehauen. Und darum erfand sie dann auch noch die Tortur, uns auf einem kantigen Holzscheitl knien zu lassen.

Diesmal bekamen wir ein Schwesterl. Sie wurde Kreszentia getauft, aber »Mausi« genannt. Ich weiß nicht, warum Eltern immer so ausgefallene Namen für ihre Kinder finden, die einem oft bis ins Alter bleiben.

Da klang »Herzi« schon besser. So hieß meine neue Freundin von der Guldeinstraße. Sie war so alt wie ich, und ihre Eltern hatten ein Lebensmittelgeschäft. Das war gut für mich, weil sie immer zwei Wurstsemmeln für die Pause mitbekam. Die Herzi wartete stets auf uns am Eck, wenn wir zur Schule gingen, der Pepi und ich. Aber der Pepi hatte noch kein Interesse für Mädchen und zottelte meist hinter uns her. Wir hatten nie ein Pausenbrot dabei. Ich fragte die Herzi schon nach kurzer Bekanntschaft, ob sie in der Religion auch schon gelernt hätten: »Du sollst deinen Nächsten lieben wie dich selbst.« Sie sagte ja, und ich fragte weiter, ob ihr auch das schon bekannt sei: »Füttere deinen Nächsten wie dich selbst. Und wenn du zwei Wurstsemmeln hast, dann sollst du eine davon deinem Nächsten geben, wenn er keine hat.«

Das hatten sie noch nicht gelernt, aber sie sagte »Herzlich

gern« und gab mir nun jeden Tag eine Wurstsemmel. Die Herzi war im Gegensatz zur Wurzi blond und zart wie eine Elfe. Sie war halt eben ein besseres Herrschaftskind.

Wir hatten in unserer Klasse auch etliche Herrschaftsbuben, die die Herzi fragten, wie sie nur mit so einem wie mich laufen könne, der Eisen an den Absätzen habe und geflickte Hosen. Die Absatzeisen fürchteten sie, denn wenn die Übermacht zu groß war und ich mit den Fäusten allein nicht mehr durchkam, dann nahm ich halt die Absatzeisen zur Hilfe. Übrigens machte es der Herzi gar nichts aus. Sie sagte, daß sie mich heiraten wolle. Ich antwortete, daß sie damit warten müsse, bis ich Korporal in der Fremdenlegion sei. Ich las gerade die Heftserie »Heinz Brand, der Fremdenlegionär«. Es hatte auch noch einen anderen Haken, denn ich hatte ja die Wurzi noch. Ich stand zwischen zwei Feuern. Ach ja, da hatte man seine Probleme auch schon als neunjähriger Knirps! Vielleicht konnte der Wiggerl mir einen Rat geben. Aber den traf ich nur noch selten, weil er kein Volksschüler mehr war, sondern auf eine höhere Schule ging. Dort müsse er das »Apridur« machen, sagte die Wurzi, die an den Samstagnachmittagen manchmal über die Donnersbergerbrücke in die Guldeinstraße kam. Sie sagte das ausgerechnet in Gegenwart von der Herzi, die das gleich korrigierte und sagte, daß es »Abitur« heiße und daß die Wurzi eine dumme Gans sei. Natürlich ließ die Wurzi das nicht auf sich sitzen, und ehe ich mich umschaute, hatten die beiden sich schon in den Haaren. Die Wurzi war natürlich die Gewandtere und hätte die Herzi zweifellos in die Knie gezwungen. Also mußte ich eingreifen und der Herzi helfen, schon wegen der Wurstsemmeln. Daraufhin blieb die Wurzi aus und kam nie mehr über die Donnersbergerbrücke herüber.

So gingen die Wochen und Monate dahin. Die Stiefmutter war viel kränklich, und ich mußte die Mausi im Kinderwagerl spazierenfahren. Der Buwi konnte schon daneben herlaufen. Auch die Herzi hatte ein kleines Schwesterl, aber das wurde vom Hausmädchen spazierengefahren in einem viel schöneren Wagerl. Wir aber waren unerbittlich in unzulängliche soziale

Verhältnisse hineingeschlittert, obwohl der Vater viel mehr arbeitete als früher. Die Stange konnte eben mit Geld nicht umgehen und kaufte viel Schleckereien für sich und ihre beiden Kinder. In diesem Winter mußten wir unserm Abendgebet noch anfügen: »Lieber Himmivater, laß es heut nacht schneien, daß der Vater was verdient.«

Wenn es viel schneite, ging der Vater nämlich um drei Uhr früh zum Schneeräumen, für vierzig Pfennig die Stunde. Anschließend ging er dann gleich zur Arbeit. Was das bedeutete, konnte ich erst ermessen, als ich selber vierzehn bis sechzehn Stunden am Tag schwer arbeiten mußte.

Im Winter durfte die Herzi nicht auf die Straße, weil ihre Eltern Angst hatten, sie könnte sich erkälten. Wir aber wurden oft in die bittere Kälte hinausgejagt zum Brotbetteln. Wohlweislich gingen wir nicht in unserer Nachbarschaft betteln, sondern in weit entfernte Viertel, wo uns niemand kannte. Der Pepi bekam nicht so viel geschenkt wie ich, weil er das Maul kaum aufbrachte und auch nicht so treuherzig dreinschaun und keinen Armeleuteblick machen konnte wie ich. Einmal sagte eine feine Frau im Bäckerladen: »Es ist eine Schande, Kinder zum Betteln zu schicken!« Dabei wich sie ängstlich vor mir zurück, als befürchtete sie, ich könnte ihr Ungeziefer anhängen. Wir hatten übrigens öfter einmal Läuse. Dann wurden uns die Haare mit Petroleum gewaschen, oder der Vater mußte uns ganz kahl scheren.

Die Mausi war ein herziges Dingerl. Ich mochte sie gern, und abends, wenn sie in ihrem Bettstattl lag, mußte ich ihr das Milchflascherl geben, das die Stange sich vorher ans Gesicht hielt, um zu prüfen, ob die Milch nicht zu heiß sei. Die Milch probierte ich auch oft und soff manchmal das halbe Flascherl aus, weil ich halt so hungrig war. Die Mausi wurde dann nicht satt und schrie oft fürchterlich die halbe Nacht. Das Kind muß doch krank sein, sagten sie und holten den Doktor. Aber der Doktor sagte, daß dem Kind gar nichts fehle. Dann erwischte mich die Stange, wie ich gerade Mausis Milch soff.

Na, gute Nacht, Freunde!

Sie hetzte auch meinen Vater auf, daß er mich wegen der Milch prügeln müsse, denn die Mausi sei doch auch sein Herzipoppi. Aber der Vater sagte verdrossen: »Ach, laß mir doch meine Ruh. Ich bin so müd wie ein Packesel.«

Die Stange wußte sich aber zu helfen. Drei Tage hintereinander zwei Stunden Scheitlknien war auch keine Kleinigkeit. Aber darüber ging die Welt nicht unter. Ich hatte ja ein prächtiges Vorbild. Mein Heinz Brand wurde ja auch in der Wüste bei glühender Sonnenhitze an einen Pfahl gebunden.

Übrigens kam bereits der Frühling über die Stadt, die sich dehnte und weitete. Es wurde uns in der Schule gesagt, daß die Einwohnerzahl jetzt die halbe Million erreicht habe. Aber trotz des warmen Frühlingswindes lag eine leise Bedrückung über den Menschen. Es mußte etwas in der Zeitung stehen, das ihnen Unruhe brachte, weil mein Vater, wenn er darin las, oft den Kopf schüttelte und sagte: »Wenn sich da nur nichts zusammenbraut!«

Uns Kinder berührte das nicht. Wir spielten Schusser auf der Straße, trieben unsere Traller (Kreisel) über die Gehsteige oder rannten mit den Reifen dahin. Der abendliche Pfiff meines Vaters ging mit der altgewohnten Pünktlichkeit auch durch die Guldeinstraße.

Eines Tages kam der langgezogene Pfiff viel früher. Es war noch hellichter Tag. Als wir die Stiege hinaufrannten, der Pepi und ich, begegnete uns der Doktor mit seiner bauchigen Ledertasche. In der Wohnung lag die Mausi bleich und starr und mit geschlossenen Augen in ihrem Bettstattl. Sie war tot. Ich sah meinen Vater bitterlich weinen, die Stiefmutter saß am Bett, kerzengerade und unbeweglich wie eine Statue.

Ich mußte auch weinen, denn ich hatte die Mausi sehr gerne. Es tat mir leid, daß ich ihr die Milch weggesoffen hatte. Aber daran war sie nicht gestorben, sondern an einer Lungenentzündung.

Mit der Zeit verging die Trauer. Glühend lag die Sommersonne auf den Dächern und dem Pflaster der Straßen, und wir Kinder suchten den Schatten für unsere Spiele.

An einem Abend – ich wollte gerade die Herzi heimbegleiten, bevor der Pfiff kam – ritten drei Ulanen die Guldeinstraße daher und parierten ihre schnaubenden Pferde bei der mittleren Straßenkreuzung, nicht weit weg von dem Lebensmittelgeschäft der Herzi. Einer von ihnen begann ein Hornsignal zu blasen, und der Mittlere, wohl ein Offizier, hielt ein großes Blatt Papier vor sich und verkündete mit schnarrender Stimme in die Stille hinein, daß seine Majestät, der Kaiser, die Mobilmachung befohlen habe. Schweigend und ergriffen standen die Menschen da. Wo sie nur so schnell hergekommen sein mochten in der kurzen Zeit!

Die Herzi und ich lehnten an dem Mauerpfosten eines Toreingangs. Wir hielten uns an den Händen und verstanden den Schwingenschlag des Schicksals nicht. Wir spürten nur, daß etwas Ungeheures sich ereignet hatte. Dann schrie auf einmal jemand: »Hurra!« Und dann: »Ein dreifaches Hoch auf unsern König!« Die Reiter zogen ab, um auf einem andern Platz zu verkünden, was in der nächsten Zeit mit Blut geschrieben werden sollte. Und aus der Stille erhob sich dann mächtig aufrauschend das Lied »Es braust ein Ruf, wie Donnerhall, wie Schwertgeklirr und Wogenprall«. Dann zerstreute sich die Menge wieder, und wir zwei standen immer noch an der grauen Mauer. Da zog die Herzi mich in den düsteren Hausflur, lehnte sich an mich und begann zu weinen, weil sie daheim gehört hatte, wenn Krieg käme, müsse ihr Papa auch einrücken. Ich tröstete sie, so gut ich konnte. Sie warf die Arme um meinen Hals und küßte mich. Sie küßte mich auf den Mund, und es war der erste Mädchenkuß in meinem Leben. Mir war, als entschwebte ich all meiner irdischen Not. Ich weiß nicht, wie lange dieser himmelsschöne Zustand dauerte. Ich weiß nur, daß mein Vater diese Seligkeit zerbrach. Sein abendlicher Pfiff ging durch die Guldeinstraße.

Mit Beginn des Krieges änderten sich unsere Spiele, Indianer und Trapper gab es nicht mehr. Jetzt spielten wir Deutsche gegen Franzosen und Russen.

Ein paar Tage nach der Mobilmachung besuchte Onkel Richard uns. Er mußte auch in den Krieg und wollte Abschied nehmen. Er ließ mir ein Fernglas da, auf das ich aufpassen sollte, bis er wiederkäme. Er kam aber nicht wieder. Auch erfuhr ich, daß mein verehrter Lehrer Kritscheneder gleich in den ersten Tagen gefallen war. Für Kaiser und Vaterland, hieß es, und langsam ging es mir auf, daß ein Krieg doch etwas Grausames war. Allerdings hatte er für uns auch etwas Schönes, denn wenn ein Sieg errungen war, bekamen wir schulfrei.

Weil ich ein Fernglas hatte, das ich mir vor die Brust hängte, war ich schon etwas Besseres bei unserer Bubengruppe und marschierte mit dem hölzernen Säbel voraus, wenn wir in den Kampf zogen. Wie das gemacht wurde, sahen wir im Hof der Marsfeldkaserne, wenn die Soldaten den Nahkampf übten.

Mit dem Kommißbrot war es jetzt auf einmal auch nicht mehr so weit her, und ich ließ den Pepi das Sprüchlein zu den Kasernenfenstern hinaufplärren, weil es sich für mich als Offizier doch nicht schickte. Ich teilte deshalb auch den Pepi zum Train ein, da fiel es nicht auf, wenn er mit zwei Kommißlaiben unterm Arm hinterher marschierte.

Von irgendwoher hatten wir auch ein Zelt, in das die Verwundeten gebracht wurden. Natürlich gehörte dazu auch eine Krankenschwester. Die Herzi band sich um den Kopf ein breites weißes Tuch, auf das ich mit Farbe ein rotes Kreuz malte. Eine bessere Rotkreuzschwester hätten wir nicht finden können als die Herzi, weil sie vom elterlichen Lebensmittelgeschäft immer eine Tüte voll Schleckerl mitbringen konnte und ein paar Flaschl Limonade.

Ich hatte bald heraus, daß es schön war, verwundet zu werden, denn dann wurde man ins Zelt getragen, und die Herzi klebte einem ein Heftpflaster irgendwohin oder verband einen den Arm oder Fuß. Die Herzi erzählte mir, daß sie gehört habe, wenn das Herz getroffen sei, dann könne es man durch künstliche Beatmung wieder zum Leben erwecken.

Also hatte ich das nächstemal einen Herzschuß. Zuerst gab sie mir einen Schluck Limonade, und dann probierte sie diese Art von Wiederbelebung von Mund zu Mund. Ich kam dabei gleich recht quicklebendig ins Leben zurück. Das war noch viel schöner als der erste Kuß im düsteren Hausflur.

Das sah der Pepi, und er sagte gleich, ich solle mich doch von ihr nicht beißen lassen. Ich antwortete, daß er das noch nicht verstünde, und wenn er daheim etwas davon sage, dürfe er nie mehr Trainsoldat sein, sondern müsse an die vorderste Front. Und was ihm da blühe, könne er sich ja leicht ausmalen.

Leider wurde dieses Idyll bald wieder zerstört, denn wir zogen wieder einmal um und zwar in die Straubinger Straße. Das fiel gerade mit dem Zeitpunkt zusammen, als die Guldeinschule für Schulzwecke geschlossen und zu einem Lazarett umgewandelt wurde. Ich mußte jetzt die Fürstenriederschule besuchen. Das war ein Schulweg von einer guten Viertelstunde neben dem Trambahngleis der Linie 29.

Die Trennung von der Herzi fiel mir schwer, aber ich fand unter den Kindern der Straubinger- und der Elsenheimerstraße schnell Anschluß. Doch ich durfte kein Offizier mehr sein, weil meine Stiefmutter das Fernglas ins Versatzhaus getragen hatte. Sie konnte es nicht mehr auslösen, wie so vieles andere auch nicht, zum Beispiel den spärlichen Schmuck meiner Mutter.

In der neuen Gegend gefiel mir am besten, daß dort zu jener Zeit noch nichts verbaut war. Wiesen und Felder, Schrebergärten und ein kleiner Wald waren in der Nähe, an den im Westen der große Forstenrieder Park sich anschloß. Für mich begann damals überhaupt eine andere Zeit, denn die Stiefmutter wurde in ein Lungensanatorium geschickt. Auch wir wurden alle untersucht. Beim Pepi fanden sie einen Schatten auf der Lunge, und sie schickten ihn ebenfalls in ein Sanatorium. Der Buwi wurde zu einer Frau in der Elsenheimerstraße in Kost und Pflege gegeben, ich war mit dem Vater allein.

Wenn es in meiner Kindheit eine goldene Zeit gegeben hat, dann war es diese.

In der Schule hatte ich einen Lehrer namens Bräunlein, ein älterer Mann mit Vollbart. Ich durfte glänzen bei ihm, und wenn jemand zum Vorlesen aufgerufen wurde, dann war es ich.

Einmal sollten wir einen Aufsatz schreiben über das, was wir vom Krieg wüßten. Meinen Aufsatz las er zweimal und sah mich dann lange prüfend an.

Ich hatte mir nämlich Gedanken gemacht über den Sinn des Krieges. Warum mußten wildfremde Menschen einander umbringen, die sich gar nichts getan hatten? Es hieß doch in den zehn Geboten »Du sollst nicht töten«. Warum aber war das im Krieg erlaubt? Da stimmte doch etwas nicht. Haben denn wirklich ein paar Großkopferte die Macht und das Recht, die Soldaten aufeinander zu hetzen, schrieb ich, und wer ihnen denn dieses Recht gegeben hätte. Doch nicht der liebe Gott.

Herr Bräunlein las den Aufsatz ein drittesmal, sah mich wieder seltsam abwägend an und fragte, ob mein Vater ein Sozialdemokrat sei. Ich wußte nicht, was das sein sollte und was das mit meinem Aufsatz zu tun hatte. Der Bräunlein hat dann in dem Aufsatz das »Großkopferte« durchgestrichen und »Große« darübergeschrieben. Und er hat gesagt, daß man diesen Aufsatz jederzeit in gewissen Zeitungen abdrucken könne und daß es eine erstklassige Arbeit sei.

Diesen vortrefflichen Lehrer Bräunlein hatten wir leider nicht lange. Sein Nachfolger hieß Löwe und hätte mit meiner Stiefmutter verwandt sein können. Er schlug bei jeder Gelegenheit mit wahrer Hingabe zu. Er zwickte einem den Kopf zwischen seine Beine, drosch mit dem spanischen Rohr zu, und man mußte bis sechs mitzählen. Mehr als sechs Schläge waren im Königreich Bayern nicht erlaubt. Einmal biß ich ihn beim vierten Schlag in den Oberschenkel. Er brüllte, warf den Stecken weg und hielt sich mit beiden Händen das Bein. Hernach hätte er mich fast umgebracht.

Übrigens war die Stange vom Sanatorim heimgekommen. Der Hunger begann wieder, die Schläge und was sie sich sonst an Bosheiten ausdenken konnte. Ich mußte um sieben Uhr aufstehen und zunächst sämtliche Schuhe putzen mit einer Wichs, die in einem Holzschachterl war. Und wehe, wenn sie nicht wie Lack glänzten oder wenn zwischen den Nägeln noch ein Stäubchen zu finden war. Dann schüttete sie Wasser drauf, und ich mußte von vorne anfangen. Darüber war es dann glücklich drei Viertel acht geworden. Ich kam nur noch rechtzeitig in die Schule, wenn ich den Weg im Dauerlauf zurücklegte, also rutschte ich vom vierten Stock das Stiegengeländer hinunter. Wenn es mich in den engen Kurven hinausgeschleudert hätte, hätte ich mir unweigerlich drunten auf dem Pflaster das Genick gebrochen. Als ich glücklich unten war, rief mich die Stiefmutter. Ich mußte die vier Stockwerke wieder hinaufgehen, zwei Ohrfeigen in Empfang nehmen und dann ganz langsam wieder hinuntergehen, »wie es sich gehört«. Natürlich kam ich zu spät in die Schule, und in der Klasse wartete der Löwe bereits mit dem spanischen Rohr.

Zur großen Freude aller Schüler erreichte dann auch ihn der »Ruf zu den Fahnen«, wie man damals sagte, und wir Schüler meinten, jetzt würde der Krieg bald aus sein, wenn einer nach Frankreich kam und so zuhauen konnte wie der Löwe.

Seine Nachfolgerin war Fräulein Fuchs. Elfriede Fuchs wußte wohl schon um den Opfergang, den ihre Versetzung in eine fünfte Bubenklasse bedeutete. Sie hätte eigentlich Lamm oder Lämmlein heißen müssen, weil sie so geduldig war. Sie schlug nicht, sondern versuchte es mit Güte. Ich weiß nicht warum, aber mich mochte sie besonders gern. Sie wußte, daß ich eine Stiefmutter hatte, und einmal sagte sie, daß sie blauen Flecken an meinem Körper der Jugendfürsorge melden wolle. Ich flehte sie an, das nicht zu tun, weil ich sonst noch mehr blaue Flecken bekäme. Wenn schon mein Vater mir nicht helfen konnte, wie sollten dann fremde Menschen mir helfen können?

Das Fräulein Fuchs tat mir viel Gutes. Ich durfte ihr die Aufsatzhefte in die Wohnung tragen, durfte ihr Holz und Kohlen aus dem Keller holen, und sie schenkte mir immer etwas. Kein Geld, aber etwas zum Essen. Doch, einmal schenkte sie mir fünfzig Pfennige, ich sollte mir dafür die Haare schneiden lassen, die sich im Nacken bereits ringelten. Sogar unter der Schulzeit schickte sie mich hin, weil sie sagte, daß es sie schmerze, wenn sie meine langen Haare sehe. Daß ich hernach nicht mehr in die Schule kam, sondern in die Landsberger Straße hinüberrannte, wo auf dem großen Verladebahnhof gerade ein Regiment Soldaten verladen wurde, nahm sie stillschweigend hin. Beim Verladebahnhof traf ich unverhofft die Wurzi, die auch die Schule schwänzte. Wir mochten uns gleich auf den ersten Blick wieder, und sie sagte, daß sie am Sonntagnachmittag zu mir in die Straubingerstraße kommen wolle.

Ein andermal schenkte mir das Fräulein Fuchs zehn Pfennige, ich sollte in die Apotheke gehen, um mir ein Borwasser zu kaufen, weil ich entzündete Augen hatte. Ich kam aber bloß bis zum Kiosk an der Ecke, wo die Straßenbahn hielt. Dort gab es zwar kein Borwasser, aber dafür wunderbare Minzenkugeln und einen Bärendreck (Lakritzenstangen).

Damals geriet das Fräulein Fuchs zum erstenmal aus der Fassung. Ich sehe heute noch vor mir, wie sie auf dem Katheder droben stand und mit den Füßen aufstampfte, daß ihr die Strümpfe hinunterrutschten. Mit weinerlicher Stimme schrie sie:

»Ernst, du bringst mich noch ins Grab! Aus dir wird nie im Leben etwas Gescheites! Bei dir ist Hopfen und Malz verloren!«

Damals gelobte ich mir, sie nie mehr zu ärgern. Bald darauf mußten wir einen Aufsatz schreiben. Jeder sollte etwas schreiben, was er selber beobachtet hatte. Auf die Beobachtungsgabe käme es ihr an. Dabei schaute sie mich so treuherzig an und sagte:

»Streng dich nur ein bißl an, Hansi, du hast das Zeug in dir.«

Und ob ich's hatte. Ich dachte ein wenig nach, dann schrieb ich:

»Jetzt haben wir eine Lehrerin, die Elfriede Fuchs heißt. Wir sind zufrieden mit ihr, weil sie nicht so zuhaut wie der Lehrer Löwe vor ihr, und ein Fräulein ist und keine so große Kraft nicht hat wie der Lehrer Löwe. Sie hat einen Haarknoten und eine feine Nase, denn als sie einmal an meiner Bank vorbeigegangen ist, sagte sie zu mir: ›Schäm dich‹. Ich sagte ihr gleich, daß wir mittags Bohnensuppe gehabt hätten, aber sie schickte mich trotzdem vor die Tür und sagte, daß ich so lange dort bleiben müsse, bis die Bohnensuppe draußen ist. Vor der Tür war es sehr schön. Aber dann ist eine Mädchenklasse gekommen, die in den Turnsaal ging, und ich habe mich schnell im Abort versteckt, weil die nicht sehen sollten, daß ich vor der Tür stehen mußte. Als ich mich wieder hinausschleichen wollte, kam gerade der Lehrer Stockerl aus seinem Klassenzimmer heraus und hustete laut. Daraufhin kam auch gleich das Fräulein Fuchs heraus, und dann hat der Stockerl sie geküßt. Als die Pauseglocke geläutet hat, sind sie schnell auseinandergelaufen. Aber in der Pause hat sie mich plötzlich gesehen, ist ganz rot geworden und hat mich gefragt: ›Wo warst du?‹. Da hab ich lachen müssen, und sie ist noch roter geworden. Dann hat sie mir schnell ihr Pausebrot geschenkt, wo eine Wurst drinnen war.«

Als das Fräulein den Aufsatz gelesen hatte, wurde sie ganz blaß. Dann ging sie schnell hinaus. Ich glaube, sie hat geweint. Und das tat mir bitter leid, ich hätte mich ohrfeigen können. Aber ich hatte doch bloß geschrieben, was ich beobachtet hatte. Ein paar Tage darauf hatte ich dann Gelegenheit, einiges gutzumachen. Während der Pause hatte der Kreitmaier Benno im Schulhof mit einer Kastanie nach ihr geschmissen und sie ins Gesicht getroffen. Daraufhin verhaute ich den Benno so, daß zwei Lehrer mich von ihm fortreißen mußten.

Bald darauf durften wir zur ersten Kommunion gehen. Am Tag zuvor mußten wir beichten. Der Kooperator Strangl sagte, daß wir nur mit reinem Herzen an den Tisch des Herrn gehen dürften und wir ihm im Beichtstuhl alles sagen müßten, was nur im entferntesten einer Sünde gleichkäme, auch wenn es nur eine läßliche Sünde sei. Ich glaube schon, daß ich alles gebeichtet habe, und bekam als Buße drei Vaterunser auf. Als ich aus dem Beichtstuhl herausging, stolperte ich über einen ausgefransten Teppich, schlug der Länge nach hin und fluchte. Wenn ich vielleicht bloß »Herrschaftseiten« gesagt hätte, wäre es nicht so schlimm gewesen. Aber ich sagte »Kruzifix«, und das war zuviel. Der Kooperator rannte aus dem Beichtstuhl, packte mich bei den Haaren und zog mich hoch. Ob ich wisse, was ich jetzt getan hätte, fragte er. Ich nickte nur. Ob ich es mit Vorbedacht gesagt hätte oder aus Leichtfertigkeit. Da nickte ich schnell. Nur aus Leichtfertigkeit. Daraufhin mußte ich noch mal in den Beichtstuhl. Der Strangl gab mir fünfzehn Vaterunser als Buße auf. Ich fragte ihn schüchtern, ob die drei anderen dabei wären, worauf er nein sagte, die wären nicht dabei. Damals bin ich von allen Beichtkindern als letztes aus der Laimer Kirche gegangen, weil ich für die achtzehn Vaterunser so lange brauchte.

Am Weißen Sonntag versammelten wir Erstkommunikanten uns in der Fürstenriederschule. Ich hatte einen schwarzen Anzug auf Ratenzahlung bekommen. Die Hose ging weit über die Knie hinunter, die Schuhe weit über die Knöchel hinauf. Dann marschierten wir in Zweierreihe zur Laimer Kirche. Ich trug meine Kerze so gerade, als ob sie schon angezündet wäre und ich darauf achten müsse, daß sie nicht auslösche. In der Kirche war mir feierlich zumute. Mein Vater stand ganz hinten und schneuzte sich heftig. Wahrscheinlich dachte er auch an meine Mutter.

Dieses Jahr brachte noch ein großes Ereignis für mich. Fräulein Fuchs wurde gefragt, welche Kinder in ihrer Klasse besonders arm seien und eine Erholung dringend nötig hätten. Diese Kinder sollten dann die Sommerferien in einem Heim bei Schorndorf am Ammersee verbringen. Sie meldete mich, und ich konnte mein Glück gar nicht fassen und wartete voller Ungeduld, daß die Sommerferien kämen.

Dann war es endlich soweit, daß ich mit meinem Rucksack zum Starnberger Bahnhof gehen durfte. Ich mußte vorher nur noch acht paar Schuhe auf Hochglanz bringen.

Blauer Himmel, grünlich schimmerndes Wasser, verträumte Wälder, reifende Korn- und Weizenfelder, ein gutes Bett für mich allein, reichlich zu essen und keine Schläge. Das war jetzt meine Welt. Das mußte doch das Paradies sein. Jeden Tag betete ich darum, daß ich nicht daraus vertrieben würde.

In den ersten Tagen meinte ich, alles sei nur ein Traum, aus dem ich erwachen müsse, denn soviel Glück konnte es doch nicht geben. Aber es blieb alles so wie am ersten Tag, blieb alles Wirklichkeit. Zwar herrschte auch hier Ordnung und Disziplin, und das mußte auch so sein, denn wir waren nahezu hundert Buben.

Morgens, nach dem Frühstück, wurden wir zum See hinuntergeführt und durften nach Herzenslust baden. Die Aufsicht führten meist junge Lehrer, die den Tatzenstecken zu Hause gelassen hatten und hier auch nichts anderes sein wollten als große Buben.

Nach dem Baden ging es in den Wald. Dort mußten wir stehenbleiben und tief durchatmen, weil das für die Lunge gut sei. Am Abend, wenn die Sonne im See versank, saßen wir im Hof um einen alten Lindenbaum herum. Einer der Lehrer las uns dann etwas vor oder fragte uns über unsere Eindrücke aus. An einen kann ich mich noch gut erinnern, er hieß Glaser. Vor wenigen Stunden war er mit uns an reifenden Kornfeldern entlanggewandert, und nun deutete er auf mich und wollte von mir wissen:

»Was hast du zum Beispiel heute empfunden, als wir an dem Kornfeld vorbeigegangen sind?«

Ich brauchte mich gar nicht lange zu besinnen und gab die Antwort: »Ich habe Brot gerochen.«

Ringsum wurde gelacht. Nur der Glaser blieb ernst und sagte, daß es hier gar nichts zu lachen gäbe. Die Antwort sei äußerst treffend. Nur wollte er jetzt das von mir noch näher erklärt haben. »Ich meine«, sagte ich, »daß in den Ähren schon das Brot ist für das nächste Jahr.« Der Herr Glaser rückte seine Brille zurecht, sah mich lange an und fragte, was ich einmal werden wolle. Ich brauchte wieder nicht zu überlegen und sagte prompt, daß ich am liebsten Bauer werden möchte.

»Warum?«

»Weil – weil«, ich überlegte ein bißchen und ließ mir dann einfallen: »Zwischen der Erde, die der Bauer pflügt, und Gott ist niemand. Also steht ein Bauer Gott am nächsten.«

»Gut gesagt«, meinte Glaser. »Wie kommst du als Großstadtbub auf solche Gedanken?«

Das wußte ich nicht. Ich fühlte mich hier innerlich so frei und erlöst von allem, was meine Kindheit beschattete. Tausend Dinge stürmten auf mich ein, und ich saugte mich voll mit den neuen Eindrücken. Ich konnte mir nicht vorstellen, daß all das einmal zu Ende gehen könnte und ich wieder in die Hölle zurück müsse.

Manchmal stand ich in der Nacht auf, öffnete das Fenster und lauschte. Der Mond stand über dem See und Tausende von Sternen.

Ich schrieb Karten an die Herzi und an die Wurzi. Und jeder schrieb ich das gleiche, nämlich daß ich an sie dächte, wenn ich des Nachts zu den Sternblumen hinaufschaute. Die Wurzi gab mir gleich Antwort und schrieb, daß sie gerne bei mir sein möchte. Die Herzi antwortete nicht.

Wir wurden gewogen, und ich hatte bereits zwei Pfund zugenommen. Leider waren schon vierzehn Tage vorbei. Die Zeit raste, und mit jedem Tag, der das Ferienende näherbrachte, wurde mir schwerer ums Herz. Am liebsten wäre ich nicht mehr zurückgegangen, und ich spielte sogar mit dem Gedanken, einen Bauern zu fragen, ob er mich nicht brauchen könne. Als Hüterbuben vielleicht. Ich hätte alles auf mich genommen, wenn ich nur weiterhin satt werden würde. Ich begann darüber nachzugrübeln, warum es so leicht ist, anständig zu sein, wenn man satt ist. Aber wenn man Hunger hat und einem aus der eigenen Familie keine Wärme und keine Liebe zuströmt, dann ist es sehr schwer, anständig zu sein. Damit möchte ich nicht sagen, daß nicht wenigstens mein Vater mich gern gemocht hätte. Aber er hatte nicht den Mut, es zu zeigen.

Als er es zeigte bei meinem Heimkommen und darüber staunte, daß ich so braungebrannt war und dicke Backen hatte, sagte meine Stiefmutter gleich, daß ich es gar nicht verdient hätte, in Ferien gewesen zu sein, und daß es ihr Sohn Buwi nötiger hätte.

Aber merkwürdig, das konnte mir jetzt nicht mehr viel anhaben. Ich zehrte von meinem Erinnerungen, nahm immer ein Quäntlein von dem heraus, was ich in mir aufgespeichert hatte. Auch dem Hunger widerstand ich jetzt leichter, seit ich ein paar Wochen lang satt geworden war. Der Pepi war erschreckend mager. Ihm hätte ich von Herzen auch solche Ferien vergönnt.

Der Winter kam. Ein Trödler schenkte mir ein paar verrostete Schlittschuhe. Ich mußte sie im Keller verstecken, weil die Stange nicht wissen durfte, daß ich Schlittschuhe besaß. Wenn ich vom rasenden Lauf erhitzt war, brachte ich zunächst die Schlittschuhe in den Keller, dann legte ich meine Wangen abwechselnd auf die kalte Betontreppe des Kellers, weil sie ja gleich wieder zuschlug, wenn ich erhitzt hinaufkam. Mich wundert heute noch, daß ich mir damals nicht die Schwindsucht einhandelte.

Eines Tages, als es schon Frühling werden wollte, sagte mein Vater, ich müsse jetzt zum Firmbitten gehen. Das heißt, ich sollte zu einem Maurermeister gehen und ihn bitten, mein Firmpate zu sein. Mein Vater hatte schon mit ihm gesprochen, und nun mußte ich allein hingehn.

Dieser Maurermeister wohnte in Sendling. Klopfenden Herzens stand ich vor seinem großen Haus und dann vor der Wohnungstür im ersten Stock mit dem protzigen Namensschild »Balthasar Brandlechner, Baugeschäftsinhaber und Maurermeister«. Als ich läutete, öffnete mir ein pausbackiger Engel. Bloß Flügel hatte er nicht. Es war die Tochter des Baumeisters. Ihr Papa sei nicht zu Hause, sagte sie, er sei in der Eckwirtschaft bei seinem abendlichen Tarock. Ich ging also in die Wirtschaft. Am Ofentisch saßen drei ältere Herren. Ich hockte mich gleich neben der Tür auf eine Bank. Die Kellnerin kam und fragte, was ich möchte. Ich bat sie, mir zu sagen, wer von den drei Herren dort der Baumeister sei.

»Der Dicke«, sagte sie.

Mit dem Mut der Verzweiflung ging ich zum Ofentisch, über dem ein Bild hing mit einem Wildschützen, der gerade einen Hirschen geschossen hatte und vom Jäger überrascht wurde. Ich räusperte mich und sagte:

»Herr Baumeister, ich tät halt recht schön bitten, ob Sie nicht meinen Firmpaten machen möchten.«

Der, den ich angesprochen hatte, nahm gerade seine Karten auf und sagte zu seinem Gegenüber:

»Ja, was gibst mir denn du wieder für einen Schmarrn? Weiter, sag ich!« Dann erst schaute er mich an. »Was möchst, Kleiner? Einen Firmpaten brauchst? Von wem bist denn du?«

Gehorsam sagte ich Namen und Vornamen.

»So, so, vom Ernst bist? Von was für einem Ernst? Vom Eisenbahner?«

»Ja, von dem. Und der Vater schickt mich und läßt auch recht schön bitten.«

Der breite, wuchtige Schädel meines zukünftigen Firmpaten fuhr plötzlich raubvolgelartig vor.

»Ja, Schmederer, warum schmierst denn du deinen Graszehner nicht? Wann doch d' Sau schon lang gfalln ist! Ein Zeug spielst du zamm!« Dann, ohne mich anzusehen: »Wann ist deine Firmung?«

»Am achtzehnten Juni, Herr Baumeister. Und ich tät halt recht schön bitten.«

»Ja, ja, ist schon recht. In welcher Kirche?«

»In der Paulskirche.«

»Dann kommst um sieben Uhr, gell? – Also, so was! Schmiert der seinen Graszehner nicht! Schmederer, du lernst es nie.«

Zu mir sagte er nichts mehr, und ich schlich mich schüchtern hinaus. Arg enttäuscht war ich, und eine Uhr erwartete ich mir bei so viel Unpersönlichkeit schon gar nicht mehr.

Am achtzehnten Juni war ich natürlich schon um halb sieben in Sendling. Weil ich mich aber so früh noch nicht hinauftraute, stand ich lange Zeit vor dem Bild der Bauernschlacht an der alten Sendlinger Kirche. Ich bewunderte den Schmied von Kochel, wie er mit seinem Morgenstern unter den Feinden wütete. Und es tat mir in der Seele weh, daß das weißblaue Banner ihm die Sicht gegen den rotbefrackten Panduren verdeckte, der seinen krummen Säbel über dem Haupt meines Helden schwang. »Gib Obacht, Schmied«, wollte ich schreien, so sehr hatte ich mich in die Begebenheit vertieft. Aber da schlug es bereits sieben Uhr, und eine Glocke begann zur Frühmesse zu läuten.

Wenig später zog ich die Klingel an der Wohnungstür. Der Herr Firmpate war noch in Filzpantoffeln, die Hosenträger baumelten lustig hinter ihm her. In diesem Aufzug sah er noch dicker aus. Er mochte gut seine zweieinhalb Zentner wiegen.

»So Bua, bist schon da?« lachte er. »Geh nur ins Wohnzimmer und setz dich derweil. Hast schon einen Kaffee gehabt?«

»Ja, Herr Pate«, antwortete ich niedergeschlagen, denn wie sollten wir noch rechtzeitig zur Firmung kommen, wenn er noch in Pantoffeln herumlief!

»Trink nur noch mal Kaffee und nimm dir einen Guglhupf, daß dir nicht schlecht wird in der Kirch«, sagte der Herr Pate und fluchte dann: »Wo nur der Bader wieder bleibt! Der soll mich doch noch rasieren!«

Im selben Augenblick läutete es. Es war der Bader, und ich blieb allein in dem großen Wohnzimmer. So herrliche Möbel hatte ich noch nie gesehen.

Rasch schob ich mir ein Stück Guglhupf in den Mund, dann sah ich mich näher um. An der Wand, über dem breiten Plüschsofa, hingen sechs kleine rote Pantöffelchen. An jedem hing eine dünne Silberkette herunter. Meiner Vermutung nach mußte am Ende so einer Kette eine Uhr hängen. Ich täuschte mich nicht. An jeder Kette hing eine Uhr. Gerade war ich vom Sofa herunter, da öffnete sich die Tür, und mein Firmpate stand da im langen schwarzen Flügelrock, den glänzenden Zylinder in der Hand.

»So, Bua, jetzt gehn wir.«

Im Hinausgehen griff er noch in eines der Pantoffelchen und steckte etwas in die Tasche. Nun war mir alles egal. Von mir aus konnten wir auch zu spät kommen, denn ich hatte gesehen, daß der Herr Pate eine Uhr in die Tasche steckte. Wahrscheinlich werden wir ja nun mit der Trambahn fahren, dachte ich. Aber vor der Haustür stand eine schwarzlackierte Kutsche, vor die ein rassiger Goldfuchs gespannt war. Das konnte doch nicht wahr sein! Ich durfte in einer Kutsche fahren! Das sollte die Wurzi sehen!

Mein Pate sprach während der ganzen Fahrt kein Wort. Erst als wir bei der Bavaria vorbeifuhren, fiel ihm ein:

»Der Schmederer, hast gesehn, als du beim Firmbitten warst, wie er seinen Zehner nicht geschmiert hat? Ja so, du wirst vom Kartenspiel noch nichts verstehn?«

Nein, ich verstand wirklich nichts davon. Ich hob den Kopf, weil die Glocken der Paulskirche feierlich über die weite Fläche der Oktoberfestwiese dröhnten. Die Kirche war schon gesteckt voll, als wir eintraten. Aber da passierte etwas, das ich mein ganzes Leben nicht vergessen werde. Ein altes Weiblein mit schlohweißem Haar rutschte im Kirchenstuhl, daß wir beide noch Platz hätten. Dann faßte sie mich am Ärmel und flüsterte mir zu:

»Rutsch nur her zu mir, Büberl. Ich bet auch fest für dich, daß es dir einmal recht gut geht...«

Eine mir völlig fremde alte Frau. Die Perlen des Rosenkranzes glitten durch ihre zerarbeiteten Hände.

Nach der Firmung langte mein Pate in die Tasche und überreichte mir eine Uhr. Als wir aus der Kirche hinausgingen, meinte ich, mich narre ein Spuk. Aber die Herzi stand wirklich vor mir in einem weißen Kleid mit vielen Spitzen und einem Kränzlein auf dem blonden Haar. Sie war gewachsen und fast so groß wie ihre Firmpatin. Ich zeigte der Herzi gleich meine Uhr, aber sie wurde von ihr nur belächelt.

»Silber!« sagte sie und zeigte mir ihre Uhr. »Echt Gold«, sagte sie. Sie wollte offensichtlich Abstand zeigen. Mich kam die Lust an, sie daran zu erinnern, daß sie mich hatte heiraten wollen. Aber da erschien ihre Firmpatin. »Komm, mein Kind«, sagte sie, und dann stiegen sie »auch bloß« in einen Fiaker. Der war gar nicht einmal so schön, wie der unsere, der auf ein Fingerschnalzen meines Paten vorfuhr. Ich sah, wie die Herzi nun doch verwunderte Augen machte, und freute mich darüber.

Wir fuhren zum »Gasthaus zu den drei Rosen« zum Mittagessen. Dort warteten bereits die Tarockbrüder meines Paten auf ihn. Sie hatten ebenfalls Firmlinge, und ich zeigte den fremden Buben gleich meine Uhr. Leider hatten sie auch welche.

Am Nachmittag brachte die Trambahn uns in den Tierpark. Wir Buben bekamen ein Stück Torte und eine Limonade. Die Paten tranken Bier und saßen noch nicht lange, da ließen sie sich bereits eine Tarockkarte bringen. Sie spielten den ganzen Nachmittag, indessen wir Buben die Seelöwen und die Affen anschauten.

Abends bekam ich dann im »Grünen Baum« noch einen gefüllten Pfannkuchen. Dann begleitete der Herr Pate mich zur Trambahn, kaufte mir noch ein Pfund Kirschen und gab mir ein Zehnerl für die Fahrt. Er sagte, daß ich im nächsten Jahr am Josefitag in das »Gasthaus zu den drei Rosen« kommen und ihm meine Uhr vorweisen solle.

Daheim erfuhr ich von meinem Vater, daß der Baumeister Balthasar Breitlechner jedes Jahr fünf oder sechs Buben zur Firmung führte und im Lauf der Jahre schon bald eine halbe Kompanie beisammen habe, die er an jedem Josefitag bewirtete, wenn sie die Uhren noch hatten.

Ich konnte am Josefitag des folgenden Jahres nicht hingehen, weil die Stange meine Firmungsuhr ins Leihhaus getragen hatte und nicht wieder hatte auslösen können.

Ich hatte fast nichts anderes erwartet.

Die Leute sagen immer, daß die Zeit so schnell vergeht. Wo nur grad die Zeit hinkäme, fragen sie. Sie geht aber gar nicht davon, sie bleibt bei uns. Bei mir blieb sie wenigstens und in mir auch. Vielleicht vergeht die Zeit schneller, wenn man in der Freude lebt, oder wenn sie von der Freude bewegt wird.

Wie schnell vergingen die Stunden doch, wenn ich zum Spielen hinunter durfte. Die weiten, freien Flächen, die es damals in der Elsenheimer- und Straubingerstraße noch gab, boten sich geradezu an für unsere Kinderspiele, zum Fußballspielen, Faustballspielen, Deutschball oder zum Wettlauf. Ich konnte rennen wie ein Windhund. Die Luft war so klar und rein, man wußte noch nichts von Benzingestank oder Luftverschmutzung. Die Stunden flogen nur so davon. Wie zäh und langsam aber krochen sie droben in der Wohnung dahin. Es war nicht viel anders, als wenn man hinter dem Stacheldraht sitzt. Und der Hunger saß drohend mit uns hinter diesem Stacheldraht. Jetzt war der Hunger aber nicht mehr bei uns allein, jetzt erfaßte er allmählich alle, denn was einem da auf Lebensmittelkarten zugemessen wurde, das reichte einfach nicht. Mit dem Brotbetteln ging auch nichts mehr. Zum Glück hatten wir noch genügend Kartoffeln im Keller. Zum Teil vom Nachlesen auf den Kartoffeläckern, den größten Teil aber hatten wir früher schon heimlich von den Äckern des Fuchsbauern geholt.

Es war aber nicht nur der Hunger allein, der bei uns umging. Es kroch noch ein anderer die Stiegen herauf und verharrte vor der Tür.

Es war der Tod.

Meine Stiefmutter starb am zehnten Juli 1916, nachmittags um halb vier, als gerade ein heftiges Gewitter tobte und schwere Regentropfen von einem ruppigen Wind an die Fensterscheiben gepeitscht wurden. Sie starb, nachdem sie kaum acht Tage bettlägerig gewesen war. Vom Bett aus kamen durch die offene Tür mit immer leiser werdender Stimme ihre Kommandos, die meistens mir galten:

»Schür das Feuer nach! Stell Kartoffeln hin! Setz Wasser auf! Sind die Schuh alle geputzt? Schäl die Kartoffeln! Nimm einen Putzlappen und wisch den Boden auf...«

Und nun war diese Stimme verstummt. Sie hätte eigentlich in einem Krankenhaus still werden sollen. Aber sie beharrte eigensinnig darauf, daheim, im eigenen Bett, zu bleiben.

Der Buwi, inzwischen auch schon sechs geworden, war vor ihrem Bett auf einem Schemel gesessen und hatte mit seinem Baukasten gespielt. Auf einmal schrie er ganz laut auf. »Mami, Mami!« schrie er. Der Pepi und ich stürzten ins Schlafzimmer. Die Stiefmutter rührte sich nicht mehr. Sie hatte die Augen geschlossen. Ein Arm hing vom Bett herunter. Der Buwi sagte, daß ihre Hand gerade noch auf seinem Haar gelegen habe, dann sei sie heruntergefallen und habe am Holz der Bettlade aufgeschlagen. Als ich den Arm nahm und auf das Bett legte, war er schon kalt und halb starr.

»Sie ist gestorben«, sagte ich. Der Buwi weinte sofort recht laut, und der Pepi sagte: »Jiiiiietz krieg'n wir nimmer Prügl.«

Mir war merkwürdig zumute. Ich hatte viel Leid von ihr empfangen, sechs Jahre hindurch. Aber alles, was sich in dieser Zeit in mir aufgespeichert hatte an Haß, das ging jetzt fort. Nein, ich empfand auf einmal keinen Haß mehr gegen sie, stand nur da und wußte nicht, was man in so einem Fall tun sollte.

Das Gewitter war abgezogen. Leise murrte der Donner, und der Regen rann nur mehr ganz dünn an den Fensterscheiben herunter.

Ich wußte, daß sie unter ihrem Keilpolster immer einen kleinen Schlüssel versteckte. Den nahm ich jetzt heraus. In der Kommode war eine hölzerne Schatulle. Der Schlüssel paßte. Es waren zwölf Mark darin und vier Tafeln Schokolade. Das Geld ließ ich liegen, die vier Tafel Schokolade aber nahm ich heraus. Ich gab dem Buwi eine (der sonst alle vier bekommen hätte), dem Pepi gab ich auch eine, und ich sagte, daß mir zwei gebührten. Der Buwi mochte die seine nicht und gab sie dem Pepi, der sogleich zu essen anfing.

Nach einer Weile läutete ich bei der Nachbarin. Die kam gleich mit mir, schlug die Hände über dem Kopf zusammen und bestätigte, was wir schon wußten. »Ja, jetzt ist sie gestorben, die arme Haut. War für sie doch bloß noch eine Erlösung. Tut beten, Kinder, für ihre arme Seele.«

Wir beteten miteinander mehrere Vaterunser, und ich meinte, daß der letzte Satz im Vaterunser »und erlöse uns von allem Übel« noch nie so eine große Bedeutung für mich gehabt hätte wie in dieser Stunde.

Die Nachbarsfrau lief zum Kramer an der Ecke, der ein Telefon hatte.

Es ging dann alles sehr schnell. Der Vater kam und nach ihm

ein paar schwarzgekleidete Männer mit einem Sarg. Ein Doktor war auch da und sagte, daß die Wohnung desinfiziert werden müsse.

Der Vater war tief bekümmert, aber nicht nur wegen des Todes seiner zweiten Frau, sondern weil er gerade an diesem Tag den Befehl bekommen hatte, daß er einrücken müsse. Er mußte von einer Behörde zur anderen laufen, um wenigstens zur Beerdigung noch da sein zu können.

Die Bürokratie arbeitete damals anscheinend noch etwas schneller, denn zwei Tage darauf wußten wir, daß der Pepi und ich von der Fürsorge nach Niederbayern zu Bauern geschickt werden sollten, vorerst für die Dauer der Schulferien, die in den nächsten Tagen angingen. Der Buwi sollte in die Nähe von Wasserburg in ein Kinderheim.

Am fünfzehnten Juli wurde meine Stiefmutter im Waldfriedhof beigesetzt.

Ich durfte den Kranz mit der Schleife tragen, auf der geschrieben stand, daß der Vater und die Kinder der lieben Mutter einen letzten Gruß schenkten. Wir gingen auf einem Feldweg zum Waldfriedhof. Weil drei Tage vorher das heftige Gewitter war, standen in den Furchen des Feldweges noch Wasserlachen. Denen konnte man aber ausweichen. Das Unheil kam von ganz wo anders her. Langsam nahte sich ein Ochsenfuhrwerk. Die Ochsen hoben auf einmal die Köpfe und rannten auf meinen grünen Kranz zu. Der Bauer riß und zerrte an den Zügeln, aber es half nichts. In meiner Angst warf ich ihnen den Kranz entgegen, den der Sattelochs dann auf seine Hörner bekam, während der andere gleich an dem Grün zu rupfen begann. Der Bauer war nun vom Wagen gesprungen, schlug mit einem Stecken auf die Ochsen ein und konnte ihnen endlich den Kranz entwinden. Aber er sah ziemlich zerrupft aus, und es bedurfte einiger Mühe, ihn wieder ein bißchen zurechtzurükken.

Im Leichenhaus standen wir vor dem großen Glasfenster und sahen die Mutter zum letzten Mal. Man hatte ihr einen Rosenkranz um die weißen Finger gewunden. Das Herz wurde mir nun doch recht schwer. Mir taten der Vater leid und der Buwi, und als der Deckel auf den Sarg gelegt wurde, stieg auch in mir etwas auf, und ich mußte ein Weinen unterdrücken.

Es waren nur wenige Leute bei der Beerdigung. Aber auf einmal sah ich die Frau Zimmerer und die Wurzi. Die Frau Zimmerer gab meinem Vater die Hand und sprach ihm ihr Beileid aus. Die Wurzi tat das auch, aber dann schlängelte sie sich gleich an meine Seite. Ich hätte ihr viel zu erzählen gehabt, aber das schickte sich jetzt nicht, weil wir hinter dem Sarg hergingen. Der Buwi hatte mich bei der Hand genommen. Als meine Mutter starb, konnte ich nicht hinter ihrem Sarg hergehen, weil ich damals im Krankenhaus lag.

Hernach gingen wir gleich heim. Der Vater hatte kein Geld und auch keine Lebensmittelmarken, um die Trauergäste bewirten zu können. Der Vater ging mit der Frau Zimmerer voraus, die Wurzi und ich hinter ihnen. Jetzt konnten wir endlich miteinander reden. Ich erzählte ihr, daß der Pepi und ich am nächsten Tag nach Niederbayern in die Ferien fahren würden.

»Schreibst mir dann wieder?« fragte sie. Ich versprach es und sah sie von der Seite an. Sie hatte sich mit ihren zwölf Jahren schon ganz schön entwickelt. Dann berichtete sie, daß sie in der vorigen Woche zu ihrem Geburtstag ein Nachthemd gekriegt habe.

»Ein was hast du gekriegt?« fragte ich, denn ich hatte noch nie etwas von einem Nachthemd gehört.

»Ein Nachthemd«, sagte sie. »Es ist rosarot und hat Spitzen am Hals.«

»Wozu brauchst du denn das, Wurzi?«

»Geh, du Dummerl!« lachte sie. »Wozu braucht man denn ein Nachthemd! Zum Anziehen halt, wenn man ins Bett geht.«

Ich verstand nicht, wieso man am Abend, wenn man ins Bett ging, ein anderes Hemd anziehen mußte als das, was man den ganzen Tag über angehabt hatte.

Die Wurzi wollte übrigens jetzt keine Sängerin mehr werden, sie hätte eingesehen, daß ihre Stimme viel zu rauh sei. Jetzt wollte sie Modistin werden, und ich stimmte dem gleich eifrig zu, weil mich das an meine Taufpatin erinnerte.

Was ich einmal werden wolle, fragte sie. Seit meine Mutter tot war, wußte ich, daß ich kein Lehrer mehr werden durfte. Übrigens war dieser Beruf für mich auch kein Traumberuf mehr, nachdem ich gesehen hatte, wie das Fräulein Fuchs immer geärgert wurde. Und auch der Lehrer Löwe war ein schlechtes Beispiel gewesen. Mein Vater sagte, daß ich ein Handwerk lernen müsse, weil das immer seinen Mann ernähre. Aber da fragte ich mich, warum denn er nicht bei seinem Handwerk geblieben und lieber zur Eisenbahn gegangen sei. Eigentlich machte ich mir überhaupt keine Gedanken um meine Zukunft. Meine Mutter hätte wahrscheinlich gesagt, daß jedes Menschen Zukunft in Gottes Hand liegt. Ich vertraute auf Gott. Später habe ich gelernt, daß man schon selber auch auf sich achten muß und sich nicht treiben lassen darf vom Wind des Schicksals.

Ein schweres Schicksal war das wohl auch, als wir jetzt in der leeren Wohnung herumsaßen, in der noch immer der Ruch des Todes war. Und es muß für meinen Vater unendlich schwer gewesen sein, zu wissen, daß er uns Kinder jetzt alleinlassen und er selber in den Krieg ziehen mußte.

Gebeugt und mit Wasser in den Augen richtete er die Sachen zusammen, die wir mitnehmen sollten. Es war nicht viel, und der Pepi und ich hatten an unseren Rucksäcken nicht schwer zu tragen, als der Vater uns mit dem Buwi am andern Tag zum Bahnhof brachte, wo der Zug schon bereitstand. Viele Kinder standen herum, die auch zu Bauern nach Niederbayern durften. Bloß mit dem Unterschied, daß diese Kinder nach den Ferien wieder heim durften. Aber wir, was sollte dann aus uns werden? Blühte uns wieder das Waisenhaus?

Als der Zug abfuhr, standen der Vater und der Buwi auf dem Bahnsteig. Und ich sah, wie meinem Vater die Tränen über das Gesicht rannen.

In Sandbach wurden wir von den Leuten empfangen, die uns Stadtkinder um Gotteslohn für sechs Wochen Ferien auf ihre Höfe nehmen wollten.

Ich kam auf einen Hof, der hoch über den Dörfern Sandbach und Seestetten lag. Der Bauer war ein großer, kräftiger Mann, mit schwarzem Schnauzbart, die Bäuerin eine stattliche Frau mit einem gütigen Gesicht. Sie hatten zwei Buben und eine Tochter mit vierzehn Jahren, die Anna. Zu diesem Mädchen faßte ich gleich Zutrauen. An die Buben mußte ich mich erst langsam herantasten. Unsere Welten waren doch zu verschieden. Ich kam aus der Großstadt, sie waren von Geburt an schon auf dieser begnadeten Höhe daheim, auf der der Wind anders rauschte und von der aus man weit ins Land hinaussah. In der Tiefe zog wie ein breites Band die Donau dahin. Auf der andern Seite sah man dunkle Wälder, aus denen schlanke weiße Kirchtürme leuchteten. Rings um den Hof lagen Getreidefelder, auf denen die Roggenähren silbern glänzten und der Weizen in seiner goldenen Fruchtbarkeit aussah, als sei ein braunes Samttuch über die Erde gebreitet. Dazwischen lagen dunkelgrüne Kleewiesen oder Kartoffeläcker, die gerade satte Blüten an den Stauden hatten.

Nach ein paar Tagen fühlte ich mich schon ganz daheim auf dem Hof. Man ließ mich zu keiner Minute fühlen, ein Fremdling zu sein. Der ältere Bub, der Sepp, war so alt wie ich. Heute ist er schon seit vielen Jahren Bürgermeister von Sandbach. Damals aber war er halt auch ein Lausbub wie ich. Er brachte mir bei, wie man sich mit den Fingern schneuzt und durch die zusammengepreßten Zähne weit spucken kann. Dafür weihte ich ihn in meine Geheimnisse ein, erzählte ihm, daß ich in München eine Wurzi zurückgelassen hätte, die meine Frau sei, und daß die Herzi mich mit Mund-zu-Mund-Beatmung wieder ins Leben geholfen habe. Ob es ihn stark beeindruckte, weiß ich nicht. Er sagte bloß immer: »Ah da verreck.«

Die Wurzi hätte zu uns und unseren wilden Spielen gepaßt. Die Anna auch, aber die durfte nicht mehr mit uns spielen, weil sie mit ihren vierzehn Jahren schon arbeiten mußte wie eine

Magd. Sie mußte die Kühe melken, und ich hatte gleich heraus, daß man von ihr immer etwas bekommen konnte. Wenn sie im Stall unter den Kühen beim Melken saß, ging ich zu ihr und brauchte gar nicht darum zu betteln. Sie gab mir gleich von der Kuh weg den Eimer mit der Milch. Ich trank in so gierigen Zügen, daß die schäumende, warme Milch mir über die Mundwinkel in den Hals hinein rann. Ich schenkte ihr dafür mein Kommunionbild.

Milch. Diesen herrlichen weißen Trank, von dem ich in der Stadt kaum einmal ein Tröpferl erwischt hatte außer jenen, die ich der Mausi aus dem Milchflascherl soff. Und hier hätte ich mich baden können in Milch. Ich blühte auf, strotzte von Gesundheit und Lebensfreude, zumal auch das übrige Essen reichlich und gut war.

Und dann diese Freiheit, diese Ungebundenheit, dieses völlige Losgelöstsein von allen Sorgen und Ängsten. Herrlich das Hineintauchen in diesen großen Erntesommer, das Hineinfinden in die neue Heimat, die mir der Hof und seine Menschen zu werden schienen.

In glühender Sonnenhitze mähten sie das Korn. Schwer rauschten die Sensen, das Korn stürzte, eine breite Mahd lag dann auf der Erde, bis flinke Hände sie aufrafften und zu Garben banden.

Wir Buben durften die Garben aufstellen. Wir waren barfuß auf dem Acker, und die harten Stoppeln stießen manche Wunde zwischen die Zehen. Der Sepp lehrte mich zwar, daß man nicht auf die Stoppeln zu treten brauche, man müsse nur auf dem Boden dahinschleifen. Das machte ich, und meine Fußsohlen wurden allmählich auch hart wie Leder. Zum erstenmal erlebte ich, was für ein Gefühl es ist, der Erde zu dienen. Und wie beglückend, daß man mich brauchen konnte! Zum erstenmal kam mir zum Bewußtsein, daß ich mit offenem Herzen in die Welt eintauchte, die meine Ahnen einmal verlassen hatten.

Als wir im Schatten einer Haselnußstaude saßen und Brotzeit machten, suchte ich mir aus den Ähren eine Handvoll blaue Kornblumen, wand einen Kranz davon und setzte ihn der Anna über das weiße Kopftuch, weil sie mir immer so viel Milch zu trinken gab.

War das ein herrliches Gefühl, wenn man müde und ausgelaugt von der Sonne am späten Abend auf den Strohsack fiel! Der Sepp hatte mir gezeigt, wie man in den Strohsack eine Mulde macht. Da lag man dann wie in einer Muschel, bis hinter den Wäldern der neue Tag sich erhob. Dann krähte der Hahn, ein Pferd schlug an die Bohlen, und das Läuten des Sensendengelns ging durch die heilige Frühe. Die Anna schepperte mit den Milchkübeln, und von der Küche herauf hörte man die Herdringe klirren. Dann sprangen auch wir Buben aus dem Bett, wuschen uns am Brunnen das Gesicht und mit dem Finger die Zähne, indes die Lerchen schon über den Feldern sangen.

Es war eine beglückende Zeit für mich im Kreis dieser einfachen und aufrechten Menschen. Ich wußte kaum, daß ein blutiger Krieg über die Welt ging, hier spürte man nichts davon, hier war tiefste Ruhe und Geborgenheit. Unvorstellbar, aus dieser Traumwelt wieder herausgenommen zu werden.

Als die anderen Münchner Ferienkinder heimfahren durften, beschäftigten sich die Behörden bereits wieder mit mir und meinem Bruder Pepi. Schriftstücke zwischen der Sandbacher Gemeinde und dem Münchner Magistrat gingen hin und her. Nach München konnten wir nicht zurück. Die Wohnung war verschlossen und versiegelt. Nur die Tore des Waisenhauses standen weit offen. Dann mußte irgendeinem Beamten doch die rettende Idee gekommen sein, daß man zwei Buben für einen Pflegesatz von zwanzig Mark auch bei irgendeinem niederbayerischen Bauern belassen könne. Der Pepi und ich waren zu einer Ware geworden, wir mußten froh sein, wenn sich ein Käufer fand. Mein Bruder begriff das noch nicht so wie ich. Er war völlig hilflos, so daß ich mich um ihn kümmern mußte. Die Ungewißheit über unsere nächste Zukunft war unerträglich.

Am liebsten wäre ich bei der Bauernfamilie Schwarz geblieben, aber sie hatten ja selber drei Kinder, und es war von Anfang an ausgemacht, daß sie nur für sechs Wochen ein Münchner Schulkind aufnehmen wollten.

Dann kam die Nachricht, auf die ich so sehr wartete. Ich sollte zum Voggenreuter nach Oberreit. Dieser Name blieb mir im Gedächtnis haften, denn als ich meinen ersten Roman schrieb, gab ich ihm den Titel »Jakob Voggtreuter«.

Unerbittlich nahte die Zeit des Abschieds. In der letzten Nacht konnte ich nicht schlafen. Mir war so bang ums Herz, es klopfte voller Ängstlichkeit, weil ich nicht wußte, was mich auf dem anderen Bauernhof erwartete.

Am nächsten Morgen erschien eine Frau und sagte, sie sei die Oberreiter Rosa und solle mich abholen. Sie hätte genausogut sagen können, daß sie die Ware abholen solle, denn als Ware kam ich mir in diesem Augenblick wieder vor. Ihre Größe erinnerte mich an meine Stiefmutter, und ich forschte ängstlich in ihrem Gesicht, ob sie auch sonst meiner Stiefmutter ähnlich sei. Aber die Rosa hatte gute Augen und einen vollen roten Mund, der mich freundlich anlachte. Meine bisherige Pflegemutter sagte zu ihr:

»Da kriegt ihr einen braven Buben, er hat uns in den sechs Wochen keinen Kummer gemacht.«

Die ganze Familie Schwarz stand um uns herum. Alle gaben mir die Hand, und der Sepp sagte, daß wir uns weiterhin in der Schule treffen würden, denn künftig sollte ich ja in Sandbach zur Schule gehn. Die Schwarz-Mutter sprengte mir noch ein Weihwasser auf die Stirn, die Rosa hängte sich meinen Rucksack um, und dann trippelte ich neben ihr her. Hügelab und hügelauf zogen wir dem Oberreiterhof zu, der viel höher lag als der, von dem wir soeben kamen. Der Pepi war auch abgeholt worden und kam in meine Nähe zum Mittereiter.

Die Rosa erzählte, daß sie ein Kind habe, aber noch nicht verheiratet sei. Das Kind sah ich gleich, als wir auf den Hof zukamen. Es lag schlafend in einem Leiterwagerl unter einem alten Nußbaum und hatte im Mund einen Schnuller aus Stoff.

In der Stube lernte ich dann eine Schwester der Rosa kennen, die Kathi. Sie war feingliedrig und hatte helleres Haar als die Rosa. Sie war Näherin und ging mit einer kleinen Nähmaschine unterm Arm zu anderen Bauern auf die Stör. Sie sagte, daß sie heute daheimgeblieben sei, weil sie sehen wollte, wen ihre Schwester daherbringe. Als sie mich lange genug betrachtet hatte, meinte sie lachend, daß ich ein liebes, nettes Bürscherl sei.

Ich weiß nicht, was sie anderes erwartet hatte.

Die Stube war groß, mit einer Bank ringsum. In der Ecke stand ein grüner Kachelofen und daneben ein ledernes Kanapee. Jetzt sagte die Rosa, daß ich keinen Schulranzen hätte, aber im Speicher müsse doch der von der Kathi noch sein.

»Ein nettes Bürscherl«, sagte die Kathi wieder, als hätte sie das vom Schulranzen gar nicht gehört. »Wo schlaft er denn?«

»Beim Vater in der Kammer«, sagte die Rosa, die hier zu bestimmen schien. Ich merkte aber gleich darauf, daß auf diesem Hof jemand anders bestimmte, nämlich die alte Frau mit dem schwarzen Kopftuch, die in der Küche saß und den rechten Fuß auf einen Schemel gestützt hatte. Sie hatte seit Jahren einen offenen Fuß, der nie zuheilte. Ihr Haar war schon grau, und die Finger waren gebogen von der Gicht. Die Rosa sagte, daß ich am besten Großmutter zu ihr sagen solle.

Die Küche war ziemlich groß, mit einer Eckbank um den Tisch, die auf der Fensterseite viel breiter war und vorne enggesetzte Stäbe hatte. Das war der Hühnerstall. Morgens wurde vom Fenster aus ein Schuber hochgezogen, damit die Hühner ins Freie konnten, am Abend kamen sie wieder herein. Dann ließ man den Schuber herunter, und sie waren sicher vorm Fuchs.

Jetzt ging die Tür auf und ein auffallend schönes Mädchen kam barfuß herein. Das war die Magd. Sie hieß Zenzi und stammte aus Schalding. Ihr folgte der Bauer, groß, mit einem Gesicht wie aus Leder, das Kinn von einem grauen Stoppelbart umrahmt.

Die Großmutter deutete mit ihrem Hakelstecken auf mich und sagte, daß ich der »Bua« sei, der für die Kriegsdauer auf Oberreit bleiben müsse. Die Zenzi schaute mich lange an, und der Bauer sagte: »So, so.«

Dann machten sie Brotzeit. Es gab Most und dunkles Brot. Mir gaben sie auch einen Most, und ich verzog das Gesicht. Da hat mir die Rosa gleich ein Stückl Zucker hineingetan. Während der Brotzeit erzählte die Großmutter aus ihrem Ofenwinkel heraus, daß sie auch zwei Buben gehabt hätten, die wären aber gleich zu Anfang des Krieges gefallen, und darum sei es ganz gut, daß wieder ein »Bua« im Haus wäre. Der Alte, der die Augen immer halb geschlossen hielt, sagte darauf, daß er 1870 im Krieg bei den Ulanen gewesen wäre, und die große Attacke bei »Masletur« mitgeritten hätte. Die Großmutter unterbrach ihn mit einer Handbewegung und sagte, sein Krieg sei doch bloß ein besseres Manöver gewesen gegen den jetzigen Krieg. Darauf schwieg der Großvater und kaute mühsam an dem harten Brot herum, weil er kaum noch Zähne hatte.

Beim Oberreiter gab es keine Pferde, dafür aber vier Ochsen, große, fette Tiere mit mächtigen Hörnern. Mitten im Hof stand ein Göpel. Der Kuhstall schloß den Hof nach Osten hin ab. Zwischen Kuhstall und Wohnhaus war eine Mauer mit einem großen Tor, das nachts zugesperrt wurde. Zum Kuh- und auch zum Ochsenstall mußte das Wasser zum Tränken getragen werden in einem großen Zuber. Zu diesem Zweck stand vor dem Haus ein Pumpbrunnen. Ich fragte gleich am anderen Tag, ob ich Wasser pumpen dürfe. Ich wußte nicht, daß das Pumpen so schwer war. Aber mein Ehrgeiz ließ mich nicht aufgeben, ich pumpte den großen Zuber bis oben voll. Ich wollte doch helfen, weil sie so viel Arbeit hatten.

Der Großvater sagte mir dann später im Ochsenstall, es sei nicht immer gut, wenn man sich zu etwas freiwillig melde. Sie hätten in ihrer Schwadron einen Fahnenjunker gehabt, der hätte sich auch immer freiwillig zu Patrouillen gemeldet, weil er rasch Leutnant werden wollte. Dann habe ihn eine Kugel mitten ins Herz getroffen. Und ich müsse auch Obacht geben. Wenn man bei den Weibern einmal etwas freiwillig täte, dann müsse man es immer tun. Er sei überhaupt der Meinung, daß wir »zwei Mannsbilder« zusammenhalten müßten.

Jedenfalls blieb mir das Wasserpumpen. Es war mit der Zeit

83

auch nicht mehr so schwer, meine Muskeln begannen sich zu stählen, und bald konnte ich mit der Zenzi den schweren Zuber mit dem Wasser über den Hof tragen. Die Großmutter kam selten aus der Küche heraus, und wenn, dann humpelte sie an ihrem Stock im Hof umher und schaute, ob sie nichts bekritteln könne. Sie war es auch, die die Sensen dengelte. Ich habe dieses Bild nie vergessen: Die alte Bäuerin am Dengelstock, eine Nickelbrille auf der Nase und eine halblange Pfeife im Mund. Sie sagte, daß sie mir das Dengeln im Frühjahr beibringen wolle. Jetzt sei es kaum mehr der Mühe wert, weil es nicht mehr viel zu mähen gebe.

Mir war nie Plage, was ich mir selbst auferlegte. Ich gab mich vielmehr mit leidenschaftlicher Freude jeder Arbeit hin, und mir war, als hätte ich bisher allerhand versäumt, weil mir noch so vieles fremd war an bäuerlichen Dingen. Am liebsten arbeitete ich mit der Zenzi. Von ihr ging etwas kraftvoll Strahlendes aus, obwohl sie erst siebzehn war; eine schöne Bauernmagd, mit hellblauen Augen und dicken Zöpfen über der Stirn. Ich fühlte mich ihr zugehörig, denn unbewußt war ich ein Bauernknechtl geworden.

Jene Jahre haben mir einen Stempel aufgedrückt. Ich trug ihn stolz auf meiner Stirn, es war ja kein Kainsmal, ich empfand ihn in meiner romantischen Vorstellung eher wie einen Orden. Ich war vor allem darauf stolz, weil die Frauen oft sagten: »Mei, Bua, was täten wir, wenn wir dich nicht hätten.« Also brauchten sie mich. Wenn nur die verdammte Schule nicht gewesen wäre, zu der ich jeden Tag eine Stunde hin und eine Stunde zurück zu gehen hatte und wo ich eigentlich gar nichts lernte, weil sie hier auf dem Land mit dem Unterricht doch viel weiter zurück waren als in der Stadt.

Ich lernte, wie man den Ochsen das Geschirr anlegt und sie vor den Dungwagen spannt. Ich durfte ganz allein ein Fuder Mist auf den Acker fahren und mit einem Misthakl kleine Häuflein in gewissen Abständen herunterreißen. Die Frauen lobten mich, weil ich die Häuferl nicht zu groß gemacht hatte. Der Großvater aber gab wieder eine seiner Lebensweisheiten von sich, die so großen Eindruck auf mich machten. »Wer Mist auf den Acker fährt«, sagte er, »der ist nie ganz ohne Hoffnung, weil er Vertrauen zur Erde findet.«

Ach ja, sie waren ein bißchen seltsam und auch abergläubisch, diese beiden alten Menschen. Wenn zum Beispiel abends die Hühner in ihrer Steige unruhig waren, spritzte die Großmutter Weihwasser hinein, und die Hühner wurden dann ruhiger, weil die »böse Drud« weggescheucht worden war.

Einmal bat ich den Großvater, mich hinter dem Pflug gehen zu lassen. Aber die Sterzen waren mir noch zu hoch. Die Furchen wurden nicht gerade. Der Großvater schaute mir eine Weile schmunzelnd zu, erschlug nebenbei mit dem Stecken eine Feldmaus und nahm dann die Pflugsterzen wieder selber in seine Hände. Damals begriff ich das noch nicht, aber es mochte ihm schon schwergefallen sein, daß er als alter Mann nicht den gebührenden Feierabend genießen durfte und noch hinter dem Pflug gehen mußte, weil seine Buben an der Marne gefallen waren.

Die Rosa schrieb einen Brief an den Lehrer von Sandbach und gab ihn mir mit. Sie schrieb, daß sie mich notwendig zur Kartoffelernte brauchten. Auch die Äpfel und Birnen müßten gepflückt werden. Was sie noch schrieb, weiß ich nicht. Aber die Lehrersfrau kam am selben Abend auf unsern Hof mit einem Deckelkörbchen, und die Großmutter tat Eier und Butter hinein. Sie bekam auch noch zwei Literflaschen mit Milch. Ich durfte vier Wochen daheimbleiben zur Kartoffelernte und zum Apfelbrocken. Es ging eben nicht ohne mich. Was wollte ich denn noch in der Schule! Ich hatte doch schon sechs Klassen Volksschule hinter mir, und der Hof brauchte mich notwendiger.

Dann durfte ich ganz allein mit den Ochsen einen Truhenwagen voll Äpfel nach Sandbach fahren. Ich kam mir ungeheuer wichtig vor und blähte mich vor Stolz auf, weil der Mann vom Lagerhaus sagte: »Schau, schau, was der Oberreiter für ein junges Knechtl hat!«

Das hörte sich wunderschön an. Mir war, als läuteten tausend

Glocken. Ich drückte den Daumen an das Nasenloch und schneuzte wie ein altgedienter Knecht neben die Ochsen hin. Dann preßte ich die Zähne zusammen und zischte den Speichel gegen die Lagerhausrampe. Man sollte Respekt haben vor mir. Auf der Heimfahrt hockte ich wieder auf dem Truhenwagen und schnalzte mit der Peitsche. Der Weg kam mir weit vor. Als ich viele Jahre später die Strecke mit meinem Auto fuhr, waren es nur wenige Minuten.

Weil das mit den Äpfeln so gut gegangen war, schickten sie mich eine Woche darauf mit Roggen in die Mühle. Zuunterst legten sie zwei Säcke mit Weizen. Dann taten sie eine dicke Schicht Stroh darauf und dann erst die übrigen Säcke. So fuhr ich zur Mühle, und der Müller wußte schon, daß auch unterm Stroh noch zwei Säcke waren. Anscheinend hätte das nicht sein dürfen. Als ich heimkam, fragten sie mich gleich, ob der Gendarm mich kontrolliert hätte. Als ich nein sagte, schnauften sie auf. Aber ich glaube, der Gendarm hätte auch nichts gesagt, weil er öfter auf den Hof kam und dann ein Geselchtes kriegte und auch Eier und Butter.

Einmal wachte ich mitten in der Nacht auf, weil eine Sau ganz entsetzlich schrie. Ich sprang von meinem Strohsack, um den Großvater zu wecken, aber dessen Bett war leer. Da das Quieken jäh aufhörte, legte ich mich wieder schlafen. Am nächsten Tag gab es Kesselfleisch, und die Großmutter machte Leber- und Blutwürste und einen Preßsack. Und im Stall fehlte eine Sau.

Warum hatten sie die Sau bei der Nacht geschlachtet? War das vielleicht auch verboten? Warum hatten sie mich dazu nicht brauchen können? Hatten sie Angst, daß ich etwas verraten könne?

Wieder einmal wachte ich mitten in der Nacht auf, weil der Vollmond ins Zimmer schien. Ich trat ans Fenster und sah zu meinem Schrecken einen Mann mit einer langen Leiter durch den Obstgarten schleichen. Für mich gab es keinen Zweifel, da wollte einer einbrechen! Ich weckte den Großvater und gab keine Ruhe, bis er aus seinem Strohsack kroch und auch ans

Fenster ging. Der Leitermann verschwand gerade ums Eck, und ich konnte nicht begreifen, daß der Großvater nicht den Zwilling nahm und den Dieb verscheuchte, noch dazu, wo er ihn kannte, denn er sagte:

»Ah, da schau her, der Moosinger Schorschl! Lassen wir ihm die Freud. Wer weiß, ob es nicht seine letzte ist. Nächste Woch muß er wieder ins Feld naus. Vergunnen wir ihm die paar Äpfel, die er sich holt.«

Erst viele Jahre später wußte ich, was das für Äpfel waren. Damals versuchte man alles von mir fernzuhalten, was für meine Seele schädlich sein konnte. Wenn sie den Stier zur Kuh führten, die in einem Bretterverschlag stand, mußte ich zur Großmutter in die Küche.

Die Abende wurden länger, es wurde später Herbst. Die Kathi blieb über Nacht bei den Bauern, wo sie zur Stör war. Nur samstags ging sie heim, und wenn sie weit weg war, mußte ihr immer jemand entgegengehen, weil sie sich im Wald fürchtete. Ich fürchtete mich auch im nächtlichen Wald, aber als die Rosl mich an einem Samstag fragte, ob ich mich fürchte, wenn es dunkel sei im Wald, da sah ich sie tapfer an und sagte, daß ich mich überhaupt niemals nicht fürchte.

»Dann geh der Kathi entgegen. Sie ist beim Lehmerbauern. Brauchst grad auf der Straße gradaus durch den Wald zu gehen, und wenn du durch bist, ist es gleich rechts der erste Hof.«

Ich sang ganz laut, als ich durch den Wald ging. »Steh ich in finstrer Mitternacht«, sang ich, weil ich mich dann nicht mehr so fürchtete. Die Kathi lachte, als ich sie endlich traf. Ich nahm ihre Nähmaschine in die rechte Hand, Kathi faßte meine linke und führte mich – oder führte ich sie? Ich weiß nicht, wer von uns beiden sich mehr fürchtete. Aber ihre Hand war warm und weich und ohne Schwielen, weil sie ja Näherin war.

Bis in den Spätherbst hinein wurden die Kühe noch auf die Wiesen hinausgetrieben und mußten gehütet werden. Sie rupften das letzte Drittgras noch ab. Ich durfte sie hüten und wechselte mich mit der Zenzi ab. Ich hütete gern, es kam überhaupt nichts auf mich zu, das mich nicht mit Stolz erfüllt hätte. Das

Hüteramt erfüllte mich mit dem Bewußtsein, daß mir eine große Verantwortung anvertraut war.

Ich lag auf dem rechten Ellbogen, hatte die Peitsche – das Zeichen meiner Würde – neben mir liegen und träumte wunderbare Geschichten. Aus dem Nebel, der über den herbstlichen Wiesen lag, stiegen Gestalten. Ich redete mit ihnen, sie waren die Gefährten meiner Einsamkeit.

An einem Sonntagnachmittag mußte die Zenzi hüten. Es war einer jener späten Herbsttage, an denen die Sonne die letzte Wärme an die Welt verschenken will. Weil es daheim so langweilig war, dachte ich, daß ich der Zenzi Gesellschaft leisten könnte, damit sie nicht so allein war da oben am Waldrand. Als ich hinaufkam, hatte die Zenzi ihr Strickzeug im Schoß liegen, die Hände darüber gefaltet, und über ihre Wangen liefen Tränen. Sie wischte mit dem Handrücken über die Augen und versuchte ein Lächeln, als ich vor ihr stand.

Ich fragte sie, warum sie denn weine und ob ihr jemand was getan hätte. Sie sagte, daß man auch weinen könne, ohne daß einem etwas zuleide getan wird. Dann holte sie ein paar brunnentiefe Seufzer herauf und klagte:

»Es ist hart, Bub. Du verstehst das noch nicht. Aber Bauerndienen ist hart. Besonders für eine Bauerndirn. Da bist du der letzte Dreck. Da schinde ich mich ab, und wenn der Monat um ist, krieg ich acht Mark. Und wie lang so ein Monat ist, weißt ja selber, Bub.«

Nein, ich wußte es nicht, weil mir die Zeit nie lang wurde. Ich verstand die Zenzi wirklich nicht. Noch nicht.

»Ein Dienstbot ist überall hintendran«, klagte sie weiter. »Nehmen wir an, ich hätte einen Bauernsohn recht gern. Der dürft mich nicht heiraten, weil ich bloß eine Bauerndirn bin.« Sie seufzte. »Wenn ich da an eine Tante von mir denke«, fuhr sie fort. »Die hat eines Tages die Mistgabel weggeworfen und ist in die Stadt, nach Passau, gegangen. Und was meinst, was die da gekriegt hat? Sogar einen Lokomotivführer!«

Ein Lokomotivführer schien für die Zenzi das Begehrenswerteste zu sein. Aber sie schränkte dann bescheiden ein, daß sie auch schon mit einem Heizer zufrieden wäre. »Bloß weg müßt ich halt vom Misthaufen.«

Das schien überhaupt der ganze Lebenstraum der Kreszentia Halleder, Stalldirn beim Oberreiter im Jahre 1917, zu sein. Es wird ihr wenig Trost gewesen sein, als ich ihr mit rascher Entschlossenheit versicherte, daß ich Lokomotivführer werden möchte.

Da konnte sie auf einmal wieder lachen, und sie legte ihre Hand auf mein Haar. »Mei, bist du ein guter Kerl! Aber du bist halt noch so ein kleiner Bua.«

Doch mir war ganz ernst zumute, und ich nahm mir vor, der Wurzi zu schreiben, daß sie mich freigeben solle. Ach ja, die Wurzi. Ich hatte sie tatsächlich schon vergessen gehabt unter der großen Fülle meiner Erlebnisse und Eindrücke.

Dann mußte ich leider wieder zur Schule gehen. Aber nicht lange, höchstens acht Tage. An einem Samstagnachmittag durfte ich für eine Kleinhäuslersfrau aus Seestetten ein Fuder Daxenprügel aus dem Wald holen. Als wir dann bei ihrem Haus ankamen, wollte ich, wie der Großvater es mir gezeigt hatte, dem Sattelochsen den linken Zugstrang ausspannen, damit er während des Abladens nicht anziehen konnte. Ich hatte unendliche Mühe, das schwere Tier am Leitseil so weit zurückzuziehen, daß ich die Klammer am Zugscheitl aushängen konnte. Der Ochse trat endlich einen Schritt zurück und trat mir mit seinem ganzen Gewicht ausgerechnet auf die linke große Zehe. Ich schrie wie am Spieß, und nur mit Hilfe der Kleinhäuslerfrau konnten wir den Ochsen von meiner Zehe herunterschieben.

Daheim angekommen, konnte ich kaum mehr den Schuh herunterbringen, so war alles angeschwollen. Am andern Tag brauchte ich nicht zur Schule, weil ich in keinen Schuh hineinpaßte. Ich konnte im Frühjahr immer noch in keinen Schuh hinein, und dann schrieb die Rosa wieder ein Gesuch, daß sie mich notwendig zur Arbeit brauchten.

Ich hatte furchtbare Schmerzen an meiner Zehe. Man tat zwar alles, um sie mir zu lindern, aber es half nicht viel. Ich weinte halbe Nächte vor Schmerz in die Kissen hinein und kratzte mit den Fingernägeln an der Wand. Die Zehe blieb dick wie eine kleine Faust. Der Nagel wurde zuerst blau, dann schwarz. Die Großmutter setzte oft die Brille auf und schaute meine Zehe an. Dann nickte sie ganz ernst und sagte, daß an der großen Zehe das Leben hinge. Sie schmierte eine Salbe drauf, die sie selber braute und mit der sie auch ihren offenen Fuß behandelte, ohne daß er zuheilte. Aber sie sagte, daß er das gar nicht dürfe, weil das gefährlich sei.

Erst gegen Weihnachten hörten die Schmerzen endlich auf. Zu Weihnachten nähte mir die Kathi zwei Hemden aus selbstgesponnenem Leinen. Die waren recht rauh auf der Haut, bis sie ein paarmal gewaschen waren. Ferner bekam ich einen blauen Schurz und ein paar böhmische Holzschuhe, die der Großvater gemacht hatte. Die Zenzi schenkte mir ihr Bild, auf dem sie die eine Hand in die Hüfte gestützt hatte und den Blick seitwärts richtete, als hielte sie nach einem Lokomotivführer Ausschau.

Endlich löste sich mein Zehennagel ab. Und siehe da, darunter hatte sich eine kleine Geschwulst gebildet von der Größe eines Schussers. Die Großmutter setzte wieder ihre Brille auf, betrachtete die kleine Kugel eine Weile und sagte dann, das sei ein »wildes Fleisch«.

Natürlich hätte da ein Doktor hermüssen. Der hätte das Ding vielleicht mit einem Messer entfernt. Aber der Doktor von Seestetten war ein großer Dichter und schrieb schöne Gedichte. Sie trauten ihm wahrscheinlich nicht zu, daß er auch mit wildem Fleisch umgehen konnte. Die Großmutter hätte ihn auch gebraucht mit ihrem offenen Fuß. Aber das hätte ja etwas gekostet. Was meine Zehe betraf, so schickten sie den Großvater über die Donau hinüber nach Waldkirchen zu einem Quacksalber. Er kam erst spät in der Nacht heim mit einem Fetzen Rausch. Der Quacksalber hatte ihm auf einen Zettel aufgeschrieben, was gegen das wilde Fleisch hilft, nämlich die weiße Asche einer ausgerauchten Pfeife. Und die Großmutter saß im Ofenwinkel, rauchte Pfeife, kratzte dann die Asche im Pfeifenkopf zusammen und streute sie über das wilde Fleisch.

Als dann der Mond voll war, schlug sie drei Kreuze über meine Zehe und sprach einen geheimnisvollen Spruch.

Die Großmutter hatte auch noch eine andere Beschäftigung. Sie bereitete immer gleich ein Dutzend Dutzel (Schnuller) für den Bamsi. Zuerst schnitt sie kleine, viereckige Leinenstücke zurecht. Dann schob sie einen Brocken Brot in den Mund, kaute ihn klein und weich. In diesen Brei wurde ein kleines Stückchen Kandiszucker gesteckt. Dann wurde das Ganze mit einem Zwirnsfaden zusammengebunden. So entstand eine runde Kugel, an deren Ende die Leinwandfetzen wegstanden wie eine Flügelschraube. Bevor man dem Bamsi die Kugel in den Mund steckte, wurde sie mit den Lippen gespitzt oder breitgelutscht. Mir grauste immer davor, wenn sie mir anschafften, daß ich dem Bamsi den Schnuller geben sollte. Ich zwickte ihn meist schnell in eine Schublade oder zwischen Daumen und Zeigefinger, so wurde er auch breit genug. Am besten ging es, wenn man ihn auf den Fußboden legte und mit der Ferse drauftrat. Ich durfte mich dabei bloß nicht erwischen lassen.

Der Winter war streng in diesem Jahr und zog sich bis in den März hinein. Man konnte draußen nicht viel tun. Doch wenn sie in der Tenne Häksel schnitten, dann wurden die Ochsen vor den Göpel im Hof gespannt, und ich mußte hinter ihnen hergehen und sie mit der Peitsche antreiben, damit sie nicht rasteten, weil sonst die Häkselmaschine in der Tenne stehengeblieben wäre.

Ich hatte noch nie so beobachtet, wie der Frühling die Natur verwandelt. Mit jedem Tag schoß das Gras mehr aus dem Boden, Hecken und Sträucher schlugen aus, und plötzlich standen alle Obstbäume in der weiten Runde voller Blüten. Der Kuckuck rief aus dem dunklen Wald, und die Schmetterlinge gaukelten durch die warme Luft.

Der Großvater kannte viele Gräser und zeigte mir, was französischer Ampfer ist, blühende Nessel, Flockenblume oder Kuhschelle. Und eines Tages war es dann so weit, daß mir die Sense vertraut wurde. Unter Anleitung des Großvaters sollte ich das Mähen lernen. Sie hatten extra für mich eine kleinere Sense hergerichtet. Der Kumpf mit dem Wetzstein hing mir seitlich an der Hose, und ich kam mir vor, als trüge ich das Schwert eines Ritters.

Der Großvater stand an, spreizte die Beine und holte weit aus. Er mähte ein paar Meter vor, dann legte er die Sense auf die Mahd, kam zu mir zurück und hielt mir eine lange Belehrung, auf was es beim Mähen ankäme. Dann holte ich aus mit der Sense, zum erstenmal in meinem Leben. Beim ersten Hieb fuhr mir die Spitze der Sense gleich tief in den Boden. Ich spürte, wie ich rot anlief vor Schande und Scham, denn droben beim Haus standen die Frauen, auch die Großmutter, und schauten zu, wie ich die Probe bestünde. Ich mußte noch einige Male rot werden, aber bald hatte ich es heraus, und die grüne Mauer fiel auch vor mir lautlos zusammen.

Dann zeigte die Großmutter mir das Dengeln. Wohlweislich nahm sie dazu eine alte Sense, und das war gut, denn ich haute zunächst eine Menge Plapetzer (Dellen) in die Schneide, und es dauerte einige Wochen, bis ich einen sauberen Dangel hinbrachte, der hauchdünn über den Fingernagel lief, wenn ihn die Großmutter prüfte.

Die Heuernte kam. Natürlich brauchte ich nicht zur Schule, wenn Heuernte war. Früh um vier gingen wir schon zum Mähen. Voraus mähte der Großvater, dann die Rosl und die Zenzi, den Schluß machte ich. Ich blieb immer ein bißchen hintennach, weil mir am Anfang das Kreuz so weh tat und die Arme. An den Händen bekam ich harte Schwielen, und den Rücken verbrannte mir die Sonne, weil ich kein Hemd anhatte. Mitte Juli begannen dann sowieso die großen Ferien, und ich bekam vom Lehrer von Sandbach ein Schulentlassungszeugnis, weil man auf dem Land damals nur sieben Klassen die Volksschule zu besuchen brauchte. Er schrieb mir gute Noten, obwohl ich die siebte Klasse im ganzen Jahr nicht länger als vier Wochen besucht hatte. Richtig betrachtet, habe ich eigentlich nur sechs Klassen Volksschule absolviert und sonst nichts. Einen Haken hatte die Sache aber doch noch. Im Zeugnis war vermerkt, daß ich in der siebten Klasse oft gefehlt hätte und deswegen vier Jahre lang noch die Sonntagsschule besuchen müsse anstatt drei. Aber was kümmerte mich das! Ich war aus der Schule! Was wollte ich noch mehr?

Als wir das Heu eingebracht hatten, erlebte ich wieder einen Augenblick, den ich nie mehr vergaß. Als am Sonntag, nach der Morgensuppe, die Großmutter der Zenzi ihre zwei Mark hinzählte für sechzig oder mehr Stunden dieser Woche, schob sie auch mir fünfzig Pfennige hin. Ich glaube, ich bin noch nie vorher so glücklich gewesen wie in dem Augenblick, als die alte Bäuerin in ihrer schweigsamen Art anerkannte, daß ich zu ihrer Zufriedenheit gearbeitet hatte. Von da ab bekam ich jede Woche fünfzig Pfennige.

In diesem Sommer, als der Pepi in Passau gefirmt wurde, kam mein Vater in Urlaub. Er blieb drei Tage bei uns, und wir durften mit ihm nach Passau fahren. Der Pepi hatte einen reichen Bauern zum Firmpaten, der ihm eine goldene Uhr mit Kette kaufte. Der Vater sagte, er solle die Uhr ja gut aufheben und sie nicht verlieren. Wir besuchten in Passau das Oberhaus. Da mähten Männer in grauen Drillichanzügen einen steilen Hang. Ein Soldat mit Gewehr mußte auf sie aufpassen. Der Vater sagte, daß die Mäher Soldaten wären und eine Militärstrafe abzubüßen hätten. Vom Krieg erzählte mein Vater nicht viel. Nur zum Großvater sagte er einmal im Ochsenstall draußen, der ganze Krieg sei ein Schwindel und könne nicht mehr lange dauern, weil in der Heimat so viel geschoben und betrogen würde.

Das meinten auch zwei jüngere Soldaten, die in Urlaub kamen. Es waren Bauernsöhne aus der Gegend. Einer, der neben den Unteroffizierslitzen auch das EK. I an der Uniform trug, mußte der Vater vom Bamsi sein, weil er zur Großmutter sagte, wenn der »Bluatskrieg« vorbei sei, dann würde er gleich die Rosa heiraten. Der andere, ein schlanker, blonder Feldwebel, mußte der Kathi gehören. Nur für die Zenzi kam keiner.

Als die beiden Krieger wieder einmal an einem Abend kamen, lag ich in der Stube auf dem Kanapee und tat so, als ob ich schliefe. Die vier saßen am Tisch unter dem milden Schein der Petroleumlampe, redeten leise und schmusten.

Dann sagte die Rosa, sie wolle den »Bua« ins Bett bringen, weil er doch morgen früh bald raus müsse. Der Anderl nahm mich auf seine mächtigen Arme und trug mich hinauf. Die Rosa ging auch mit, und sie legten mich ins Bett. Sie gingen aber hernach nicht mehr hinunter, sondern blieben in Rosas Kammer.

Seit mich im Frühjahr eine Grippe erwischt hatte, schlief ich allein in einer Kammer. Es war ein großer Raum, in dem im Herbst die Äpfel eingelagert wurden. So gut war es mir noch nie gegangen: Ich hatte ein eigenes Zimmer, brauchte am Tag nur vierzehn Stunden zu arbeiten, hatte genug zu essen und bekam außerdem noch fünfzig Pfennig Wochenlohn! Einen Anzug hatten sie mir auch gekauft. Ich war zufrieden.

An einem Nachmittag, als wir alle draußen waren beim Hafermähen und die Großmutter mit dem Bamsi hinterm Hof unter dem alten Nußbaum saß, stieg auf der Vorderseite des Hauses ein Mädchen aus der Nachbarschaft durch das offene Speisfenster und stahl in der Kammer der Rosa zwanzig Mark unterm Keilpolster heraus. Als die Rosa das merkte, verdächtigte sie mich und sagte, daß die Großmutter mir jetzt keine fünfzig Pfennig mehr geben dürfe, und daß ich solange umsonst arbeiten müßte, bis die zwanzig Mark abbezahlt wären. Niemand sprach mehr mit dem Dieb. Nur die Zenzi glaubte meine Unschuldsbeteuerungen und sagte:

»Da siehst es jetzt selber, was man ist, wenn man Bauerndienen muß. Der letzte Dreck bist.«

Die Rosa erzählte meine Schandtat der Mitterreiterin, als sie am Sonntag von der Kirche heimgingen. Die sagte ihr dann, daß sie das nicht glaube und daß sie die Hofler Martha bei unserem Speisfenster habe rein- und raussteigen sehen. Die Rosa ging schnurstracks in das Häusl beim Hofler und sagte der Martha auf den Kopf zu, daß sie ihr zwanzig Mark gestohlen hätte. Die Martha gestand es sofort und gab die zwanzig Mark zurück.

Von diesem Sonntag an war ich wieder der »brave Bua« hin und der »brave Bua« her. Die Rosa sagte, daß sie das von der Martha nie geglaubt hätte – aber von mir hatte sie's geglaubt –, und daß ich mir jetzt was wünschen dürfe. Aber ich war wunschlos glücklich, weil meine Ehre wieder hergestellt war.

Bevor dieser Sommer zu Ende ging, kam nachts ein Gewitter, wie ich es noch nicht erlebt hatte. Der Sturm brüllte um das Haus, grelle Blitze machten meine Kammer taghell, und der Donner grollte, daß ich meinte, jetzt ginge die Welt unter. In meiner Angst schrie ich gellend auf. Da kam die Kathi gerannt und nahm mich mit in ihre Kammer, wo auch die Rosa schlief. Die Kathi sagte, daß ich zu ihr ins Bett schlupfen solle, unten bei ihren Füßen soll ich hinschlupfen und keine Angst mehr haben, weil ja jetzt sie bei mir sei. Ich rollte mich ganz klein zusammen und zog mir das Ende der Bettdecke über meinen Kopf, damit ich keinen Blitz mehr sah. Dann schlief ich ein.

Die Zenzi sagte am andern Tag, daß sie von dem ganzen Gewitter nichts gehört habe, auch meinen Angstschrei nicht, sonst hätte sie mich schon auch geholt, und ich hätte auch in ihr Bett schlupfen dürfen, aber nicht zu ihren Füßen hinunter. Dann wiederholte sie ihren Spruch: »Da siehst es wieder, was ein Dienstbot ist. Bei die Füß drunt muß er schlafen. Als Dienstbot bist halt nichts wie ein Dreck.«

Langsam glühte der Sommer aus. Es wurde Herbst, und an einem Morgen waren die Wiesen weiß von Reif. Die Frühnebel hoben sich später, und die Abende fielen früher ins Land. Dunkel lagen die schwarzen Äcker da und warteten darauf, daß man ihnen die Saat fürs nächste Jahr anvertraute.

Ich fuhr mit dem Großvater auf den Acker hinaus. Auf dem Dungwagen lagen ein paar Säcke mit Roggen. Beim Acker angekommen, spannten wir die Ochsen vor die Egge, und der Großvater sagte, daß er mir jetzt etwas zeigen wolle, was ich zwar nicht mehr brauchen könne, weil um diese Zeit gerade die Sämaschinen aufkamen. Aber was ein richtiger Bauernmensch sein wolle, müsse wenigstens einmal in seinem Leben dem Acker die Saat geschenkt haben. Ich wollte zwar Lokomotivführer werden, weil ich doch die Zenzi heiraten wollte, aber der Gedanke, wie ein richtiger Bauer säen zu dürfen, riß mich mit.

Der Großvater hängte mir das weiße Laken um die schmalen Schultern und schüttete Korn hinein. So wie seinerzeit beim Mähen, erklärte er mir auch jetzt, worauf es ankäme. Gleichmäßig gesetzte Schritte, und jedesmal, wenn ich den rechten Fuß vorsetze, müsse ich das Korn werfen. Immer eine Handvoll. Er faltete die Hände vor der Brust, senkte den Kopf und betete leise, legte mir hernach die Hand auf die Schulter, sagte »Im Namen des Herrn« und schob mich in den Acker hinein.

Meine Füße versanken in dem dunklen Boden. Die Erde war weich und warm, sie umschmiegte meine Zehen und Knöchel. Ein heiliger Schauer erfaßte mich, ein seliger Rausch hielt mich umfangen, und mir war, als sei mir eine Krone aufs Haupt gesetzt worden. Einem silbernen Regen gleich fiel das Korn aus meiner Hand, und mir war ganz feierlich zumute.

Dann kam wieder die Zeit des Apfelbrockens. Es mußte viel Obst abgeliefert werden, aber wir hatten genug, daß auch der Boden meiner Kammer wieder vollgeschüttet wurde und ich nur auf einem ganz schmalen Weg zum Bett kam. Ich aß jeden Tag noch zwei oder drei Äpfel im Bett, erfreute mich bester Gesundheit dabei und fragte eines Tages die Großmutter, ob ich der Wurzi nicht ein Paket schicken dürfe mit Brot und Butter und vielleicht eine Kiste mit Äpfel, weil sie mir kürzlich geschrieben hatte, daß sie in München Hunger leiden müßten und nur mehr tausend Kalorien bekämen. Die Großmutter sagte, Kalorien hätten wir selber keine, aber einen Laib Brot könne ich der Wurzi schon schicken und eine Kiste mit Äpfeln. Auch ein Pfund Butter gab sie mir und ein Trumm Geselchtes.

Ich verstand nicht, was da jetzt auf einmal für eine Zeit hereinbrach. Die Großmutter las jetzt jeden Abend aus der Zeitung laut vor, und wir vernahmen aus ihrem zahnlosen Mund, daß die Flotte gemeutert habe und daß in München ein gewisser Kurt Eisner verkündete, daß alle Macht dem Volke gehöre und daß die Pfaffen und die Generäle überhaupt nichts mehr zu sagen hätten. »Nieder mit dem Kaiser!« hieß die Parole. Als die Großmutter diesen Satz vorlas, hob der Großvater den Kopf, sah mich mit wässerigen Augen an, schlug mit der Faust auf den Tisch und schrie: »Und der Kaiser bleibt da! Merk dir das, Bua!«

Das hörte sich gerade so an, als ob ich den Kaiser stürzen wollte.

Genau an meinem Geburtstag, als ich vierzehn Jahre alt wurde, am 9. November 1918, verzichtete der Kaiser auf den Thron. Das änderte an unserm Leben auf dem Hof nichts, nur daß die Rosa jetzt kein so verdrossenes Gesicht mehr machte und die Kathi oft beim Hoftor stand und in den Nebel hineinstarrte, ob vielleicht ihr Feldwebel käme. Sonst aber lief alles nach der Regel eines Bauernlebens weiter. Das Korn, das ich gesät hatte, spitzte jetzt schon aus der Erde. Ob ich vom Brot dieses Ackers im nächsten Jahr noch etwas essen würde?

Drei Wochen später kehrte der Vater aus dem Krieg heim und schrieb, daß er jetzt seine Buben wieder daheim haben und für sie sorgen wolle. Vor allem für mich wäre es Zeit, ein anständiges Handwerk zu erlernen. Ich dachte gleich an Schlosserei, denn wenn ich Lokomotivführer werden wollte, mußte ich ja wohl zuerst Schlosser werden.

Der Abschied vom Oberreiterhof und seinen Leuten fiel mir sehr schwer, ich weinte bitterlich. Die Zenzi weinte auch. Sie durfte mich zum Bahnhof begleiten und trug die schwere Pappschachtel, in die eine Menge Lebensmittel gepackt waren. Den Rucksack trug ich. Am Bahnhof stand der Pepi in Begleitung seiner Bäuerin, und er hatte auch viele Lebensmittel im Rucksack. Als der Zug einfuhr, drückte die Zenzi mich fest an sich und gab mir ein Bußl. Ich deutete zum Führerstand der Lokomotive hinauf, wo sich der Lokführer herauslehnte, und sagte:

»So rußig im Gesicht wie der werd ich halt auch einmal sein.«

Die Zenzi lächelte mich an und sagte: »Lern, was du magst, Bua. Sei bloß froh, daß du vom Bauerndienen wegkommst, denn da bist der letzte Dreck. Ich wollt, ich könnt jetzt mit dir fahren. B'hüt dich Gott, Hansi, und bleib brav.«

Dann stiegen wir ein, und die Lokomotive ruckte an. Die Zenzi winkte mir nach, und ich winkte auch, bis wir uns nicht mehr sahen. Zum letztenmal zog die Höhe da droben vorüber, auf der ich so lange gearbeitet hatte. Und ich sah den Großvater noch einmal, wie er langsam mit dem Ochsenfuhrwerk dahinzog, der alte Bauer, der mich mähen und säen gelehrt hatte und der nun einsam in den Nebel hineinzog, der vom Wald heraus nach ihm griff und ihn verschlang.

Da waren wir also wieder in der Stadt. Anfangs glaubte ich, das sei nur ein Traum, aus dem ich erwachen würde, um zu sehen, wie der Nebel sich hob und den Wald freigab. Dann würden die Vögel singen, wenn der erste Sonnenstrahl sie traf. Aber als der Nebel verschwand, sah ich nur graue Mietskasernen, und das, was aus den Hinterhöfen herausklang, das war kein Vogelrufen, es waren klagende Kinderstimmen, die vor Hunger weinten.

Die ersten Tage waren, als hätte ich einen Sturz erlebt, den niemand hatte aufhalten können. Es war kein Großvater mehr da, der im Ochsenstall auf dem Hocker saß. Ich sah ihn sitzen, die Schultern vorgebeugt, die schweren Hände im leeren Raum zwischen den Knien hängend und die Augen geschlossen, als denke er darüber nach, warum seiner Welt, in die er eingesponnen war, aller Glanz genommen worden war, indem man seinen »Kaiser« gestürzt hatte. Und ich sah die Zenzi über den Hof gehen und hörte ihre böhmischen Holzschuhe über den hartgefrorenen Boden klappern. Ob sie ohne mich zurechtkamen mit der vielen Arbeit? Und ich saß da und hatte nichts zu tun. Der Pepi mußte zur Schule, und der Buwi blieb vorerst noch in seinem Kinderheim.

Eigentlich hätte es ja den Behörden einfallen müssen, daß ich in München noch ein achtes Schuljahr zu absolvieren hätte. Aber die Behörden hatten andere Sorgen, als sich um mich zu kümmern, glich doch München damals einem Ameisenhaufen, in den mit einem Stecken hineingestochen worden war. Da heraußen, in der Straubinger Straße, merkte man nicht so viel, aber im Innern der Stadt ging alles drunter und drüber.

Ja, wir wohnten immer noch in der Straubinger Straße, zwar nicht mehr in der alten Wohnung, sondern zwei Etagen tiefer. Diese Wohnung bestand auch nur aus Wohnküche und Schlafzimmer. Verschiedene Möbel waren verschwunden. Wahrscheinlich waren sie einem Trödler für billiges Geld gegeben. Der Vater ging frühmorgens in seinen Dienst. Am Abend kam er wieder und kochte schnell ein bißl was, und dann gingen wir bald ins Bett, weil wir nicht viel Holz hatten, um zu heizen.

Noch hatten wir einiges von den Lebensmitteln, die der Pepi und ich aus Niederbayern mitgebrcht hatten. Bevor der Vorrat ganz zu Ende ging, packte ich einen Scherz Brot ein und fünf Äpfel und ging nach Neuhausen hinüber und wartete vor der Schule, bis die Wurzi herauskam.

Dann sah ich sie nach all den Jahren wieder, und mein Herz wollte vor Mitleid überfließen, denn sie war erschreckend mager, ihre Augen lagen in dunklen Höhlen, aus denen der Hunger schrie. Sie ging jetzt in die achte Klasse, und der Großvater hätte gesagt: »Ein Mordstrum Weibsbild.«

Ja, recht groß war sie geworden, die Wurzi. Das Haar hing ihr jetzt nicht mehr lose ins Gesicht, sie hatte es zu zwei dicken Zöpfen geflochten, die ihr am Rücken herunterhingen. Als sie die Steintreppen von der Schule herunterkam, erstarrte sie plötzlich und schaute mich ungläubig an. Dann ließ sie ihre Schulmappe fallen und rannte mit ausgebreiteten Armen auf mich zu.

»Das darf doch nicht wahr sein!«

Es war aber wahr. Da standen wir nun voreinander, zwei Spielgefährten aus seliger Kinderzeit. Mir wurde ganz warm ums Herz, und ich hätte sie am liebsten an mich gedrückt, wenn nicht andere Schulkinder herumgestanden und uns angegafft hätten. Ich bückte mich nach ihrer Schultasche. »Komm Wurzi, gehen wir. Ich hab auch was für dich.«

»Ja? Aber wahrscheinlich nichts zu essen?«

»Doch!« Wir blieben stehen, und ich reichte der Wurzi die Tüte. Sie nahm sich gleich einen Apfel heraus und biß herzhaft hinein. Sie hätte seit einem Jahr kaum einen Apfel mehr gesehen, sagte sie, viel weniger einen gegessen. Sie wohnten immer noch in der Schulstraße 21, und im Hausflur, wo es schon dämmerig war, nahm die Wurzi mich um den Hals und küßte mich.

Die Frau Zimmerer freute sich auch, mich zu sehen, vor allem aber über das würzige Bauernbrot, wenn es auch schon alt war. Sie schnipselte es ganz dünn auf und sagte, daß sie gleich eine aufgeschmalzne Brotsuppe und Kartoffeln machen wolle, und daß dies dann ein Festessen sei.

Der Wiggerl kam und haute mir in der Wiedersehensfreude auf die Schulter. Ich schlug ihm auch auf die Schulter, und er knickte fast zusammen, denn ich hatte einen viel härteren Schlag als er. Der Wiggerl war jetzt sechzehneinhalb Jahre, hatte ein Notabitur gemacht und sich gleich anschließend zu den Soldaten gemeldet. Aber er war nur noch zwei Wochen in der Kaserne gewesen, dann war der Krieg aus. Er hatte den Kopf voll politischer Ideen und sprach wie einer, der durch die Stahlgewitter der Front gegangen war. Während er auch einen Apfel aß, fragte er mich, was ich zu dem »Saustall« sage. Ich sagte nichts, weil ich nichts davon verstand.

»Oder ist das vielleicht kein Saustall«, fragte er weiter, »wenn der König bei Nacht und Nebel abhaun muß? Wo waren denn da seine Offiziere, die ihm den Fahneneid geschworen haben und bis zum letzten Blutstropfen für ihn kämpfen wollten?«

Der Wiggerl konnte mich fragen, was er wollte, ich verstand von den Dingen einfach nichts. Ich war zufrieden und glücklich, mit der Wurzi am warmen Ofen sitzen zu können. Sie hielt meine Hand, streichelte über meine Bauernschinder (Schwielen) und drückte dann schnell ihre Lippen darauf. In der Küche roch es nach gerösteten Zwiebeln, die Frau Zimmerer auf die Brotsuppe schüttelte, als sie den Schritt ihres Mannes im Gang draußen hörte. Der Herr Zimmerer staunte auch über mich.

»Ja, wen seh ich denn da! Der Hansi! Dich haben sie aber schön rausgefuttert bei den Bauern!«

Dann aßen wir alle zusammen die große Schüssel voll Brotsuppe, und die Zimmerer sagten, daß sie so was schon lange nicht mehr gehabt hätten, weil man von dem Brot, das es gäbe, keine Brotsuppe machen könne. Es war schon ziemlich spät, als ich heimging. Ein kalter Wind blies mir ins Gesicht. Ich schlug meinen Joppenkragen hoch und schob die Hände in die Hosentasche. Als ich über die Donnersbergerbrücke ging, fing es an zu schneien. Es schneite in großen Flocken, es war ja schon Advent. Ich hatte keine Angst vor dem Heimkommen, die Stiefmutter lebte ja nicht mehr, und der Vater fragte bloß, wo ich so lange gewesen sei. Er kochte gerade weiße Rüben im Wasser, rührte mit dem Kochlöffel um und sagte so nebenbei, daß er eine gute Nachricht hätte, er habe eine Lehrstelle für mich bei einem Schreinermeister in der Westendstraße aufgetrieben, gleich nach Neujahr könnte ich dort anfangen. Ich war froh darüber, denn dieses untätige Umeinandersitzen behagte mir nicht. Und immer nur lesen mochte ich auch nicht. Übrigens hatte sich mein Geschmack geändert. Heinz Brand, der Fremdenlegionär, interessierte mich nicht mehr. In unserer Straße gab es eine Leihbücherei. Da könnte man sich für fünf Pfennige ein Buch ausleihen.

Dieses Weihnachten hatten wir keinen Christbaum. Und doch fiel ein Lichtstrahl in unsere Düsternis, denn vom Hochreiterhof kam ein Paket mit Lebensmitteln und ein Brief, den die Zenzi hatte schreiben müssen und den alle unterschrieben hatten bis auf den Bamsi. Natürlich trug ich der Wurzi auch gleich ein Stück Geselchtes hinaus und ein Pfund Äpfel. Ich mußte das einfach tun, weil ihre Hungeraugen mich überall hin verfolgten und ich dauernd an sie denken mußte. Die Wurzi hat mir auch ein Buch zum Lesen mitgegeben von Hedwig Courths-Mahler. »Untreu«, hieß der Titel. Die Wurzi sagte gleich, daß ich das nicht auf sie beziehen dürfe, denn sie sei mir treu. Und sie küßte mich wieder. Ich las das Buch am ersten Feiertag aus und war so ergriffen davon, daß ich der Zenzi einen Brief schreiben mußte. Ich dachte mir nichts dabei und schrieb gleich ganze Sätze aus dem Courths-Mahler-Buch ab. Ich erfuhr erst viel später, daß man so was Plagiat nennt und daß es strafbar ist. In der Leihbuchhandlung gab es viele Bücher von der Courths-Mahler. Ich lieh mir sie alle der Reihe nach aus. Ich fraß die Bücher direkt und hatte tiefes Mitleid mit den armen Dienstmädchen, denen es genauso schlecht ging wie mir. Irgendwo las ich dann einmal, daß Frau Courths-Mahler früher selber ein armes Dienstmädchen gewesen und durch ihre Bücher eine Millionärin geworden sei. Das beeindruckte mich ungeheuer, und ich meinte, daß ich so eine Frau nur aus der Ferne bewundern und verehren dürfe.

Wie ganz anders aber war es dann, als ich nach vielen Jahren selber als Schriftsteller zu Erfolg kam und dieser einmaligen Frau auf ihrem Mutterhof in Tegernsee gegenübersaß. Sie lachte herzlich, als ich ihr mein kindliches Plagiat beichtete, und ich habe immerzu ihre schönen, schlanken Hände betrachten müssen. Mag man über den Wert oder Unwert ihres Schaffens schreiben, was man will, für mich ist sie eine jener großen Frauen, die selber nichts aus sich machen und doch eine Welt bewegen.

Um aber auf meinen Brief an die Zenzi zurückzukommen, ich bekam nie eine Antwort darauf. Vielleicht hat sie gemeint, ich hätte zu »spinnen« angefangen, denn ein normaler Vierzehnjähriger schreibt doch nicht, daß seine Seele nach ihr dürstet wie den Hirsch nach einer Wasserquelle.

Hochklopfenden Herzens trat ich am zweiten Januar meine Lehre an. Der Schreinermeister Merkl war ein kleiner Mann mit vielen Falten und erinnerte mich an den Hauswirt Huber von der Schulstraße. Seine Frau war um einen Kopf größer, und ich durfte ihr gleich Holz und Kohlen in die Wohnung tragen, und sie fragte mich, ob ich auch Schuhe putzen könne. Ich mußte eigentlich vieles können, was mit der Schreinerei nichts zu tun hatte. Es waren drei Gesellen da, und zwei von ihnen bestanden darauf, daß ich »Sie« zu ihnen sagte. Der dritte hieß

Kernbüchler und sagte, daß er Kommunist sei und ich »Du« zu ihm sagen dürfe oder Genosse, denn wir Proletarier müßten zusammenhalten. Dieser Kernbüchler war es auch, der dem anderen Gesellen in den Arm fiel, als er mir eine Maulschelle geben wollte.

»Den Buben laß stehn«, sagte er. »Sonst mach ich Hackfleisch aus dir.« Ich war ihm dankbar und war froh, wenigstens einen Schutz zu haben, denn ich kam mir so verlassen vor und hatte furchtbar Zeitlang nach dem Oberreiterhof und seinen Menschen und vor allem nach dem Essen dort. An der Schreinerei hatte ich überhaupt keine Freude, aber der Vater wollte, daß ich ein Handwerk erlernte, und ich war an Gehorsam gewöhnt.

Mittags ging ich in eine Volksküche zum Essen. Da gab es für dreißig Pfennige eine dünne Wassersuppe und Dotschengemüse. Das Brot war innen ein klitschiger dunkler Batzen, nur die Rinde war bekömmlicher. Der Hunger kam auch zu mir, ich magerte wieder ab und verlor meine braune Gesichtsfarbe. Dem Pepi ging es nicht anders. Nur sonntags wurden wir zuweilen satt. Da nahm uns der Vater mit in den Gasthof »Zum grünen Baum« gegenüber dem Hauptbahnhof. Dort stand ein Musikapparat, in den man ein Zehnerl hineinwerfen mußte. Die Kellnerin schaute uns zwei Buben manchmal so abwägend an, als ob sie es sich noch überlegen müsse, unsere neue Stiefmutter zu werden. Einmal kam sie auch in unsere Wohnung und brachte etwas Aufschnitt mit. Der Vater fragte, ob wir nicht wieder einmal in die Schulstraße gehen möchten. Das sagte er aber nur, damit er mit der Kellnerin allein sein konnte, die so dicke Waden hatte, viermal so dick wie die der Wurzi. Ja, ja, der Johann Baptist Ernst nahm es anscheinend mit jeder auf, bei der etwas zu essen herging. In der Beschaffung von Stiefmüttern war er von einem besonderen Eifer. Sie hieß Sophie, aber wir mußten Frau Heindl zu ihr sagen, weil sie eine Witwe war.

Mir wurde immer elender zumute. Ich hatte ganz einfach keine Lust zur Schreinerei und schaute oft wie verloren zu den

Werkstattfenstern hinaus. Die ersten Stare waren schon da, und vom Blechdach der Werkstatt lösten sich die letzten Reste des Schnees, der zu kleinen Eisplatten gefroren war. Dann sagte der Meister eines Abends, als ich die Werkstatt zusammenkehrte, daß ich am andern Morgen einen Kasten zu einer Kundschaft in Schwabing fahren müsse.

Sie legten den Kasten auf einen Zweiräderkarren und banden ihn mit einem Seil fest. Man beschrieb mir den Weg genau und sagte, daß ich eine schöne Empfehlung vom Meister ausrichten müsse.

Ich war für jede Arbeit dankbar, die mich aus der Werkstatt herausführte. Frohgemut schob ich mit meinem Karren los und pfiff vor mich hin. Nicht direkt durch das Stadtzentrum brauchte ich, sondern ein bißchen außen herum. Ich mußte mich aber doch wohl etwas verfahren haben, denn auf einmal war ich in der Prannerstraße, in der Nähe des Landtagsgebäudes.

Plötzlich peitschten Schüsse ganz in meiner Nähe. Ich ließ den Karren mit dem Kasten mitten auf der Straße stehen und sprang in den nächsten Hausflur. Ich sah, wie ein Mann mit dem Gesicht auf dem Pflaster lag. Einen Augenblick herrschte Grabesstille ringsumher. Dann brachen wütende Schreie los, und mehrere Männer stürzten sich auf einen blutjungen Burschen, der einen Offiziersmantel trug. Sie schlugen auf ihn ein, traten ihn mit Stiefeln, aber es half nichts mehr. Der Ministerpräsident Kurt Eisner war tot.

Es waren noch mehr Menschen in meinen Hauseingang geflüchtet, und aus dem Stimmengewirr vernahm ich, daß der Attentäter ein Graf Arco Valley sei, der nun halbtot auf der Straße lag. Ein älterer Herr mit einem grauen Bart sagte: »Es gibt halt doch noch national gesinnte Männer. Hut ab vor ihnen.«

Darauf drohte ein anderer, daß er ihn gleich auf seine nationale Rübe schlagen würde, wenn er noch mal so etwas sage.

Nach einer Viertelstunde war in der Prannerstraße wieder Ruhe, den Toten und den Schwerverletzten hatte man weggeschafft. Da nahm ich meinen Karren wieder und brachte den Kasten zu der Herrschaft in die Ludwigstraße. Ein Hausmeister half mir ihn hinauftragen zu einem Herrn mit aufgezwirbelten Schnurrbartspitzen, der uns in einem Morgenmantel die Tür öffnete. Ich war der erste, der ihm erzählte, was in der Prannerstraße geschehen war. Er sah mich zunächst fassungslos an, dann drehte er den Kopf und rief zu einer offenstehenden Türe hinein: »Agnes, was meinst du, was geschehen ist! Er ist tot!«

Merkwürdig, daß die Agnes, die auch einen kostbaren Morgenmantel trug und wohl die Frau des vornehmen Herrn war, gar nicht fragte, wer mit dem »Er« gemeint sei. Sie fragte nur: »Wer war es?«

»Anton Graf Arco von Valley«, antwortete er. Dann wandte er sich mir zu und legte mir die Hand auf die Schulter. »Da bist du also Zeuge eines historischen Geschehens geworden, mein Kind.« Kind, sagte er zu mir! Das wurmte mich gewaltig. »Hast du Hunger, mein Kind?«

Da wurmte es mich nicht mehr, denn ich durfte mich an die Frühstückstafel dieser feinen Leute setzen. Ein Mädchen trug Kaffee, Brötchen, Wurst, Butter und Käse herein, und sie sagten, daß ich nur zulangen solle. Daß es so was überhaupt noch gab! Warum mußten wir Dotschengemüse und Wassersuppe essen und daheim frieren, wenn sie hier alles noch so hatten, als sei nie ein Krieg gewesen. Natürlich haute ich rein wie ein Drescher und fragte mich, warum wohl die Dame die Kaffeetasse so zimperlich in die Hand nahm, nur mit zwei Fingern.

Und während sich in der Innenstadt der Mob breitmachte und die Geschäfte schnell die Rolläden herunterließen, weil sie auf der Straße schrien »Nieder mit der Reaktion! Alle Macht den Räten!«, sagte der Herr in seiner Sechszimmerwohnung droben, daß aus der heroischen Tat des Leutnants Arco einst ein neues Reich erstehen würde.

Ich verstand von all dem nichts. Mir war die Wurstsemmel lieber, die mir die Frau zum Mitnehmen herrichtete. Zum

Schluß schenkte mir der Herr noch eine Mark, und ich durfte gehen.

Drunten traf ich den Hausmeister wieder. Er lehnte verdrossen unter der Haustür und fragte, ob die Exzellenz mir auch ein Trinkgeld gegeben hätte. Eine Exzellenz? Was war denn das wieder?

Vom Hausmeister erfuhr ich, daß es sich bei dem Herrn da oben im zweiten Stock um einen General von Schnellinger handelte und daß seine Frau von einem großen Gut stammte. Darum also hatten sie noch so viel Gutes zu essen. Das Haus gehörte ihnen auch, aber sie waren nur im Winter in der Stadt. Im Sommer waren sie draußen auf dem Gut.

Als ich wieder in die Werkstatt kam, wußte man dort schon alles. Der Kernbüchler hatte die Arbeit niedergelegt und war in die Stadt gegangen, um den Tod seines Idols rächen zu helfen. Der andere Geselle sagte, daß am Beerdigungstag des Ministerpräsidenten Eisner nicht gearbeitet werden dürfe, und der Meister traute sich nicht, sich dagegen aufzulehnen. Er fragte nur: »Der Lehrbub auch nicht?«

Nein, der Lehrbub auch nicht, hieß es. Ich mußte bloß in der Früh hingehen und die Schuhe putzen. Aber dann war ich auch draußen auf der Theresienwiese, wo sich eine ungeheure Menschenmenge versammelte. Ich stieg wieder auf den gleichen Baum wie damals, als ich das Königshaus zum Oktoberfest fahren sah. Wie hatten sich doch die Zeiten geändert! Dumpf dröhnten die Glocken der Paulskirche, andere fielen ein. Pylonen flammten, und Tausende von roten Fahnen wurden in dem riesigen Zug mitgetragen. Es dauerte Stunden, bis die Theresienwiese wieder leer war.

Am andern Tag mußte ich auf das Blechdach der Werkstatt steigen und es sauber kehren. Ich rutschte aus und fiel herunter. Es war nicht hoch, und ich tat mir überhaupt nicht weh. Aber ich hinkte fürchterlich und schnitt Grimassen. Der Meister schaute meinen Fuß an und sagte:

»Man kann einfach so einem Deppen nichts anschaffen! Kannst drauf stehen?«

Ich sagte, daß ich Schmerzen hätte und kaum auftreten könne. Dann solle ich heimgehen, sagte er, und Umschläge machen mit Essigsaurer-Tonerde, damit ich morgen wiederkommen könne. Es war dies der 24. Februar 1919, ein Tag nach der Beerdigung Eisners.

Daheim sagte ich überhaupt nichts. Mein Entschluß war bereits gefaßt. Kein Mensch würde mich in diese Schreinerwerkstatt zurückbringen. Ich war mir klar, daß ich von jetzt ab mein Schicksal selber in die Hand nehmen müsse. Der warme Wind, der von den Bergen her kam, die pfeifenden Stare, die Unruhe in dieser Stadt und vor allem der immerwährende Hunger waren für meinen Entschluß bestimmend. Ich wollte wieder dorthin gehen, wo es keinen Hunger gab, ganz einfach zu einem Bauern.

Ich wartete, bis der Pepi zur Schule gegangen war, dann machte ich mich auf den Weg zur Thalkirchner Straße, wo das Arbeitsamt war. Trotz der frühen Stunde stand schon eine große Menschenschlange vor dem Amt. Als ich endlich in den Gang selber hineinkam, war die Schlange hinter mir noch angewachsen, und vor mir sah es so aus, daß es wahrscheinlich Mittag werden würde, bis ich an die Reihe kam. Genügend Arbeitsplätze gab es anscheinend gar nicht für die vielen Menschen, die darum ansuchten. Etwa um zehn Uhr sagte der Beamte am Schalter, daß für heute alles vergeben sei, die Leute sollten morgen wieder nachfragen. Er schaute dabei aus seinem Guckfenster heraus und sah mich weit hinten stehen.

Und da geschah wieder einer jener Zufälle, von denen man hernach nie weiß, ob es Schicksal war oder Bestimmung. Der Beamte winkte mir wahrhaftig, ich solle kommen, und dann fragte er mich, was ich wolle. Ich sagte, daß ich zu einem Bauern möchte. So, so, zu einem Bauern. Da hätte er schon was. Nämlich auf dem Gut Aumühle in Emmering bei Fürstenfeldbruck. Ob ich mit Pferden umgehen könne.

Da fiel mir der Großvater ein, der sagte, daß man immer ja sagen müsse, wenn man gefragt würde, ob man dies oder jenes könne. Mit Pferden? Hahaha! Das wäre ja lachhaft, wenn ich mit ihnen nicht umgehen könnte! Ja, dann solle ich hinausfahren und mich dem Verwalter Mayer vorstellen. Dort würde ich dann Näheres erfahren.

Gleich am Nachmittag fuhr ich mit dem Zug nach Fürstenfeldbruck und ging die halbe Stunde nach Emmering. Was war doch der Oberreiterhof für ein kleines Sachl gegen diesen Gutshof mit seinen weitausladenden Gebäuden! Die Amper floß daran vorbei und auf der anderen Straßenseite stand eine Villa, in der die Gutsbesitzerin wohnte und der Verwalter mit seiner Frau. Ich traf den Verwalter, als er aus dem Kuhstall kam. Er trug einen Lodenanzug und hatte auffallend krumme Beine, und ich dachte, er müsse sein Leben lang bloß geritten sein. Ich sagte ihm, daß ich vom Arbeitsamt geschickt sei, und zeigte ihm meine Karte. Daraufhin schaute er mich prüfend an und fragte auch, ob ich mit Pferden umgehen könne. Als ich das bejahte, sagte er, daß ich als »Roßbub« im Jahr zweihundert Mark bekäme, eine Werktagshose und ein paar Schuhe. Das klang in meinen Ohren wie himmlische Musik. Ob dieser Verwalter Mayer so etwas war wie der heilige Georg und vielleicht sogar seinen Mantel mit mir teilen wollte? Er nahm mich mit in die Villa und sagte zu seiner Frau, daß sie mir eine Brotzeit richten solle. In der Küche saß ein Mädchen und schälte Kartoffeln, ein nettes Ding und recht gut beinander. Der Verwalter wandte sich an sie:

»So, Sali, jetzt kriegen Sie endlich Ihren Buam!«

Das verstand ich nicht. Sollte ich hier etwa verkuppelt werden? Die Sali war doch mindestens zehn Jahre älter als ich. Sie stand auf, wischte sich die Hände an der Schürze ab und streckte mir ihre Rechte hin. Sie hoffe, sagte sie, daß wir gut miteinander auskämen, und wollte meinen Namen wissen. Sie heiße Rosalie, aber ich dürfe sie auch Sali nennen wie alle anderen.

Ich bekam Wurst aufgetischt, Butter, Käse, Brot und kam mir vor wie im Schlaraffenland. Gestern noch weiße Rüben, in Wasser gekocht, und heute diese Kostbarkeiten! Dann öffnete sich die Tür, eine hochgewachsene Frau kam herein. Der

Verwalter stellte mich ihr vor als den neuen Bua. Sie musterte mich kurz aus kühlen, grauen Augen. Es war die Gutsbesitzerin. Sie wirkte ehrfurchtsgebietend, hatte das graue Haar hoch aufgesteckt und trug eine dünne Kette um den Hals, an der eine kleine Uhr hing. Sie sagte dann zur Sali:

»Da wirst du dich aber freuen, Sali, daß du endlich erlöst wirst.«

Ich hätte mich bald an dem Wurstblattl verschluckt, so erschrak ich. Was hatten denn die mit mir im Sinn? Wie und warum sollte ich die Sali erlösen? War diese feine, alte Dame vielleicht eine Kupplerin? Ich schaute die Sali verstohlen an. Nein, häßlich war sie nicht, sie hatte sogar ein liebes, rundes Gesichtl mit roten Backen.

Sie wollten dann noch wissen, wann ich den Dienst antreten wolle. Ich sagte, daß ich morgen schon kommen könne. Mir war alles gleich, auch wenn es mir ein bißchen geheimnisvoll war, daß ich die Sali erlösen sollte. Wenn ich nur aus der Stadt rauskam, aus der verstaubten Schreinerwerkstatt und aus der Volksküche mit der Dotschensuppe!

Nun zeigte mir der Herr Verwalter den Hof, der im Dreieck gebaut war. Links, wo die Amper floß, war ein kleines Sägewerk, an das sich der Schweinestall anschloß. Dort war eine Magd dabei, in einem großen Kessel Kartoffeln für die Schweine zu kochen. Die breite Mittelfront nahmen der Kuhstall ein und ein paar Remisen. Drei Schweizer begannen gerade mit ihrer Stallarbeit. Auf der rechten Seite zog sich der Pferdestall hin. Ihm schloß sich ein bäuerliches Wohnhaus an, mit einer großen Stube zu ebener Erde. Hinter dem Pferdestall lief die Straße. Nur ein kleiner Streifen Grünland lag dazwischen, und am Staketenzaun entlang waren Johannisbeerbüsche gepflanzt.

Im Pferdestall standen zehn Arbeitspferde, ein paar Jährlinge und ein paar Kutschenpferde. Der letzte in der Reihe war ein alter Rappe, dessen Mähne und Schweif schon kitzgrau waren. Er hieß Peter. Er wandte den Kopf, als wir vorbeigingen und glotzte mich gutmütig an.

»Die zwei da wirst du übernehmen müssen«, erklärte der Verwalter. Der hochbeinige Rappe mit der weißen Stirnbleß hieß Mylord. »Der Mylord hat manchmal Launen. Er ist zwar kein Schläger oder Beißer, trotzdem muß man vorsichtig mit ihm umgehen. Meinrad wird dir das schon erklären.« Meinrad war der Oberknecht, ein großer, sauberer Mann mit einem Bärtchen auf der Oberlippe. Ihm unterstanden noch weitere sechs Knechte.

Ungeheuer beeindruckt von allem, machte ich mich auf den Weg nach Fürstenfeldbruck zum Bahnhof, kaufte mir dort noch eine Postkarte und fuhr nach München zurück. Ich zählte im Zug mein Geld. Es reichte gerade noch, daß ich am nächsten Morgen wieder nach Fürstenfeldbruck herausfahren konnte.

Daheim sagte ich kein Wort, daß ich künftig mein Leben selber in die Hand nehmen wollte. Auch dem Pepi sagte ich nichts. Als am anderen Morgen der Vater zu seinem Dienst und der Pepi zur Schule gegangen waren, setzte ich mich hin und schrieb meinem Schreinermeister die Postkarte mit folgender Mitteilung:

»Sehr geehrter Herr Merkl! Teile Ihnen mit, daß mein Sohn keine Freude mehr hat mit der Schreinerei und deshalb nicht mehr zu Ihnen kommt. Hochachtungsvoll! Johann Ernst (Vater).«

Auch für meinen Vater hinterließ ich einen Zettel und teilte ihm mit, daß ich auf dem Gut Aumühle in Emmering Arbeit angenommen hätte, und es hätte gar keinen Sinn, mich zurückzuholen, weil ich dann lieber in den Wald laufen und dort verhungern wolle.

Dann packte ich in den hölzernen Militärkoffer meines Vaters all meine Habseligkeiten, auch das Album meiner Frau Patin und die böhmischen Holzschuhe. Ich hätte auch dem Pepi seine goldene Firmungsuhr mitgenommen. Aber die hatte mein Herr Papa wieder einmal ins Pfandleihhaus getragen. Vielleicht hatte er von dem Geld der Sophie vom »Grünen Baum« etwas gekauft.

In der Villa wurde gerade zu Mittag gegessen, als ich ankam. An einem langen Tisch in einem großen Raum zu ebener Erde saß das ganze Gesinde bis auf die Schweizer, und ich kam mir recht verloren vor unter all den Erwachsenen, die kaum Notiz von mir nahmen. Bloß die Sali war recht freundlich zu mir und schöpfte mir gleich einen Teller mit Suppe voll. Aber die sollte ich ja auch erlösen. Warum wohl hatte dies noch keiner von den stämmigen Mannsbildern am Tisch getan? Die andere Magd hieß Hanna und wäre mir lieber gewesen, weil sie so schöne blonde Haare hatte. Genau wie die Herzi von der Guldeinstraße.

Mit der Arbeit war es nicht so schlimm. Am Nachmittag mußte ich in der Tenne beim Gsootschneiden helfen. Dann zeigte mir der Meinrad noch, wie man die Räder von dem Schweizerwagerl abnehmen und die Achsen schmieren mußte.

Schlafen mußte ich über dem Roßstall mit zwei Knechten in einer Kammer. Obwohl ich recht müde war, konnte ich lange nicht einschlafen, weil ich nicht wußte, wie es mir am nächsten Morgen mit den Pferden ergehen würde. Um vier Uhr früh pumperte der Meinrad mit der Faust an die Tür. »Aufstehn!«

Es war der sechsundzwanzigste Februar 1919, als ich von diesem harten Klopfen und dem scharfen »Aufstehn« aus dem Schlaf gerissen wurde. Dieser Weckruf sollte mich bis zu meinen vierundzwanzigsten Lebensjahr nicht mehr verlassen. An diesem sechsundzwanzigsten Februar begann ich auf der untersten Sprosse des Bauerndienens und hatte noch keine Ahnung, wie schwer es sein würde, die Leiter hochzuklimmen, um es zu einem Unterkecht, zu einem Mittelknecht und schließlich gar zu einem Oberknecht zu bringen. Eine verheißungsvolle Karriere für einen Buben aus der Schulstraße, der nach dem Willen seiner verstorbenen Mutter eigentlich hätte Lehrer werden sollen. Und selbst in diesem Knechtsleben gab es noch erstrebenswerte Unterschiede, einen Stallknecht zum Beispiel, einen Ackerknecht oder gar einen Fuhrknecht. Aber keiner dieser Posten war pensionsberechtigt.

Der »Bua« war ich also jetzt auf diesem Gut. Dieses Bua galt aber nun nicht mehr meinem kindlichen Alter und Aussehen, sondern war eine Berufsbezeichnung, die sich beliebig abwandeln ließ zum Saubua, Rotzbua, Mistbua, Lausbua oder Hundsbua. Wehren konnte man sich gegen gar nichts. Man gehörte sich selber nicht mehr, man verlor sogar seinen Namen, ich war jetzt nicht mehr der Bua vom Eisenbahner Ernst, sondern der Aumüller Bua.

Es ging an diesem Morgen alles ganz gut, das Striegeln und Bürsten meiner zwei Pferde, das Futtervorschütten und Ausmisten. Nur als ich dann einspannen sollte, stand ich vor dem Pferdegeschirr wie der Ochs vorm Berg. Da half nur eins, nämlich die Wahrheit zu bekennen. Ich sagte zum Meinrad, indem ich ihn als Herrn Meinrad anredete, daß wir in Niederbayern nur Ochsen gehabt hätten und ich mich mit dem Pferdegeschirr nicht auskenne.

»Ach so!« lachte der und sagte, daß ich zu ihm nicht Sie zu sagen brauche. Dann schirrte er mir den Peter ein, und ich gab genau Obacht. Der Peter wurde vor das gelbe Schweizerwagerl gespannt, und dann wurde mit ihm beim Kuhstall vorgefahren. Dort war die Sali bereits damit beschäftigt, in kleine Milchkannen von unterschiedlicher Größe Milch einzuschütten. An jedem Kännchen hing ein Namensschildchen. Die Sali lächelte den Meinrad freundlich an, und der Meinrad hatte einen seltsamen Blick in seinen scharfen Adleraugen und fragte sie, wie sie geschlafen habe. Daraufhin puffte ihm die Sali in die Seite und schaute mich an. Ich sollte das anscheinend nicht wissen. Dann luden wir gemeinsam die Kännchen auf das Schweizerwagerl, stiegen auf, und die Sali gab mir die Zügel in die Hand. Der Peter zog gleich an. Es war noch ziemlich finster, aber das Roß fand den Weg ganz allein vom Hof zur Straße hinaus. Ein kalter Wind ächzte in den Alleebäumen, und ich rutschte ganz nah an die Sali hin, weil mich fror.

»Ich kann dir gar nicht sagen, Bua, wie ich froh bin, daß du mich erlöst von diesem Milchfahren! Seit wir auf dem Gut keinen Buam mehr gehabt haben, hab jeden Tag ich die Milch ausfahren müssen.«

Ach, so war das! Mir fiel ein Stein vom Herzen.

Die Sali erzählte mir dann, daß der Peter einmal ein Militärgaul gewesen sei, daß ihn der Posthalter von Fürstenfeldbruck als Postgaul erworben hatte, und als er das nicht mehr machen konnte, habe man ihn in die Aumühle gestellt, wo er nun das Gnadenbrot bekäme. Bloß zum Milchfahren würde er in der Früh noch eingespannt, dann hatte er Ruhe. Die Sali erzählte mir auch, daß eine Tochter von der Aumühle den Posthalter von Fürstenfeldbruck geheiratet habe und daß ich dorthin in der Woche zweimal eine Fünfliterkanne mit Rahm bringen müsse. Zu dieser Frau müsse ich Frau Weiß sagen, aber eine alte Frau Weiß sei auch noch da, und die müsse ich als Frau Posthalter ansprechen, weil das so Brauch wäre.

Dann blieb der Peter auf einmal stehen, ohne daß ich mit den Zügeln etwas getan hätte. Die Sali stieg ab, nahm eins von den Milchkännchen, hängte es bei der ersten Villa an den Gartenzaun und läutete. So ging es dann weiter, links und rechts der Straße die Kännchen hinhängen und läuten. Der Peter wußte von allein, wo er stehenbleiben mußte. Auf der Rückfahrt hingen dann die Kännchen bereits wieder entleert und ausgewaschen an den Gartenzäumen.

Am nächsten Tag durfte ich schon allein fahren. Ich kam mir ungeheuer wichtig vor, Milchlieferant geworden zu sein. Aber sie mußten gleich gemerkt haben, wie arm ich eigentlich war, denn die Sali schenkte mir am Abend schon ein paar wollene Fingerhandschuhe und der Meinrad einen Wollschal. Jetzt fror ich wenigstens nicht mehr so.

Erst am dritten Tag fuhr die Sali wieder mit, weil sie mir den Weg zur Posthalterei in Fürstenfeldbruck zeigen mußte. Diesmal fuhren wir mit dem Mylord. Das war was anderes. Wenn man dem die Zügel ließ, dann schoß er gleich los. Aus dem Peter war nichts mehr herauszubringen, er zuckelte mit hängendem Kopf seinen Gang dahin und ließ sich nicht irre machen.

Als wir durch das Tor in die Posthalterei einfuhren, geriet ich in helles Entzücken. Im Hof standen zwei gelbe Postkutschen, und ein Postillon spannte gerade zwei Braune aus, weil er soeben von seiner täglichen Fahrt nach Maisach zurückgekommen war. Der Postillon war in vollem Wichs: weiße Hose, schwarze glänzende Schaftstiefel, ein himmelblauer Frack und ein weiß-blauer Buschen auf dem schwarzen Zylinder. Es war eine reine Pracht, ihn anzuschauen. Zwei von dieser Sorte waren da, und ich sollte noch recht gut Freund mit ihnen werden. Wir lieferten die Kanne mit dem Rahm im Herrschaftshaus ab, die Sali sagte, daß ich der neue Bua sei, der von nun an den Rahm und Sonstiges bringen werde, und die Frau Weiß schenkte mir gleich ein Stück Gesundheitskuchen. Dann fuhren wir nach Emmering zurück. Als wir über den Marktplatz zur Brücke fuhren, sahen wir eine alte Dame langsam über die Straße gehen. Hin und wieder bückte sie sich nach einem Steckerl Holz, und wenn es noch so klein war. Die Sali sagte:

»Schau hin, Hansl, das ist die Frau Posthalterin. Die sammelt alles auf, was sie auf der Straße liegen sieht, und trägt es heim. Von solchen Leuten kann man das Sparen lernen.«

Von dieser Zeit an war ich mir dann selber überlassen, und ich sagte mir, daß ich mit meinem Entschluß das große Los gewonnen hätte. Der Frühling kam daher, die Luft war voll von Ackergeruch, und ich brauchte nicht mehr Hunger leiden. Von daheim wußte ich gar nichts, und ich hatte auch kein Heimweh. Ich fand zu den Leuten, und die Leute fanden zu mir. Sie mochten mich, weil ich jede Arbeit willig anpackte und versessen war darauf, alles zu lernen. Wenn wir am Abend in der großen Gesindestube beieinandersaßen, hockte ich da und lauschte begierig auf die Reden der Knechte, die alle im Krieg gewesen waren. Der Meinrad zum Beispiel war bei den schweren Reitern gewesen.

Wir hatten zwei Stuten im Stall, die Fohlen gebracht hatten und noch nicht eingespannt wurden. Aber sie mußten jeden Abend bewegt werden, und ich durfte mit dem Meinrad ausreiten. Bald erkannte ich aber, daß dies für mich zunächst nur eine Qual war. Der Meinrad bestand darauf, wenn ich schon reiten wolle, dann aber richtig. Und er nahm mich in die Kur, so wie er wahrscheinlich auch einmal als junger Rekrut in die Kur genommen worden war. Meine Schenkel wurden ganz wund, ich konnte kaum mehr gehen. Aber es ging vorüber, und nach ein paar Wochen konnte ich wirklich reiten.

Manchmal kam die Gutsfrau abends ein bißchen zu uns in die Gesindestube herüber, saß dann am Fenstertisch, hatte die Hände über dem Leib gefaltet und tat recht mütterlich. Als die Osterzeit nahte, war sie um unser Seelenheil besorgt und beklagte, daß so viele mit Sünden beladen durch die Tage gingen. Aber der liebe Gott sei barmherzig und vergebe den Menschen durch seine Stellvertreter auf Erden alle Sünden, wenn man sie aufrichtig bereue. Zum Schluß ging es dann so aus, daß sie es zwar nicht befahl, sondern darum bettelte, daß jeder von uns zur Osterbeichte gehe. Und die Beichtzettel sollten dann bei ihr abgeliefert werden. »Ja?« fragte sie. »Das geht doch?«

Bei mir ging es sowieso. Aber der Meinrad sagte hernach im Roßstall: »Also, paß auf, du gehst am Samstag zum Beichten beim Pfarrer. Hernach stellst dich hinten an und beichtest beim Kooperator noch mal. Und wenn grad ein Franziskanerpater zur Aushilfe da wär, dann gehst bei dem auch noch mal. Am Sonntag machst das gleiche wieder. Die Beichtzettel gibst dann mir. Für jeden kriegst zwanzig Pfennig. Verstanden?«

Auch wenn ich ihn nicht verstanden hätte, getan hätt ich's auf jeden Fall.

Übrigens lief mir um diese Zeit jemand hartnäckig nach. Kein Mädchen etwa, sondern die Schulbehörde. Ich mußte in die Sonntagsschule. Mein Sonntag sah jetzt folgendermaßen aus: Zuerst Stallarbeit, dann Milchfahren. Um acht Uhr ins Hochamt, nach dem Hochamt von zehn bis zwölf Sonntagsschule, von zwei bis drei Uhr Christenlehre, und dann war sowieso schon wieder Zeit für die Stallarbeit. Da war nicht viel drin von Jugendschutz und ausreichender Freizeit. Die sorgten schon dafür, daß die Saubuam auf keine dummen Gedanken kamen. Höchstens daß wir einmal an einem Sonntagnachmittag nach der Christenlehre im Nebenzimmer des Gasthauses in Emmering zusammenkamen beim katholischen Dienstbotenverein. Meistens hielt dann der Herr Pfarrer eine Ansprache, in der er uns ermahnte, immer treu zu unserer Herrschaft zu stehen und unsere Pflicht zu tun. Wenn er ganz gut aufgelegt war, durften wir auch einmal tanzen nach einem alten Trichtergrammophon. Aber es gab nur zwei Platten, zwei Walzer, die »Donauwellen« und die »Neapolitanischen Nächte«. Die Neapolitanischen Nächte mochte ich besonders gern. Das war eine recht einschmeichelnde Melodie. Der Herr Pfarrer schaute streng darauf, daß wir unsere Tänzerinnen nicht an uns drückten. »Abstand halten«, sagte er immer. Ich tanzte gern mit dem Küchenmädl vom Wirt, weil die so nette Rundungen hatte. Aber ich durfte ja nicht zu nah hinkommen, weil der Herr Pfarrer sofort mahnte: »Abstand halten!«

Die Leute, denen ich jeden Tag die Milch liefern mußte, waren lauter feine Herrschaften, pensionierte Offiziere, Kunstmaler, Schriftsteller. Einige hatten auch Dienstmädchen. Die Frau Generalin zum Beispiel in der gelben Villa mit dem großen Park. Den General sah ich nie, aber sie ging in aller Herrgottsfrühe schon in einem roten Morgenmantel im Garten spazieren und rauchte eine dicke Zigarre. Ihr Dienstmädchen hieß Laura, und wenn die an den Gartenzaun kam und die leere Milchkanne brachte, dann sah sie mich so seltsam an, daß mir heiß und kalt wurde. Sie seufzte und klagte, daß ihre Alte, die Generalin, so furchtbar streng sei, und daß sie höchstens ganz spät in der Nacht, wenn die Generalin schon schlafe, aus ihrem Fenster steigen und im Garten auf mich warten könne, falls ich Interesse daran hätte. Interesse hätte ich schon gehabt, aber mitten in der Nacht, wenn ich um vier Uhr schon wieder aufstehen mußte? Und überhaupt, wußte ich, was die mit mir im Sinn hatte in dem dunklen Garten?

Ich hätte schon auch ein Platzerl gewußt, wo man sich hätte treffen und verstecken können. Bei uns in der Wagenremise zum Beispiel, in der schwarzen Kutsche mit den weichen Ledersitzen. Ich hatte sie putzen müssen, die Kutsche, außen und innen, weil der Herr Verwalter mit der Frau Gutsbesitzer ausfahren wollte. In den Polstern fand ich Meinrads Tabaksbeutel und ein seidenes Tüchl, das der Sali gehörte. Ich hab beides dem Meinrad. Der lächelte, steckte sie ein und sagte bloß: »Maulhalten, gell!«

Irgendwie aber hatte die Laura einen großen Eindruck auf mich gemacht. Sie ging mir bei der Arbeit und des Abends, wenn ich einschlafen wollte, nicht aus dem Sinn. Sie beschäftigte mich so sehr, daß ich sogar ein Gedicht für sie schrieb. Es war mein erstes Gedicht, und ich war mächtig stolz darauf.

»Ich lag so schlaflos heute nacht
und hab so fest an dich gedacht.
Ich zählte langsam Stund um Stund
und träumte dann von deinem Mund,
und meine Hände hielten dein Gesicht,
hier, liebste Laura, ein Gedicht...«

Ich steckte es ihr in den Blusenausschnitt, als sie mir die leere Milchkanne herüberreichte. Ganz schnell machte ich das, weil die Frau Generalin im Garten lustwandelte. Ich fragte dabei auch, wo denn der Herr General stecke, weil man den gar nicht zu Gesicht bekam. Die Laura sagte, der sitze in seinem Zimmer und zeichne Generalstabspläne.

Am nächsten Morgen wartete ich sehnsüchtig darauf, was die Laura zu meinem schönen Gedicht sagen würde. Vom Gedicht sagte sie gar nichts. Sie deutete nur auf das linke Parterrefenster und flüsterte, daß sie dort schlafe und daß sie es nicht ganz schließen würde.

Na also! Was alles man mit einem einzigen Gedicht schon erreichen konnte! Aber ich dachte halt hier auch wieder zu romantisch, wollte warten, bis Vollmond war, der dann seinen Silberglanz verschenken und auch in die Kammer des Mädchens scheinen würde.

Als ich am anderen Morgen den Peter einschirrte, ging ein sonderbares Rauschen durch den sonnenklaren Frühlingsmorgen. Und gleich darauf folgte eine Detonation, daß alle Fenster im Roßstall zitterten. Die Knechte und die Schweizer standen im Hof und schauten zum Himmel hinauf. Der Verwalter kam mit seinen krummen Beinen von der Villa herübergelaufen. Das sah komisch aus, weil ihm die Hosenträger hinten hinunterbaumelten. Er fragte, was los sei, und der Meinrad meinte sachverständig, daß es vielleicht eine Achtunddreißiger gewesen sein könnte. Da rauschte es schon wieder in den Lüften, und es folgte Detonation auf Detonation.

Die Weiße Garde, von Maisach und von Dachau heranrückend, schoß mit schweren Kalibern auf das Bahngelände von Fürstenfeldbruck, von wo die Roten mit einem Zug nach München flüchten wollten. Unter den Roten waren auch Russen aus dem Lager Puchheim, die nach dem Krieg dageblieben waren.

So plötzlich, wie die Kanonade begonnen hatte, verstummte sie auch. Erst als ich mit meinem Milchgespann schon auf der Straße war, krachte es noch mal. Der Peter stieg in die Höhe und legte einen Trab hin, wie ich es ihm gar nicht mehr zugetraut hätte. Ich hatte ihn aber fest an den Zügeln und brachte ihn schnell wieder zum Stehen. Er spitzte die Ohren und zitterte am ganzen Körper. Und dann überkam mich auch das Zittern, denn ich sah drei Reiter auf mich zutraben. Ich weiß nicht, warum ich dachte, sie hätten es auf mein Leben abgesehen. Auf alle Fälle betete ich noch schnell ein Vaterunser und bereute auch noch das »Geschäft« mit den Beichtzetteln. Da parierten die Reiter bereits ihre Pferde vor mir und wollten wissen, ob in der Ortschaft Emmering Rote seien. In Emmering waren niemals Rote gewesen, und ich konnte es daher mit gutem Gewissen verneinen.

An diesem Morgen mußte ich auch in die Posthalterei nach Fürstenfeldbruck, um den Rahm abzuliefern. Im Vorbeifahren sah ich ein zerstörtes Gebäude. Auf der Amperbrücke stand ein verlassenes Maschinengewehr, und im Posthof lag ein toter Russe, barfuß, weil einer der Postillone ihm die Stiefel ausgezogen hatte. Es waren ganz neue Knobelbecher mit vielen Nägeln auf der Sohle. Der Postillon sagte, daß sie ihm zu klein wären, ich sollte sie ihm abkaufen um fünf Mark. Wenn ich die fünf Mark nur gehabt hätte! Ich sagte ihm, daß ich den Verwalter um einen Vorschuß bitten würde. Da warf er die Stiefel auf mein Schweizerwagerl.

Ich war unbändig stolz auf meine Stiefel. Es trat sich darin viel selbstbewußter auf als in meinen böhmischen Holzschuhen. Nur mit dem Vorschuß war es so eine Sache. Der Verwalter zog die Oberlippe auf, und ich sah seine gelben Zähne. Er sagte: »Wenn du jetzt, nach einem Vierteljahr, schon mit den Vorschüssen anfängst, kriegst du am Jahresende nicht mehr viel raus.« Der Meinrad aber hatte mir gesagt, ich solle nur immer fleißig einen Vorschuß verlangen, weil am Jahresende die zweihundert Mark doch nicht mehr viel wert sein könnten bei der augenblicklichen Geldentwertung. Ich putzte meine Stiefel immer blitzblank und dachte dabei oft an den toten Russen, der so jung gewesen ist und ein blutendes Loch in der Stirn hatte, und auf den vielleicht irgendwo am Don eine Mutter oder ein Mädchen vergebens wartete. Alle Mädchen waren ja nicht so schlecht wie die Laura, die am zweiten Mai bei Nacht und Nebel mit einem Metzgergesellen getürmt war. Und mit meinem Gedicht.

Das von dem Metzgergesellen hatte mir der Konrad erzählt. Der wiederum wußte es von seinem älteren Bruder Alfred, für den die Laura auch ihr Fenster offen gelassen hatte. Der Konrad sagte, daß die Laura eine »Schnalle« sei, und ich brauche ihr nicht nachzujammern. Das tat ich sowieso nicht. Irgendwie war ich sogar froh über diese Lösung. O ja, ich hatte in Emmering schon einige Freunde, lauter Lehrbuben. Ein Bauernknecht war nicht dabei. Der liebste war mir der Konrad. Wer aber den Konrad zum Freund hatte, mußte auch seine Schwester Klara in Kauf nehmen. Die war so schlank um die Taille, daß man sich fragte, wie bei ihr eine Semmel vom Schlund in den Magen hinuntergelangte.

Es war ein herrliches Leben da draußen in der Aumühle, und ich hatte noch keine Stunde bereut, dem Schreinermeister davongelaufen zu sein, denn jetzt hatte ich wieder genügend zu essen, war wieder braungebrannt und freute mich des Lebens.

Ich hatte längst auch die Angst verloren, der Vater könnte eines Tages aufkreuzen und mich zurückholen. Für den Fall hatte ich schon vorgesorgt und der Sali gesagt, wenn das einträfe, brauche sie sich nichts zu denken, wenn ich verschwände, ich sei am andern Morgen bestimmt wieder da.

Irgendwie mußte mein Vater doch eingeschnappt sein, weil er gar nichts von sich hören ließ – oder saß er in jeder freien Stunde bei der Sophie im »Grünen Baum«?

An einem schönen Maiensonntag jedoch, als ich in der Früh mit meinem Milchfuhrwerk so dahinfuhr und mit den Vögeln um die Wette pfiff, sah ich ihn daherkommen. Ich erkannte ihn gleich am Gang, am Spazierstock, den er über den Arm trug, und an der schwarzen Melone, auf der sich die Morgensonne spiegelte.

Der Eisenbahner Johann Baptist Ernst war endlich aufgebrochen, um seinen durchgebrannten Sohn zur Raison zu bringen. Ich wappnete mich innerlich und merkte, daß ich gar keine Angst hatte. Es kam jetzt bloß darauf an, wie der erste Wortschwall ausfiel.

Immer näher kam er, mein Herr Papa. An den Revers seines gestreiften Nadelanzugs hatte er ein weißes Blümlein gesteckt, was eigentlich auf Friedfertigkeit schließen ließ. Aber der finstere Blick deutete auf anderes hin. Ich zog die Zügel an und sagte »Brrr«. Das wäre allerdings nicht nötig gewesen, weil der Peter sowieso bei jeder Gelegenheit stehenblieb. Ich saß hoch oben auf dem Bock, der Vater stand so klein da drunten. Es ist immer gut, wenn man auf einen Menschen herunterschauen kann. Das schenkt Selbstvertrauen. Stumm wie ein Pfahl stand er da unten. Schärfe lag in seinem Blick. Aber er schwieg immer noch. Da sagte ich:

»Magst aufsitzen?«

Die Schärfe verschwand aus seinem Blick. Ich reichte ihm die Hand, um ihm behilflich zu sein, dann saß er neben mir, zog sein Taschentuch heraus, schneuzte sich, stellte den Spazierstock zwischen die Knie und legte beide Hände darauf. Alles nichts als Verlegenheit, ich kannte ihn doch. Endlich fragte er, wie es mir ginge. Ich sagte: »Danke, Hunger brauch ich keinen leiden.«

Daraufhin seufzte er und sagte »Wir schon« und fügte gleich hinzu, daß er sich am Anfang furchtbar geärgert habe über meine Flucht, aber nun sei er froh, daß es wenigstens mir gut ginge, und ich solle nur vorerst dableiben, wo ich sei, bis bessere Zeiten kämen.

Ich fuhr also mit meinem Vater die Strecke ab, und er sah auch gleich, daß meine Sonntagsschuhe an der Seite aufgerissen waren und sagte, daß er sie mitnehmen und reparieren werde. Ich sagte ihm, daß ich bloß das eine Paar Sonntagsschuhe hätte, und er meinte, er würde sie mir sofort zurückschicken.

Mittags bekam mein Vater auch eine Suppe, Kalbsbraten und Kartoffelsalat und unterhielt sich mit dem Verwalter recht gut, weil sich herausstellte, daß sie im gleichen Regiment gedient hatten. Sie gaben ihm sogar noch sechs Eier mit und ein Pfund Butter. Dann begleitete ich ihn nach Fürstenfeldbruck zum Bahnhof. Da erst sagte er mir, daß er wieder heiraten wolle. Ich fragte ihn, ob es die Sophie sei, und er verneinte, er heirate eine Kriegerswitwe mit vier Kindern. Drei Mädl seien es und ein Bub, der auch Hansl heiße.

Also die zweite Stiefmutter. Nun, mich kümmerte das nicht mehr besonders, ich saß ja in einem warmen Nest. Aber der Pepi brauchte sicher wieder eine sorgende Hand, und ich wollte drei Vaterunser beten, daß diese Hand diesmal nicht mehr so hart sei wie die der Stange.

Vier Tage später schickte mir der Vater ein Paket. Darin waren meine sauber geflickten Feiertagsschuhe und sein fast neuer Militärmantel. Ich solle mir, falls es in Emmering einen Schneider gäbe, daraus einen Anzug schneidern lassen. Er hätte aber auch das Geld dazu beilegen sollen, denn ich getraute mich nicht schon wieder um einen Vorschuß zu bitten. Zum Glück war die Mutter vom Konrad Schneiderin. Sie schneiderte mir einen Anzug zusammen, mit einer langen Hose, und ich durfte die zehn Mark abstottern, die sie verlangte. Am Ersten, wenn die Leute ihre Milch bezahlten, bekam ich immer ein paar

Mark Trinkgeld zusammen, so daß ich also nie ganz ohne Geld war.

Dann begann die Heuernte, ich brauchte mich nicht so zu plagen wie beim Oberreiter in Seestetten. Ich mußte die geladenen Fuhren heimfahren und die leeren Wagen wieder hinaus auf die Wiesen. Sie nützten den »Buam« nicht aus, der Meinrad hatte ein Auge auf mich und ließ mich an nichts Schweres heran. Das käme später von selber, sagte er immer. Abends ritten wir die Pferde in die Amper zur Schwemme. Ich durfte auf dem Mylord reiten und erschrak zutiefst, weil der auf einmal zu schwimmen anfing und ich mir auf seinem Rücken recht hilflos vorkam. Ich hatte nicht gewußt, daß Pferde schwimmen können und hatte vor dem Wasser immer Angst, seit mich in der Donau einmal ein Strudel hinuntergezogen hatte und ich in letzter Minute vom Sepp noch gerettet worden war.

Zu meinen Aufgaben gehörte es auch, einmal in der Woche zum Bäcker auf die andere Seite der Amper hinüberzufahren mit einem Zentner Mehl und einem Eimer voll geschälter Kartoffeln. Das ergab meist achtundzwanzig oder auch neunundzwanzig Laib Brot. Die Knechte teilten mir vertraulich mit, daß der Bua, der vor mir da war, so schlau gewesen sei, den neunundzwanzigsten Brotlaib immer verschwinden zu lassen. Obwohl das Essen in der Aumühle gut war, zu reichlich war es für ein gestandenes Mannsbild gerade nicht, und man mußte da schon ein bißchen nachhelfen. Ein neugebackenes Bauernbrot mit Butter und ein paar Rettiche dazu, das war geradezu eine Delikatesse – nach dem Abendessen noch, in der großen Gesindekammer neben dem Roßstall. Die Hanna, die die Butter besorgte, und die Sali kamen auch dazu, und es wurden dann geradezu Orgien gefeiert mit neugebackenem Brot, frischer Butter und Radis. Und lustig ging es dabei zu! Einer von den Knechten, der Schorsch war es, spielte Mundharmonika, meistens Lieder wie: »Es war einmal ein treuer Husar«, »Puppchen, du bist mein Augenstern«, oder: »In Hamburg war ein Mädchen, die liebte nur fürs Geld«. Übrigens war mir der

Schorsch noch zwanzig Pfennige schuldig, weil ich ihm zwei Liebesbriefe aufgesetzt hatte für das Zimmermädchen im Posthotel. Auch für die Hanna hatte ich ein paar geschrieben, die einen Schlossergesellen gern sah. Sie erzählte mir dann, daß der Schlossergeselle auf die Briefe hin ganz »weich« geworden sei, und zahlte mir weiterhin pro Brief dreißig Pfennig. Irgendwie mußte jemand den Mund nicht gehalten haben, denn eines Tages sagte der Verwalter, er habe gehört, daß ich so schöne Verslein machen könne, und ob ich nicht auch einmal für seinen Schützenverein etwas dichten wolle, wo er Vorstand war, und der demnächst Gründungsfeier abhalte. Sechs Strophen dichtete ich über das treffliche Mannesauge, über Schützenstolz und Kimme und Korn:

»Er schaute scharf über Kimme und Korn
und schon ist es ein Zwölfer wor'n ...«

Ein Mädchen im weißen Kleid mußte es vortragen. Ich bekam dafür zwar kein Geld, aber eine lange Hartwurst, die ich wiederum bei einem Rettichabend austeilte. Immerhin, es war mein erstes Honorar.

An einem Freitagnachmittag mußte ich wieder das Brot vom Bäcker holen. Es waren achtundzwanzig Laibe und ein kleinerer, der vielleicht nur vier Pfund wiegen mochte. Langsam zuckelte der Peter dahin, ich zog ihn nahe der Aumühle ein bißchen nach links zum Gartenzaun, hinter dem die Johannisbeerstauden wucherten. Einen Blick nach links und rechts und vorn und hinten, dann warf ich den Brotlaib mit kühnem Schwung über den Gartenzaun in die Johannisbeerstauden hinein, wo ich ihn dann später herausholen wollte.

Da, plötzlich ein furchtbarer, heiserer Schrei. Die Aumüllerin war unter den Stauden gesessen und hatte Johannisbeeren gepflückt, und mein Brotlaib hatte genau ihre Stirn getroffen.

Mir war sterbenselend zumute, denn mir war klar, daß dies Folgen haben würde. Dann tröstete ich mich aber damit, daß, wenn wir Mannsbilder zusammenstehen würden, sie mir gar nicht so viel anhaben könnten. Wie eine Mauer müßten wir dastehen, und ich stellte mir vor, daß der Meinrad das Wort führen würde. Daß ich mich in einem gräßlichen Irrtum befand, ging mir erst auf, als die Knechte drohten mir das Kreuz abzuschlagen, wenn ich sagte, daß sie mir das angeschafft hätten. Zunächst bogen sie sich vor Lachen, und als sie sich beruhigt hatten, sagte der Schorsch, daß man einer Gutsbesitzerin keinen Brotlaib an den Kopf würfe, und im übrigen solle ich an mein Kreuz denken.

Zuerst sah es so aus, als ob nichts geschähe. Aber um halb sechs Uhr kam die Sali von der Villa herüber und sagte, ich solle zur Herrschaft kommen. Im Hinübergehen beschwor sie mich, ja nichts zu verraten, sie würde mir auch zwanzig Pfennige schenken, wenn ich ein Mann sei und schwiege.

Sie erwarteten mich in dem kostbar eingerichteten Wohnzimmer, in das wir sonst nie hineinkamen. Der Verwalter hatte eine zweireihige grüne Schützenjoppe mit goldenen Knöpfen an, weil er in eine Schützenversammlung mußte. Die Frau Verwalter stand bei dem großen Kachelofen, die Gutsbesitzerin saß in einem Lehnstuhl und hatte ein Tuch um den Kopf gebunden. Neben ihr stand auf einem kleinen Tischchen ein Fläschchen mit Essigsauretonerde und eine Schüssel mit Wasser. Wahrscheinlich machte sie damit Umschläge. Ich mußte drei Schritte vor ihr stehenbleiben. Sie schaute mich fest an und hatte doch so sanfte, brave Augen. Dann nahm der Verwalter das Wort, scharf und schneidend, so als ob er vor seiner Schützenkompanie stünde und nicht vor dem mindesten seiner Knechte, vor dem Buam.

»Wie war das also mit dem Brotlaib?«

Zuerst probierte ich, ob es nicht ginge, wenn ich recht dumm und unwissend dreinschaue. Dann war aber schon wieder seine scharfe Stimme da, ich solle gestehen, daß ich einen Brotlaib habe stehlen wollen, und ich möchte mir doch die gnädige Frau anschaun, was die jetzt für einen Binkel am Kopf habe.

Ich schaute die Frau nicht an, sondern auf meine Zehen hinunter, die hübsch dreckig waren.

Viele Jahre später, als ich Schöffe beim Landgericht in Traunstein war, fiel mir auf einmal dieser Verwalter Mayer wieder ein. Da gab es auch einen Richter, der den Kopf immer nach dem Angeklagten vorstieß und eine so schneidende Stimme hatte.

Ich solle nicht so dastehen, als ob ich nicht bis fünf zählen könne, sagte der Verwalter. Und ich solle jetzt sagen, wer mir das angeschafft habe. Jetzt erst hob ich den Kopf und antwortete, daß mir das niemand angeschafft hätte.

»Werdet ihr denn nicht satt?« fragte jetzt die Frau Verwalterin, mit ihrer sanften, müden Stimme. Da mußte ich erst scharf nachdenken, weil sie »ihr« gesagt hatte, zog sie etwa die anderen Knechte mit ein?

»Nicht immer ganz«, sagte ich.

Man solle in Zukunft die Brotstücke etwas größer schneiden, ließ sich die Gutsfrau vernehmen. Das Brot wurde damals noch vorgeschnitten. Damit gab sich der Verwalter aber nicht zufrieden. Er wollte Sühne für die Missetat und ein Schmerzensgeld von zwanzig Mark für die Gutsfrau. Die winkte aber gleich ab, bestand nur darauf, daß ich zum Beichten gehen müsse, gleich morgen. Dann wurde ich entlassen. Ich war froh, so billig weggekommen zu sein. Beichten war für mich keine Strafe.

Am nächsten Tag kam die Gutsfrau punkt fünf Uhr von der Villa herüber und sagte, daß der Hochwürdige Herr bereits im Beichtstuhl sitze, ich solle mich anziehen. Also ging ich und beichtete. Mit fünf Vaterunser kam ich davon, und ich nahm mir vor, auf dem Gutshof nichts mehr zu stehlen.

Das hätte ich sicherlich auch gehalten, zumal der Meinrad mir sagte, daß dies gar kein Diebstahl gewesen sei, sondern nur Mundraub. Aber da schrieb mir mein Vater, daß er am fünfzehnten September die Kriegerswitwe Elisabeth Schütz heiraten würde, und ich solle zur Hochzeit kommen und ob ich etwas zu essen mitbringen könne. Das war leicht gesagt. Was sollte ich denn mitbringen? Ich zerbrach mir den Kopf. Auf einmal fiel mir ein, daß im Heuboden droben öfter Hühner ihre Eier verlegten. Also ein Huhn. Ich mußte das Heu für die Pferde durch einen hölzernen Schacht in den Roßstall herunterwerfen, und bei dieser Gelegenheit lauerte ich einer Henne auf, einer richtig fetten Suppenhenne. Mir klopfte das Herz, weil ich nicht wußte, wie man so ein Vieh umbrachte. Als sie das Ei gelegt hatte, warf ich mich mit meinem ganzen Körpergewicht über die Henne und erstickte sie unter meiner Joppe. Es ging eigentlich ganz schnell, und unter ihren sechzig Gefährtinnen würde sie kaum vermißt werden. Natürlich hätte ich sie auch gleich ausnehmen müssen, aber das konnte ich nicht, und so kam ich am folgenden Tag gegen acht Uhr mit der toten Henne in München an und begab mich damit in die Kesselbergstraße vier, wo im ersten Stock bereits unter »Schütz« auch das Namensschild »Ernst« prangte.

Die neue Stiefmutter war eine große Frau, mit einem guten, bäuerlichen Gesicht. Sie schien von den Viechern was zu verstehen, denn sie konnte meine Henne fachgerecht ausnehmen. Das gab vielleicht ein Hochzeitsessen, eine Suppe vor allen Dingen, wie man sie hier schon lange nicht mehr gehabt hatte! Die neue Mutter lobte mich sehr, daß ich die Henne mitgebracht hätte, und sagte, es täte ihr leid, daß ich so viel Geld dafür hätte ausgeben müssen. Ich sagte nicht, daß ich sie gestohlen hatte, sonst hätte ihr die Henne vielleicht nicht mehr geschmeckt, weil es eine recht fromme Frau war.

Dann lernte ich die drei Töchter kennen, meine neuen Schwestern, und den Hansl auch, von dem sie sagten, daß er Schreiner würde. Hoffentlich hatten sie mit diesem Hansi mehr Glück und er brannte nicht durch wie ich.

Die älteste Tochter sah wie eine vornehme Dame aus. Sie war beim Oberpollinger in der Lohnbuchhaltung. Die zweite, ein Jahr jünger, etwa zwanzig, war so schlau wie ich gewesen, hatte die Stadt verlassen, weil sie nicht hungern wollte, und diente in der Nähe von Thanning bei einem Bauern als Magd. Sie war in der Oberländer Tracht zur Hochzeit gekommen, mit vielen Talern am Geschnür und einer silbernen Halskette. Sie hatte von ihrem Bauern auch was zu essen mitgebracht. Darum waren wir zwei besonders geschätzt und fühlten uns auch gleich irgendwie verbunden, weil wir bei den Bauern waren und von den Kühen reden konnten, vom Roggen und von der Gerste und überhaupt über all das, von dem die anderen keine Ahnung hatten. Wir fühlten uns ihnen überlegen.

Die dritte, ein üppiges Dingerl, war bei einer Modistin in der Lehre und im übrigen genau das, was man heute Teenager nennt.

Greti, Anni und Liesi hießen sie. Ich nannte sie gleich bei mir die »Schützenmädchen«, weil sie sich Schütz schrieben. Diese weibliche Schützengarde war also durch die Trauung um neun Uhr in der Giesinger Pfarrkirche zu mir in ein schwesterliches Verhältnis gekommen. Der liebe Gott trug es mir wohl nicht nach, daß ich meiner eigenen Schwester Zenzerl die Milch weggesoffen hatte, und schenkte mir jetzt gleich drei Schwestern auf einmal.

Bei dieser Hochzeit sah ich nach langen Jahren auch meinen kleinen Bruder Ludwig, den Buwi, wieder. Sie hatten ihn endlich aus dem Kinderheim herausgeholt, er sollte jetzt wieder im Schoß einer Familie leben. Er war ein hübsches Kerlchen geworden und sah seiner verstorbenen Mutter gleich. Er hatte gute Manieren und hielt beim Essen die Gabel in der linken und das Messer in der rechten Hand. Das hatte ich noch nie gesehen. Ein bißchen schüchtern war er auch, die Luft des Kinderheimes wehte noch um seine schmale Knabengestalt. In seinen Augen war eine leise Melancholie, und ich hatte Mitleid mit ihm. Ich spürte aber auch, daß er es bei der Elisabeth Schütz besser haben würde, als ich und der Pepi es bei der Chorsängerin gehabt hatten. Diese neue Mutter hatte so gar nichts Stiefmütterliches an sich, in ihren Augen lag Wärme, Güte und das Wissen um menschliches Leid.

Ludwig wurde übrigens nicht alt. Er starb schon mit zehn Jahren an einer Blinddarmentzündung. Man erzählte mir, er sei so gescheit gewesen, daß er schon in der dritten Klasse die heilige Kommunion hatte empfangen dürfen. Er war also jetzt im Himmel, und vielleicht wurde er zu meinem Schutzengel bestimmt. Ich glaube, daß ich in meinem Leben oft einen gehabt habe.

Der Pepi war auch da und machte ein verklärtes Gesicht. Ihm tat es am notwendigsten, wieder in ein warmes Nest zu kommen. Er hatte in jenen Monaten am meisten Federn gelassen und stand noch nicht so mit beiden Füßen im Leben wie ich. Ich hatte ja noch keine Ahnung, wie mich das Leben noch beuteln würde.

Übrigens, unsere Möbel waren alle weg, bis auf ein Bett und einen eintürigen Schrank. Sie hätten ja auch gar nicht mehr untergebracht werden können in der neuen Wohnung.

Auf der Hochzeit wurde getanzt. Sie staunten, weil ich es schon so gut konnte. Sie hätten mich bloß nicht loben sollen, denn wenn ich gelobt wurde, begann ich gleich aufzuschneiden. Ich erzählte dem Pepi und dem Hansi, daß mir das Tanzen eine Ballettänzerin beigebracht hätte, die in der Nähe von Fürstenfeldbruck eine Villa habe. Nachts hätten wir in ihrem großen Garten bei Windlichtern getanzt, und sie habe mir den Wechselschritt und den Dreivierteltakt beigebracht. Der Hansi saß da und hatte die Stirn hochgezogen, als stelle er sich die Ballettänzerin ganz genau vor. Der Pepi hatte den Mund halb offen vor Staunen und fragte mich schließlich, was für Haare sie hätte. Ich mußte meiner Ballettänzerin erst Haare andichten, lange, blonde Haare hatte sie, die ihr fast bis in die Kniekehlen hinunterhingen. Und von der Laura erzählte ich ihnen auch, daß ich sie einem Metzgergesellen ausgespannt hätte.

Ach ja, es ging ganz lustig her bei dieser Hochzeit. Ein Verwandter von der Schützengarde war auch da, ein junger Bursch, der vortrefflich auf der Zither spielen konnte und später einmal Staatssekretär geworden sein soll. Ich glaube, er hieß Kögelsberger.

Ich unterhielt mich auch viel mit meiner neuen Halbschwester Anni, und sie meinte, ich solle doch auf den Hof kommen, wo sie sei. Dort hätte ich es vielleicht schöner, und dann wäre auch sie da und könne ein bißchen auf mich schauen. Ich sagte, daß ich mir das noch durch den Kopf gehen lassen wolle, und wir tauschten unsere Adressen aus.

Als ich am anderen Tag wieder in der Aumühle war,

verlangte ich gleich fünfzehn Mark Vorschuß, weil ich notwendig zwei Hemden brauchte, denn meine anderen waren schon recht verschlissen und oft geflickt. Der Verwalter verlangte, daß ich ihm die neuen Hemden zeige, nicht, daß ich das Geld verschlecke. Dabei hätte er mir überhaupt ein paar Mark mehr zahlen dürfen, denn als einer der Knechte kündigte, schoben sie mich ohne viel Federlesen in die entstandene Lücke. Offiziell war ich zwar noch der Bua, der Hundsbua, der Lausbua und so weiter, aber auf der anderen Seite mußte ich hinter dem Pflug gehen, wie die andern Knechte auch. Mit vier Gespannen pflügten wir ein riesengroßes Feld. Ich tat es gern. Das leise Rauschen der Pflugschar war eine feine Melodie, die meine Seele aufnahm und in Hunderten von Versen hätte verströmen mögen. Nur das Eggen machte mir einige Mühe. Dieses Hin- und Herreißen der schweren Egge ging ganz schön in die Arme.

Es wurde Herbst. Die Kronen der Bäume begannen zu erglühen, und wenn ein Wind sie anrührte, taumelten die Blätter zu Boden und wurden zu einem leuchtenden Teppich. Hinter den Gartenzäunen der Villen verblühten die Rosen, dafür brannten die Astern noch in wilder Schönheit, und manchmal war mir, als neigten sie sich grüßend, wenn ich mit dem Peter an den Zäunen entlang fuhr.

Ja, ja, der Fantasie sind keine Grenzen gesetzt. Und Fantasie hatte ich reichlich.

In diesem Spätherbst spielte der Gebirgstrachtenverein von Fürstenfeldbruck ein Theaterstück. Es hieß »Der Tatzlwurm« oder »Das Glöcklein von Birkenstein«. Die Knechte und Mägde wollten hingehen und mich mitnehmen. Aber ich mußte erst den Herrn Verwalter um Erlaubnis fragen. Er zog gleich wieder die Oberlippe auf, weil er dachte, ich brauchte schon wieder einen Vorschuß. Erst als ich nichts vom Geld sagte, erlaubte er mir mitzugehen und meinte nur noch, ich solle mir bloß nicht einbilden, daß ich eine Gewohnheit daraus machen könne. Mit fünfzehn Jahren hätte man noch nichts in einem Theater zu suchen, weil man davon bloß einen moralischen Schaden erleiden könne.

So dachte man in der guten, alten Zeit.

Das Theaterstück – es waren lauter Laienspieler – beeindruckte mich so stark, daß die Handlung mich noch bis in meine Träume hinein verfolgte. Ich hörte das »Glöcklein von Birkenstein« läuten und hatte schreckliches Mitleid mit dem armen Bauernknecht, den sie bei der Musterung nicht zum Militär genommen hatten und der deshalb von den andern Burschen und Mädchen des Dorfes verachtet und verspottet wurde.

Oh, bloß auch einmal so auf der Bühne stehen zu dürfen! Oder gar so ein Stück schreiben zu können! Aber es war Irrsinn, an so was überhaupt nur zu denken. Bei diesem Theaterstück sah ich zum erstenmal einen Schuhplattlertanz, und ich beschloß, auch platteln zu lernen.

Der Winter kam sehr früh in diesem Jahr, und ich fror entsetzlich, weil ich keinen Mantel hatte beim Milchfahren. Ich saß dann nicht mehr auf dem Bock, sondern lief neben dem Peter her und wärmte meine Hände an seinem warmen Bauch.

Weihnachten kam heran, und am Heiligen Abend wurden wir alle in die Villa hinüberbeordert, denn die Aumüllerin wollte an diesem Abend uns allen Mutter sein. Knechte und Mägde, die Schweizer und die Verwaltersleute umstanden den brennenden Baum. Die Gutsbesitzerin saß in einem großen Polsterstuhl und las uns eine Weihnachtsgeschichte vor. Dann wurden wir beschenkt. Ich bekam außer ein paar warmen Socken auch gleich die als Lohn ausgemachten Paar Schuhe und die Werktagshose. Dann zog der Schorsch seine Mundharmonika heraus, spielte »Stille Nacht, Heilige Nacht«, und wir sangen dazu. Mir war, als stecke mir ein dicker Pfropfen im Hals, denn ich mußte an meine Mutter denken und an den elektrischen Zug. Es gab dann Punsch und Gebäck, und die Gutsfrau sprach die Hoffnung aus, daß jedes von uns die Mitternachtsmesse besuche, weil sonst für keinen von uns ein richtiges Weihnachten wäre. Der »Bua« solle sich jetzt ein bißchen niederlegen, meinte sie, denn Kinder brauchten den Schlaf noch am notwendigsten.

Kinder, hatte sie gesagt. Jetzt war ich auf einmal wieder ein

Kind, wo ich doch jede Knechtsarbeit tun mußte! Ich sagte sofort, daß ich mich schlafen legen würde, packte meine Tüte mit Gebäck unter den Arm, stopfte die Socken in die Joppentasche, hängte mir die Schuhe über die eine Schulter, die Hose über die andere, und so verneigte ich mich vor der Gutsfrau im Polsterstuhl, weil ich meinte, daß dies besonders vornehm sei.

Draußen umfing mich die frostkalte Nacht. Der Mond stand hoch am Himmel und rings um ihn herum die Pilgerschar der Sterne. Das Mühlrad ruhte in dieser Nacht, und an den Schaufeln hingen dicke Eiszapfen. Leise plätscherte die Amper, und irgendwo in der Ferne jaulte ein Hund, als wolle er die Menschen anklagen, die vergessen hatten, ihn in der Heiligen Nacht ins Haus zu holen.

Mir aber liefen die Tränen über das Gesicht. Ich weinte bitterlich und wußte nicht warum. Ich sah zu den Sternen auf und wünschte mir, daß es Taler wären und auf mich herunterfielen, daß ich reich würde. Dann könnte ich mir ein Haus kaufen und auch ein Pferd. Aber ich würde wahrscheinlich nie zu einem Haus kommen, und zu einem Pferd schon gleich gar nicht. So wenig, wie die Sterne vom Himmel fielen und Taler wurden.

Im übrigen waren meine Tage auf dem Gut Aumühle gezählt. Das Schützenmädl Anni hatte mir nämlich geschrieben, daß ich Lichtmeß zu ihnen kommen könne. Der Verwalter schrieb mir ein Zeugnis, daß ich treu und fleißig gewesen sei. Ehrlich hätte er schon auch noch dazuschreiben können, wenn er den Federhalter schon in der Hand hatte. Aber das unterließ er wahrscheinlich wegen des Brotlaibs. Gut, daß er das von der Henne nicht wußte. Ich nahm vom Peter Abschied. Der treue Kerl drehte den Kopf und schaute mir mit glasigen Augen traurig nach. Und die Sali weinte, weil sie jetzt wieder Milchfahren mußte. Aber vielleicht kam bald wieder ein »Bua«, der sie erlöste.

Wer zur damaligen Zeit Bauerndienen mußte – oder, wie in meinem Fall, wollte –, der legte gleichsam sein eigenes Ich ab und war Leibeigener des Hofes. Es wußte überhaupt niemand recht, daß ich Ernst hieß mit Familiennamen. Ich war ganz einfach der »Hans«. Zuerst der Hösentaler Hans, dann der Lichtnegger Hans und dann der Hammer Hans. Letzterer sollte ich vier Jahre lang bleiben.

Beim Hösentaler in Wörschhausen war ich nicht zu lange. Das Schützenmädchen Anni, das mich dorthin gelockt hatte, hatte auf einmal keine Freude mehr an der Bauernarbeit und ging als Kellnerin zum Wirt in Baiernrain. Ich folgte ihren Spuren und wurde Knecht beim Lichtnegger in Berg bei Baiernrain. Leider liefen mir nach dorthin auch noch die Paragraphenmännchen des Schulgesetzes nach, und ich mußte noch ein Jahr in die Sonntagsschule gehen.

Beim Hösentaler hätte es mir eigentlich recht gut gefallen, wenn dort nicht eine Tochter gewesen wäre, die ein lediges Kind hatte, für das niemand zahlte. Diese Tochter war zehn Jahre älter als ich und kein großes Licht. Sie hatte ganz offensichtlich mit mir etwas vor, denn sie gab mir sozusagen theoretischen Aufklärungsunterricht. Und wenn ich etwas gar nicht verstand, dann seufzte sie und sagte: »Ich seh schon, dir werd ich's halt doch noch praktisch beibringen müssen.« Dazu kam es aber nicht, weil sie eine jüngere, blitzsaubere Schwester hatte, die Nandl, in die ich mich verliebte. Und der mußte ich doch die Treue halten, weil sie sagte, sie wolle warten, bis ich ein paar Jahre älter sei. Der Nandl hatte ich sozusagen mein Herz vermietet. Sie war eine liebe und schöne Mieterin. Es tat mir leid, als ich dort wegging. Die Nandl schenkte mir auch einen hölzernen Koffer, im Volksmund »Kufer« genannt. Der war dreiviertel Meter lang und etwa einen halben Meter breit und hoch. Der gewölbte Deckel war mit einem Schloß zu verriegeln. Hinten und vorn war ein eiserner Griff, damit man ihn leichter tragen konnte. Zu einem richtigen Knecht gehörte entweder ein Kasten oder ein Kufer. Ich hatte jetzt einen Kufer und konnte darin mein ganzes Sach unterbringen. Es war schon ein alter Kufer, den vor Jahren ein Knecht, der mit den Pferden verunglückt war, auf dem Speicher zurückgelassen hatte.

Mit diesem Kufer stand ich also beim Lichtnegger in Berg als Unterknecht ein. Dort war nichts da für mein Herz. Die einzige Magd war schon sechzig.

Außer ihr waren noch ein langnasiger Knecht da, der Kurbi (Korbinian), und der siebzigjährige Vater des Bauern. Der war so geizig, daß er Tag und Nacht hätte schreien müssen, wenn Geiz weh täte.

Dieses Berg bei Baiernrein war ein verträumter, stiller Weiler mit vier Höfen, zwei Kleinhäuslern und einer alten Kapelle. Daran hat sich auch bis heute noch nichts geändert.

Der Lichtnegger, klein und schwarzhaarig, trug einen Schnauzbart, nach dem er mit den Unterzähnen griff, wenn er wütend war. Die Bäuerin, die ihr erstes Kind erwartete, war groß und stämmig und viel umgänglicher als ihr schwarzhaariger Zwerg. Fromm aber waren sie allesamt. Beim Lichtnegger wurde vor dem Essen stehend gebetet, und nach dem Essen knieten wir alle nieder, stützten die Arme auf die Bank und dankten endlos lange für die roggenen Schmalznudeln, die es jeden Mittag außer sonntags gab. Abends gab es stets nur Milchsuppe, in einer großen Schüssel, die in der Mitte des Tisches stand. Der Bauer brockte Brot ein, und daraus löffelten wir alle gemeinsam. Nur der Alte saß weiter hinten an einem kleinen Tischchen und hatte immer etwas Besseres, weil es im Austrag so ausgehandelt worden war. Er dankte dafür auch Gott immer viel lauter und mit rauchiger Stimme.

Eines Tages lief der Zwerg umher, als hätte nicht seine Frau sondern er sich hinzulegen und einem kleinen Menschenkind ins Leben zu verhelfen. Um dieses kleine Menschenwesen mühte sich die junge Bäuerin mit der Hebamme den ganzen Nachmittag vergeblich, während draußen ein heftiges Gewitter niederging. Als es Nacht wurde, fiel es der Hebamme endlich ein, den Doktor zu holen. Die Telefonleitung war durch das Gewitter zerstört, und so schickten sie mich mit dem Fahrrad in die Dunkelheit und den strömenden Regen hinaus. Der nächste Doktor wohnte in Dietramszell.

Völlig durchnäßt kam ich endlich dort an und erzählte dem

Doktor, daß »wir eine schwere Entbindung« hätten. Ganz stolz und aufgeregt schmetterte ich das heraus. »Zange oder Kaiserschnitt?« fragte der mich. Das wußte ich nicht, meine Kenntnisse waren bereits erschöpft. Er packte verschiedenes in eine große Ledertasche, gab mir dann eine alte Joppe, und ich durfte mich bei ihm hinten aufs Motorrad setzen. Das Fahrrad holte ich erst am Sonntag bei ihm ab.

Das Kind war ein Mädchen, ein süßes, liebes Ding. Ich mochte es so gern, als wär's ein Stück von mir. Der Lichtnegger freute sich aufrichtig über das Dirnlein und war froh, daß seine Bäuerin die schwere Geburt hinter sich gebracht hatte und nach einer Woche schon wieder am Herd stand. Nur der Alte nörgelte, weil sie keinen Buben gebracht hatte sondern »bloß« ein Dirndl. Und daß sie dazu auch noch den Doktor gebraucht hatte, das paßte ihm auch nicht.

»Was der bloß wieder kostet«, sagte er. »Und überhaupt, sie hat sich halt zu wenig gerührt.«

Dabei stand diese junge Bäuerin von früh bis spät auf den Beinen und arbeitete wie eine Magd.

Es herbstelte bereits wieder. Der Wind wehte schon über die Stoppeln, und im Obstgarten bogen sich die Äste unter der Last der reifgewordenen Früchte. Besonders Zwetschgen gab es in diesem Jahr reichlich. Tief blau und schwer hingen sie an den Ästen. Aber der Alte sah es nicht gern, wenn man sich davon einen Hosensack voll pflückte.

Eines Mittags, als ich vom Ackern heimfuhr – was lag da unterm Zwetschgenbaum neben der Leiter? Der alte Lichtnegger war vom Baum gefallen, und es hieß hernach, der Herztod habe ihn im Zwetschgenbaum ereilt. Ich sprang vom Gaul und bückte mich. Nein, er rührte sich nicht mehr, die Augen standen starr offen, die Hände waren schon kalt. Sein blauer Schurz aber war vollgebrockt mit Zwetschgen.

Ich rannte zum Hof hinauf und schrie zur Haustür hinein, sie sollten kommen, der Großvater sei vom Zwetschgenbaum gefallen. »Aber er ist schon tot«, fügte ich hinzu und meinte damit, daß sie nicht gar so schnell zu laufen brauchten.

Der Kurbi und ich mußten ihn in die Kammer hinauftragen. Es war ein schwerer Mann. Der Kurbi nahm ihn unter den Achseln und hatte somit fast das ganze Gewicht zu tragen. Ich nahm ihn bei den Füßen, da war er gar nicht so schwer. Im Flur rasteten wir ein wenig, und die Bäuerin nahm dem Toten den Schurz ab mit den Zwetschgen und trug sie in die Küche. Über die Stiege hinauf wäre der Kurbi beinahe gestolpert und schrie mich an, ich solle nicht so fest nachschieben. Der Kurbi schwitzte fürchterlich, der Schweiß rann an seiner langen Nase herunter und tropfte dem toten Lichtneggervater in den grauen Bart. Der Kurbi sagte hernach, daß ihm der Appetit vergangen wäre, und alle andern standen sowieso droben in der Kammer um den Großvater herum. Ich saß ganz allein in der Küche, nur das kleine Annerl war noch da in ihrem Körbchen beim Ofen. Und die Zwetschgen waren auch noch im Schurz. Ich aß soviel, bis ich nicht mehr konnte.

Zum Ackern konnte ich an diesem Nachmittag nicht mehr fahren, denn sie schickten mich zum »Leichenbitten«. Der Bauer hatte mir aufgeschrieben, wo die Verwandtschaft wohnte, denen ich mitzuteilen hatte, daß der alte Lichtnegger gestorben sei. Das Sprüchlein weiß ich noch:

»Heut mittag um zwölfe is der Lichtneggervater von Berg g'storben. Der Herzschlag hat ihn troffen. Die Beerdigung mit Seelngottesdienst ist übermorgen in der Früh um acht in Baiernrein, und die Lichtneggerischen lassen recht schön um den Kirchgang bitten.«

Nicht aus Freude darüber, daß der Alte vom Zwetschgenbaum gefallen war, oder gar aus Mißachtung der Pietät, zog ich für den Leichenbittenweg meine kurze Hose und die weißen Wadenstrümpfe an. Ich dachte mir einfach nichts dabei. Als ich dann mit dem Radl wegfahren wollte, schrie der Bauer mir ganz entsetzt nach:

»Ziehst nicht gleich die weißen Strümpf aus! Hast jetzt so einen Deppen schon g'sehn! Mit weiße Wadlstrümpf möcht er zum Leichenbitten gehn! Gute Lust hab ich und hau dir ein paar runter!«

Das wurmte mich. Der Depp genierte mich gar nicht so sehr. Aber daß er mir ein paar runterhaun wollte, das ließ etwas in mir auflodern. Ich lehnte das Fahrrad an die Hauswand und stellte mich vor ihn hin, als wartete ich auf seinen Schlag. Das mußte er gespannt haben. Er schaute mir in die Augen, und darin muß gestanden haben, daß ich gewillt war, jeden Schlag zurückzuzahlen. Er griff mit den Zähnen nach seinem Bart und brummte, ich solle schauen, daß ich weiterkäme.

Ich hätte zweifellos zurückgeschlagen. Die Zeit, wo man mich ungestraft schlagen konnte, war endgültig vorbei. Das hatte auch der Kurbi zu spüren bekommen, als er einmal meinte, er könne mich bei den Ohren nehmen. Ich schlug so schnell und so hart zurück, daß er ins Taumeln geriet. Mitten auf seine lange Nase schlug ich ihn, daß das Blut tropfte. Hernach sagte er, ich hätte einen Stein in der Hand gehabt.

Drei Tage später brachte man den alten Lichtnegger aus dem Hof. Der Sarg war auf einen Truhenwagen gestellt, der mit Eichenlaubkränzen geschmückt war, weil der Alte ein Veteran aus dem Siebzigerkrieg war. Der Kurbi saß vorne und lenkte die Pferde. Hinter dem Wagen gingen die Angehörigen, die Verwandten und die Nachbarschaft. Voraus der Expositus von Steingau und die Ministranten.

Ich blieb allein zurück und stand auf der Gred. Ich mußte das Haus hüten. Nur das kleine Annerl war auch noch da, lag in einem Leiterwägelchen, das neben der Haustür stand, und saugte genußvoll an seinem Schnuller. Als der Wagen mit dem Sarg zur Straße hinunterfuhr, streckte das Kinderl die Händchen, als wollte es dem Großvater nachwinken. Das erschütterte mich – dort fuhr der Sarg mit dem alten Bauern zum Friedhof, und hier auf der Gred strampelte das junge Leben. Mütterlich warm schien die Sonne herunter. Marienfäden schwammen durch die Luft, ein später Zitronenfalter gaukelte um das rosige Gesichterl im Leiterwagerl. Ich deckte das Kindl zu mit der Decke, weil es sich bloßgestrampelt hatte, dann ging ich in den Apfelgarten, um mir ein paar Boskop zu holen, als von der andern Seite der Hammer Hausl herüberpfiff.

Ich weiß nicht, warum man bei den Bauern oft auf so merkwürdige Wandlungen des Namens kommt. Barbara zum Beispiel heißt »Wab'n«, Balthasar hier »Hausl«, einen Georg nennen sie »Jirgei«, und aus Sebastian wird ein »Wast«. Der Hammer Hausl jedenfalls war mein Freund. Er war der einzige Sohn des Hammerbauern von Berg, um ein Jahr älter als ich, und hatte zwei Schwestern, die Wabn und die Marie, zwei stattliche Mädchen von unterschiedlicher Wesensart.

Der Hausl also pfiff über den Grabeneinschnitt herüber, ich solle zu ihm kommen. Aber ich konnte nicht weg, weil ich auf das Kind aufpassen mußte. So kam der Hausl zu mir. Wir setzten uns auf die Hausbank und ratschten ein bißchen, während von Baiernrein herüber das Totenglöckl läutete.

Es war schon lange ausgemacht, daß ich zu Lichtmeß beim Hammer einstehen würde. Nur der Lichtnegger wußte das noch nicht. Als ich es ihm sagte, war er eingeschnappt, weil ich ausgerechnet beim Nachbarn einstand. Er meinte verdrossen: »Jetzt, weil ich dir d' Arbeit gelernt hab, gehst zum andern nüber.« Das stimmte zwar nicht, denn gelernt hatte ich beim Lichtnegger nichts mehr. Mir flog alles wie von selbst zu, und niemand wäre jemals auf den Gedanken gekommen, daß ich eigentlich ein Städter und in München zur Schule gegangen war. In Bedrängnis geriet der Lichtnegger durch meinen Weggang sowieso nicht, denn Bauernknechte gab es damals wie Sand am Meer. Willige, gehorsame Arbeitssklaven, denen man für die Siebzigstundenwoche vier Mark bezahlte, das heißt, das waren damals zuerst vierzig Millionen, dann vier Milliarden und zum Schluß vier Billionen. Bis die Woche vorbei war, konnte man sich dafür höchstens noch eine Schachtel Schuhschmiere kaufen. Die Inflation raste erbarmungslos durchs Land. Ich hatte jahrelang praktisch umsonst gearbeitet. Aber das ging ja nicht nur mir allein so. Ich hatte wenigstens zu essen genug, in den Städten hungerte man immer noch. Der Pepi zum Beispiel. Er war jetzt aus der Schule gekommen und sollte etwas lernen. Aber ich holte ihn zu mir aufs Land heraus, und er wurde »Bua« beim Böckl in Berg.

Ich aber lud meinen Kufer am Lichtmeßtag, den zweiten Februar 1922, auf einen Schubkarren, schob ihn auf die andere Seite hinüber und war dann von da ab der Hammer Hans von Berg.

Zum Hammer in Berg gehörten hundert Tagwerk Wiesen und Felder und ebensoviel Wald. Arbeit gab es also auch dort genug für sechs Personen. Mehr waren wir nicht. Der Bauer war ruhig, gesetzt, etwas korpulent, mit einem grauen Schnurrbart. Er trauerte immer noch seiner früh verstorbenen Bäuerin nach. Stellvertretend für sie stand die ältere Tochter, die Wabn, am Herd. Sie war groß, fast überschlank, von marmorner Blässe und immer ein bißl kränklich. Aber sie hatte die »Hose« an am Hof. Die zweite Tochter hieß Marie, ein liebes Mädl voll fröhlicher Heiterkeit. Dann war noch eine Magd da, die Kathl, und sie war dem Leben ziemlich abgewandt als Mitglied des dritten Ordens. Trotzdem, gebetet wurde beim Hammer nicht so viel wie beim Lichtnegger. Beim Mittagessen schon auch, aber nicht so lang.

Beim Hammer hatte man nicht das Gefühl, »nur der Knecht« zu sein. Es war eine vertrauliche Familiengemeinschaft, es wurde viel gelacht dort, und der schweren Arbeit nahm man mit Fröhlichkeit den bitteren Ernst. Man kannte keine sozialen Unterschiede. Warum auch? Der Bauer war in jeder Zeit Milliardär und der Knecht war es auch. Zwei Milliarden betrug der Wochenlohn.

Der Hausl und ich waren Freunde, gute Freunde sogar. Nur hatte er es auf der Lunge. Aber das wußte niemand, leider nicht einmal er selber. Wir rauchten miteinander eine Zigarette, zuerst er ein paar Züge, dann ich wieder. Ich strotzte gerade vor Gesundheit und Kraft und war anscheinend gegen jede Krankheit gefeit. Ich konnte es kaum erwarten, achtzehn Jahre alt zu werden, damit ich endlich auch auf den Tanzboden gehen durfte. So streng waren damals die Gesetze.

Mit geradezu grimmiger Besessenheit erlernte ich das Schuhplatteln, gerade, als ob ich davon einmal leben wollte. Sonntagnachmittags kamen immer acht oder zehn Burschen zusammen und probten mit allem Eifer. Leider hatte ich keine kurze Lederhose, sondern nur eine aus Stoff.

In diesem Sommer kamen des Sonntags oft Hamsterer aus der Stadt, die eine Kleinigkeit ergattern wollten. Leer ging beim Hammer eigentlich niemand aus, irgend etwas war immer da, und wenn es nur ein paar Pfund Kartoffel waren.

Eines Sonntags, ich traute meinen Augen kaum, wer steht da plötzlich vor den Stubenfenstern und schaut in den seidenblauen Himmel hinauf? Der Wiggerl und die Wurzi! Ich warf sofort den Löffel weg und rannte hinaus. Die Wiedersehensfreude war ehrlich und kam aus vollem Herzen. Wie groß der Wiggerl geworden war! Schon ein fix und fertiges Mannsbild mit seinen zwanzig Jahren. Er war jetzt Student, sagte aber, daß es ihn gar nicht freue, weil mit hungrigem Magen nicht gut zu studieren wäre, und er überlege sich, ob er nicht zur Landespolizei gehen solle, weil er da Offizier werden könne.

Und die Wurzi erst! Wie hübsch hatte die sich herausgewachsen! Die Zöpfe hatte sie allerdings nicht mehr, dafür aber schön gewellte Haare, die ihr bis auf die Schultern fielen. Und ein grünes Stirnband hatte sie auch. Die Augen standen ein bißchen schräg, aber gerade das gab ihrem schmalen Gesicht einen sonderbaren Reiz.

Sie bekamen bei meinem Bauern etwas zu essen, und der Hammer sagte zum Wiggerl, daß er auch einen Rucksack voll Jakobiäpfel haben könne, die schon reif waren. Aber er müsse sie selber pflücken.

Ich zeigte der Wurzi unterdessen den Stall, deutete stolz auf die zwei Pferde, mit denen ich immer fuhr, und tat gerade so, als ob sie mein Eigen wären. Dann gingen wir bei der hintern Stalltür hinaus. Die Wurzi holte tief Atem. »Diese Luft!« sagte sie und lächelte mich an. »Was allein schon die Luft wert ist! Und der schöne Wald da drüben...«

Dunkel und verträumt stand der Fichtenwald hinter den Viehweiden. Ich fragte die Wurzi, ob sie mit mir dorthin gehen wolle, und sie sagte gleich ja.

Wir setzten uns im Wald ins Moos, küßten uns und legten uns zurück auf den weichen Boden. Die Wurzi kannte ich schon von Kindheitstagen her, sie war mir vertraut, vor ihr verlor ich meine Hemmungen. Ich fing an sie zu bedrängen, aber sie wehrte mich sanft ab und richtete sich auf. Ich fragte, ob sie mir bös sei, aber sie lachte nur und gab mir einen Kuß.

Arm in Arm gingen wir hernach den Weg zurück, aber als der Hof in Sicht kam, ließ ich sie los, der Hausl sollte das nicht sehen. Als es ans Abschiednehmen ging, brachte ich die Geschwister noch bis zur Straße hinunter. Der Hausl sah uns nach, und so konnte ich nicht verhindern, daß er beobachtete, wie die Wurzi mir um den Hals fiel und mich herzhaft küßte.

Als ich zum Hof zurückkam, saß er auf der Hausbank und wollte wissen, was im Wald geschehen sei. Er war offensichtlich enttäuscht, daß ich nichts Aufregendes zu berichten hatte. Aber gefallen hatte die Wurzi ihm schon auch. Den ganzen nächsten Tag schwärmte er noch von ihr, sie sei eine so »Feinboanige« (Feingliedrige), so etwas fände man auf dem Land heraußen nicht so leicht.

Die Wochen und Monate eilten dahin. Bis wir uns umschauten, kam der Winter daher und mit ihm der Besenbinder Hias. Er kam jedes Jahr um diese Zeit, so zuverlässig wie die Schwalben im Frühjahr. War er siebzig, oder gar schon achtzig? Niemand wußte es. Er stellte seinen Zweiradkarren unter die Tennbrücke und bezog auf etwa drei Wochen im Stall Quartier. Der Hammer hätte ihm auch eine Kammer zugewiesen, und er hätte auch am Tisch mit uns essen können. Aber das lehnte der Besenbinder ab. Er wollte bei den Tieren schlafen und auch dort essen. Der Hias band zunächst einmal fünf oder sechs Dutzend Besen. Das Birkenreisig holte er sich im Wald. Dann machte er sich über die zerrissenen Körbe her, flocht einige neue dazu und führte auf seine Art ein herrlich freies Leben. Ich weiß nicht, was mich zu diesem seltsamen Menschen hinzog, über dem etwas wie eine Verzauberung lag. Sein wildwuchernder Bart, die vielen Falten auf der Stirn und den Wangen, das zerzauste weiße Haar, das ihm bis in den Nacken hing, und das

Horchende in seinem Gesicht ließen ihn mir oft erscheinen wie ein Wesen aus einer anderen Welt. Aufrecht saß er auf seinem Hocker, wenn er nicht gerade über seine Arbeit gebeugt war. Er starrte dann mit verlorenem Blick in die Ferne, als suche er dort etwas, und oft meinte ich, daß er in die Zukunft sehen könne.

Ich saß so manchen Abend bis spät in die Nacht hinein bei ihm in der leeren Pferdebox. Über uns hing die Stallampe an einer Eisenstange. Nichts war um uns als das leise Wiederkäuen der Rinder und manchmal der harte Schlag eines Pferdehufes an die Bohlen. Ich lag im Stroh, hatte die Hände hinter dem Kopf verschränkt und wurde nicht müde, seiner leisen Stimme zu lauschen, die so viel von der weiten Welt zu erzählen wußte. Er war schon in Amerika gewesen und in China, beim Boxeraufstand. Richtiges Fernweh bekam ich, wenn er die bunten Bilder der weiten Welt vor mir erstehen ließ. Ich konnte ihn fragen, was ich wollte, er wußte eine Antwort. Ich faßte großes Zutrauen zu ihm, und er war der erste, dem ich anvertraute, daß ich heimlich Gedichte schriebe und daß es mich überhaupt dränge zu schreiben. Es fehle mir nur an der Zeit. Er lächelte so eigentümlich, daß ich schon bereute, es ihm gesagt zu haben. Er sah mich lange an, bis er sich endlich räusperte und zu reden begann:

»Schau, Bub«, sagte er, »wenn du schreiben willst, dann mußt du zuerst die Welt und die Menschen kennenlernen, die Not und das Glück, den Haß und die Liebe.«

Sein Reden riß mir die Binde von den Augen und ließ mich in eine Landschaft blicken, voll von herrlichen Schönheiten, aber auch voll von finsteren Abgründen. Der Hias sagte, es dürfe nicht heißen: ich schreibe, sondern es schreibt. Und dieses »Es« sei sicherlich Gott, der diese Gnaden verschenke. Talent sei noch gar nichts, die Begnadung allein sei es, die den Dichter auf einsame Höhen führe. Man schreibt nicht, sondern entkleidet sich gleichsam und verschenkt seine Seele an ein Buch, sagte der Hias. Ein Buch zu vollenden, sei ein Schöpfungsakt. Bücher schreiben, hieße Blumen säen, die dann in anderen Gärten blühen.

Ich verstand nicht alles, was dieser seltsame Mann mir in den Nächten im föhnwarmen Stall erzählte. Auch was er über die Liebe sagte, begriff ich nicht ganz, zum Beispiel, daß viel davon abhänge, wem man zuerst zufalle. Ein gutes Mädchen, meinte er, könne einen zu ungeahnten Höhen führen, ein schlechtes aber könne einen fürs ganze Leben verderben. Was der Alte erzählte, schlug Wurzeln. Es blieb auf lange Zeit eine seltsame Erregung in mir zurück.

Still und leise, wie gekommen, zog er dann wieder fort. Er legte sich den Ledergurt um die Schultern, packte den Zweiradkarren an den Griffen und zog den Hügel hinunter. Die Landstraße hatte ihn wieder.

Es schneite, und das Jahr schloß seine Tore. Mit der Laterne gingen wir in dunkler Morgenstunde in den Wald und machten ein kleines Feuer, um die Eisenkeile zu erwärmen, weil sie sonst aus den gefrorenen Stämmen zurückgesprungen wären. Dann traten wir den Schnee glatt rings um den Baum herum, der gefällt werden sollte. Es waren viele Stämme, die der Bauer angezeichnet hatte. Wir knieten nieder und nahmen die lange Säge in die Hände. Der Wald warf das Echo der Axtschläge zurück, wenn wir die Keile nachtrieben. Dann bebte der Wipfel, Schnee rieselte uns in den Nacken. Wir hackten den Stamm vorne ein. Ein schweres Zittern lief bis zum Sägeblatt herunter. Die Krone neigte sich, wir rissen das Sägeblatt heraus, es knirschte am Fuß des Stammes, er neigte sich langsam, dann immer schneller. In einer Wolke stäubenden Schnees donnerte der Baum auf die hartgefrorene Erde. Der Hausl zündete sich eine Zigarette an, und wir rauchten sie zusammen. Dann schlugen wir die Äste ab und machten uns an den nächsten Baum. So ging es Tag für Tag, wochenlang waren wir im Wald, bis wir endlich die Stämme mit den Schlitten nach Otterfing zur Bahnstation fuhren. Und wenn die Woche um war, lief ich schnell zum Kramer nach Baiernrein, um mir für meine Milliarden ein Stück Seife oder eine Schachtel Schuhschmiere zu kaufen.

Etwas ersparen können, davon konnte keine Rede sein. Das einzige Kapital, das ich sammelte, war das Schuhplattln, worin ich es bald zur Meisterschaft brachte. Es war nur tröstlich in jener Zeit, daß der Hausl auch nicht mehr hatte als ich, denn auch er konnte sich mit den Milliarden nichts kaufen. In dieser Zeit waren wir jungen Menschen wirklich alle gleich, die Inflation verwischte erbarmungslos alle sozialen Unterschiede.

Die Milliarden stiegen mit uns in den Frühling und in den Sommer hinein. Ostern ging ich natürlich zum Beichten. Die Beichtzettel wurden gesammelt, und für jeden bekam der Pfarrer, der Expositus von Steingau, ein Ei. In unserm Fall waren es sechs Stück. Keine bunten Ostereier, sondern weiße, rohe Eier. Unglückseligerweise sollte ich die sechs Eier im Pfarrhaus zu Steingau abliefern, wenn ich dorthin zum Hochamt ging. Der Hausl hatte mir erzählt, daß man rohe Eier trinken müsse, das mache einen männlich und stark. Hin und wieder bohrten wir auch einen Nagel in ein rohes Ei und tranken es aus. Ob es die Liebeskraft beflügelte weiß ich nicht, sie machte uns ohnehin genug zu schaffen mit unseren achtzehn und neunzehn Jahren. Ich schob mir einen Nagel ein, als ich zur Kirche ging. Eine kleine Kapelle stand am Wegrand. Hinter die hockte ich mich, bohrte alle sechs Eier an und soff sie aus. Ich sagte mir, daß der Herr Expositus sicher gar nicht merken würde, wenn unsere sechs Eier fehlten, und lange Zeit schien das auch zuzutreffen. Aber im August platzte die Bombe. Der Herr Expositus kam auf Besuch und fragte so ganz beiläufig, ob beim Hammer heuer die Eier vergessen worden seien. »Vielleicht ist es Ihrer Aufmerksamkeit entgangen«, sagte er, weil sich das besser anhörte, als wenn er gesagt hätte: »Wollt ihr mich heuer um meine Ostergabe bringen?«

Ich gab sofort zu, daß ich sie ausgesoffen hätte. Der Hammer hätte am liebsten gelacht, aber er mußte wohl ein ernstes Gesicht machen und hieß mich einen unverschämten Kerl. Der Herr Expositus aber sagte gekränkt, es sei kein schöner Zug, wenn man einen Geistlichen um eine wohlverdiente Gabe betrüge, und ich müsse das beichten.

Der Sommer lag brütend heiß über dem Land. Der Arbeitstag hatte wieder sechzehn Stunden, und nur am Sonntagnachmittag hatten wir frei. Am Sonntag hätte man eigentlich ausschlafen können, aber der Kirchgang stand so unerbittlich auf dem Programm wie in der Früh das Kühgrasmähen.

An so einem Sonntag im August traf ich beim Himbeerschlag droben die Vroni, die Magd vom Böckl. Sie wich mir nicht aus wie die Wurzi, und erst hinterher erinnerte ich mich an die Worte des Besenbinders, daß man so etwas nicht ohne die richtige Liebe machen solle. Ich war froh, als wir uns trennten, und ging allein noch in den Wald hinein und fühlte mich gar nicht wohl in meiner Haut.

Der Hausl merkte mir an, daß etwas nicht stimmte. Als ich ihm sagte, was geschehen sei, lachte er und trumpfte damit auf, daß die Vroni ihm in der Streuschupfe ihre Gunst geschenkt habe. Ich dachte wieder an den Besenbinder und hätte Geschehenes gern ungeschehen gemacht.

Damals las ich gerade den »Jäger von Fall« von Ganghofer. Das Schicksal der Sennerin Moidl ging mir zu Herzen, weil der reiche Bauernsohn, der Huisenblasi, sie mit dem Kind hatte sitzen lassen. Ich habe das Buch nicht verschlungen, sondern erlebt, und begriff zum erstenmal, daß sich einem mit einem Buch Welten eröffnen können. Ich las eigentlich alles, was mir in die Hände kam. Auch die Zeitung. Da aber nur das Lokale. Politik interessierte mich nicht, obwohl um diese Zeit in München allerhand los war mit einem gewissen Adolf Hitler. Ich erinnere mich noch genau an einen satirischen Artikel des Redakteurs vom Miesbacher Anzeiger, Klaus Eck, mit der Überschrift: »Hiddidadote – Kahreschamotti«. Anscheinend mochte dieser Klaus Eck den Herrn Hitler und den Generalstaatskommissar Kahr nicht. Aber was auch geschehen mochte in der großen Welt der Politik, aufs Land heraus schlugen ihre Wellen nicht. Mich wunderte nur, daß immer an meinem Geburtstag etwas passierte. Am 9. November 1918 dankte der Kaiser ab, und am 9. November 1923 machte der Hitler in München einen Putsch.

Zur selben Zeit wurde ein Herr Schacht Reichswährungskommissar und machte der Inflation durch die Rentenmark ein Ende. Ich bekam also jetzt vier Mark Lohn in der Woche, konnte damit zwar nicht viel anfangen, aber in zehn Wochen würden das immerhin vierzig Mark sein, wenn ich sparte.

Schlagartig wurde auf einmal alles anders. Hatten die Milliarden und Billionen die Menschen gleichgeschaltet, mit der stabilen Rentenmark taten sich die sozialen Unterschiede gleich wieder ganz kraß auf. Ein Knecht oder eine Magd waren nicht mehr Inflationsgefährten, sondern wieder nur dienende Sklaven, die sich nicht aufmucken durften. Ich weiß, daß es ein hartes Wort ist, aber wer es selber erlebt hat, wird mir recht geben. Natürlich gibt es keine Regel ohne Ausnahme. Beim Hammer jedenfalls und auch beim Böckl, wo mein Bruder Pepi zum Jungknecht emporgestiegen war, verblieb es bei dem familiären Verhältnis mit den Dienstboten. »Ehehalten« nannte man sie damals auch. Mir ist der Sinn dieses Wortes nie klar geworden. Sollten etwa Knechte und Mägde die Ehe des Bauern stützen und halten? Die brach sowieso nicht auseinander, denn eine Scheidung unter Bauersleuten war etwas so Unmögliches, als wenn Pfingsten vor Ostern gefallen wäre. Im übrigen war beim Hammer gar keine Bäuerin mehr da. An ihrer Stelle stand die Tochter Wabn, die es gar wohl verstand, die reiche Bauerntochter herauszukehren. Sie hustete viel, irgendeine schleichende Krankheit schien ihr zu schaffen zu machen, aber sie ging nie zu einem Arzt, und es kam auch nie ein Arzt ins Haus, es sei denn auf seinem schweren Motorrad der fesche Tierarzt. Wenn er vom Stall ins Haus kam, um sich die Hände zu waschen, strömte die Wabn über vor Liebenswürdigkeit und Aufmerksamkeit.

Auf diesem Motorrad drehte ich einmal eine Runde in der Viehweide und konnte es dann nicht mehr abstellen. Ich hupte und hupte, bis endlich der Tierarzt herauskam und mir zuschrie, welchen Hebel ich bedienen müsse, damit der Karren stehenblieb. Wie reich mußte der Tierarzt sein, wenn er ein so schweres Motorrad besaß! Ich hatte nicht einmal ein Fahrrad.

Aber mir wurde ein gebrauchtes um vierzig Mark angeboten. Der Hammer schoß mir das Geld vor, und ich diente davon wöchentlich zwei Mark ab, bekam also am Samstag nur mehr zwei Mark auf die Hand. Die Abzahlung dauerte bis weit in den Frühling hinein, aber es war ein schönes Fahrrad, mit einer Karbidlampe.

In diesem Winter spielte der neugegründete Burschenverein von Baiernrein zum erstenmal Theater und ich freute mich darüber, daß ich eine Rolle bekam. Das Stück hieß »Der Weltuntergang«. Ich hatte den »Barometer-Simmerl« zu spielen, und diese Rolle brachte es mit sich, daß ich dabei ein Ei zu essen hatte. Jedesmal, wenn diese Stelle kam, warf ich einen Blick auf den Regisseur. Es war der Herr Expositus von Steingau, derselbe, den ich an Ostern um seine sechs Eier vom Hammer gebracht hatte. Ob er sich wohl genauso daran erinnerte wie ich? Anmerken ließ er es sich nie.

Auf den Brettern, von denen man sagt, daß sie die Welt bedeuten, fühlte ich mich sofort sicher. Ich lernte spielend und hatte keinerlei Hemmungen oder gar Lampenfieber. Es war eine komische Rolle, obwohl mir das ernste Fach besser gelegen hätte. Als der Vorhang aufging, lachten die Leute schon über meinen komischen Aufzug. Als ich die ersten Sätze gesprochen hatte, brüllten sie vor Lachen. Dann kam die Szene mit dem Ei, das ich noch schnell essen sollte, bevor die Welt unterging. Unglücklicherweise war es recht hart gesotten, das Dotter war wie ein Stein, es blieb mir im Schlund stecken, ich brachte es nicht mehr heraus und auch nicht hinunter. Ich würgte und hustete, es half alles nichts. Ich wurde schon blau im Gesicht, und es sah ganz so aus, als sollte die Welt für mich wirklich untergehen. Ich war einer Ohnmacht nahe. Als das gelbe Ding dann doch den Schlund hinunterrutschte, drückte es mich so fürchterlich, daß ich Grimassen schnitt vor Schmerz. Die Leute bogen sich vor Lachen und schrien: »Mei! Spielt der gut!«

Hatten die eine Ahnung!

Als Gage bekamen wir anschließend zwei Halbe Bier und einen Kalbsbraten.

Der Burschenverein hatte Blut geleckt und setzte gleich wieder ein neues Stück an, das dann Ostern gespielt werden sollte. Es hieß »Das Kreuzl im Tannengrund«, eine schaurige Wilderergeschichte, in der ich einen Intriganten zu spielen hatte. Diesmal hatte ich auch eine Partnerin, und ich schaute gleich ins Rollenbüchl, ob ich sie auch zu küssen hätte. Zweimal stand da in Klammern: »küßt sie innig« und »küßt sie wild«. Ich malte mir schon aus, daß ich sie so küssen würde, wie ich es durchs Schlüsselloch gesehen hatte bei der Wabn und dem Tierarzt. Die Wabn hatte gestöhnt dabei und sich ganz weit nach hinten gebogen. Meine Partnerin, die Ströbl Rosa, wollte die Küsserei aber gestrichen haben, sie stöhnte auch nicht, und durchbiegen wollte sie sich auch nicht. Der Herr Expositus kam ihr zu Hilfe und sagte, daß der Autor da eine schmutzige Fantasie gehabt haben müsse, und man könne einen Kuß auch andeuten. Ich drang einfach nicht durch mit meiner Ansicht. Hernach aber gaben alle einhellig zu, daß ich meine Rolle meisterhaft gespielt hätte.

Inzwischen kam der Stephanitag heran, der zweite Weihnachtsfeiertag, an dem es Brauch war, daß die Burschen die Bauernhöfe aufsuchten, auf denen junge Mädchen waren. Da bekam man dann Schnaps und Kletzenbrot und, wenn es gut ging, auch Küsse.

Der Hausl und ich zogen los, der grimmigen Kälte wegen die grauen Trachtenjoppen bis zum Hals zugeknöpft, denn Mäntel kannte man damals noch kaum. Ohrenschützer unter dem runden Trachtenhut, die Hände in den Hosentaschen, so stelzten wir zuerst nach Baiernrein und Steingau, grasten dort ein paar Höfe ab und kamen dann am Abend nach Jasberg. Dort waren gleich mehrere Töchter. Aber einige waren noch zu jung, als daß sie die halbe Nacht für uns Bauernfünfer hätten hinsitzen können. Nur die Kathl und die Rosl waren aufgeblieben. Wir saßen in der großen Bauernstube. Es wurde uns süßer Minzenschnaps vorgesetzt und eine Schüssel mit Weihnachtsgebäck. Der Hausl war in seinem Element und rückte ganz nah an die bildhübsche blonde Kathl hin. Er redete prahlerisch von seinem

Stall voll Vieh, von den Rössern, von seinem Wald und von den Feldern. Das alles bekam er sicherlich einmal, noch aber war sein Vater der Hammer von Berg, doch der Hausl redete so, als sei er es bereits. Auch von seinen beiden Schwestern sprach er und daß er jeder mindestens zwanzigtausend Mark ausbezahlen müsse. Ich konnte natürlich nicht so auftrumpfen, denn mein ganzes Besitztum hatte immer noch Platz in dem kleinen grünen Holzkoffer. Außer dem Fahrrad, auf das ich ungemein stolz war, denn nicht jeder Knecht besaß schon ein Fahrrad. Weil der Hausl so viel von Vieh und Stall redete, mußte die Kathl sich veranlaßt gefühlt haben, ihm vorzuführen, daß man hier auf Jasberg auch was herzuzeigen hatte, das sich sehen lassen konnte. Sie ging mit ihm in den Stall hinaus, und ich blieb mit der Rosl allein in der Stube zurück. Mir brannten tausend Worte auf der Zunge, aber ich brachte keines heraus.

Die Rosl war um zwei Jahre älter als ich, ein dunkelhaariges Mädel mit schmalem Gesichtl, in dem die Augen wie Sterne strahlten. Ja, wunderschön war sie, trug aber an einem schweren Los, denn sie hatte ein Kind von einem Knecht, der verschwunden war. Sie galt daher als das schwarze Schaf in ihrer Familie. Und jetzt saß wieder ein Knecht bei ihr und hatte nichts anderes im Sinn, als sie zu küssen. Und auf einmal überkam mich fast schmerzlich das Verlangen, meinen Kopf in ihren Schoß zu betten und loszuweinen, denn dieses Mädchen erinnerte mich in allem an meine verstorbene Mutter. Das waren die gleichen dunklen Augen voller Güte, der schöngeschwungene Mund und die Grübchen, wenn sie lächelte. Sie wich meinem Blick nicht aus, und als ich schüchtern die Hand zu ihr hinüberschob, legte sie die ihre darauf und seufzte leise, als wüßte sie um das Leid, das uns erwachsen würde, wenn wir dem nachgaben, was in uns schüchtern aufblühen wollte. Es war still um uns. Nur die hohe Standuhr tickte.

Es gab keinen Zweifel: Mich hatte es erwischt. Aber ganz gehörig hatte es mich erwischt. Ein Tor hatte sich aufgetan, dahinter glänzte ein goldener Himmel, und die schwarzen Wolken darüber wollte ich nicht wahrnehmen.

Als wir dann gingen, stopfte die Rosl mir die Joppentaschen mit Gebäck voll, und der Hausl fragte so nebenbei, ob wir wiederkommen dürften. Die Kathl sagte, wir seien jederzeit willkommen. Die Rosl schaute mich nur an und nickte dann kaum merklich.

Auf dem Heimweg durch den dunklen Wald redete der Hausl unaufhörlich und schwärmte von der blonden Kathl, von der er meinte, daß sie ihn gut leiden könnte. Später erfuhr ich dann von ihr, daß sie den Hausl gar nicht gemocht hätte, daß man ihr daheim aber ziemlich zugesetzt habe, ihn zu heiraten. Daß es mit den beiden auseinanderging, daran war ich schuld. Ich redete auf dem Heimweg kaum etwas. Ich war wie betäubt vor lauter Verliebtheit.

Wir gingen nun fast jeden Sonntag nach Jasberg, und es sprach sich bald herum, daß der Hammer Hausl mit der Kathl gehe. Von mir sprach niemand, wie hätte sich auch ein Knecht erdreisten können, eine Bauerntochter zu begehren! Man lächelte nur über meine treue Anhänglichkeit an den Hausl, der mich halt mitnahm, so wie man ein Hunderl auch mitnimmt. Nur mit dem Unterschied, daß das Hunderl dann recht brav unter dem Tisch zu liegen hat. Ich dagegen saß mit der Rosl in irgendeinem versteckten Winkel.

Als ich das Fahrrad abbezahlt hatte, brauchte ich wieder einen Vorschuß von vierzig Mark, weil ich unter der Hand eine kurze Lederhose kaufen konnte für sechzig Mark. Es war eine schöne Lederhose, reich bestickt, mit gelben Bändern an der Seite. Diese Lederhose und das Fahrrad verliehen mir ein ungeheueres Selbstbewußtsein.

Ein Fahrrad und eine kurze Lederhose hatte nicht jeder Knecht, besonders wenn er noch so jung war wie ich. Die Welt hatte sich für mich gewandelt. Wie geblendet von Glück ging ich durch die Tage. Selbst die schwerste Arbeit war mir nur Spiel. Wenn ich hinter dem Pflug schritt, war mir, als sei ich nicht mehr allein. Dann ging mein Mädchen neben mir her, und in den Nächten hielt ich Zwiesprache mit den Sternen. Ich weiß nicht, warum ich damals gedacht habe, es könnte immer so weitergehen, Stufe um Stufe empor bis zur Erfüllung meiner heißesten Wünsche, die mir ein Bild vorgaukelten von einem kleinen Bauerngütl mit ein paar Äckern und Wiesen und einem kleinen Pflanzgarten vor dem Haus, in dem meine Rosl Unkraut jätete, ein weißes Kopftuch über dem dunklen Haar. Neben ihr saß ihr blondgelocktes Kind und flocht einen Kranz aus Margariten. Ein wunderschönes Kind übrigens, das ich so gern hatte, als wäre es mein eigenes. Und die Rosl träumte meinen Traum mit, obwohl sie es besser hätte wissen müssen, wie ihre Welt darüber dachte und urteilte. In dieser Welt hatte ein ehrlich hochgedienter Bauernknecht nichts zu suchen, und eine Bauerntochter durfte sich nicht so weit herablassen. Als ob eine wirkliche Liebe sich von solch dummen, ungeschriebenen Gesetzen einschnüren ließe!

Wir standen in einem glühenden Strom, der uns eines Tages fortreißen und vernichten würde. Wir wollten es nur nicht sehen, weil wir blind waren vor Liebe.

Vielleicht hätte ich doch wieder einmal nach München fahren sollen, denn dort hatte ich auch so etwas wie eine Familie. Aber mich zog es nicht mehr in die Stadt. Ich war so verwachsen mit allem Bäuerlichen, als sei ich selber schon Erde geworden. Aber der Pepi fuhr über einen Sonntag heim und erzählte mir dann, daß das große Schützenmädchen, die schöne Greti, an Gehirnhautentzündung erkrankt war und hernach an den Beinen gelähmt blieb. Armselig fristete sie nun schon bald zwei Jahre ihr Dasein in einem Rollstuhl. Die Ärzte hatten sie längst aufgegeben, und nur ein Wunder könnte da vielleicht noch helfen.

Aber Wunder waren so selten, und ich hätte dankbar sein müssen, daß wenigstens mir ein Wunder beschert war. Aber während wir selig träumten, merkten wir nicht, daß sich über uns bereits dunkle Wolken zusammenzogen. Ein Zufall ließ mich das erkennen und riß einen Vorhang vor meinen Augen weg, hinter dem ich nichts als Falschheit und grenzenlose Überheblichkeit zu sehen bekam.

An einem Sonntagnachmittag saß ich auf der Hausbank, und damit mußte niemand gerechnet haben. Die Stubenfenster standen weit offen, und ich konnte ganz deutlich die Stimmen vernehmen, die da über den Hausl herzogen. Besonders die Wabn war es, die sich so aufregte und ihren Bruder fragte, ob er denn gar keinen Charakter mehr habe und wie er es mit seiner Ehre als gestandener Bauernsohn vereinbaren könne, mit einem Knecht gemeinsam ans Kammerfenster zu gehen. Der Hausl verteidigte sich nur schwach und erklärte, daß wir gar nicht ans Kammerfenster gingen, sondern immer zur Tür hinein.

»Aber das muß aufhören«, sagte jetzt der Hammer. »Traurig genug, daß ich am Wirtshaustisch erfahren muß, wo du hingehst!«

»Das wißt ihr doch schon seit Weihnachten, und bisher habt ihr gegen die Kathl nichts gehabt«, sagte der Hausl.

Da hetzte die Wabn schon wieder los, immer wieder durch trockenes Husten unterbrochen. Nein, gegen die Kathl sei nichts einzuwenden, aber daß ihre Schwester, die Rosl, sich schon einmal mit einem Knecht eingelassen habe und es jetzt wieder mit einem Knecht halte, das gäbe doch zu denken. Ihr sei es überhaupt schon lange ein Dorn im Auge, daß er sich mit mir abgebe. Die Grenze müsse man doch wahren. Was der Hans sich überhaupt einbilde! Wozu brauche denn der Knecht ein Radl? Der vergäße anscheinend, daß er nur ein Knecht sei. Der Hausl solle sich also gefälligst besinnen und endlich einen Abstand schaffen. Es müsse auch nicht unbedingt die Kathl sein, er könne doch an jedem Finger eine hängen haben.

Das stimmte zwar nicht, denn gar so rissen sich die Mädel um den Hausl nicht, der eine Menge schwarzer Zähne im Mund hatte und immer nur mit dem prahlte, was er einmal alles bekommen würde.

Ich aber wußte nun, wie ich daran war und daß ein Knecht eben doch ein »Niemand« ist, auch wenn er sich treu und brav hochgedient hat. Das zählte alles nicht. Ich zitterte vor Wut und Verbitterung und wäre am liebsten hineingegangen und hätte ihnen die Meinung ins Gesicht geschrien. Aber was würde das nützen. Ich hätte wahrscheinlich auf der Stelle gehen müssen, und sie hätten am nächsten Tag schon zwei oder drei neue Knechte haben können. So viele gab es damals. Ich wartete jetzt darauf, ob der Hausl sich verteidigte. Aber er sagte kein Wort, und ich war nur noch neugierig, wie er sich nun verhalten würde, denn wir hatten ausgemacht, am Abend wieder zu unseren Mädeln zu fahren.

Ich stand auf und ging über die Wiesen in den Wald. Ich kam mir so verlassen und verraten vor wie noch nie. Und ich konnte mir auf einmal auch vorstellen, wie sie der Rosl daheim meinetwegen zusetzten. Sie sagte mir das nur nie, um mich zu schonen. Aber jetzt konnte ich ihre manchmal geradezu trostlose Melancholie begreifen, wenn wir beisammen waren. Man wollte uns aus unserm Paradies vertreiben. Aber so leicht sollte ihnen das nicht gelingen. Ich hatte noch keine Ahnung, was Intrige, Bosheit und Größenwahn alles bewerkstelligen können, und wie klein und hilflos man als Knecht den Mächtigeren gegenübersteht.

Ich hatte keine Lust mehr, mit dem Hausl nach Jasberg zu gehen. Ich brauchte ihn auch nicht. Aber ich konnte es nicht lassen, ihm zu sagen, was ich heute gehört hatte. Er wurde verlegen und konnte mich nicht anschauen. Schließlich sagte er, wenn ich weiterhin nach Jasberg ginge, dann müsse er für sich die Konsequenzen ziehen. Das reichte mir, ich zitterte vor Zorn und schrie ihn an:

»Du bist ein ganz, ganz trauriger Hanswurst!«

Er sagte kein Wort. Nur verfärbt hatte er sich. Der von ihm getretene Bauernstolz glühte ihm auf Stirn und Wangen. Er schwieg auch noch, als ich ihn einen erbärmlichen Feigling nannte, der sich vor seiner Schwester ducken müsse. Aber von dieser Stunde an hatten wir uns nicht mehr viel zu sagen. Im Spätherbst wurde er dann auf die Landwirtschaftliche Schule geschickt. Natürlich wußte ich, daß mein Bleiben beim Hammer nicht mehr tragbar war und ich mir auf Lichtmeß einen andern Bauern suchen müßte.

Noch aber war Sommer. Die Roggenfelder reiften, und auf den Wiesen schoß das Grummet nach. In der Frühe glänzten die Wiesen silbern vom Tau. Dann wehte der Wind wieder über die Stoppeln, und ich ging hinter dem Pflug. Die Hände umklammerten die Sterzen, und nichts war um mich als das leise Knarren der Pferdegeschirre. Ich blickte auf die Erde vor mir, und sie war mir merkwürdig nah, weil ich jeden Fußbreit Boden mit den Stoppeln zum letztenmal sah, ehe die blanke Schar ihn in das Dunkel legt. Ich pflügte immer noch mit leidenschaftlicher Hingabe. Und doch war etwas anders geworden, meine Gedanken gingen andere Wege, seit ich erfahren hatte, wie wenig eigentlich außerhalb seiner Arbeitsfron ein Knecht galt. Ich mußte raus, mußte die Fesseln abstreifen, wußte aber bloß nicht wie. Es war nämlich gar nicht so einfach in jener Zeit, von der Landwirtschaft in eine andere Tätigkeit umzuwechseln. Man war da gewissen Beschränkungen unterworfen. Ich meldete mich zur Reichswehr, aber da war ein Mindestmaß vorgeschrieben, und dazu fehlte mir genau ein Zentimeter.

Bevor dieser Sommer mit all seinen Schmerzen und Süßigkeiten vorüberging, besuchte ich in Holzkirchen noch den Markt. Auf dem Tanzboden beim Oberbräu traf ich, wie ausgemacht, mein Mädchen. Wir tanzten, und ich spürte die spöttischen Blicke im Nacken. Aber ich beugte ihn nicht und tat so, als sähe ich nicht, was in den Augen geschrieben stand: »Schaut doch hin, der windige Knecht bildet sich eine Bauerntochter ein!«

Wir gingen dann ins Café Jaus und tranken Malaga oder sonst ein süßes Zeug. Ich verstand ja vom Wein nichts. Mich stimmte er verträumt und zärtlich, ich vergaß meine Not. Die Rosl aber erklärte mir ganz sachlich und schonungslos, sie habe sich alles genau überlegt und es sei besser, wenn wir einander nicht mehr träfen.

Ich war sofort stocknüchtern und fragte, ob sie sich das so leicht vorstelle. Nein, keineswegs, denn sie habe mich gern, aber sie sehe keine andere Möglichkeit. Es wäre ihr viel lieber, sie wäre nur eine Magd, dann könnte man uns nicht so viele

Steine in den Weg werfen. Und nach und nach rückte sie nun mit allem heraus, was sie zu leiden habe, weil sie mich liebe. Es wurde in ihren Kreisen als bodenlose Frechheit bezeichnet, daß ich es gewagt hatte, meine Knechtsaugen zu einer Bauerntochter zu erheben. Ich erschrak über so viel Überheblichkeit. Sie taten alle so, als hätte ich das größte Verbrechen begangen. Nur ganz wenige hielten zu uns. Ihre Schwester Kathl zum Beispiel. Auch ein paar von ihren sechs Brüdern störten sich weniger daran. Sonst aber wurde ganz schön gehetzt und geschürt. Das alles erzählte sie mir an diesem Nachmittag mit einer leisen monotonen Stimme und riß mich mit hinein in das gnadenlose Dunkel, aus dem ich keinen andern Ausweg sah als den, miteinander zu sterben. Heute weiß ich, daß Verliebte oft mit so großen Worten spielen. Aber es stirbt sich nicht leicht, wenn man so unverschämt jung ist. Jedenfalls erschrak ich zutiefst, als das geliebte Wesen ganz ernsthaft sagte: »Es fragt sich bloß, wie man schnell stirbt, ohne daß es recht weh tut.«

Sich vor den Zug werfen, das müßte eigentlich ein schneller Tod sein. Allerdings kein schöner. Von einer Felswand herunterstürzen, wäre romantischer. »Opfer der Berge« würde dann der Miesbacher Anzeiger schreiben. Aber wir wollten Abschiedsbriefe hinterlassen, damit die Welt erfuhr, daß es kein Unglücksfall war, sondern daß sie uns mit ihrer Dünkelhaftigkeit in den Tod getrieben hatten. Genußvoll malten wir uns aus, was für verstörte Gesichter sie machen würden, wenn sie dann an unserm Grab stehen müßten, gebeugt vielleicht von Schuld und Scham, weil sie uns auf dem Gewissen hatten. Natürlich würden wir in dem Brief auch hinterlassen, daß sie uns in ein gemeinsames Grab legen sollten. Und die kommenden Geschlechter würden dann an dem Grab vorübergehen, mit leisem Schauern »Hans und Rosa« lesen und sich dabei denken: Genau wie Romeo und Julia, die auch nicht zusammenkommen konnten.

Als wir uns dann auf den Heimweg machten, dämmerte bereits der Abend. Ich legte den Arm um die schmalen Schultern meines Mädchens. So schlenderten wir dahin, bogen hinter dem Teufelsgraben nach links ab und suchten einsame Seitenwege. Die Nacht war uns barmherziger als der Tag. Der Wind streichelte unsere heissen Gesichter, und aus der Dunkelheit klangen von da und dort her die Aveglocken. Nach einer Stunde setzten wir uns am Rand einer Wiese ins Gras. Die schweigende Landschaft war um uns und über uns der sternbesäte Himmel. Vergessen war, dass wir vor ein paar Stunden noch sterben wollten. Die Erde und das Leben hatten uns wieder. Unsere Herzen füllten sich wieder mit leiser Zuversicht, liess Wunschbilder aufleuchten und Lösungen finden. Mein Mädchen meinte:

»Wenn ich mir mein Erbteil auszahlen lasse, dann könntest du ein Handwerk erlernen. Zimmermann vielleicht oder Schreiner.«

Ausgerechnet auf Schreiner kam sie, den ich schon einmal abgelegt hatte! Jedenfalls, die Rosa war bereit, alles für mich und unsere Liebe zu tun, sie wollte mich herausheben aus meinem armseligen Knechtsleben. Ich weiss nicht, welchen Weg ich als Zimmermann genommen hätte. Nur eins weiss ich, dass ich mit diesem Mädchen unsagbar glücklich war, dass sie meine grosse, schöne Jugendliebe gewesen ist, an die die Erinnerung ich mir bis heute bewahrt habe. Ihre ehrliche, saubere Gesinnung ist mir für lange Jahre Leitstern geblieben. Wer weiss, wie mein Leben verlaufen wäre, wenn sie mir nicht so viel Glauben an die Menschheit geschenkt hätte.

Natürlich dachte niemand daran, ihr das Erbgut auszubezahlen. Trotzdem blieben wir beisammen.

So ging die Zeit dahin. Lichtmess stand vor der Tür. Ich packte meinen grünen »Kufer«, um von diesem stillen Weiler Berg wegzuziehen, in dem ich fünf Jahre verbracht hatte. Auf langes Drängen nahm ich auch den Pepi mit, der nicht allein in Berg zurückbleiben wollte und der immer noch meiner Fürsorge bedurfte, obwohl er in manchen Dingen viel standfester war als ich. Vor allem war er sparsamer. Er hielt sein Geld eisern zusammen, mir sass es locker in der Hosentasche. Ich kaufte mir Dinge, die ich nicht unbedingt gebraucht hätte, einige Silbertaler für meine Uhrkette zum Beispiel, ein paar Hirschgrandl oder eine grüne Weste mit Silberknöpfen. Ich war ganz einfach besessen darauf, eine vollständige Miesbacher Tracht zu besitzen. Zum Schluß kaufte ich mir auch noch einen Gamsbart, und als ich vom Hammer von Berg wegzog, hatte ich gerade noch zwei Mark in der Tasche.

Auf dem »Schlenklmark« in Holzkirchen konnte man, wenn man Glück hatte, einen Bauern finden. Aber das waren meist schlechte Plätze, denn wer um Lichtmeß noch keinen Knecht oder keine Magd hatte, der war kein guter Bauer. Umgekehrt war es aber genauso. Wenn ein Dienstbote sich nicht längst vor Neujahr einen neuen Platz gesichert hatte, konnte er nicht viel taugen. Der Pepi und ich taugten zwar schon was, aber wir wollten es eben auf gut Glück versuchen, womöglich zu keinem Bauern mehr zu gehen und den Zufall spielen zu lassen. Das war eigentlich mein Gedanke, weil der Zufall in meinem Leben schon oft eine große Rolle gespielt hatte. So stellten wir uns nicht den Bauern, die da in einem Nebenzimmer auf einen Knecht warteten, zur Musterung – mehr war es auch nicht, denn sie prüften einen, als wenn sie auf dem Viehmarkt einen Stier kaufen wollten. Am liebsten hätten sie noch Muskeln und Sehnen abgegriffen, ob man tauglich sei für die Arbeit am Hof. Nein, der Pepi und ich gingen aufs Arbeitsamt. Zwei Stellen waren frei. Eine bei einem Bauern in Unterlaindern und die andere beim Hohenadel in Holzkirchen als Hausknecht und Pferdewärter. Da war guter Rat teuer. Nur das Los konnte jetzt weiterhelfen. Ich nahm zwei Zündhölzer, riß einem den Schwefelkopf ab und ließ das Schicksal walten. Mit Kopf bedeutete Hohenadel, ohne Kopf der Bauer in Unterlaindern. Der Pepi zog das Zündholz ohne Kopf und nahm den Spruch ohne mit der Wimper zu zucken hin. Wär ja auch noch schöner gewesen, er war schließlich mein Bruder und hatte von mir gelernt, daß man auch unangenehme Dinge mit Würde trägt. Er war aber nur ein halbes Jahr bei diesem Bauern, dann konnte er beim Straßenbau anfangen und setzte sich damit vom Bauernleben ab.

Ich stand also im »Gasthof zur alten Post« als Hausknecht und Pferdewärter ein. Der Besitzer, der Hohenadel, war ein hervorragender Gastwirt und ein großer Pferdenarr. Außerdem war er Vorstand eines Gauverbandes der Gebirgstrachtenvereine. Wir verstanden uns auf Anhieb. Bloß über meinen »windigen Gamsbart« lächelte er, denn als Gauvorstand hatte er natürlich einen, der unter Brüdern seine zweihundert Mark wert sein mochte.

So war ich also kein schlichter Bauernknecht mehr und, wie ich meinte, etwas Besseres geworden. Ich hatte die Zuchtpferde zu betreuen, Olga, eine trächtige Stute, und den Bruno, einen Traber, der in Daglfing schon manches Rennen gewonnen hatte. Dann stand noch eine zweijährige Stute im Stall, aber die war noch nicht abgerichtet.

Der Hohenadel hatte drei Töchter. Betty, die älteste, bediente in der Gaststube. Von ihr wurde ich zum erstenmal in meinem Leben mit »Sie« angeredet. Ihre Figur erinnerte mich an die Bavaria in München, nur daß sie keinen Lorbeerkranz sich über den Kopf hielt. Den hängte sie dem Bruno um den Hals, wenn sie mit ihm ein Schlittenrennen gewonnen hatte.

»Hans, das Faß ist leer. Holen Sie ein neues, einen fünfziger oder sechziger Banzen«, befahl sie in einem Ton, der kalt war wie die Knöchelsülze, die auf der Speisekarte stand.

Ich transportierte dann den leeren Banzen hinaus, ging in den Keller, beförderte mit der Handkurbel des Aufzugs einen vollen Bierbanzen herauf und schlug den Wechsel in den Spund. Eigentlich hätte die Betti jetzt »danke schön« sagen können. Aber sie sagte es nie, sie bewahrte Abstand. Ich kaufte mir vom ersten Wochenlohn einen grünen Schurz, weil mir das als Hausknecht zustand, und außerdem sah er gut aus mit seinem vergoldeten Verschlußkettchen. Übrigens bekam ich beim Hohenadel eine Mark mehr in der Woche, hatte jetzt also fünf Mark. Außerdem fiel hin und wieder ein Trinkgeld ab, weil nämlich ein paar Fremdenzimmer vorhanden waren. Koffertragen und Schuhputzen gehörten zu meinem Ressort. Manchmal konnte ich es gar nicht begreifen: Ich verdiente jetzt mehr, brauchte mich bei weitem nicht mehr so plagen, hatte ein vorzügliches Essen, jeden Tag Fleisch und Gemüse, und eine große, helle Kammer über dem Pferdestall. Ich brauchte nicht mehr um vier Uhr früh aufzustehen, fünf Uhr genügte auch.

Die zweite Tochter war das Gegenteil ihrer Schwester Betti. Klein und zierlich war sie, besuchte ein höhere Schule und poussierte einen Postillion. Das war dem Hohenadel natürlich nicht recht, und sie mußten sich daher heimlich treffen. Ich stellte ihnen meine Kammer zur Verfügung und wußte nicht, daß dies eigentlich strafbar war.

Manchmal kam sie auch allein zu mir in die Kammer, brachte mir für meine Gefälligkeit und vor allem für mein Schweigen ein paar Zigaretten, die ich mir für den Sonntag aufsparte. Werktags rauchte ich nicht. Sie schüttete mir ihr Herz aus und ließ mich an ihrem Leid teilnehmen. Wegen ihrer höheren Schulbildung durfte es einfach der Postillion nicht sein, obwohl er doch etwas Besseres war als ich. Wenn ich Postillon gewesen wäre, hätte die Rosa mich vielleicht haben dürfen. Ich hatte viel Verständnis für das Mädel, ging ich doch selber mit meiner Liebe durch das Gestrüpp des Leides. Ich setzte ihr auch Briefe auf, die sie dann ihrem Postillon zusteckte, wenn er in der Früh mit der gelben Kutsche wegfuhr nach Dietramszell.

Mit aller Sorgfalt und großer Liebe pflegte ich die Pferde. Bruno mußte jeden Tag bewegt werden. Ich spannte ihn meist um drei herum in den leichten Sulky und fuhr mit ihm in Richtung Föching und wieder zurück. War das ein berauschendes Gefühl, dieses edle Tier zu fahren, das auf den leisesten Zügelruck reagierte! Und wie der ausgriff! Wie ein Maschinengewehr klopften die Hufe die Straße, und die Mähne flog im Wind. Der Herr Hohenadel lobte mich oft, weil ich seine Lieblinge so gut versorgte. Ich träumte davon, daß er mich auch einmal ein Rennen fahren ließe in Daglfing, und war immer sehr stolz, wenn die Leute uns auf der Straße nachsahen.

Natürlich hatte ich eine Karte nach Hause geschrieben, wo ich jetzt sei. An einem Sonntag kam dann mein Vater. Er sah wieder besser aus, man merkte, daß er in einer guten Hand und

in der Ordnung lebte. Es war geradezu großartig, als ich ihn so umherführen und ihm alles zeigen konnte, besonders meine Lieblinge im Pferdestall. Er verstand auch etwas von Pferden, weil er beim Train gewesen war. Aber meine Kenntnisse waren weit größer, und das ließ mich wieder auftrumpfen. Ich erzählte ihm, daß ich bald eigene Pferde haben würde, denn ich hätte eine Braut mit einem Bauernhof, und wahrscheinlich würde ich schon im nächsten Jahr heiraten. Ich bereute meine Prahlerei sofort, denn nun bestand mein Vater stur darauf, meine Braut und den Hof baldmöglichst kennenzulernen. »Vielleicht können wir unseren Urlaub dort verleben, die Mutter und ich«, meinte er. Ich war in seiner Achtung ganz gewaltig gestiegen, und als ich ihm zum Mittagessen vier Halbe spendierte, schmunzelte er und sagte: »Du machst dich wirklich.«
Bei dieser Gelegenheit berichtete mein Vater mir auch von dem beklagenswerten Zustand des großen Schützenmädchens. Die Greti schien tatsächlich für ihr ganzes Leben in den Rollstuhl verbannt zu sein. Sie war jetzt gerade mit einem Pilgerzug nach Lourdes gefahren und erhoffte sich dort eine Heilung.

Die Olga brachte ein Fohlen zur Welt. Ein wunderschönes Tier mit sanften Augen und einem Fell, das wie Seide war. Es sollte auch einmal auf der Rennbahn in Daglfing laufen. Aber leider war etwas nicht ganz in Ordnung. Es hatte Wasser in den Füßen und konnte einfach nicht stehen. Ich wachte in den Nächten bei dem Fohlen im Stall, nahm es auf meinen Schoß und trug es zur Mutter hin, damit es saufen konnte. Der Herr Hohenadel sagte, ich müsse endlich einmal schlafen. Aber ich hatte meinen Ehrgeiz, ich war ganz vernarrt in das liebe Tier und wollte es unter allen Umständen durchbringen, obwohl der Tierarzt immer nur resigniert den Kopf schüttelte, wenn er kam. Er kam des öfteren auch mitten in der Nacht, und einmal brachte er mir ein Buch mit, damit mir die Zeit des Wachens nicht gar so lang würde.
Niemehr habe ich vergessen, wie mich das Buch aufwühlte. Es hieß »Zwei Menschen« von Richard Voß. Ich fand darin so

viel Verwandtes mit meinen eigenen Schmerzen und litt mit Judith Plattner und Junker Rochus. Ein glühendes Verlangen erfüllte mich, auch etwas schreiben zu können, das die Menschen bewegt, den Liebenden zur Freude, den Leidenden zum Trost. Etwas schreiben, das die Seelen mit Sehnsucht erfüllt und die Herzen erwärmt und froh macht. Was waren die paar Verse schon, die ich zuweilen auf ein Papier kritzelte, um sie dann gleich wieder zu zerknüllen und wegzuwerfen, weil ich mich schämte, an Türen zu rütteln, die mir doch ewig verschlossen bleiben würden.

Eines weiß ich aber noch: Dieses Buch und der Tierarzt, der mich und das kranke Fohlen in den Nächten besuchte, sie wurden mir zum Wegweiser. Der Tierarzt ließ es ja nicht dabei bewenden, daß er mir das Buch gab, er unterhielt sich auch mit mir darüber, und manchmal kam ein leises Wundern in seine Augen über meine Ansichten. Einmal sagte er: »Ich meine, du müßtest ganz woanders sitzen als in einem Stall bei einem kranken Fohlen.«

Das Fohlen starb nach drei Wochen, trotz aller Mühe. Wir standen um das Tier herum, der Tierarzt und der Herr Hohenadel und ich, und sahen, wie es langsam starb. Zuvor hob es noch mal den schönen Kopf und schaute mich so treuherzig an, als wollte es mir danken für meine Mühe. Dann legte es den Kopf ins Stroh zurück, streckte die Beine, und die Augen wurden gläsern starr. Ich spürte, daß mir die Tränen über die Wangen liefen, und selbst der starke Herr Hohenadel zog sein Taschentuch, tat so, als ob er sich schneuzen müsse, und ging schnell hinaus. Ich glaube, daß er in diesem Augenblick wirklich nur um das schöne Tier weinte und nicht an den materiellen Schaden dachte, der ihm durch diesen Verlust entstanden war.

Herr Hohenadel handelte auch mit Pferden. Einmal mußte ich einen Haflinger nach München bringen. Natürlich ritt ich stolz in die Landeshauptstadt. So um vier Uhr verließ ich Holzkirchen, stellte den Haflinger in der Fuhrmannsgaststätte »Zum letzten Pfennig« in Giesing ein und machte zunächst Brotzeit. Dann begab ich mich, weil ich es ja nicht weit hatte,

Hans Ernst
als vierzehnjähriger »Roßbua«

Als jugendlicher Liebhaber
beim Bauerntheater

Die Heimat in Kolbermoor

Hans und Hellei Ernst

Die Hütte in Feilnbach,
am Fuß des Wendelsteins

*Kolbermoors Bürgermeister
überreicht die Bürgermedaille*

in die Kesselbergstraße, um meine Leute zu besuchen, die in Nummer vier im ersten Stock wohnten. Als ich die Stiege hinaufging, wer kommt mir da entgegen? Das hochgewachsene, schlanke Fräulein Grete Schütz, zu der ich gern Schwester sagte, weil ich sie gern mochte. Aber wie kam sie mir entgegen? Selbstbewußt, auf gesunden Füßen! Nur eine Brille trug sie jetzt.

Sie war ohne Krücken und Rollstuhl aus Lourdes zurückgekehrt. Sie ging mit mir zurück in die Wohnung. Mein Vater strahlte über das ganze Gesicht, so, als sei er geheilt worden, und sprach von dem Wunder, das geschehen sei. Ob es als Wunder gewertet werden könne, daran rätselte noch ein Kollegium aus Ärzten und Theologen herum. Tatsache war jedenfalls, daß die Gretl nach dreijährigem Siechtum wieder völlig gesund war und bald ihre Arbeit im Büro beim Oberpollinger aufnehmen würde. Sie arbeitete dort bis zu ihrer Pensionierung und war nie mehr eine Stunde krank.

Ich hätte über Nacht bleiben können, aber ich mußte in den »Letzten Pfennig«, weil dort der Haflinger stand, und außerdem war es dort viel lustiger. An dem langen Stammtisch saßen Fuhrknechte, Viehhändler, Schmuser, Handwerksburschen und Hausierer. Was ich da alles zu hören bekam! Menschliche Schicksale rollten vor mir ab wie Perlen an einer Schnur.

Am nächsten Tag kam der Herr Hohenadel mit dem Zug nach. Der Haflinger fand bald einen Käufer und mußte schon was eingebracht haben, weil der Herr Hohenadel mir gleich vier Weißwürste bestellte und eine Maß Bier und außerdem noch ein paar Mark zusteckte.

O ja, das Leben behagte mir jetzt ganz außerordentlich. Ich war schon die erste Sprosse hinaufgestiegen und hatte kühne Zukunftspläne. Der Hausmeister vom Oberbräu war verheiratet und hatte eine schöne Zweizimmerwohnung. Warum sollte ich mein Roserl nicht auch zu einer Frau Hausmeister machen können? Ich ging in den Kindergarten und fragte, ob dort noch ein Kind angenommen werden könne, weil wir doch das ledige Kindl mitnehmen mußten in die Ehe.

Allein, ein altes Sprichwort sagt, daß Bäume nicht in den Himmel wachsen und daß mit des Schicksals Mächten kein ewiger Bund zu flechten ist. Im Buch meines Lebens war wieder einmal eine Seite umgeblättert worden ohne mein Dazutun. Eines Tages kam der Herr Hohenadel zu mir in den Stall, streifte die Asche seiner Virginia am Fenstersims ab und sagte, es täte ihm leid, aber er brauche nun keinen Hausknecht und Pferdepfleger mehr, weil etwas »schief« gegangen sei. Er müsse die Olga und auch den Bruno verkaufen. Aber er werde mir ein prima Zeugnis als Pferdepfleger ausstellen, denn er sei mit mir äußerst zufrieden gewesen, und es täte ihm, wie gesagt, wirklich leid. Das glaubte ich ihm auch, denn zu mir war er immer äußerst zuvorkommend gewesen und hatte nie den Herrn herausgekehrt. Es war ja auch nicht so, daß ich nun auf der Stelle hätte gehen müssen, nein, ich durfte weiterhin wohnen bleiben und bekam freies Essen, bis ich etwas Passendes gefunden hätte. Er war wirklich großzügig. Möglicherweise könne er mir sogar behilflich sein, er kenne da einen Pferdehändler in München.

Ich schrieb das der Rosa, aber die war davon nicht begeistert. Sie meinte, in solchen Kreisen sei die Gefahr groß, auf die schiefe Bahn zu kommen. Sie hielt nicht viel von Roßhändlern und ähnlichen Gewerben. Mich selber zog ja auch nichts in die Stadt. Aber ich war zu stolz, mich beim Herrn Hohenadel womöglich ein paar Wochen umsonst durchzufressen, und ging zum Arbeitsamt in Holzkirchen. Ich hatte Glück und bekam sofort eine neue Stelle vermittelt als zweiter Fuhrknecht auf ein Gut bei Egmating.

Also packte ich wieder einmal meinen grünen Kufer und gab ihn zur Bahn. Auf der Innenseite des Deckels hatte ich das Bild meines Mädchens geklebt, damit ich sie immer sah, wenn ich den Deckel aufmachte. Mit meinem Fahrrad fuhr ich nach Osthofen bei Egmating.

Der Bauernhof war modern eingerichtet und glich schon eher einem Gut. Der Besitzer hörte es auch gerne, wenn die Leute ihn Gutsbesitzer nannten. Er war ein wendiger Bursche und ging meist in Reithosen und Stiefeln. Zweifellos verstand er eine ganze Menge von der Landwirtschaft und war allen Neuerungen aufgeschlossen. Von seiner Frau hatte er sich gerade getrennt. Der Küche, die sehr gut geführt wurde, stand seine Schwester Nandl vor. Das Essen war ausgezeichnet, anscheinend hatte ich die Bauern hinter mir gelassen, bei denen es die ganze Woche hindurch roggene Schmalznudeln gab. Und die Pferde! Waren das Rösser! Vier schwere belgische Hengste und ein Traber. Meine zwei Rösser hießen Max und Moritz. Der erste Fuhrknecht, der Alois, war klein, rothaarig und ungemein zäh und schweigsam. Ich wußte noch nicht, wie ich mit ihm zurechtkommen würde. Er wurde erst gesprächiger, als er merkte, daß ich mit Pferden umgehen konnte.

Zu meinen Aufgaben gehörte es, jeden Morgen mit einem Brückenwagen die Milch nach Siegertsbrunn zu fahren. Das war keine anstrengende Tätigkeit, zumal ich die Zwanzigliterkannen wie im Spiel auf die Rampe schob. Mit meinen dreiundzwanzig Jahren strotzte ich geradezu vor Kraft. Nur daß es jetzt wieder Punkt vier Uhr aufstehen hieß. Um sechs Uhr spannte ich ein nach Siegertsbrunn, um neun Uhr kam ich zurück. Die Heuernte war in vollem Gang, es ging alles wie am Schnürchen. Nur die Post funktionierte nicht, denn ich bekam auf keinen meiner Briefe Antwort von meinem Mädchen. Oft saß ich vor dem aufgeschlagenen Kuferdeckel und sah sie an, die Rosl. Sie hatte so treue, ehrliche Augen, und es mußte schon wieder irgendeine Intrige im Gang sein, weil sie mir nicht antwortete. Ich habe erst viel später erfahren, daß sie kaum einen meiner Briefe erhalten hatte. Man hatte sie einfach unterschlagen, und so mußte sie sich von mir verraten gefühlt haben. Und die Entfernung war einfach zu weit, als daß ich in einer Nacht hin und zurück hätte fahren können. Heute, mit dem Auto, wäre das ein Spiel. Ich litt namenlos damals, war ständig bei meinem eigenen Leid zu Gast und schaute kein anderes Mädchen an.

Alles in allem gesehen aber, war es eine sehr schöne Zeit dort.

Die Wochen glitten dahin, und an einem Sonntagabend sagte der Gutsbesitzer zu mir, ich solle den Traber vor die Kutsche spannen und mit ihm nach Zorneding fahren. Ich dachte, daß er vielleicht verreisen wolle. Aber er kaufte sich keine Fahrkarte, hieß mich warten und ging auf dem Bahnsteig auf und ab, bis der Zug einfuhr. Aus dem Zug stieg eine zarte Frau mit einem freundlichen, schmalen Gesicht. Die verfrachtete er schnell in die Kutsche, und los ging's, zurück über Oberpframmern zum Hof. Es war seine Frau, die zu ihm zurückgekommen war.

Die Frau war also wieder da, stand am Herd und tat ruhig und still ihre Pflicht. Wir Knechtsleute mochten sie gern, obwohl sie kaum mit einem von uns ein Wort sprach. Nur mit mir unterhielt sie sich notgedrungen etwas mehr, weil ich doch jeden Tag nach Siegertsbrunn mit der Milch fuhr. Sie stammte aus dem Sägewerk Inselkammer und gab mir zuweilen in einem Korb etwas mit für ihre Mutter. Die wiederum schickte dann auch der Tochter etwas und schaffte dies und jenes an, was ich ausrichten sollte. So kam es, daß ich mit der Frau häufiger sprach als die anderen.

Es dauerte gar nicht lange, dann ging der alte Zauber wieder los. Der Gutsbesitzer begann erneut zu eifern, ganz grundlos, so wie er es schon einmal getrieben hatte, bis sie ihm davonlief. Die Frau hatte jetzt öfters verweinte Augen und bat mich eines Morgens, ihrer Mutter davon nichts zu erzählen. Das hatte ich sowieso nicht im Sinn. Ich war so harmlos, daß ich gar nicht bemerkte, wie mir der Gutsbesitzer mit jedem Tag mehr aufsaß. Ein Praktikant, mit dem er viel tuschelte, versuchte dann, wahrscheinlich im Auftrag seines Herrn, an mir herumzunörgeln. Zunächst störte mich das weniger, aber als er mich einmal ganz dumm anredete, stieg ich von der Mähmaschine herunter, packte ihn an der Brust und verdrosch ihn.

Von diesem Tag an durfte ich nicht mehr die Milch nach Siegertsbrunn bringen, das tat jetzt der Maxl, der Praktikant, dessen Augen erst nach vierzehn Tagen wieder eine normale Farbe bekamen. Die anderen Knechte lächelten schadenfroh, weil ihn keiner recht leiden konnte. Nur getrauten sie sich nicht an den Kerl heran.

Wir hatten Punkt sechs Uhr mit den Gespannen aus dem Hof zu fahren. Manchmal stand der »Alte«, wie wir ihn nannten, an seinem Schlafzimmerfenster und schob den Vorhang einen Spalt zur Seite. An einem Morgen, es herbstelte bereits, der Alois fuhr mit seinem Gespann um die Ecke und ich spannte den Max und den Moritz vor den Pflugkarren, da kam der Alte aus der Haustür herausgeschossen. Er hatte nur seine Reithose über das Nachthemd gezogen, die Hosenträger hingen herunter. Er schaute auf seine Armbanduhr und schrie:

»Ja, Herrgottsakrament! Jetzt ist's schon fünf nach sechs, und du bist noch nicht aus dem Hof!«

Ich zog meine Taschenuhr aus der Hosentasche und erklärte, daß es bei mir erst drei Minuten nach sechs wäre, und daß seine Zwiebel wahrscheinlich vorginge.

»Ach was!« schrie er. »Reden wir nicht lang! Tu die Roß in den Stall! Du kannst sofort deine Papiere haben!«

Das hieß also, daß ich gehen sollte. Ausgerechnet jetzt im Herbst, wo kaum ein Bauer einen Knecht brauchte. Zunächst begriff ich das gar nicht, und als ich es begriffen hatte, warf ich dem Alten die Zügel vor die Füße und sagte ihm, daß er seine Roß selber in den Stall bringen solle. Besser wäre es vielleicht gewesen, wenn ich ihm auch blaue Augen geschlagen hätte. Aber ich ging in meine Kammer, die über dem Roßstall war, und legte mich aufs Bett. Schlafen konnte ich natürlich nicht. Die Hände hinter dem Kopf verschränkt, lag ich da und überlegte, was ich mir denn eigentlich hatte zuschulden kommen lassen. Es fiel mir einfach nichts ein, mit dem besten Willen nicht.

Etwa eine Stunde später öffnete sich die Tür, und herein kam die Nandl, die Schwester des Alten, und seine schmächtige Frau, die bitterlich weinte. Auch die Nandl weinte. Und endlich erfuhr ich dann den Grund meiner fristlosen Entlassung. Er war eifersüchtig auf mich, meinte, daß ich mit seiner Frau etwas hätte. Das war mir denn doch zuviel, und ich beschloß, ihn zu stellen. Aber die beiden Frauen flehten mich an, nicht zu ihm zu gehen, denn in seinem Zorn sei er unberechenbar. Ich sagte, daß ich ihm das schon austreiben würde, aber sie hörten nicht auf zu flehen und zu betteln. Die Frau sagte, daß ich es dadurch nur noch schlimmer machen würde und daß sie hier sowieso schon wieder das Fegfeuer habe. Da ließ ich mich erweichen und trat zum Fenster. Der Alte fuhr gerade mit dem Traber aus dem Hof. Also hatte er Angst vor mir. Die Nandl machte dann den Vorschlag, bei ihr und den Eltern in der Villa droben zu bleiben, bis ich einen neuen Platz gefunden hätte. Die Villa hatte der Alte etwas abseits vom Hof für seine Eltern als Austragsaufenthalt gebaut. Es war geradezu rührend, wie die beiden Frauen sich um mich bemühten. Und auf einmal dachte ich, wenn die Frau durch mein Weggehen wieder ihren Frieden bekommt, dann ist es doch etwas Tröstliches für mich.

Ich konnte tatsächlich bis Mittag schlafen. Dann packte ich meinen Kufer wieder und schob ihn mit dem Schubkarren zur Villa hinauf. Dort bekam ich gleich ein gutes Essen, und sie zeigten mir das Zimmer, in dem ich schlafen könne. Ich beschloß, alles in die Wege zu setzen, daß ich bald wegkam, denn ich wollte niemanden zur Last fallen. An diesem Nachmittag konnte ich allerdings nicht mehr viel anfangen. Im Roßstall traf ich den Alois und sagte ihm, was vorgefallen sei. Der Alois schüttelte den Kopf. »Da meint man, man hätte einen Verläßlichen für die Roß, dann ist's wieder nichts. Laß mich wissen, wenn du was Neues hast.«

Der Bruder des Alten, der Michi, der am Hof Oberschweizer war, kam auch in den Roßstall. Er wußte bereits über alles Bescheid und nannte seinen Bruder einen »spinnerten Hund«.

Drei Tage blieb ich in der Villa, dann bekam ich vom Arbeitsamt eine Vermittlungskarte zu einem Bauern nach Sachsenkam bei Bad Tölz. Der Hof lag ziemlich steil an einem Hang. Auf ihm lebten nur der Bauer, ein großer, schwarzhaariger Mann, und die kleine dürre Bäuerin, die wegen ihres Geizes kein Gramm Fett ansetzte. Sie waren mit der Arbeit ziemlich weit im Rückstand. Das Grummet war noch nicht ganz in der Tenne, die Kartoffeln waren noch auf dem Acker. Mistfahren war fällig und Streumähen. Sie hatten in der Nähe des Klosters Reutberg beim Kirchsee ein paar Streuwiesen. Ich war immer allein, und in der Frühe, wenn die Sonne aufgegangen war und ihr Licht über die Klostergebäude flutete, lehnte ich mich oft eine Weile auf den Sensenstiel und verlor mich ganz in das Lichtwunder. Wie tausend Flämmlein zitterte das Sonnenlicht über dem See. Weit und breit kein Mensch, ich kam mir vor, als sei ich als einziger übriggeblieben. Und kein Lebenszeichen von meinem Mädchen. Melancholie und Verbitterung verschatteten mein Gemüt. Das Schicksal hatte mich wieder zurückgestoßen in die traurige Verlassenheit. Die Leiter mit den Sprossen war unsichtbar weit fortgerückt. Ob ich jemals wieder einen Fuß auf sie setzen konnte?

Der Bauer trank jeden Tag ein Faß Bier mit zwanzig Litern. Er hatte einen Mordsbauch und schnaufte schwer. Mir wollten sie auch vormittags und nachmittags zur Brotzeit eine Maß Bier geben. Aber es war schon so kalt geworden, und mir war eine Schüssel heißer Milch lieber. Und dann das Essen! Ich war wieder bei den roggenen Schmalznudeln gelandet. Die gab es jeden Tag, nur sonntags kochten sie Rindfleisch. Zu den Roggennudeln gab es Apfeltauch. Der Bauer und die Bäuerin hatten nie Hunger. Sie aßen eine von den Nudeln, dann schleckten sie den Löffel ab und steckten ihn unter die Tischplatte in einen kleinen Lederriemen. Wenn der Bauer seinen Löffel weggelegt hatte, fuhr er mit dem Daumen zur Stirn und setzte zum Kreuzzeichen an. Ich war natürlich mit einer Nudel nicht satt, hätte mindestens vier essen können. Aber wenn er so dasaß, den Daumen auf der Stirn, hörte ich halt auch auf und legte den Löffel weg. Sofort ratterte er los: »Im Namen Gottes, des Vaters, des Sohnes und des heiligen Geistes. Wir danken dir, o Herr, daß du uns gespeiset hast...«

Als ich einmal meinen Hut vergessen hatte, ging ich zurück, um ihn zu holen. Wer saß da noch am Tisch? Der Bauer und die Bäuerin. Vor sich hatte jedes ein saftiges Schnitzel auf dem Teller und eine Schüssel mit Kartoffelsalat.

Am andern Mittag und auch weiterhin verschlang ich in aller Seelenruhe meine vier roggenen Nudeln und dachte mir: Von mir aus derfault ihm sein Daumen auf der Stirn. Die Bäuerin schaute ihn ganz verzweifelt an, und er räusperte sich immer lauter. Aber mich genierte das nicht. Am Abend, wenn er betrunken war, erzählte er vom Krieg, was er da für ein Held gewesen wäre und daß er überhaupt ein Mensch sei, dem man nicht krumm kommen dürfe. Da könne er einen gleich in der Mitte abbrechen. Als wir uns aber im Stall einmal stritten und ich ein bißl unsanft an seine Schulter kam, taumelte er gleich gegen die Bretterwand des Saustalls.

Um diese Zeit, es ging bereits auf Weihnachten zu, und Schnee hatte es in Massen, bekam ich vom Alois einen Brief.

»Werter Hans!« schrieb er. »Teile dir hiermit mit, daß ich auf Lichtmeß vom Voglrieder weggehe und zwar nach Glonn zum Schweiger. Frage Dich hiermit, ob Du mitgehst zum Schweiger nach Glonn, was ein sehr guter Blatz ist und auch Rösser da sind und zwei Ochsen. Es ist auch eine Päckerei dabei und ein Sbeditärunternehmen. Schreib mir also kleich, daß ich das regeln kann. Und viele Grüße, Alois.«

Na also! Da kam ich wieder heraus aus einem muffigen Elend! Als ich einmal recht Hunger hatte, die kalte Winterluft machte einfach mehr Hunger, und ich fünf Schmalznudeln statt vier vertilgte, jammerte die Bäuerin, wo denn das noch hinführen solle, ich fräße sie noch arm. Ich sagte darauf, daß sie sich darum nicht mehr lange zu sorgen brauche, denn zu Lichtmeß ginge ich sowieso. Daraufhin seufzte sie wie erlöst und sagte: »Gott sei Dank!«

Langsam wurde es Zeit, über mein Leben nachzudenken. Hatte ich nicht doch etwas verspielt? Hätte ich nicht doch lieber Schreiner werden sollen? Denn viel Lichtes war bisher in meinen Jugendjahren nicht zu sehen gewesen. Immer war der Schatten mehr, gerade in letzter Zeit. Die Rosi hatte ich auch verloren, und ich kam mir schon bald vor wie ein Zugvogel, der sein Nest nicht finden kann. Ein heimatloser Wanderer zwischen den Bauernhöfen. Eine richtige Heimat hatte ich noch nicht gefunden, eine Bleibe, daß man hätte sagen können, da bin ich zu Hause. Ob ich das überhaupt jemals fand? Die Zeit raste dahin, ich hatte mein dreiundzwanzigstes Lebensjahr vollendet. Noch war ich jung. Manchmal war mir, als spürte ich ein Flügelrauschen, das mich hoch hinaushob über Zeit und Raum. Um dann doch wieder zurückzufallen zur Erde.

Und dann änderte sich alles mit einem Schlag. Ich kam nach Glonn. Dieser Marktflecken, eingebettet in einen Kranz von Wäldern, in denen die Glonn entsprang, die sich dann mit dem Kupferbach vermählte, bot einen so lieblichen Anblick, daß mir das Herz sofort weit aufging. Aus dem Kranz dunkler Wälder leuchteten weiß die Mauern und Giebel des Schlosses, das damals einem Baron von Biesing gehörte. Stille Gassen im Marktflecken, freundliche Häuser mit Gärten, eine Pfarrkirche mit schönem Geläut und Menschen, die irgendwie anders waren, aufgeschlossener und bereit, einem Fremdling die Hand zu reichen.

Links von der Straße, die nach Frauenreut führt, lag das landwirtschaftliche Anwesen und die Bäckerei Schweiger, breit hingelagerte Gebäude. Alles strahlte Wärme aus und Behaglichkeit. Selbst der schwere, klobige Franz Schweiger, ein Vierzigjähriger, verbarg hinter seiner rauhen Schale Güte und Verständnis. Die Frau Schweiger war zierlich und klein, und nie kam ihr ein unrechtes Wort über die Lippen. Es war auch noch ein kleiner Bub da, der Franzi, und eine Tochter. Die war aber in einem Institut, als ich dort in Dienst trat. Man hatte nie das Gefühl, bei einem Bauern zu sein, sondern eher in einem alten Patrizierhaus, wo man einen jeden als Menschen behandelte, gleich ob er Knecht, Magd oder Familienangehöriger war.

Das, was der Alois in seinem Brief »Sbeditärunternehmen« genannt hatte, war nichts anderes als die örtliche Spedition. Zweimal in der Woche mußte zum Bahnhof gefahren werden, um in der Güterhalle die Stückgüter für die einzelnen Geschäfte abzuholen und zuzustellen. Wenn es auch oft erst nach Feierabend getan werden mußte, um diesen Posten riß ich mich förmlich. Denn da bekam man Trinkgelder. Nicht viel gerade, aber Kleinvieh macht auch Mist, und es läpperten sich in der Woche leicht ein paar Mark zusammen. Beim Tierarzt Härlein war es besonders gut. Da bekam man gleich fünfzig Pfennig. Zu meinem Wochenlohn von fünf Mark war das eine ganz schöne Zubuße. Ich hatte sofort wieder große Pläne. Ich war der Schweiger Hans von Glonn geworden und genoß das herrliche Leben. Noch nie hatte ich in der Früh frische Semmeln gehabt. Hier, beim Schweiger, bekam man sie, ganz frisch aus der Backstube. Der Bäcker hieß Biederer, ein seltsamer Kauz, der seine Lehrbuben beutelte, wie sie es brauchten, und der auch an uns Knechten gern herumgenörgelt hätte. Aber da kam er nicht gut an, vor allem beim Alois nicht, der ihm gleich von Anfang an eine Feindschaft servierte, an der der Biederer Sepp schwer zu kauen hatte.

Punkt fünf Uhr ging der Biederer stets in seinen blühweißen Bäckerschurz an den Stammtisch und vertrat dort seinen Herrn und Meister, der um diese Zeit noch tief in der Arbeit steckte. Man hätte eigentlich meinen können, der Biederer Sepp wär der Herr Schweiger, so benahm er sich. Die Mädel im Haus fürchteten ihn, die Frau selber getraute sich gegen ihn nicht aufzumucken, und die Hausmagd Rosalie sagte mir einmal, sie würde mir gerne zwei Mark schenken, wenn ich den Biederer Sepp mir einmal richtig vornähme bei der Nacht, wenn er mich nicht kenne. Aber der Biederer ging ja nie nachts vom Wirtshaus heim, sondern immer schon um halb sieben Uhr zum »Andampfeln« in die Backstube.

Die Zeit der roggenen Schmalznudeln war endgültig vorbei. Beim Schweiger kamen Suppe, Fleisch und Gemüse auf den Tisch, und selbst abends gab es oft warme Würste oder einen Leberkäs. Nur freitags gab es Mehlspeise, man hielt sich an die alten Bräuche, und ich mochte Mehlspeise für mein Leben gern. Der Alois dagegen war eine Fleischkatz, und wenn es Apfelstrudel gab, griff er immer mit der Unterlippe nach seinem roten Schnurrbart und legte nach ein paar Brocken schon die Gabel weg. Mir war das gerade recht, denn Apfelstrudel war meine Leibspeise, ich konnte Unmengen davon verschlingen. Der Schweiger saß ja nicht da mit dem Daumen an der Stirn, wie der von Sachsenkam. Den Schweiger amüsierte es, wenn ich so dreinhaute. Er verlangte etwas, gab aber auch seinen Leuten genug zu essen. Ein ganz gesunder Standpunkt übrigens, wenn er sagte: »Wer nichts ißt, hat keine Kraft.« Und Kraft brauchte man schon. Wenn zum Beispiel das Mehlfuhrwerk kam mit zweihundert Zentnern Mehl, dann mußten die über zwei Stiegen zum Mehlboden hinaufgetragen werden. Das traf dann den Alois fünfzigmal, und mich auch. Das ging ganz schön in die Knie. Und einmal, als wir fertig waren mit dem Mehltragen, kam die Frau Schweiger aus der Küche mit einem Teller, auf dem noch ein Apfelstrudel vom Mittag war, und sagte:

»Hanse, da.« Womit sie mir den Apfelstrudel gab. Von diesem Augenblick an hatte ich meinen Spitznamen bei ihr weg, und sie sagte immer nur »Hanseda« zu mir. Und das bis heute.

Natürlich trat ich in Glonn sofort dem Gebirgstrachtenerhaltungsverein »D' Glonntaler« bei und war mit Leib und Seele bei der Trachtensache. Es war ein starker Verein, mit viel Jugend und recht netten Mädchen. Aber noch dachte ich an die Rosi. Ich schrieb ihr wieder einmal, daß ich jetzt eine schöne Lebensstellung hätte. Zugleich ließ ich in diesem Brief dann etwas durchwehen von Abschiedstimmung, falls sie mir wieder keine Antwort geben würde.

Ich bekam keine Antwort. Es war aus. Ein schönes Märchen war zu Ende.

In diesem Sommer kam das Schweigertöchterlein, die Anni, vom Institut nach Hause. Ein frisches, freundliches Dirndl mit rosigen Wangen und feinen Händen, die keine grobe Arbeit gewöhnt waren. Ich kann mich noch erinnern, als wäre es erst gestern gewesen, daß der Herr Schweiger sagte: »Die muß jetzt in den Kuhstall.«

Das war durchaus keine Roheit bei diesem klugen Mann, sondern eine gesunde Lebensauffassung, die in der Erkenntnis gipfelte, daß es jedem jungen Menschen später nur zugute kommt, wenn er um die Mühsal der körperlichen Arbeit weiß. Da gab es auch keine Widerrede, die Anni mußte tatsächlich das Melken lernen, mußte jede Arbeit machen und auch schon ganz früh aufstehen, in den Stall gehen und dann Kaffee kochen. Sie war im Institut so erzogen worden, daß sie am Anfang selbst vor uns Knechten ein Knickserl gemacht hätte. Wenn der Alois gegen halb sechs Uhr früh im Roßstall fertig war, gingen wir in die Küche zum Kaffee. Unsere zwei Schüsseln standen bereits gefüllt am Herdrand. Bloß die Milch mußte noch dazugegeben werden. Die Anni trieb dann gerade die Milch durch den Separator, und einmal, als ich vor dem Alois in die Küche kam, sagte sie zu mir, ich solle schnell die Schüssel dort unterheben, wo der Rahm aus dem Separator floß. Von da an schaute ich, daß ich immer vor dem Alois in die Küche kam, und hatte nun jeden Tag meinen Rahmkaffee. Da soll man dann keine Kraft bekommen!

Mein Augapfel auf dem Hof war aber der Franzi, ein nettes Bürscherl mit Schneckerlhaar, dem ich, anders als der stets mürrische Alois, mehr durchgehen ließ, als es eigentlich erlaubt gewesen wäre. Kinder merken ja gleich, wer sie mag. Er lief dauernd hinter mir her und konnte betteln: »Hansi, gib mir an Hammer.« Und wenn er den Hammer hatte: »Hansi, gib mir an Nagl auch.« Und ich brachte es halt nicht übers Herz, den kleinen Kerl betteln zu lassen. Ich mußte nur Obacht geben, weil der Franzi die Nägel in die unmöglichsten Stellen hineinschlug. Nur ein einziges Mal gab ich dem Buben eine Ohrfeige, und die tat mir dann selber weher als ihm. Ich hatte mich gerade mit dem Alois wegen einer Kleinigkeit gestritten und hatte schlechte Laune, als ich in die Küche zur Brotzeit kam. Bier stand vor mir, und auf dem Tisch lag der angeschnittene Brotleib. Der Franzi hockte auf dem Tisch und bohrte mit dem Finger im Brotleib. Der Herr Schweiger saß am Ofen, er hatte einen offenen Fuß und litt sehr darunter. Aber er hörte, wie ich zum Franzi sagte, er solle das Bohren im Brotleib unterlassen und vom Tisch runtergehen und sich auf die Bank setzen. Zweimal sagte ich es ihm und fügte dann noch hinzu: »Wenn du jetzt nicht aufhörst, schmier ich dir eine.« Er hörte nicht auf, und so wischte ich ihm eine. Der Franzi plärrte gleich fürchterlich, und ich hatte nun doch ein wenig Angst, daß dies dem Schweiger jetzt doch zuviel war und er sich's verbitten würde, daß ich seinen Buben schlüge. Statt dessen sagte er laut und deutlich:

»Recht hast g'habt, der Saubua soll folgen.«

Ich nahm dann den Franzi gleich auf meinen Schoß, gab ihm vom Bier zu trinken, wischte ihm die Tränen ab und ließ ihn dann mitfahren zur Bahn, um Stückgut holen.

Warum der Alois immer so mürrisch und schweigsam war, erfuhr ich durch reinen Zufall. Ich fuhr mit dem Trachtenverein nach Westerham zu einem Stiftungsfest und kam neben einem alten Bauernknecht zu sitzen, der den Alois kannte. Der Alois war einmal bei den Haberfeldtreibern gewesen und hatte eine Gefängnisstrafe von acht Monaten absitzen müssen. Haberfeldtreiben, dieses heimliche Femegericht, galt im Volk durchaus nicht als verabscheuungswürdiges Verbrechen, genausowenig wie das Wildern. Aber diese acht Monate Gefängnis hatten den Alois irgendwie geknickt, hatten ihn mürrisch und menschenscheu gemacht. Ich kann mich nicht erinnern, ihn jemals herzlich lachen gesehen zu haben. Es war nicht immer gut arbeiten mit ihm, er war pedantisch genau in allen Dingen, grantelte über jede Kleinigkeit, und manchmal war es geradeso, als knisterte etwas zwischen uns, das jeden Augenblick zur Explosion kommen müsse.

Um diese Zeit entschlossen sich die »Glonntaler« in einer Generalversammlung, Theater zu spielen, um die Kasse des Vereins zu stärken. Vielleicht hatte ich ein bißl Sprüch gemacht mit meiner Theaterspielerei in Baiernrein, jedenfalls wählten sie mich einstimmig zum Theaterleiter. Das freute mich zuerst, aber dann bekam ich doch Angst vor dem, was da auf mich zukam. Es war nämlich gar nichts vorhanden, keine Bühne, keine Kulissen, kein Rollenmaterial, kein Spielerreservoir. Man wollte mir großzügig freie Hand in allem lassen. Zu meiner eigenen Verblüffung entwickelte ich ein erstaunliches Organisationstalent. Nach Feierabend zimmerten wir Kulissen, die Frau Danner nähte Hintergrund und Vorhang, die der Kunstmaler Georg Lanzenberger bemalte. Ich ließ mir vom Rubin Verlag ein Stück schicken, das »Wildererblut« hieß, und verteilte die Rollen, so wie ich es nach meiner Menschenkenntnis für gut hielt. Ich selber spielte eine der Hauptrollen, den alten Waldhofbauern, der beim Wildern aus Versehen seine eigene Tochter anschießt. Und natürlich führte ich Regie. Allerhand Frechheit mit dreiundzwanzig Jahren. Ich hatte bloß Angst, daß der Maler nicht fertig würde bis zum Tag der Aufführung. Und tatsächlich räumte er erst fünf Minuten, bevor der Vorhang aufging, seine Farbhaferl weg. Aber ein berauschend schönes Bühnenbild hatte er uns hingezaubert.

Überall in Glonn und Umgebung hingen die grünen Plakate, die das Ereignis anzeigten. Auf den Plakaten stand auch: »Regie: Hans Ernst«. Und in der Zeitung war es auch zu lesen. Das stand so selbstbewußt und eitel dort, als hätte ich bereits am Staatstheater den Sommernachtstraum inszeniert. Ich war unbändig stolz, und wenn ich mit dem Fuhrwerk durch Glonn fuhr, hielt ich die Rösser an und las das Plakat, zehnmal, hundertmal. Zum erstenmal sah ich meinen Namen gedruckt. War das ein Gefühl! Aber wenn die Leute fragten, wer denn dieser Hans Ernst sei, dann wußte schon einer, daß ich bloß der Schweiger Hans war. Immerhin, mein Ansehen war gestiegen.

Meine Partnerin, die in diesem Stück meine Tochter spielte, war von Beruf Näherin, aber ich sagte immer, daß sie Damenschneiderin sei. Sie hieß Kreszentia und war um zwei Jahre älter als ich. Schon während der Proben verwandelte sich das Vater-Tochter-Verhältnis zu einem Verhältnis Hans und Zenzi. Am Anfang war es mir gar nicht recht, daß sie sich so heftig in mich verliebte. Aber dann mochte auch ich sie recht gern und war ihr recht anhänglich, bis auf ein paarmal, denn beim Doktor Kreuzer gab es eine Köchin, die mir auch gut gefiel. In aller Herrgottsfrüh kam sie jeden Tag zum Bäcker Schweiger, um die Frühstückssemmeln zu holen. Ich führte gerade die Pferde aus dem Stall und sagte ihr, daß ich von ihr geträumt hätte. Sie blieb stehen und fragte: »Was?« Ich log das Blaue vom Himmel. Sie schaute mich mit ihren Schlafzimmeraugen an, öffnete den runden, roten Mund und sagte: »Ich muß Ihnen leider enttäuschen, ich bin keine Solchene nicht, wie Sie meinen.« Sie sprach gerne nach der Schrift, weil Ihre Herrschaft es auch tat. Sie stammte von einem Hof in der Oberpfalz, und an der linken Hand fehlten ihr zwei Finger, weil sie als Kind einmal in die Häckselmaschine hineingekommen war. Es zeigte sich aber dann doch, daß sie eine Solchene war, wie ich vermutete, denn eines Tages wartete sie mit ihrem Semmelkorb auf mich, bis ich die Rösser aus dem Stall geführt hatte, und erzählte, ihre Herrschaft führe heute abend nach München ins Theater und sie sei ganz allein daheim. So, so, meinte ich, und was wir zwei denn dann täten. Sie sagte, ich brauche bloß zweimal zu läuten, dann wisse sie, daß ich es sei. Sonst schlief sie hoch droben in einem Mansardenstübchen, zu dem keine Leiter hinaufreichte. Sie band dann an das Fensterkreuz ein langes Seil und ließ es herunter. Bis man dann droben war, brannten einem die Hände ganz schön. Beim zweitenmal nahm ich mir Handschuhe mit. Diesen Seiltrick mußten mehrere wissen, weil der Herr Doktor den Müllerburschen von der Wiesmühle dabei erwischte und daraufhin eine neue Köchin suchte.

Von da ab ging ich dann mehr auf meine Damenschneiderin ein und blieb ihr so treu, daß jedermann um unser Verhältnis wußte. Sie stammte nicht aus Glonn, sondern aus einer kleinen Ortschaft, eine Stunde Fußmarsch entfernt. Ihr Vater war Schuhmacher und hatte nebenbei etwa fünf Kühe im Stall. Ich brauchte nicht heimlich hinzugehen, sondern war in der Familie gern gelitten. Es war eine trauliche Atmosphäre dort, so richtig heimatlich warm. Die Zenzi war ein herzensgutes Mädl und hing recht an mir, und, ich will es ganz ehrlich zugeben, ich auch an ihr. Nur wenn sie vom Heiraten sprach, gab es mir einen Stich, weil ich nicht wußte, wie sie sich das vorstellte. Aber die praktische Zenzl hatte ihre Vorstellungen schon, rückte nur noch nicht damit heraus.

Um diese Zeit wurde das Schloß Zinneberg an den Orden der

»Guten Hirten« verkauft. Der Baron von Biesing machte sich in der Schweiz ansässig. Vierspännig brachten der Alois und ich die schweren Möbelwagen ins Schloß hinauf. Ich glaube, es waren mindestens sechs oder acht Stück. Diese Arbeit gehörte auch zum Speditionsbetrieb Schweiger. In die Möbelwagen wurden nur wertvolle Sachen verladen, Bilder und Gobelins, und was ich im Schloß an Pracht und Herrlichkeiten sah, das hatte ich mir nicht einmal in meiner Fantasie vorstellen können. Auch das Gestüt Sonnenberg ging flöten, und in dem herrlichen Reitsaal, dessen Wände mit Spiegeln behangen waren, wurden später Runkelrüben eingelagert. Gleich rechts neben der Tür war ein Knopf, und wenn man auf den drückte, fing ein mächtiges Musikwerk zu spielen an, eine Quadrille oder einen Reitermarsch, nach dem dann die hohen Herrschaften ritten und ihren Sitz in den Spiegeln kontrollieren konnten. Reiten hätte ich auch können, vielleicht besser als mancher von diesen Damen und Herren. Aber der Herr Baron vergaß es, mich einzuladen. Mit seinem Weggang verlor das schöne Besitztum viel von seinem Glanz. Auch die Geschäftsleute in Glonn bekamen es zu spüren, denn es wurde der ganze Beamtenstab, die Dienerschaft und alles aufgelöst. Die Förster und Jäger verschwanden. All diese Familien hatten in Glonn eingekauft. Die »Guten Hirten« kauften nichts mehr ein, schlachteten und buken selber, sie hatten eine eigene Schneiderei und Schusterei und betreuten etwa dreihundert aus der Spur geratene Mädchen, die wieder zu nützlichen Mitgliedern der Gesellschaft erzogen werden sollten.

Vorbei war es mit den fröhlichen Festen auf dem Schloß, mit den Fuchsjagden und sonstigen Reiterspielen. Die rassigen Pferde, zum Teil aus Irland bezogen, wurden verkauft. Um das ganze Schloß wurde eine hohe Mauer gebaut, um die Mädchen am Entweichen zu hindern.

Post bekam ich nie. Und als ich einmal eine Karte erhielt, war es keine erfreuliche Nachricht. Mein Vater war krank und verlangte nach mir. Bei einem andern Bauern hätte das vielleicht ein Mordspalaver gegeben. Beim Schweiger fand man es selbstverständlich, daß ich sofort nach München fuhr. Ich fand meinen Vater ganz verändert. Seine linke Hand war dick verbunden, und sie sagten mir, daß er eine Blutvergiftung hätte. Sein Kopf war merkwürdig rot, und er schnaufte schwer. Ich weiß nicht, warum ich ganz instinktmäßig sagte: »Der hat doch Lungenentzündung auch.«

Und so war es auch. Den Doktor hatte man viel zu spät gerufen, und kaum war ich wieder in Glonn, da bekam ich die Nachricht, daß mein Vater gestorben sei. Nur zweiundfünfzig Jahre war er alt geworden.

Ich hatte keinen schwarzen Anzug für die Beerdigung. Der Schweiger hätte mir natürlich schon den seinen geliehen, aber da hätte ich dreimal hineingepaßt. Ich bekam dann von einem Trachten-Vereinskameraden einen geliehen. Als ich in der Leichenhalle des Westfriedhofes meinen Vater durch die hohe Glasscheibe betrachtete, kamen mir die Erinnerungen an meine Kindheit, und ich mußte denken, daß er doch ein recht gütiger Vater war, der uns zu Ordnung und Ehrlichkeit erzogen hatte. Und was er an uns zwei Buben nicht ganz recht gemacht oder versäumt hatte, wer möchte ihm dies in so einer Stunde schon als Versäumnis anrechnen. Es war nur schade, daß ich ihm nicht mehr sagen konnte, daß ich Theaterleiter geworden war. Der Pepi war auch in einem geliehenen schwarzen Anzug da, die ganze Familie Ernst-Schütz war in tiefem Schwarz versammelt. Der Sarg wurde in die dunkle Grube zu dem meiner Mutter hinuntergelassen, und wir alle weinten sehr. Als die Leute dann drei Schaufeln voll Erde hinunterwarfen, sah ich auf einmal auch die Wurzi und ihre Mutter. Ich sah gleich den Ehering, den die Wurzi am Finger trug. Sie weinte auch, aber nicht wegen meines Vaters, sondern weil unser Wiedersehen aus so traurigem Anlaß stattfand.

Nach der Beerdigung gingen wir dann in eine Wirtschaft am Giesinger Berg und aßen Würstl und tranken Bier. Und da fragte der Pepi, der viel praktischer veranlagt war als ich, wie wir es denn jetzt mit den Anzügen vom Vater machen wollten. Es waren bloß zwei da, ein blauer und ein brauner mit feinen

Nadelstreifen. Der Pepi entschied sich für den blauen und wollte auch vom Werktagsgewand noch einiges haben, weil der braune Anzug doch besser sei. Er war mir zwar ein bißchen zu groß, aber ich hatte ja eine Damenschneiderin als Braut. Die würde ihn mir schon zurechtmachen. Für die Melone schwärmte der Schütz Hans, der tatsächlich Schreiner geworden war. Ich gönnte ihm diese Kopfbedeckung gerne, denn was hätte ich in Glonn mit einer Melone angefangen!

Als Erbgut war auch noch ein Bett da und ein Kasten. Der Pepi sagte, daß er sich für den Kasten interessiere. Ich sollte das Bett bekommen. Und außerdem, sagte er, stünde er vom Grab zurück. Ich fragte ihn, wie er denn das meine. Er sagte, daß ihm das Familiengrab wohl auch zustehe, aber mir als Älterem, ließe er den Vorrang, und das sei auch was. Ob der schlaue Fuchs damals schon wußte, daß das Familiengrab alle sieben Jahre nachbezahlt werden mußte, weil es sonst verfiel?

Bei dem etwas kümmerlichen Leichenschmaus unterhielt ich mich am liebsten mit der Greti, die wieder völlig gesund war. Sie war glücklich in ihrem Glauben und ist es heute noch.

Vier Wochen darauf kam der Pepi zu mir mit einem neuen Fahrrad und fragte mich, ob ich nicht das Bett gegen den Kasten tauschen möchte. Das Bett brauche er jetzt notwendiger, weil er heiraten müsse, sein Mädchen sei eine Damenschneiderin. Ich schaute ihn ganz perplex an.

»Nimm das Bett und behalt den Kasten«, sagte ich. »Ich werd schon einmal auch zu etwas kommen.«

So einfach ist das, wenn nichts zu erben da ist. Da gibt es keinen Streit, und keines braucht Angst zu haben, daß es zu kurz kommt. Keinerlei Feindschaft. Ein Sprichwort sagt ja: »Wenn du die Menschen kennenlernen willst, dann lasse sie erben.« Ich habe das später noch zur Genüge kennengelernt.

Jetzt hatte ich gar nichts mehr. Nur noch das Elterngrab im Westfriedhof zu München. Man kann aber auch zufrieden sein, wenn man nichts hat. Man muß nur denen nicht neidig sein, die viel haben. Die haben nämlich auch ganz schön ihre Sorgen, die Reichen. Man sieht da bloß nicht so hinein. Entweder sie sind nicht recht gesund, ein Kind ist kränklich, geschäftliche Sorgen, die schlaflose Nächte bringen.

Schlaflose Nächte hatte ich nicht. Ich konnte tief und traumlos schlafen wie ein Murmeltier, und wenn ich von meiner Damenschneiderin erst um drei Uhr heimkam, dann fiel mir das Aufstehen um vier schon verdammt schwer, und der Alois mußte mich zweimal wecken. Da passierte etwas, das irgendwie entscheidend wurde für mein Leben. Der Alois hatte mich schon zweimal geweckt. Um Viertel nach vier erschien er dann mit einem Schapf Wasser und schüttete es mir übers Gesicht, daß das ganze Bett auch tropfnaß war. Ganz schweigend tat er das und ging wieder hinaus.

Ich trocknete mich ab und ging hinunter in den Roßstall. Der Alois striegelte den Goldfuchs. Wortlos trat ich in den Roßstand, packte ihn bei der Brust und riß ihn heraus. Dann warf ich ihn gegen die Mauer, daß es krachte, und sagte: »Du schüttest mir kein Wasser mehr ins Bett, sonst bring ich dich um.«

Ich hatte nicht mit dem Jähzorn und der Zähigkeit des Fünfzigjährigen gerechnet. Bleich bis in die roten Bartspitzen hinein, sprang er auf und griff nach seiner Messertasche. Ich sah das Messer blitzen und bin heute noch überzeugt, daß er es mir in den Leib gerannt hätte, wenn er dazugekommen wäre. Blitzschnell griff ich nach der Mistgabel und warnte ihn: »Tu dein Messer weg!«

Statt dessen ging er lauernden Blickes, mit gezücktem Messer auf mich zu. Ich holte aus und schlug blitzschnell auf seinen rechten Arm, daß er das Messer fallen ließ, und trat sofort mit dem Fuß darauf. Dann hatten wir uns eineinander verkrallt. Es war kaum zu glauben, wieviel Kraft und Zähigkeit in diesem alternden Fuhrknecht steckte. Ich war flinker, meine Fäuste wirbelten schneller. Flammende Wut war jetzt in mir, und alles, was ich in meinem Knechtleben hatte erdulden müssen, das raste jetzt aus mir heraus. Ich trommelte auf den Alois ein, bis er wortlos und aus Mund und Nase blutend zu Boden ging. Ich kam mir vor, wie von Etwas erlöst, schloß meinen aufgerissenen

Hemdkragen und stand geduckt da, gewärtig, daß der andere mich noch mal anspringen würde. Aber der Alois rappelte sich mühsam auf die Beine, schlich in die Box und lehnte sich gegen den Goldfuchs. Von dort her sah er mich mit einem so merkwürdigen Blick an.

Als der Alois dann gefragt wurde, was mit seinem Gesicht sei, knurrte er bloß, daß er durch's Heuloch von der Tenne in den Stall heruntergefallen sei. Ich sagte auch nichts von unserer Rauferei. Der Schweiger ahnte wohl etwas, denn er schaute mich genauer an, ich hatte ja auch ein paar Kratzer im Gesicht.

Wir arbeiteten den ganzen Tag miteinander und sprachen kein Wort. Sprungbereit, wie ein wildes Tier, kauerte die Feindschaft zwischen uns, und mir war gar nicht wohl. Mir tat es längst leid, aber ob der Alois vergessen konnte? Ich war ihm ja hilflos im Schlaf ausgeliefert in der gemeinsamen Kammer. Am Abend aber brachte der Alois erstmals seinen Mund wieder auf, als wir in der Kammer waren.

»Du bist der erste«, sagte er, »der mich zu Boden gebracht hat.«

Dann öffnete er seinen Kasten und nahm aus einer Schachtel eine von den kleinen Zigarren, wie er sie sonntags zu rauchen pflegte, und gab sie mir. Das wollte bei diesem seltsamen Menschen schon etwas heißen. Hatte es zunächst hergeschaut, als ob es mit uns beiden auf die Dauer doch nicht ginge, so war ich jetzt durchaus bereit, ein weiteres Jahr beim Schweiger zu bleiben. So einen guten Platz hatte ich nämlich noch nie gehabt.

Aber da wurde wieder eine Seite in meinem Lebensbuch gewendet, und diesmal blätterte die Zenzl um, indem sie mir eröffnete, daß ich jetzt das Bauerndienen aufgeben und ein Handwerk erlernen müsse, weil wir sonst nie zum Heiraten kämen. Ich hatte noch nie ans Heiraten gedacht und war völlig überrumpelt von dieser Aussicht. Aber es war ja ganz gut, wenn eins von uns einen stärkeren Willen hatte, und zu verstehen war ihr Plan ja auch, denn sie war um zwei Jahre älter als ich und wollte endlich einen Ehering.

Es war schon Spätherbst, als sie mir das sagte, vor Lichtmeß wollte ich aber unter gar keinen Umständen den Schweiger im Stich lassen, gerade jetzt, wo es so viel Arbeit gab. In Zinneberg wurden nämlich Tausende von Bäumen geschlagen, ganze Wälder wurden abgeholzt, die eine Firma Klöpfer und König gekauft hatte. Von Niederbayern kam ein gewisser Spiegl mit zwölf Rössern herauf, abgemagerten, dürren Kleppern, mit denen er die Stämme herausschleifte und zur Bahnstation nach Glonn fuhr. Es war geradezu Hochbetrieb. Was dieser Spiegl konnte, das konnten andere auch. Das sagte wenigstens der Alois zum Schweiger, und wir schleiften auch Bäume und brachten sie zur Bahn. Der Winter fiel in diesem Jahr mit aller Strenge schon bald herein. Um sechs Uhr, wenn wir einspannten, war noch stockdunkle Nacht, und es war so kalt, daß einem die Hände an den Eisenketten pappen blieben. Ja, dieser Winter hatte es in sich. Schneetreiben wehte die Hohlwege in Richtung Kastenseeon zu, und es wurde dann um drei Uhr früh schon mit Schaufeln ausgerückt und geschaufelt, damit wenigstens um sieben Uhr der Postomnibus nach München durchkonnte. Aber das war immer recht lustig, denn es waren da gleich dreißig Mann beisammen, aus jedem Haus mußte einer ausrücken. Es kam zuweilen auch mitten in der Nacht ein Telefonanruf zum Schweiger, den Medizinalrat Dr. Lebsche, den Vater des später so berühmten Professor Lebsche, habe es bei einem Krankenbesuch mit seinen zwei Ponys eingeschneit. Dann rückten wir auch aus und schaufelten ihn frei, ohne viel Worte drum zu verlieren.

Um Weihnachten herum ging ich, weil die Zenzi nicht aufhörte, zum Maurermeister Braun und fragte, ob ich bei ihm das Maurern lernen könne. Er war nicht abgeneigt, weil er ja wußte, daß ich ein guter Arbeiter war. Er sagte aber, das hänge von der Witterung ab und es könne unter Umständen Ostern werden, bis man am Bau wieder anfangen könne. Eine harte Geburt war es für mich, dem Schweiger zu sagen, daß ich zu Lichtmeß nicht bleiben könne, weil ich Maurer werden wolle und bald heiraten müsse.

»So, so«, sagte er bloß, schaute eine Weile an mir vorbei zum Himmel hinauf und nickte dann. »An seinem Glück soll man niemanden hindern.« Er lächelte dabei so sonderbar, als glaube er nicht an mein Glück. Ganz glaubte ich auch nicht daran, und ich hatte schon Zweifel, ob es mir jemals wieder so gut gehen würde wie jetzt. Aber ich hatte a gesagt und mußte nun auch b sagen. Die Frage war nur, was ich von Lichtmeß bis Ostern treiben sollte, bis es beim Bau anging. Ich konnte doch nicht einfach nichts tun. Aber diese Sorge war unbegründet, denn Arbeit gab es damals in Glonn in Hülle und Fülle. Ich ging zunächst auch unter die Holzknechte, arbeitete mit ihnen im Akkord und verdiente recht gut, allerdings mußte ich jetzt ein Zimmer bezahlen und in der Wirtschaft essen. Ich konnte mich nicht mehr einfach hinter den reichlich gedeckten Tisch beim Schweiger setzen, und zum erstenmal begriff ich, warum der Schweiger so sonderbar gelächelt hatte. Ich wurde dann Baumfahrer beim Spiegl, und mein Gemüt erheiterte sich wieder ein bißchen, weil das Frühjahr heranrückte.

An einem Tag nun, so Mitte März, regnete es nicht nur, sondern es schüttete direkt vom Himmel. So und nicht anders mußte es sein, wenn der Spiegl eine Feierschicht gestattete. Wir hockten in der Wirtschaft, einige spielten Karten, ich beschäftigte mich mit der Zeitung. Da fiel mein Blick plötzlich auf ein kleines Inserat, ich starrte wie hypnotisiert darauf:

»Oberbayerisches Bauerntheater sucht für seine Tournee junge Burschen im Alter von 20–25. Bedingung: Beste Kenntnisse im Schuhplatteln, saubere, oberbayerische Tracht und gutes Auftreten, sowie guter Lerner für kleinere Rollen. Eilangebote mit Bild an Direktor Bruno Müller, z. Zt. Annweiler, Rheinpfalz, Hotel Schwan.«

»Des packst, Hansä«, sagte ich mir. Das war der Wink des Schicksals. Land und Leute müßte ich kennenlernen, hatte der alte Hias gesagt. Nun bot sich Gelegenheit dazu. Heiraten konnte ich später, die Zenzi lief mir sicher nicht davon. Nur mit dem Bild haperte es. Ich hatte keins. Aber ich wußte mir schon zu helfen, denn ich hatte eines von einem Trachtenkameraden.

Ein schönes Bild sogar. Über der kurzen Lederhose baumelte die Talerkette am Bauch, die graue Trachtenjoppe hing ihm lose über der Schulter. Einen Fuß auf einen Felsbrocken gestellt, in der Hand einen langen Bergstecken, so schaute der Eduard mit scharfen Blick zu den Bergen hinauf. Er war in meinem Alter, hatte ungefähr meine Größe, bloß auf der Oberlippe hatte er ein kleines, schwarzes Bärtchen. Aber an dem konnte es nicht scheitern, meinte ich. Ich lernte spielend, und schuhplatteln konnte ich besser, als es nötig gewesen wäre. Ich hatte inzwischen verschiedene Preise im Schuhplatteln erworben.

An diesem Abend ging der Brief mit dem Bild noch an den Direktor Müller ab, und ich wartete auf Antwort. Es kam in der ersten Woche keine und in der zweiten Woche auch nicht. So begrub ich meine Hoffnungen und schickte mich drein, gleich nach Ostern beim Maurermeister Braun als Maurerhandlanger zu beginnen. Ich hatte mir bereits ein Maurergewand gekauft, Hammer und Kelle. Ich war bloß froh, daß ich keinem Menschen von meinen Theaterplänen etwas erzählt hatte. Das wäre jetzt eine schöne Blamage gewesen!

Am Karsamstag – wir spannten Samstags immer etwas früher aus, und ich fuhr mit dem Fünfuhrzug von Mosach nach Glonn herein – wer steht da am Bahnhof mit einem Telegramm? Meine Braut, die Zenzi. Das Telegramm war am Morgen schon gekommen, aber der Postbote wußte nicht, wo ich anzutreffen war, und brachte es findigerweise der Zenzi. So bekannt war es schon, daß wir miteinander gingen. Mich wunderte nur, daß die Zenzi das Telegramm nicht aufgemacht hatte. Vielleicht dachte sie, das dürfe man nicht tun, wenn man noch nicht verheiratet ist.

Ich riß das Telegramm gleich auf. Mein Herz krampfte sich zusammen vor Freude oder vor Schreck, als ich las:

»Bitte eintreffen in Annweiler Ostersonntag 3 Uhr. Müller.«

Und das am Karsamstag nachmittag um fünf Uhr! Die Zenzi fragte gleich, ob jemand gestorben sei. Als ob man nicht auch aus anderen Gründen ein Telegramm bekommen könnte! Ich sagte, ich würde es ihr später sagen, jetzt müßte ich mich erst einmal waschen und umziehen. Währenddessen kaufte sie noch etwas ein, und ich kaufte auch schnell noch drei weiße Hemden, ein paar Trachtenstrümpfe, einen Adlerflaum für meinen Hut und ein paar Silbertaler für meine Uhrkette. Es riß mir einen ganz schönen Batzen Geld weg, und ich lief auch noch schnell zum Bahnhof und fragte, was die Fahrt nach Annweiler koste und wann ich am Ostermontag aus München wegfahren könnte, denn am Ostersonntag dort einzutreffen, das war einfach unmöglich. Dazu hätte ich das Telegramm schon am Vormittag bekommen müssen. Dann brachte ich die Zenzi heim. Als wir unsere Räder über den Wetterlinger Berg schoben, blieb ich stehen und sagte ihr, die schon beleidigt war, weil ich ihr bisher noch nicht gesagt hatte, was in dem Telegramm stand:

»Paß einmal auf, Schnackerl«, sagte ich. Zu meiner Jugendliebe hatte ich immer Herzerl gesagt. Zur Zenzl sagte ich Schnackerl oder Butzerl. »Laß dir sagen, Schnackerl, in dem Telegramm steht, daß ich zum Theater muß. Und zwar in die Rheinpfalz.«

Sofort fing sie zu weinen an. Vielleicht dachte sie, daß sie mich mit Tränen umstimmen könnte, aber mein Entschluß war eisenhart. So setzte ich also zu einer großen Rede an, trumpfte ganz gewaltig auf, wieviel man beim Theater verdienen könnte, und daß ich nach einem Jahr mit viel Geld heimkäme. Dann könnten wir gleich heiraten. Ob sie es geglaubt hat, weiß ich nicht, auf alle Fälle hörte sie zu weinen auf und meinte nur, ich hätte es ihr früher sagen müssen, dann hätte sie mir noch ein paar Hemden genäht. Ja, so war sie, ein Prachtstück. Sie machte mir dann noch Rühreier mit Salat, und wir plauderten die halbe Nacht von unserer Zukunft. Nein, ich hatte wirklich nicht die Absicht, sie aufzugeben, denn ich hing sehr an ihr, weil sie so fleißig war und so treu.

Als der Morgen graute und der Hahn mit hellem Schrei den Ostermorgen begrüßte, nahm ich mein Fahrrad aus dem Schupfen und fuhr heim.

Am Ostersonntag ging ich in die Frühmesse zum Beichten

und Kommunizieren, sagte dann ein paar Spezln vom Trachtenverein, daß ich zu einer weltbekannten Bühne ginge, und lud sie ein, nachmittags zum Lanzenberger zu kommen, um ein bißchen Abschied zu feiern.

Wir waren etwa fünfzehn Leute, und die Zenzi war natürlich auch dabei. Meinen grünen »Kufer« wollte der Eduard mir am Dienstag mit der Bahn nachschicken, weil man an den Osterfeiertagen kein Stückgut aufgeben konnte. Im Kufer waren auch meine Werktagskleider, denn wenn das mit dem Theater nicht klappen sollte, wollte ich auf die Walz gehen. Reumütig umgekehrt wäre ich auf keinen Fall. Das hätte mein Stolz nicht zugelassen. Im Innern des Kuferdeckels hatte ich mit Reißnägeln ein Bild von der Zenzl befestigt, direkt neben der Rosl, so daß ich sie alle zwei anschauen konnte, wenn ich in der Ferne weilte. Mein Reisegepäck bestand aus einem prall gefüllten Rucksack und einer großen Pappschachtel mit der Aufschrift »Flammerseife«. Ich bezahlte jedem, der zu meinem Abschied gekommen war, zwei Weißwürste und eine Maß Bier. Wär ja noch schöner, wo sie mir so gute Kameraden gewesen waren und wo ich sie doch jetzt verlassen mußte, um in der weiten Welt draußen viel Geld zu verdienen. Dann begleiteten sie mich zum Bahnhof. Beim Wienhardt blieb ich stehen und ging mit der Zenzl in die Wagenremise, weil ich ihr doch am Bahnhof kein Bußl geben konnte vor all den vielen Menschen. Ich stellte meine Pappschachtel zu Boden und umarmte die Zenzl. Sie weinte wieder, und ich heulte auch ein bißchen mit. Mir war auf einmal recht schwer ums Herz. Aber der Drang nach der Ferne war zu stark, als daß mir zu Bewußtsein gekommen wäre, daß dies ein Abschied für immer sein könnte.

Aber er war es. Ich sah die Zenzl in späteren Jahren noch ein paarmal. Wir sind uns nie bös gewesen. Kürzlich, bei einer Beerdigung, zu der ich gehen mußte, sah ich sie auch wieder. Ein altgewordenes Weiberl stand auf der andern Seite des Grabes. Sie lächelte zu mir herüber und ich zu ihr. Die Erinnerungen grüßten uns, und wir hielten stumme Zwiesprache.

Ich weiß es noch wie heute, wie sie mir alle nachwinkten, als der Zug die Station verließ. Ich winkte auch, und erst als ich gar nichts mehr sah als links und rechts des Bahngleises den Wald, da wollte etwas wie Angst in mein Herz schleichen. Angst vor dem Unbekannten, das mich erwartete. Doch es gab kein Zurück mehr, ich hatte den Sprung gewagt. So kam ich nach München, erkundigte mich im Hauptbahnhof, wann am nächsten Morgen mein Zug fuhr, und begab mich dann in die Kesselbergstraße. Die schauten nicht schlecht, als ich sagte, daß ich zum Theater ginge, und die Greti fragte mich gleich, ob ich heute, am Ostermorgen, zur Kommunion gegangen sei. Das konnte ich mit gutem Gewissen bejahen. Ich blieb dort über Nacht, und am andern Morgen machte ich mich schon um fünf Uhr auf den Weg zum Hauptbahnhof. Nachdem ich meine Fahrkarte gekauft hatte, besaß ich noch genau neun Mark und achtzig Pfennige.

Der Zug fuhr ab, und je weiter ich hinauskam, desto wehleidiger wurde mir ums Herz. Der Ostermontag lag mit allem Sonnenglanz über dem morgendlichen Land. Aber was war das für ein Land! Alles eben, kein Berg in blauer Schönheit, kaum ein Wald. Das konnte ja sauber werden. In Augsburg nagte bereits das Heimweh in mir. Der Zug hielt hier zum erstenmal, und ich hörte Kirchenglocken. Aber ihr Klang reichte bei weitem nicht an den der Glonner Kirchenglocken. Ich hatte richtige Sehnsucht nach dem Marktflecken. Ich schloß die Augen und sah alles vor mir. Das Schweigerhaus im Glanz der Morgensonne, alle Dächer des Marktfleckens waren von diesem Gold überflutet, die Wälder dampften, die Glonn plätscherte traulich dahin, und ich sah die Zenzl daheim auf der Hausbank sitzen und weinen. Das waren Marter, von denen ich bisher noch nichts gewußt hatte. Zum Glück wurde die Landschaft dann wieder lieblicher, und ich sagte mir: Du hast es so gewollt, jetzt werde bloß nicht schwach. Die Welt, in die du jetzt hineinfährst, verträgt nichts Schwaches, da muß man stark sein und allem mit fester Entschlossenheit begegnen, sonst gehst du unter. Das alles nahm ich mir jetzt fest vor.

Als der Zug in Stuttgart einfuhr, wo er etwa zehn Minuten

Aufenthalt hatte, packte mich plötzlich ein Schreck. Es fiel mir ein, daß ich ja gestern schon hätte eintreffen sollen. In meiner Ratlosigkeit fragte ich einen Herrn, der auf dem Bahnsteig stand und mit einer Dame am Zugfenster redete, wo man ein Telegramm aufgeben könne und wie man das mache. Der Herr sah auf seine Armbanduhr und sagte:

»Dazu werden Sie kaum mehr kommen. In zwei Minuten fährt der Zug ab. Was wollten Sie denn telegraphieren?«

»Bloß ein paar Worte«, sagte ich. »Bloß, daß ich heute um drei Uhr in Annweiler eintreffe. Und meinen Namen halt.«

Glück muß man haben. Der freundliche Herr sagte, daß er das für mich besorgen wolle, es würde vielleicht zwei Mark kosten. Die gab ich ihm und hatte nun noch sieben Mark achtzig.

In meinem Abteil hatten inzwischen ein Herr und eine Dame Platz genommen, bis jetzt war ich allein gewesen. Ich hoffte auf eine Unterhaltung, aber die zwei waren recht wortkarg und gafften mich in meiner Gebirgstracht an, als sei ich ein Wesen von einem anderen Stern. Doch schließlich fragte die Dame, ob ich aus den Bergen käme. Direkt vom Berg herunter, flunkerte ich, obwohl Glonn bloß neunhundert Meter über dem Meer liegt. Ich erzählte ihnen von den steilen Schrofen und von den Kaminen, durch die ich schon geklettert sei, und daß mich einmal ein Adler angegriffen hätte. Die beiden lächelten nur immer, und einmal küßte der Herr der Dame die Hand. So was Blödes, dachte ich mir, wozu hat denn die ein Goscherl?

Auf einmal verspürte ich Hunger. Ich schnürte meinen Rucksack auf und nahm eine von den sechs roggenen Schmalznudeln heraus, die mir die Mutter der Zenzl mitgegeben hatte. Ich biß herzhaft ab, und die Dame fragte mich erstaunt, was denn das sei. Eine Schmalznudel, sagte ich und fragte, ob sie vielleicht einmal abbeißen möchte.

»Vielen Dank«, sagte sie, »wir gehen in den Speisewagen.« Ob ich auf ihren Koffer aufpassen würde. Ich glaube, der hat gegraust vor der Schmalznudel, weil ich schon abgebissen hatte.

Als sie nach einer langen Zeit vom Speisewagen zurückkamen, dachte ich, daß mir ein Teller Suppe und ein paar Würstl auch nicht schaden könnten, und ich fragte, ob sie jetzt auf meinen Rucksack und meine Pappschachtel aufpassen könnten. Im Speisewagen setzte ich mich an ein Tischchen. Aber als ich die Preise auf der Speisenkarte las, bin ich gleich wieder aufgestanden. Ich hielt mich aber noch eine Zeitlang auf der Plattform auf, damit die beiden nicht meinten, ich hätte mir nichts zu essen kaufen können. Der Herr fragte, ob es mir geschmeckt habe, und ich sagte ja, aber ein bißl zach sei das Schnitzel gewesen. »Ach«, sagte die Dame darauf, »dieser bayrische Dialekt ist doch so süß. Darf man fragen, was Sie für einen Beruf haben?« Darauf lehnte ich mich zurück und antwortete kühn: »Schauspieler!«

»Ach nein!« flötete die Dame. »Das ist interessant! Vielleicht gar beim Schlierseer Bauerntheater? Wir waren voriges Jahr im Urlaub dort. Wie hat doch das Stück gleich geheißen, das sie spielten? Weißt du es noch, Max?«

»Der Herrgottsschnitzer von Ammergau«, wußte des Max Bescheid.

»Da hab ich den Muckl gespielt«, sagte ich, weil ich das Stück kannte, fügte aber gleich hinzu, daß ich nicht bei den Schlierseern sei, sondern bei den Tegernseern. Wir gastierten zur Zeit in der Rheinpfalz, ich hätte nur vierzehn Tage Urlaub gehabt, aber nun rufe halt leider wieder die Pflicht.

Wie die auf einmal freundlich waren, weil sie einen »Schauspieler« vor sich hatten! Der Herr bot mir sogar eine Zigarre an, auf die mir dann bald schlecht geworden wäre, weil ich damals kaum rauchte, Zigarren schon gleich gar nicht. In Germersheim stiegen sie aus und gaben mir die Hand. Dort sah ich zum erstenmal den Rhein und französische Soldaten, denn damals war das Rheinland noch von den Franzosen besetzt.

Punkt drei Uhr hielt der Zug in Annweiler. Das ganze Oberbayerische Bauerntheater war zum Empfang erschienen, ein Mann und vier Damen, alle in der Tracht. Der Herr am rechten Flügel war der Direktor selber. Die stattliche Dame neben ihm war seine Frau. Dann kam eine schmale, dürre, Frau Noll, und zwei junge, sehr schöne Mädchen, die Töchter der Familie Müller. Sie sahen sich verdutzt an, denn da kam ja ein ganz anderer daher als der, dessen Foto sie hatten. Auch über meine Pappschachtel und meinen Rucksack hatten sie verstohlen zu lächeln. Aber ich merkte das und atmete auf, als die Frau Direktor sagte, sie freuten sich, daß ich gekommen sei, und es sei gut gewesen, daß ich das Telegramm geschickt hätte, sonst hätten sie nicht gewußt, wie sie dran wären, weil ich doch gestern schon hätte kommen sollen.

Ich sagte, daß ich das Telegramm erst am Karsamstagabend erhalten hätte und bei bestem Willen nicht früher hätte eintreffen können. Das große blonde Mädchen mit der Gretchenfrisur, die noch schöner war als ihre kleinere Schwester mit dem Bubikopf, stellte sich jetzt neben mich und nahm Maß, ob ich in meiner Größe als Partner zu ihr passe. Dann gingen wir ins Hotel, ich weiß nicht mehr wie es hieß. Du meine Güte! In so einem vornehmen Hotel war ich noch nie gewesen. Alle Tische waren weiß gedeckt, und ein Mädchen in weißem Schürzchen und Häubchen fragte mich, was ich zu trinken wünsche.

Ich hatte einen Riesendurst und Hunger erst recht. Aber der Herr Direktor sagte, daß wir zuerst aufs Zimmer gehen müßten. Das Zimmer war so groß wie beim Lanzenberger in Glonn das Nebenzimmer. Hier gab mir dann der Herr Direktor gleich ein Rollenbüchl. Es hieß »Jägerblut« von Benno Rauchenegger. Jetzt sei es halb vier Uhr, sagte er. Ich solle den »Hias« lernen. Um sechs Uhr sei Probe auf der Bühne, und bis um acht Uhr müßte ich meine Rolle soweit gelernt haben, daß ich sie spielen könne. Nur den ersten Akt brauche ich zu lernen, die Auftritte im vierten Akt nicht. Er fragte mich, ob ich mir das zutraue. Daraufhin schaute ich ihm markig in die Augen und sagte:

»Da wirst du schaun, Bruno, wie ich dir den Hias hinlege!«

Er zog die Augenbrauen zusammen, als empfinde er einen körperlichen Schmerz. »Hier wird eigentlich nicht geduzt.«

Ich fand das recht komisch. Waren wir denn nicht alle Bayern, trugen wir nicht die gleiche Tracht, dienten wir nicht dem gleichen Volkstum? Als er mich allein gelassen hatte, setzte ich mich auf das breite Bett und las die Sätze durch, die ich bis sechs Uhr lernen sollte. Wenn das nur gut ging! Vor allem irritierte mich, daß in dem Stück mindestens zwölf Personen hätten spielen müssen. Sechs waren wir aber nur, denn ich hatte niemand anders mehr gesehen.

Der Hunger meldete sich wieder, und ich ging in das Gastzimmer hinunter, bestellte mir ein Bier und einen Aufschnitt. Das kostete einsachtzig, und ich hatte jetzt noch genau sechs Mark. Wie das weitergehen sollte, das wußte ich nicht. Zahlte man hier die Gage vielleicht erst am Wochenende aus oder gar am Monatsende, dann saß ich sauber da! Ich hätte doch gestern früh beim Lanzenberger die vielen Weißwürste nicht bezahlen sollen. Was? War das erst gestern früh gewesen? Ich meinte, es lägen schon Wochen dazwischen.

Da fiel mir das Plakat in die Augen, das im Gastzimmer hing. Ich stand auf und las es:

»Original Oberbayerisches Bauerntheater
Direktion: Bruno Müller.
Zur Aufführung gelangen Stücke von Ganghofer, Ludwig
Thoma, Anzengruber, Geinz, Schönherr, Rauchenegger usw.
Regie: Direktor Bruno Müller.
In den Zwischenpausen: Harfenkünstler
Direktor Bruno Müller.
Dem freundlichen Besuch sieht entgegen:
Direktor Bruno Müller.«

Gleich viermal Direktor Bruno Müller. Mein Respekt stieg ganz gewaltig. Dann ging ich auf mein Zimmer und büffelte wie ein Irrer, sprach die Sätze laut vor mich hin, ging dauernd in dem großen Zimmer auf und ab, stellte mich vor den Spiegel, probierte Gesten und schrie mich selber an. Um sechs Uhr klopfte es an die Tür, ich solle zur Probe kommen. Um sechs war ich sonst zum Roßfüttern gegangen, jetzt ging ich zu einer Probe. Das Gasthaus mit dem Saal lag etwa hundert Meter weiter weg. Der Saal war im ersten Stock, und was jetzt passierte, hätte mich zum Lachen reizen können, wenn meine Lage es erlaubt hätte: Der Herr Direktor spielte den Förster, seine Frau die Försterin, die Frau Noll in Hosenrollen den Liebhaber und Förstersohn Learl, die Tochter Hanni den Bader Zangerl (eine Glanzrolle übrigens vom Terofal und Konrad Dreher, der mit dieser Rolle selbst den Kaiser einmal zum Lachen brachte), die Tochter Mizzi spielte die Sennerin Loni und ich den Wildschütz Hias. Ich konnte meine Rolle auswendig, und das war zunächst einmal die Hauptsache. Sollte ich da an eine Schmiere geraten sein? Aber das machte mir auch nichts aus, denn selbst große Schauspieler haben bei der Schmiere begonnen.

Nach der Probe sagte der Direktor:

»Jetzt passen S' einmal auf, junger Mann. Wenn um sieben Uhr die Kasse eröffnet wird, dann reißen Sie die Billetts ab und führen die Herrschaften, die numerierte Plätze haben, recht galant zu ihren Plätzen. Das können Sie doch, nicht, junger Mann? Und wenn es dann das erstemal klingelt, dann gehen Sie hinter die Bühne zum Schminken. Also, nun frischauf, junger Mann!«

Die Frau Direktor saß mit zwei Tellern an der Kasse. Ich riß auftragsgemäß die Eintrittskarten ab und führte die Besucher zu ihren Plätzen. Beim ersten Klingelzeichen ging ich hinter die Bühne, alles tat ich so, wie man es angeordnet hatte.

Die Frau Noll mußte mich schminken. Warum eigentlich? Ich war sowieso ein so sauberes Bürscherl. Aber das gehörte halt zum Theater. In den Zwischenpausen spielte der Herr Direktor Harfe. Das konnte er meisterhaft. Zum Schluß des Stückes kam dann ein Schuhplattlertanz und noch einer und immer noch einer, weil die Leute nicht aufhörten zu klatschen. Den einfachen Steyrer und den zweifachen Steyrer mußten wir erst noch einüben. Ich konnte das schon, aber ich wußte nicht, wie die Mädchen drauf eingingen.

Nachdem der Vorhang endgültig für diesen Tag gefallen war, saßen wir in der Garderobe und schminkten uns ab. Da sah ich, wie der Direktor der Frau Noll fünf Mark hinlegte. Gab er mir vielleicht auch gleich am ersten Abend Geld? Tatsächlich, er kam auf mich zu, legte mir auch fünf Mark hin und sagte: »Sie haben Ihre Sache recht nett gemacht. Über alles andere sprechen wir morgen.«

Da war der Himmel für mich mit einem Schlag wieder ganz seidenblau. Meine erste Gage! Fünf Mark für ein paar Sätze! Dafür hatte ich bisher eine ganze Woche arbeiten müssen.

Aber irgendein Pferdefuß mußte schon dabei sein. So leicht verdiente man das Geld ja auch nicht, ohne daß man sich körperlich anstrengte.

In dieser ersten Nacht in der Fremde träumte ich von Glonn. Ich fuhr wieder durch die heimeligen Gassen und schnalzte mit der Peitsche die ganzen Triangel herunter, wie ich es vom Alois gelernt hatte. Was wäre denn ein richtiger Fuhrknecht, wenn er sich nicht aufs Peitschenknallen verstünde! Der Gemeinderat hatte das zwar untersagt, weil sich ein paar Sommerfrischler beschwert hatten und nicht um sechs Uhr in der Früh aus dem Schlaf geknallt werden wollten. Ich fuhr die Straße zum Sägwerk Kristlmüller dahin, vorbei an dem kleinen Bauernhaus, wo eine Tafel angebracht war, auf der stand:
»In diesem Hause ist
geboren worden Lena Christ.«

Ich hielt an der Mühle, und mein Trachtenkamerad Wastl, der dort Müllerbursche war, kam heraus und sagte, daß er sechs Forellen an der Angel gehabt habe, und ich solle am Abend kommen, dann äßen wir sie. Aber gerade als ich der ersten Forelle die Gräten herausnahm und sie mir schön zurechtlegte, wachte ich auf. Es war vier Uhr in der Früh. Im Hotel war alles noch totenstill. Aber ich konnte doch unmöglich noch im Bett liegen bleiben, wenn es schon vier Uhr war. Ich zog mich also an und ging hinunter. Aber es war niemand da. Zum Glück war bei der hinteren Haustür nur der Riegel vorgeschoben, und ich trat ins Freie.

War das ein Morgen! Hinter dem Trifels stieg gerade die Sonne hoch, und die Wälder ringsum begannen im Morgenlicht

Im Gespräch mit Luis Trenker

Am Arbeitstisch

Familie Ernst
(von links nach rechts):
Tochter Gerda,
Sohn Hans-Peter,
Frau Ernst,
Enkelin Monika,
Hans Ernst,
im Vordergrund
der Enkel Hans

*Bei einer weihnachtlichen Lesung
im Kurhaus Bad Aibling*

Jung gelernt — alt gekonnt

zu leuchten. Über die Weinberg ging ein feines Lichtgezitter, und alles blühte hier heraußen in Annweiler schon. Langsam ging ich auf einen einsamen Feldweg dahin, blieb dann vor einem alten Mutterl stehen, daß trotz der frühen Stunde schon in ihrem Weinberg harkte. Ich wollte ein Gespräch mit ihr beginnen, aber es stellte sich bald heraus, daß sie meinen Dialekt nicht verstand und ich den ihren nicht. Am liebsten hätte ich auch eine Harke genommen und ihr geholfen. Aber sie hatte keine zweite dabei. Um sechs Uhr war ich dann wieder im Hotel, hatte einen fürchterlichen Hunger und dachte an meine Kaffeeschüssel beim Schweiger in Glonn, in die die Anni mir immer den dicken Rahm hatte hineinlaufen lassen. Erst um acht Uhr kamen die anderen Theaterleute herunter, und ich bekam endlich ein Frühstück. Hernach nahm mich der Direktor mit in den Saal hinauf, wo wir am Abend gespielt hatten, und eröffnete mir folgendes:

»Also, damit Sie im Bild sind, Hans, ich werde als Herr Direktor angesprochen und meine Frau als Frau Direktor. Innerhalb meiner Truppe gibt es kein Du. Sie bekommen am Tag fünf Mark, wenn nicht gespielt wird vier Mark, und sonntags, wenn nachmittags eine Kindervorstellung ist, gibt's sieben Mark. Damit Sie wissen, was Sie im Hotel zahlen müssen – ich handle das immer jeweils persönlich aus – Zimmer mit Frühstück 1.20, Mittagessen 0.80 Mark. Abends müssen Sie selber sehen, wie Sie zurechtkommen. Und noch was: Ich dulde keine Liebschaften meiner Leute in dem jeweiligen Hotel, in dem wir wohnen. Das wäre also zunächst einmal alles. Um zehn Uhr proben Sie dann mit meinen Mädeln den Dreisteyrer. Und hier haben Sie das Rollenbuch vom ›Jäger von Fall‹. Da schreiben Sie sich den ›Blasi‹ raus und lernen die Rolle bis zum Samstag. Wenn man nämlich die Rolle abschreibt, hat man sie schon halb im Kopf.«

Damit hatte er recht. Wir hätten das Stück am Freitag schon spielen können. Meine Rolle saß. Aber am Mittwoch und Donnerstag spielten wir auswärts »Jägerblut«. Abstecher nannte man das. Und am Samstag ging dann »Der Jäger von

Fall« über die Bretter. Diese Rolle des Huisenblasi hatte mir Ganghofer scheinbar auf den Leib geschrieben. Ich spielte die Rolle im Lauf der Jahre an die zweihundertmal, immer mit der gleichen Lust und Leidenschaft. Am Donnerstag war übrigens mein »Kufer« auch angekommen, und ich sperrte gleich den Deckel auf, um meine zwei Mädchen wiederzusehen, die Rosl und die Zenzl. An die beiden hatte ich gleich am Dienstag eine Karte geschrieben und als Beruf Schauspieler angegeben. Die Zenzl wußte das ja schon, aber die Rosl sollte jetzt nur auch erfahren, was aus mir geworden war.

Die ersten Wochen vergingen dann mit Rollenabschreiben und Lernen. Ich rannte viel in den herrlichen Laubwäldern umher, und immer wieder zog es mich hinauf zu den drei Burgen, die den Bergrücken krönten. Ich lernte immer laut und mit den entsprechenden Gesten dazu. Einmal begegneten mir ein paar Damen, die ich nicht rechtzeitig gesehen hatte. Ich ging dann stumm an ihnen vorbei, aber als ich mich dann doch umdrehte, tippte die eine gerade mit dem Zeigefinger an ihre Schläfe und sagte zur anderen: »So jung noch und schon plemplem.« Und die andere sagte dann: »Vielleicht ist er irgendwo ausgesprungen?«

Ja, ausgesprungen war ich schon, aus dem Bauernleben nämlich. Mitten hinein in ein sonniges Leben, in dem überhaupt keine Wolken waren. Aber sie sollten schon noch kommen, ganz schwere, dunkle Wolken sogar. Übrigens hatte mir wieder einmal die Göttin Fortuna bei der ganzen Sache nicht bloß ein Lächeln gezeigt, sondern ein ganz breites Lachen. Dieses Bauerntheater mit dem vierfachen Direktor hatte mich nämlich gar nicht haben wollen und hatte bereits einen andern engagiert. Der hatte sie aber ausgeschmiert und war nicht gekommen. In ihrer Not griffen sie halt nach mir, obwohl ich ihnen mit dem dunklen Lippenbärtchen gar nicht gefallen hatte. Sie hatten übrigens gleich gemerkt, daß ich nicht der war, den das Bild zeigte. Aber sie sagten nichts. Mir hat das die Frau Noll erzählt, aber beim Kennenlernen auf dem Bahnhof hatten ihnen gleich meine blauen Augen gefallen.

Der Herr Direktor hatte übrigens auch blaue Augen, keine bayerischblauen allerdings, sondern thüringerischblaue. Ida, seine Frau, stammte auch aus dem Thüringer Wald, die Frau Noll aus Neuburg an der Donau, so daß eigentlich ich der einzige Altbaier war bei diesem Oberbayerischen Bauerntheater. Der Herr Direktor Bruno Müller war ein stattlicher Mann, ging allerdings schon auf den Fünfziger zu, und Liebhaberrollen standen ihm nicht mehr recht an. Die Mizzi spielte die Liebhaberin, und als Vater durfte er ja seine Tochter küssen. Ich durfte das nicht, sondern mußte es nur andeuten. Obwohl ich nie aus dem Mund gerochen habe, weil ich mir jeden Tag die Zähne putzte. Ja, jetzt hatte ich Zahnbürste und Zahnpasta. Bei den Bauern waren wir bloß mit dem Finger und kaltem Wasser ein bißchen an den Zähnen auf und abgefahren. Ach ja, ich mußte allerhand lernen. Recht schlecht ging es mir am Anfang mit dem Essen. Ich schielte krampfhaft zu den anderen Gästen hin, wie die das machten. Mit der linken Hand die Gabel nehmen und mit der rechten das Messer. Sonst hat man halt sein Fleisch hergeschnitten und denn den linken Arm unter den Tisch hängen lassen. Mit den feinen Manieren haperte es bei mir überhaupt ein bißchen. Ich hatte allerhand nachzulernen, und man sagte mir, daß es nicht anginge, unter den Fingernägeln Trauerränder zu haben. Aber dafür gab es in jeder Wirtschaft Zahnstocher.

So war ich also bei einer Schmiere gelandet. Schmiere und Schmiere sind allerdings zweierlei. Wir zogen ja nicht mit einem Thepsiskarren durch das Land, sondern reisten stets mit der Bahn und wohnten nach Möglichkeit immer im Hotel oder in einem Gasthaus mit Saal. Die Familie Müller war hochanständig und hielt auf Sauberkeit. Es haftete uns durchaus nichts Komödiantenhaftes an. Wir blieben meist drei Wochen auf einem Platz, machten Abstecher, und wenn unser Repertoir abgespielt war, ging es weiter. Das Geschäft ging gut. In diesem Sommer bereisten wir den Schwarzwald, spielten in Kurorten, und ich war wie berauscht von all den Eindrücken, die meine neue Welt zu bieten hatte. Wir spielten mit Leidenschaft und

Hingabe, ich möchte sagen, mit dem Herzen. Wir waren eine zusammengeschweißte Truppe, eins konnte sich auf das andere verlassen, und dieser Truppe habe ich es zu verdanken, daß ich ein richtiger Schauspieler wurde. Wenn ich in der Zeitung erwähnt wurde, war ich recht stolz und schickte der Zenzi solche Ausschnitte, und sie hätte eigentlich merken müssen, daß man aus einem solchen »Vollblutschauspieler« – wie es einmal hieß – keinen Maurerhandlanger mehr machen konnte. In größere Kurorte ließ der Bruno manchmal eine Aushilfe kommen, so daß wir größere Stücke spielen konnten. Ich erinnere mich an einen gewissen Schmied, der sich einbildete, ein großer Mime zu sein. Einmal sagte der Bruno zu mir:

»Hans, Sie bleiben heute an der Kasse sitzen und schaun zu, wie dieser Schmied den Blasi im Jäger von Fall spielt.« Das tat ich sogar sehr gerne, denn ich war ungeheuer lernbegierig und konnte von dem vielleicht noch etwas lernen. Ich verfolgte jede Szene ganz genau. Er spielte seine Rolle ganz passabel, vielleicht in den Gesten ein bißchen anders wie ich. Zum Schluß aber, als der Blasi vom Jäger Friedl zusammengeschossen wurde – er stürzte keineswegs so gekonnt hin wie ich – war ihm sein Hut mit dem Gamsbart vom Kopf gefallen und bis zum Vorhang gerollt. Es war dies ein Vorhang, der von oben herunterrollte. Was tat mein Wildschütz? Er stand noch mal auf als Toter, holte seinen Hut und legte sich wieder hin. Jedenfalls, gelernt hab ich gar nichts von dem. Gerade diese Todesszene konnte ich immer besonders erschütternd spielen. Einmal hatten wir auch eine Schauspielerin mit einem ledigen Kind, einem herzigen dreijährigen, blondlockigen Büberl. Das paßte schon als lediges Kind für die Sennerin Moidl (Mizzi) Müller, die der Wildschütz Blasi hatte sitzenlassen. Der Ida fiel ein, daß man mit dem Buben die letzte Szene noch besonders dramatisch machen könnte. Ich lag also da als Toter, die Sennerin erschien mit dem Kind auf dem Arm und stellte es vor den toten Papa. Der Jäger Friedl stand dabei. Die Bühne tauchte in rotes Licht, im Dorf klangen die Abendglocken. Es war sehr feierlich, zu Tränen rührend. Das Kind mußte die Händchen falten und für seinen erschossenen Papa beten. Ich machte einmal die Augen auf und schaute das Buberl an. Es stand so herzig und so drollig da, daß ich lächeln mußte. Was tat das Buberl? Es zeigte mit dem Finger auf mich und sagt laut und deutlich:

»Ui, da Herr Ernst lacht.«

Die Leute im Saal lachten auch. Nur der Bruno machte ein zorniges Gesicht.

Um diese Zeit, als ich schon ein recht eleganter Mime geworden war, schrieb mir die Zenzi einen Brief. Sie habe jetzt lange genug auf mich gewartet und würde auch noch weiter warten, wenn die Aussicht bestünde, daß ich bald zurückkäme. Es sei nämlich ein Jugendfreund von ihr aus der Schweiz zurückgekommen, ein Stallschweizer, aber den Beruf wolle er aufgeben und etwas anderes anfangen. Simon heiße er, und er sei auch ein Trachtler. Er wäre zu ihr ans Kammerfenster gekommen. Natürlich habe sie ihn nicht reingelassen und würde ihn auch nicht reinlassen, bevor sie nicht wisse, wie sie mit mir dran sei. Aber er habe die ernste Absicht, sie zu heiraten. Ich solle mich also äußern.

Mir fiel ein Stein vom Herzen, denn daß ich nie zurückkehren würde, das wußte ich längst. Ich hatte der Zenzi nur nicht weh tun wollen, weil sie es nicht verdient hatte. Ich grübelte lange an der Antwort herum. Schließlich schrieb ich ihr, daß ihre Nachricht mich zutiefst erschüttert habe. Aber ich könne sie verstehen, sie müsse aber auch verstehen, daß ich meine Truppe jetzt nicht im Stich lassen könne. Wenn es mir auch fast das Herz zerreiße, wolle ich keinen Stein in den Weg ihres Glückes werfen und sie freigeben.

Die Zenzi hat dann ihren Simon geheiratet und fing mit ihm in München ein Obst- und Gemüsegeschäft an. Das war wenigstens etwas Sicheres.

Die Zeit ging beim Wandertheater noch viel schneller dahin als früher. Wir bereisten das Rheinland, die schöne Rheinpfalz, ganz Württemberg und Baden und Thüringen. Nur nach Bayern kamen wir nicht. Und ich hätte doch in Glonn so gerne gezeigt, was ich konnte.

Frau Noll hatte uns verlassen, und es wurde ein Ehepaar Wirth aus Kolbermoor engagiert. Dieser Wolfgang Wirth war ein ausgezeichneter Komiker, seine Frau Anni spielte ihre Rollen auch recht brav. Ich wußte nicht, wo dieses Kolbermoor lag und wunderte mich, daß im Rheinland und in Baden jedermann es wußte. Kolbermoor? fragten sie. Das rote Kolbermoor? Der Wirth Gangerl erzählte mir dann, wie es damals in seinem Heimatort in der Rätezeit nach dem Krieg war. Die Roten wollten Kolbermoor mit Gewalt verteidigen. Sie waren aber gar keine Einheimischen, sondern größtenteils lichtscheues Gesindel von der Sanierungsstation, die zwischen Rosenheim und Kolbermoor lag. Zurückgebliebene Soldaten waren es, Desserteure und Krakeeler, die Kolbermoor bis zum letzten Blutstropfen verteidigen wollten. Bis dann die Weißen kamen und den Bürgermeister und seinen Sekretär erschossen. Unschuldigerweise, wie sich hernach herausstellte. Auf diesem Kolbermoor aber blieb der Makel noch jahrelang haften. Auch unschuldigerweise.

Ich war recht sparsam in dieser Zeit, hielt mein Geld fest zusammen und hatte endlich blanke hundert Mark beieinander. Da sagte mein Direktor, daß er sich einen Trachtenanzug vom Jäger in Miesbach schicken lassen werde, ob ich mir nicht auch einen mitschicken lassen wollte. Die Anzüge waren silbergrau, mit zwei breiten grünen Streifen an der Hose. Wir zogen sie einmal an, als wir nach Germersheim fuhren. Wir gingen an einer Kaserne vorbei, da standen zwei Marokkaner Posten. Als sie uns sahen, standen sie stramm und präsentierten das Gewehr. Ich weiß nicht warum. Aber der Bruno muß es geahnt haben. Wir gingen noch zweimal vorbei, weil dem Bruno das so gut gefallen hatte und mir schon auch. Hernach sagte mein Direktor, daß die uns wohl für höhere italienische Offiziere gehalten hätten. Wegen unserer grünen Hüte mit dem Spielhahnstoß konnten die braven Burschen aus Marokko ohne weiteres annehmen, daß wir Alpinioffiziere wären.

Wir kamen nach Singen am Hohentwiel. Ich erinnere mich an einen Nachmittag, wo ich in meinem Zimmer saß. Es war ein trüber Spätherbsttag. Ich hatte Heimweh, weil ich die Berge schon so lange nicht mehr gesehen habe. Man hat halt manchmal so melancholische Stimmungen. Ich nahm einen Bleistift zur Hand und malte auf ein Blatt Papier: »Jakob Voggtreuter.«

Ich weiß nicht, warum mir gerade dieser Name einfiel. Aber dann schrieb ich weiter. Der erste Satz in meiner Schriftstellerlaufbahn stand auf dem Papier. Er lautete:

»Schneebedeckt lag alles weit und breit. Soweit das Auge schauen konnte, war alles in einen weißen Mantel gehüllt, und dazu raste ein Sturm, als ob das jüngste Gericht anbrechen wollte...«

Der erste Satz von vielen Millionen Sätzen war geboren. Es war ein ganz eigenartiger Augenblick für mich. In einer fremden Stadt, fern meiner Heimat, zwang das Heimweh mich zum Schreiben. Ich ging sofort in ein Geschäft und kaufte mir ein Schulheft, ein dickeres mit schwarzem Einband. Und eine grüne Tinte kaufte ich mir auch, weil ich dachte, daß grün die Hoffnung sei. Dann schrieb ich weiter. In jeder freien Stunde und hauptsächlich in den Nächten. Oft bis vier Uhr in der Früh. Aber das machte nichts, ich konnte ja ausschlafen. Keine harte Bauernfaust schlug mehr an die Tür, und keine Stimme rief: »Zeit ist's!«

Wie ein Rausch hatte es mich erfaßt. Seite um Seite füllte sich, und als es dann Winter werden wollte, hatte ich das erste Heft vollgeschrieben.

In diesem Hotel in Liebenzell saß an einem Tisch immer eine einsame Dame. Sie war nicht gerade eine Schönheit und hatte bei der Nasenverteilung wohl zweimal »hier« geschrien, und das Kinn war ein bißchen zu spitz. Dagegen war ihr Mund schön geschwungen, und ihre Augen hatten einen dunklen, geheimnisvollen Glanz. Sie war mittelgroß und schlank und trug jeden Tag ein anderes Kleid. Manchmal schickte sie Blicke zu mir herüber, so, als suche sie etwas in meinem Gesicht. Eines Tages ließ sie mir durch den Ober ihre Nachspeise bringen und sah mich dabei so bittend an, als hätte sie Angst, ich würde ablehnen. Da wär ich aber schön dumm gewesen, so einen herrlichen Schokoladenpudding abzulehnen, noch dazu, wo wir zu unserem Abonnementsessen keine Nachspeise bekamen. Außerdem hatte ich immer Hunger. Abends aß ich meist zwei Dicke mit Röstkartoffeln, weil das mit sechzig Pfennigen das billigste war. Die Susi in der Küche wußte das schon und tat mir immer besonders viel Bratkartoffeln auf den Teller.

Die Wirths waren zu Weihnachten heimgefahren und nicht wiedergekommen. Wir spielten also um diese Zeit immer bloß zu fünft und auch nicht ganz so oft als sonst. Die Rollen waren hübsch zusammengestrichen, und Doppelrollen waren gang und gäbe. Kenner merkten das natürlich, waren aber trotzdem begeistert von unserer Urwüchsigkeit. Besonders die Schuhplattlertänze fanden großen Anklang und das Harfenspiel vom Bruno auch. Nach den Vorstellungen wurden wir oft eingeladen zu einem Imbiß oder zum Trinken. Das galt aber nicht mir, sondern unseren beiden hübschen Mädchen, auf die ihr Harfenkünstlerpapa aufpaßte wie ein Haftlmacher.

Im Fasching fand in Liebenzell ein Maskenball statt. Da wir an diesem Abend spielfrei hatten, ging ich in meiner Tracht hin, weil ich keine Maske hatte. Mir fiel ein blauer Domino auf. An den zarten Schuhen war zu erkennen, daß es ein weibliches Wesen sein mußte. Und tanzen konnte sie! Wir schwebten nur so dahin, und ich drückte sie fest an mich. Beim dritten Tanz versuchte ich ihr Visier zu lüften, aber sie wehrte sich dagegen. Ich vermutete ein junges und süßes Gesichtl dahinter. Wie ihre Zähne schimmerten hinter diesen roten Lippen! Daß ich die heute noch küssen würde, war mir klar. So schüchtern war ich längst nicht mehr. Ich fragte sie, wie sie heiße und ob sie aus Bad Liebenzell sei. Natürlich duzte ich sie, weil das im Fasching erlaubt ist.

»Das nicht«, sagte sie. »Aber ich heiße Anette. Und du?«
»Hans.«
»Ja, natürlich, ich hab es ja auf dem Programm gelesen.«
Also war sie bei uns im Theater gewesen. Das machte sie mir

noch sympathischer, und vollends liebenswert fand ich sie, als sie sagte, daß wir darauf einen Schampus trinken müßten. Ich schnappte aber gleich wieder zusammen wie ein Taschenmesser, weil ich an die paar Mark dachte, die ich in der Tasche hatte. Ich hatte schon immer so sehnsüchtig auf die guten Sachen geschielt, die sich die Leute im Saal servieren ließen, Steaks, Schnitzel und Rostbraten. Ich hätte meinem Domino nicht einmal eine Knackwurst mit Kraut anbieten können. Und jetzt kam sie auch noch mit Schampus daher! Ich fragte schnell, ob wir nicht wieder tanzen wollten. Aber sie ließ mich nicht mehr aus, hatte mich am Arm gefaßt und zog mich in die Bar, mitten hinein in das gedämpfte Licht. Sie mußte sich schon auskennen in den Sachen, weil sie den Barmixer gleich fragte, welche Sorten er habe, Henkel oder Kupferberg.

Sie bestellte Kupferberg. Der Mixer schenkte die Gläser voll, die Anette ließ ihr Glas an das meine klingen und fragte, auf was wir trinken wollten. Ich sagte: »Auf deine Schönheit«, und sie erwiderte: »Auf alle schönen Stunden des Lebens.«

Zum erstenmal trank ich Sekt. Zuerst meinte ich, der schmecke wie Limonade, aber er perlte ganz anders und belebte. Ich kam ganz schön in Stimmung, und nach dem zweiten Glas legte ich den Arm um die Schultern meines Dominos und sagte: »Netterl, Netterl, an dir hab ich eine Freud, du bist bezaubernd. Wir zwei müßten jetzt eigentlich irgendwo ganz allein sein. Irgendwo in einer kleinen Hütte am Berg, weißt du...«

Sie drehte ihr Sektglas in den Fingern und schaute mich durch die Löcher ihres Visiers an.

»Und was möchtest du dort?«

»Das Gleiche wie du.«

»Du bist allerhand frech«, sagte sie.

»Aber gesund, Netterl.«

Ich wollte sie küssen, aber in diesem Augenblick kam ein Mexikanerkostüm daher, klappte die Absätze zusammen und verbeugte sich vor meinem Domino. Sie hängte sich an seinen Arm und ging mit ihm in den Saal hinaus und sagte, ich solle auf ihre Handtasche Obacht geben. Da zog ich schnell meinen Bleistift und schrieb auf ein Fetzerl Papier:

»Blauer Domino.
Bist als märchenhafter Falter
von mir fortgeflattert, Du,
Deiner Jugend süßes Alter
nahm mir meine Herzensruh.«

Das steckte ich in ihre Handtasche, und als sie zurückkam, sagte sie:

»Wenn der Mexikaner wiederkommt, dann sagst du, daß du es nicht gestattest.«

»Kann man denn das?«

»Natürlich! Er hätte dich nämlich fragen müssen, als er mich zum Tanz aufforderte. Das erfordert der Anstand, und außerdem – er tanzt schlecht.«

Ich fragte sie, ob sie lieber bei mir sei. Sie bejahte das, und das machte mich ungemein froh. Vielleicht spürte ich auch den Sekt schon ein wenig, denn ich hatte vorher schon drei Bier getrunken. Ich wurde auf einmal so anlehnungsbedürftig, ein Drang nach Geborgenheit und Wärme erfüllte mich. Ich sagte ihr das auch. Da streichelte sie meine Wange. Wie einem Kind.

Dann tanzten wir wieder. Das Netterl mußte bezahlt haben, ohne daß ich es bemerkte. Ungeduldig schaute ich immer wieder auf die Uhr, ob es nicht bald Mitternacht sei, die Zeit der Demaskierung. Als es dann so weit war, war mein Domino wie vom Erdboden verschwunden. Mir war, als wäre ich aus dem Himmel auf eine trostlose Erde gefallen.

Ich trank noch ein Glas Bier. Tanzen mochte ich mit keiner anderen mehr, und es ging schon auf zwei Uhr, als ich mich auf den Heimweg machte. Die Nacht war bitterkalt. Aber die Kälte tat meinem erhitzten Gesicht wohl, und ich hätte die halbe Nacht so weitergehen mögen, begleitet von der leisen Traurigkeit, die in mir war.

Langsam stieg ich die teppichbelegte Treppe im Hotel hinauf. Da öffnete sich im ersten Stock eine Tür ganz weit und in

der Lichtquelle stand mein blauer Domino, ohne Visier, stand meine vornehme, stets auf Distanz bewahrende Nachspeislieferantin. Sie hatte den Zettel in der Hand und flüsterte: »Hast du das geschrieben?« Ich konnte vor Verblüffung nichts sagen, und als ich mich gefaßt hatte, rutschte es mir in meinem Dialekt heraus:
»Ja, da verreck doch gleich!«

Sie nahm mich an der Hand, und ausgefroren wie ich war, ließ ich mich gerne in die Wärme ihres Zimmers führen.

Wenn ich an meine eiskalte Mansarde dachte, wollte mich ein Schauern überkommen. Es mußte doch herrlich sein, reich zu sein und sich dies alles leisten zu können. Aber ich würde schon auch einmal reich sein, wenn ich erst meinen Roman geschrieben hatte. Dann wollte ich auch so leben wie das Netterl.

Ich weiß nicht mehr, wann ich in meine Mansarde hinaufgeschlichen bin. Aber das Netterl gab mir ein Buch mit von Knut Hamsun mit dem Titel: »Segen der Erde.« Ich blätterte darin und fand auf Seite vierzehn ganz oben einen Satz unterstrichen: »Er war gierig nach ihr und bekam sie.«

Nicht daß das Netterl gerade diesen Satz unterstrichen hatte, frappierte mich, sondern was Hamsun mit diesem einzigen Satz alles umriß und zu sagen hatte: Nacht, Leidenschaft und Erfüllung. So müßte man auch schreiben können.

Am Nachmittag ging ich mit dem Netterl spazieren. Sie trug einen kostbaren Pelzmantel und fragte mich, ob ich denn keinen Mantel hätte. Nein, ich besaß keinen. Mir war auch nicht kalt, obwohl der Schnee unter unseren Füßen knirschte. Nach einer Stunde gingen wir in ein kleines Kaffee, und dort erzählte das Netterl von sich.

Sie war fünfunddreißig, hatte sich mit ihrem um zwanzig Jahre älteren Mann schon soweit auseinandergelebt, daß sie keinen Ehering mehr trug. Er sei mit Eisen und Stahl verheiratet, mit Häusern und Grundstücken. Mit diesen Dingen lebe er, der Stahlmagnat von der Ruhr. Sonst interessiere ihn nichts. Ihr persönliches Eigentum aber sei der Birkenhof, ein Gut in Friesland, und ein kleines Landhaus an der italienischen Adria. Wohl eine Stunde lang sprach sie, leise und monoton. Sie blätterte ihr Leben vor mir auf wie ein Buch, und zum erstenmal kam mir der Gedanke, daß auch ein materiell gesichertes Leben ganz ohne Sinn und Erfüllung sein kann, wenn man so lebte wie Anette, die immer nur auf Reisen war, wie auf der Flucht vor sich selbst.

»Nun weißt du alles«, schloß sie und fügte hinzu: »Wenn du Lust hast, kommst du zu mir auf den Birkenhof.«

Ich schaute nachdenklich in mein Teeglas und fragte:

»Wieso weißt du, daß ich einmal Pferdeknecht war?«

»Das weiß ich nicht. Aber erzähl mir doch aus deinem Leben.«

Ich sagte, daß es da nicht viel zu erzählen gäbe. Es wurde aber eine ganze Menge, und das Netterl bekam mitleidige Augen, als ich sie in die Not hineinblicken ließ.

»Ich hab gar nicht gewußt, daß es so viel Not gibt. Aber sei ehrlich, recht gut geht es dir heute auch noch nicht. Was ist denn das für ein Leben, das ihr da führt? Du mußt heraus, Bub, aus diesem Milieu!«

Das hätte mich bald beleidigt, weil unser Theater ein künstlerisches Unternehmen war, mein Direktor besaß den Reichskunstschein, mit dem eine Steuerbegünstigung verbunden war. Wenn die Vergnügungssteuer normal 10% betrug, so brauchte er nur 5% an die betreffende Gemeinde bezahlen. Ich fragte das Netterl:

»Du meinst also, daß wir nichts können?«

Das habe sie nicht gesagt. Im Gegenteil, wir könnten sogar sehr viel. Aber ich müßte ganz woanders hin und die zwei Mädchen auch. An eine größere Bühne, weil wir hier keine Entfaltungsmöglichkeiten hätten. Sie nahm meine Hand.

»Bitte, Hans, überleg dir das mit dem Birkenhof.«

»Was soll ich denn dort?«

»Pferdeknecht wirst du nicht sein.«

»Aha! Ich verstehe! Und dein Mann?«

»Die Scheidung wäre eine Angelegenheit von drei Wochen, so wie die Dinge bei uns liegen. Aber ich will dich zu nichts drängen. Überlege dir das in aller Ruhe und bedenke auch, daß ich dich sehr lieb hab.«

Wie einfach sie das sagte, als sei es das Selbstverständlichste auf der Welt. Bloß war ich nicht mehr der unwissende Bauernbub. Ich hatte inzwischen schon eine ganze Menge gelernt, kannte auch schon ein Stück Welt und – die Menschen. Ich fragte sie ein bißchen ungehobelt, ob sie mir sagen könne, wie lange ihre Liebe dauere und wann sie meiner überdrüssig sein würde. Sie hob erschrocken den Kopf und sah mich an.

»Das hättest du nicht sagen dürfen. Was weißt du denn schon von Frauen und wie einsam sie sein können.«

»Kann man denn einsam sein, wenn man reich ist?«

»Hast du eine Ahnung«, schluchzte sie und warf beide Arme um meinen Hals, als wolle sie mich nie mehr loslassen. Mit weinenden Frauen hatte ich immer schon Mitleid, und ich tätschelte sie zärtlich und bat, sie möge aufhören zu weinen, ich wolle es mir überlegen.

»Ja, bitte, tu das«, sagte sie und wischte die Tränen fort. Es ginge mir bei ihr nie mehr schlecht, ich hätte ausgesorgt. Ob es mich denn gar nicht locke, herauszusteigen aus einem schwankenden Boot, umzusteigen auf ein Schiff mit festen Planken, dem kein Sturm etwas anhaben könne.

Ich sagte, ein Schiff mit festen Planken könne mich schon locken, aber das wolle ich mir selber zimmern. Da lachte sie und fragte, wie ich denn das anzustellen gedächte.

Da sprang auf einmal etwas in mir auf, ein drängendes Mitteilungsbedürfnis, ich konnte mich ja so selten mit einem Menschen aussprechen. Mein Inneres öffnete sich gleichsam, ich gab der Anette als erstem Menschen mein tiefstes Geheimnis preis.

»Du kannst lachen, Netterl, oder nicht. Aber ich schreibe einen Roman.« Ich sagte das so, als hätte ein Verleger ihn bei mir fest bestellt. Sie sah mich lange an, dann nickte sie.

»Das trau ich dir zu. Es ist etwas um dich, das man nicht

greifen kann. Du bist einem nah und doch wieder so fern. Darf ich den Roman lesen?«

»Wenn er fertig ist, ja.«

»Nein, jetzt, das, was du bis jetzt geschrieben hast, möcht ich lesen.«

Das käme nicht in Frage, entgegnete ich. Und doch wäre es vielleicht von unermeßlichem Vorteil gewesen, denn diese grundgescheite Frau hätte mir sicherlich so manchen guten Rat geben können. Es machte sich nämlich bemerkbar, daß ich bloß sechs Volksschulklassen hatte und sonst nichts. Besonders mit der Grammatik haperte es schwer.

Nein, ich gab ihr nichts zu lesen. Aber ich war noch eine Woche mit dem Netterl beisammen, ganz heimlich, daß meine Direktion nichts merkte. Doch die Susi von der Küche mußte etwas gespannt haben, weil sie mir jetzt immer nur ein paar Bratkartoffeln auf meinen Teller tat.

Eines Vormittags kam ein Chauffeur mit einem schweren Wagen und verlud mit dem Hoteldiener sechs oder sieben Riesenkoffer. Dann mußte der Chauffeur noch ein bißchen warten auf die gnädige Frau, weil wir doch in ihrem Zimmer uns noch verabschiedeten. Zum Schluß sagte ich dann: »Leb wohl, Netterl.« Sie schüttelte den Kopf und sagte:

»Nicht leb wohl, Bub. Auf Wiedersehen. Und – vergiß nicht, Hans, daß ich für dich da bin, wann du mich brauchst.«

Gerade das hätte ich nicht vergessen sollen, denn ich hätte das Netterl in dunklen Stunden oft brauchen können. Aber wenn man jung ist, ist man halt oft auch recht dumm. Und zu stolz war ich auch, mir von einer Frau helfen zu lassen.

Als ich in mein Zimmer hinaufkam, lag dort ein Karton auf meinem Bett. Darin waren ein Schlafanzug, sechs Unterhemden und sechs Unterhosen. Zum erstenmal besaß ich einen Schlafanzug. Ich freute mich sehr darüber, zugleich aber schämte ich mich, daß Anette so tief um meine Armut gewußt hatte. Vielleicht war es eine falsche Scham, denn im Grunde genommen braucht man sich seiner Armut nicht zu schämen, wenn man schuldlos daran ist.

Erst im Frühjahr, als es wärmer wurde, schrieb ich in den Nächten an meinem »Jakob Voggtreuter« weiter. Es mußte ein dickes Buch werden, um mir viel Geld einzubringen. Ich baute schon wieder Luftschlösser. Einen Bauernhof wollte ich kaufen und dann zum zweitenmal um mein Roserl freien. Ja, die Erde hatte mich immer noch nicht losgelassen, mir war, als hielte ich immer noch eine Hand am Pflug. Wenn ich irgendwo einen Bauern pflügen sah, wäre ich am liebsten hingelaufen, um ihn zu bitten, mich ein paar Furchen ziehen zu lassen. Wenn ich an einem Weizenfeld vorbeiging, hätte ich mein Gesicht hineingraben mögen in die Ähren, um wieder ganz daheim zu sein bei allem, was mich einmal getragen hatte. Ich hätte nie geglaubt, daß man solche Sehnsucht haben könnte nach Wiese und Acker, daß die mich rufen könnten, mitten in einer Stunde, warum ich sie verlassen hätte und ihnen untreu geworden sei. Dieses Rufen war eine Klage, die sich lang hinzog wie der Ruf eines Nachtvogels über den dunkelnden Wäldern. Einmal, als ich einen Bauern auf seiner Wiese mähen sah, sprang ich von der Straße ab und ging zu ihm hin. Ich bat ihn, mich ein bißchen mähen zu lassen. Der erste Hieb war noch zögernd, so, als ob ich Angst hätte, es nicht mehr zu können. Aber dann rauschte die Sense hinein in die grüne Mauer. Fuß setzte ich vor Fuß, wie ein Rausch hatte es mich überkommen. Die ganze Länge mähte ich hinunter, dann gab ich dem Bauern die Sense zurück. Herrgott, war das schön gewesen! Das längst Vergessene war zurückgekehrt, und mir war, als hätten Geist und Körper einen neuen Impuls empfangen. So kehrte ich auf mein Zimmer zurück, beugte mich über das Heft – es war schon das zweite – und schrieb. Blatt um Blatt füllte sich, und ich war wieder so berauscht wie vorher beim Mähen. Ich war in einem merkwürdigen Zustand, hätte aber nicht sagen können, ob das nun Glück sei oder Pein. Aber ich erkannte, daß mein Leben jetzt schön war, weil ich schreiben konnte, daß aber auch mein früheres Leben schön gewesen war im Reichtum aller Armut, daß die Armut hatte sein müssen, weil ich sonst jetzt nicht schreiben könnte.

Reich an Gütern war ich jetzt auch nicht. Nur ein feiner

Muckl war ich geworden, denn ich trug nun nachts einen Schlafanzug. Das freute mich so, daß ich am liebsten damit auch zum Frühstück hinuntergegangen wäre.

Die Wanderzeit hatte wieder begonnen. Wir bespielten Kurorte, und das Geschäft ging gut. Mein Herr Direktor hatte für die Sommertournee wieder ein paar Leute engagiert. Er suchte meist Anfänger. So ein Anfänger kam eines Nachmittags an, als wir gerade in Moosbach gastierten. Es war ein junger, sehr gut aussehender Mann in einem hellgrauen, modernen Sommeranzug. Die Tracht hatte er in einem der beiden großen Koffer verpackt. Er hieß Marquard Zwanziger und war Halbjude. Sein Vater war Walter Hasenclever, der das Erfolgsstück »Ehen werden im Himmel geschlossen« geschrieben hatte. Seine Mutter war Münchnerin und hatte diesen illegalen Sohn Kaufmann lernen lassen. Aber nun verspürte er den Drang Schauspieler zu werden und war bei uns auf ein Inserat hin gelandet. Die Ida bat mich, mich ein bißl um ihn zu kümmern. Ich nahm ihn gleich mit in den Saal hinaus, damit er mir hülfe, die Bühne aufzubauen für die Abendvorstellung. Nur beim Rollenabschreiben konnte ich ihm nicht helfen. Das mußte er schon selber tun, genau wie ich einmal am Anfang. Seine erste Rolle war der Landgerichtsrat in dem Stück: »'s Glück vom Riedhof«. Wir schlossen sofort Freundschaft miteinander, die bis zu seinem Tod anhalten sollte.

Am zweiten Tag, den er bei uns war, ließ er sich Visitenkarten drucken, weil das zum guten Ton gehöre und man damit Eindruck schinden könne. Und »Schauspieler« sei immer etwas, das die Menschen beeindrucke. Bisher hatte ich das noch nicht gemerkt, aber der Marquard hatte schon recht. Ich hatte bloß kein Geld, mir auch Visistenkarten drucken zu lassen. Im übrigen hatte er bei den Mädchen genau solche Chancen wie ich, wenn wir auch völlig verschiedene Typen waren, er schwarz und ich blond. Nur gut, daß wir nicht den gleichen Geschmack hatten. Ihm gefielen die ›höheren Töchter‹, während es mich nach wie vor wegen der größeren Portionen zum Küchenpersonal zog. Gelegentlich unternahmen wir auch etwas gemeinsam, so einmal in Mäckmühl mit zwei Lehrerinnen aus Karlsruhe. Sie fragten uns, was das mit dem Kammerfensterln in Bayern auf sich habe, und wir versprachen, es ihnen zu zeigen.

Wir fanden keine Leiter, die kurz genug war, holten also eine lange aus dem Hof eines Baugeschäfts. Es war schon Mitternacht, und wir mußten die Leiter ganz flach ans Fenster lehnen wegen ihrer Länge. Der Marquard stieg als erster hinauf, aber als er in der Mitte angekommen war, bog sich die Leiter durch und begann stark zu wippen. Der Marquard traute sich nicht weiter. Im gleichen Moment schrie eine Frau aus dem Nebenhaus gellend durch die stille Nacht:

»Hilfe! Hilfe! Einbrecher!«

Wir rannten davon und ließen die Leiter Leiter sein. Am andern Tag, als wir beim Frühstück saßen, erzählte der Ober ganz laut, daß letzte Nacht im Hotel nebenan Einbrecher am Werk gewesen seien, aber eine tapfere Frau hätte die Kerle verscheucht. Die Leiter lehne immer noch am Haus, weil die Polizei Spuren sichern wolle. Der Marquard schaute mich an, ich schaute ihn an, und der Direktor betrachtete uns beide mißtrauisch. Dann sagte er, er habe schon einmal einen fristlos aus seiner Truppe entlassen müssen, weil er bei einem Hotelgast gefensterlt hätte. Darauf meinte der Marquard kühn und warf sich in die Brust, daß wir es nicht nötig hätten ans Kammerfenster zu gehen, weil man ja auch an die Tür klopfen könne, wenn die einem nicht schon geöffnet sei.

In diesem Sommer beendete ich meinen Roman »Jakob Voggtreuter«. Es waren vier dicke Hefte geworden. Ich packte sie zusammen und schickte sie gleich an einen der größten Verlage in Leipzig.

So, jetzt war ich jemand. Jetzt war ich viel mehr als mein Direktor mitsamt seinem Reichskunstschein, viel mehr natürlich auch als der Marquard oder so ein örtlicher Zeitungsredakteur, von dessen Gnade es abhing, ob er uns gute oder schlechte Kritiken schrieb. Ich war jetzt Schriftsteller. Von meinem ersten Honorar wollte ich mir einen Anzug kaufen und endlich auch einen Mantel. Natürlich würde ich dem Netterl das erste Buch schicken mit der Widmung »In tiefer Dankbarkeit«, denn sie hatte mir zu Weihnachten drei Bücher geschickt. »Kämpfende Kräfte« von Knut Hamsun, »Das zweite Gesicht« von Hermann Löns und »Der Heiligenhof« von Hermann Stehr. Die Bücher hatten mir ungemein viel gegeben. Zum Dank hatte ich auch in meinem »Jakob Voggtreuter« eine Dame eingebaut, die »Hedwig«, der ich Netterls Züge verlieh, aber nicht ihren Charakter, denn das Netterl hatte einen weit besseren Charakter als die Hedwig im Roman. Ich werde das überhaupt immer so machen, dachte ich, daß ich in jeden Roman eine Person einbaue, die mir irgendwann einmal recht nah gewesen ist.

Übrigens schrieb ich bereits an meinem zweiten Roman: »Wo die Alpenrosen blühen«. Und da nahm ich mir als tragende Gestalt ein schönes Menschenkind mit langen, blonden Haaren, nämlich die Tochter meines Theaterdirektors Bruno Müller. Nicht die kleine, herrische Hanni, sondern die weitaus sanftere Mizzi, mit der sich etwas ganz Merkwürdiges angebandelt hatte. In meinem Hochgefühl als künftiger gefragter Autor war ich recht unternehmungslustig geworden und legte der Mizzi ein Zettelchen in ihren Schminkkoffer mit dem Satz »Ich liebe dich«. Ich hatte die Schrift verstellt, denn wenn da irgend etwas schief ging, könnte das ja auch der Marquard geschrieben haben. Beim Steyrertanz am Abend merkte ich schon an ihrem Händedruck, daß sie wußte, von wem der Zettel kam, und am andern Tag lag auch in meinem Schminkköfferchen ein Zettel: »Ich dich auch.«

So begann es. Am Anfang ganz heimlich und zart, so wie sich Blumen am Morgen unter den ersten Sonnenstrahlen vom Tau der Nacht befreien. Dann wurde es himmelhochjauchzende Seligkeit. Die Mizzi und ich wurden ein Herz und eine Seele. Wenn nur der Herr Papa die Zügel nicht so straff gehalten und auf seine Tochter aufgepaßt hätte wie ein Haremswächter! Wir waren nicht stark genug, uns gegen seine Willkür zu stemmen. Am Anfang wollten wir das auch gar nicht.

Natürlich hatte die Mizzi beobachtet, daß bei mir das Licht oft bis weit nach Mitternacht brannte. Ich sah keine Veranlassung, vor ihr noch Geheimnisse zu haben, und bekannte ihr, daß ich schriebe. Wir sprachen nun oft über Bücher, sie war sehr belesen und hatte auch die mittlere Reife. Vor allen Dingen verstand sie es, mir Mut zuzusprechen und mich aufzurichten, als eines Tages mein Manuskript aus Leipzig zurückkam.

Was denen denn bloß einfiel! Die wollten meinen Roman nicht drucken! Die wußten anscheinend nicht, daß ich Geld brauchte! Dabei hatte ich meine Illusionen sowieso schon ziemlich weit heruntergeschraubt. Ein Bauernhof brauchte es jetzt nicht mehr zu sein, weil meine Theaterprinzessin von der Landwirtschaft nichts verstand. Jetzt würde mir schon ein Häusl am Waldrand genügen, mit einem Garten davor, in dem ich Rosen züchten könnte. Eine davon würde ich »Die sanfte Mizzi« taufen. Und da gingen die in Leipzig her und machten mit einem Federstrich alles zunichte! Das heißt, es waren mehrere Federstriche. Sie teilten mir mit, daß ihr Bedarf an Manuskripten für längere Zeit gedeckt sei und sie keine Verwendung für meinen Roman hätten. Die Mizzi sagte, ich solle mir nichts daraus machen, es gäbe noch andere Verlage. Und so wanderte mein Roman von einem Verlag zum anderen. Das kostete mich ganz schön Geld, weil ich das Manuskript immer einschreiben ließ und auch Rückporto beilegte. Die Ablehnungen waren unterschiedlich. Heute weiß ich längst, daß es Lügen waren, aber auch Lügen kann man in höfliche Worte kleiden. Der eine schrieb: »... haben Ihr Werk mit großem Interesse gelesen (Lüge), bedauern aber, Ihnen mitteilen zu müssen, daß unser Verlagsprogramm auf einem andern Gebiet liegt.« Oder: »Unser Lektorat hat entschieden, von Manuskripten, die überwiegend Dialekt enthalten, abzusehen. Unsere Ablehnung ist natürlich mit keinem Werturteil verbunden.« Endlich schrieb doch einmal einer annähernd die Wahrheit, daß handschriftliche Manuskripte kaum Aussicht hätten, gelesen zu werden, ich möchte den Roman mit der Maschine schreiben.

Das leuchtete mir ein, aber woher sollte ich eine Schreibmaschine nehmen? Außerdem konnte ich mit der Maschine gar nicht schreiben. Also war alles umsonst gewesen, die vielen, vielen Nächte, die Tausende von Stunden und die grüne Tinte auch. Alles umsonst. Ich war nahe daran, alles zu verbrennen und meine Träume zu begraben.

Mein Freund Marquard nahm das Leben sehr viel leichter als ich. Er kannte ja auch nicht den Kampf ums Dasein so wie ich, denn er hatte eine recht wohlhabende Braut in Bad Tölz, eine Pensionsinhaberin mit Namen Irmy. Wenn er wieder mal ganz pleite war, lieh er sich von mir ein paar Mark und sandte ein Telegramm ab: »Liebe Irmy, sitze richtig in der Soße, schicke Geld.« Und prompt kam dann ein Fünfzigmarkschein. Er war ein erstklassiger Tänzer und war später dann auch einmal in Berlin als Eintänzer engagiert. Er brachte mir den Tango bei und den Foxtrott. Bloß ich konnte ihm das Schuhplatteln nicht beibringen. Aber ich glaube, er hat das Platteln gar nicht lernen wollen.

An einem spielfreien Nachmittag fuhren wir einmal nach Heidelberg. Wir gastierten in Neckargemünd, und von da aus war es nicht weit mit der Straßenbahn. Damals war das Lied »Ich hab mein Herz in Heidelberg verloren« recht populär. Ich konnte mein Herz in Heidelberg nicht mehr verlieren, denn ich hatte es der Mizzi zur Aufbewahrung gegeben. Nachdem wir das Schloß und die Stadt besichtigt hatten, gingen wir in ein Tanzcafé. Der Marquard ließ gleich seine Augen bei der vornehmen Damenwelt spazieren gehen und legte dann mit einer eleganten Blonden einen Tango aufs Parkett, daß alles nur so schaute. Da sah ich ganz hinten bei der Theke ein Mädchen sitzen. Schüchtern saß sie da vor ihrer Tasse Kaffee und schaute mit träumenden Augen auf die Tanzenden. Es war das Zimmermädchen von dem Hotel in Neckargemünd, in dem wir wohnten. Ich ging zu ihr hin und tanzte mit ihr einen Walzer. Und da schauten sie auch, denn Walzertanzen konnte ich besser als der Marquard seine Tangos. Als ich wieder an meinen Tisch zurückkam, überfiel mich der Marquard gleich:

»Sag einmal, spinnst du? Wie kommst du denn dazu, mit einem Zimmermädchen zu tanzen?«

»Wieso?« fragte ich. »Zimmermädchen sind doch auch Menschen.«

»Ja«, sagte er, »aber wir sind schließlich Schauspieler und haben auf unseren Ruf zu achten.«

Daraufhin nannte ich ihn einen hochmütigen Narren. Er nahm es nicht krumm, wir blieben Freunde. Als ich in dieser Nacht auf mein Zimmer kam, lag auf dem Nachttisch ein großes Schinkenbrot, eine Essiggurke und ein Zettelchen, auf dem geschrieben stand: »Herzlichen Dank für den Walzer und – gute Nacht! Elsbeth.«

Na also! Eine gute Tat trägt immer Früchte, wenn auch ein Schinkenbrot keine Frucht ist.

Die Zeit ging dahin und wurde immer schlechter. Die Arbeitslosigkeit im Lande wuchs, und wir hatten selten noch ausverkaufte Häuser. Aber wir spielten und tanzten mit Besessenheit, mit der ganzen Liebe kleiner Komödianten, die ihre Herzen den Menschen auf offenen Händen entgegenhielten und ihnen Freude schenken wollten.

Eines Tages schickte die Irmy vom Isarstrand kein Geld mehr, sondern kam selber angereist, um sich die »Soße« anzusehen, in der ihr Marquard dauernd saß. Sie wollte ihn mitnehmen und heiraten. Der Marquard wollte nicht mit ihr heimfahren, er sagte aber, daß er bald nachkommen würde, im Augenblick könne er die Truppe nicht sitzen lassen. Als sie wieder abgereist war, sagte er zu mir:

»Was die sich einbildet! Heiraten?« Er schüttelte den Kopf über so eine Unverfrorenheit. »Dabei mag ich sie doch gar nicht mehr.«

Die Irmy mußte das gemerkt haben, denn sie schickte kein Geld mehr, der Marquard zog daraus seine Folgerungen und sagte: »Da siehst sie wieder, die Weiber! Wenn man nicht tanzt, wie sie pfeifen, dann lassen sie einen in der Soße sitzen.« Er meinte dann noch, ich solle mein unparteiisches Urteil zu der Sache abgeben. So leid es mir tat, ich mußte ihm sagen, daß ich das Verhalten der Irmy ganz natürlich fände.« »Ja, du schon, mit deinen veralteten Moralbegriffen«, sagte der Marquard, und damit war das Thema Irmy erledigt.

Um diese Zeit feierte der Tonfilm seine ersten Triumphe. Sowie sich eine Gelegenheit ergab, nützten wir sie und gingen ins Kino. Und da begegnete ich auf der Leinwand einem Menschen, der mich mit seinen Filmen »Berge in Flammen«, »Der Rebell« usw. derart in Bann schlug, daß ich tagelang ganz melancholisch umherging und mir ganz winzig klein vorkam. Was Luis Trenker da geschaffen hatte, das war so gewaltig, daß er mir wie ein Berggeist vorkam, dem ein gewöhnlicher Mensch fernbleiben mußte. Der Marquard meinte, mit so einem Mann müßte man einmal reden können. Ich aber stellte mir vor, daß solche Menschen trotz allen Ruhms oft recht einsam sein müßten. Daß es so etwas überhaupt gab? Dieser Trenker schrieb seine Filme selber, spielte die Hauptrolle und führte Regie. In einer Illustrierten las ich dann einmal, daß er in seiner Kindheit auch Hirtenbub gewesen sei. Ein Aufstieg ohnegleichen, der mich wieder ins Land der Träume hineinstieß. Und diese Wachträume wurden zu Visionen. Ach ja, Träumenkönnen, das war auch eine Gnade. »Ein Gott ist der Mensch, wenn er träumt, ein Bettler, wenn er nachdenkt«, sagt Hölderlin.

Ich hatte eine große Achtung vor den Leistungen Trenkers. Ich spürte in den Filmen seine Liebe zur geschlagenen, wunderschönen Heimat Tirol. Ich verehrte Trenker und ahnte nicht, daß ich ihn nach vielen Jahren persönlich kennenlernen sollte. Das war in Kitzbühel, wo er nach einem Roman von mir den Heimatfilm »Wetterleuchten um Maria« drehte. Er begrüßte mich mit einer Herzlichkeit, als wären wir alte Bekannte. Er schlug mir auf die Schulter und nannte mich »Meister«. Und wieder einmal erlebte ich, daß die großen Könner menschlich bleiben, daß sie sich vom Ruhm nicht blenden lassen und immer der Wirklichkeit verhaftet bleiben. Dieser Mann kennt keine Starallüren, er respektiert die Leistungen anderer, soweit es wirklich Leistungen sind und keine Schaumschlägereien. Daß er mir diese Anerkennung schenkte, war eine reine und schöne Beglückung.

Nach diesem Film begegneten wir uns da und dort einmal. Er war auch einmal mit seiner liebenswürdigen Frau Hilda bei uns zum Kaffeebesuch. Und jede Begegnung wurde zu einer neuen Freude.

Eines Tages ließ mein Direktor, den ich mir ja schon als meinen künftigen Schwiegervater auserkoren hatte, in der Garderobe seine Fachzeitschrift liegen, die ich dann aufmerksam durchlas. Und so wie damals vor Jahren in Glonn an jenem verregneten Nachmittag, fand ich auch hier wieder ein Inserat. Diesmal lautete es:

»Achtung! Die Riesch Bauernbühne sucht für Südamerikatournee junge Schauspieler und Schuhplattler. Bewerbungen mit Bild sind zu richten an Roman Riesch, z. Zt. Lenggries, Oberbayern.«

Dieser Roman Riesch war mütterlicherseits auch Halbjude. Ein großartiger Schauspieler und Bühnenmaler zugleich. Spontan, wie damals in Glonn, schrieb ich an ihn und bewarb mich für diese Tournee. Diesmal aber hatte ich tatsächlich ein Bild von mir selber. Meine Träume suchten nach neuen Ufern. Ich sah mich bereits auf einem großen Dampfer über den Atlantik fahren. Vielleicht konnte ich die Mizzi mitnehmen. Dann konnte mein Direktor einmal sehen, wohin er kam, wenn er seiner besten Kräfte beraubt war. Ja, mir erschien das jetzt wie ein Druckmittel, so quasi: »Wenn du mir deine Mizzi verweigerst, geh ich nach Südamerika.«

Vorerst aber sagte ich zu niemanden etwas. Erst einmal abwarten, dachte ich mir. Aber so wie jetzt konnte es auch nicht weitergehen. Der Alte paßte auf seine Mizzi auf, als wäre sie ein zerbrechliches Gefäß. Die Mizzi war aber auch praktisch veranlagt, und daß sie es herzlich gut mit mir meinte, bewies sie mir eines Tages, als sie mir einen geöffneten Briefumschlag überreichte und sagte, ich solle den Brief lesen. Zuerst las ich erstaunt die Anschrift: »An Fräulein Mizzi Müller, Schriftstellerin, z. Zt. Neckarsteinach, postlagernd.« Dann nahm ich den Brief heraus und las mit wachsendem Staunen:

»Sehr geehrtes Fräulein Müller, wir danken Ihnen für Ihren

Brief und stellen es Ihnen gerne anheim, uns Ihr Romanmanuskript ›Jakob Voggtreuter‹ zur unverbindlichen Prüfung einzureichen. Trotzdem es ein handgeschriebenes Manuskript ist, sichern wir Ihnen eine gewissenhafte Prüfung zu und lassen dann von uns hören. In der Zwischenzeit verbleiben wir
mit hochachtungsvollen Grüßen
Herold-Verlag
Homburg/Saar«

Mir setzte fast der Atem aus vor Überraschung, und die Mizzi stand da, mit leuchtenden Augen, als wolle sie sagen: »Na, wie hab ich das gemacht?«

Sie hatte es jedenfalls herzlich gut gemeint, und ich Undankbarer trug mich mit Plänen der Auswanderung. Ich packte also mein Manuskript wieder einmal ein und schickte es mit der Erläuterung ein, daß ich derjenige sei, der den Roman verbrochen habe. Rückporto legte ich diesmal nicht mehr bei, weil ich mir dachte, wenn es nicht zurückkommt, ist es auch nicht schade, denn ich war ohne Hoffnung geworden, was meinen »Voggtreuter« betraf. »Wo die Alpenrosen blühn« war erst halb vollendet. Ich hatte nie mehr weitergeschrieben.

Dann kam tatsächlich ein Brief von Roman Riesch, ich könne sofort zu ihm kommen. Die Abreise nach Südamerika sei am vierten August. Jetzt saß ich da in der Tinte. Mich reizte die Ferne ungemein. Andererseits war ich an mein Mädchen verloren. Ich mußte es jetzt der Mizzi sagen. Sie brachte mich durch ihre berechtigten Argumente in einen richtigen Zwiespalt, ich wußte überhaupt nicht mehr, was ich tun sollte. Aber sie hatte schon recht, ich durfte die Truppe, mit der ich nun doch schon einige Jahre durch diese herrlichen Gegenden wanderte, nicht einfach im Stich lassen. Ich beschloß darüber noch mal schlafen zu wollen und besprach mit Marquard meine Lage. Der Rat, den er mir gab, war ganz einfach, wenn vielleicht auch nicht ganz ehrlich, denn er meinte, daß ich das Mädl doch nicht so einfach verlassen könne (Das hatte er nur bei der Irmy gekonnt). Wie mit Engelszungen redete er auf mich ein, ihm das Engagement zu überlassen. Er wolle zum Riesch fahren und sagen, daß ich krank geworden sei. Dabei war ich seit meiner Kindheit keine Stunde mehr krank gewesen. Ich überlegte. Wieder einmal war in mein Leben etwas Entscheidendes getreten. Das Netterl hatte mich schon mitnehmen wollen, und jetzt stünde mir eine große Reise in die Welt bevor. Ich will ganz ehrlich bekennen: Der Mizzi wegen schlug ich in Marquards dargebotene Hand ein.

»Also gut, Marquard«, sagte ich. »Aber nur unter einer Bedingung, daß du am Sonntag noch bei der Turnbacherin mitspielst.« »Die Turnbacherin« war ein Drama von Greinz. Wir beide spielten darin tragende Rollen. Ohne ihn hätte die Vorstellung ausfallen müssen.

Der Marquard gab sein Gepäck schon am Samstag heimlich auf. Am Sonntag nach der Vorstellung fuhr er mit dem Nachtschnellzug nach München. Ich begleitete ihn zur Bahn. Mein Herz war ein bißchen schwer, denn wir waren wirklich gute Kameraden gewesen.

Am vierten August schrieb er mir von Hamburg aus eine Karte, daß sie sich jetzt gerade nach Südamerika einschifften. Dann hörte ich nichts mehr von ihm.

Nach einigen Wochen erhielt ich von Herrn Ernst Geyer, dem Inhaber des Herold Verlages, einen Brief, in dem er mir mitteilte, daß er meinen Roman annähme, aber den bayerischen Dialekt darin etwas abmildern müsse, weil man den nicht überall verstünde. Er arbeite mit Zeitungen im ganzen deutschsprachigen Raum, und darauf müsse er Rücksicht nehmen. Zunächst sei der Roman für Abdrucke in Zeitungen und Zeitschriften vorgesehen. Später solle er dann als Buch erscheinen. Pro Zeitungsabdruck sollte ich 60% vom Honorar bekommen. Sein Verlag wolle nunmehr auch den guten Heimatroman pflegen, und wenn ich noch was hätte, dann sei er daran sehr interessiert. Wenn ich einverstanden wäre, dann möge ich beiliegenden Vertrag unterschreiben.

Das war zwar nicht das, was ich mir vorgestellt hatte, aber ich bekam wieder Mut zum Schreiben.

Die Zeit ging dahin, und es war schon Herbst, als ich das erste Honorar bekam. Es waren zwanzig Mark. Die Eichstätter Zeitung hatte als erste meinen Roman abgedruckt. Gleichzeitig erhielt ich zwei zusammengeheftete Exemplare meines Romans. Ganz groß stand vorne drauf:

»Jakob Voggtreuter«
Roman aus den bayrischen Bergen
von
Hans Ernst.

Es war ein wunderbarer Augenblick für mich. Ich hielt die beiden Exemplare in der Hand und dachte an meine armselige Kindheit, an mein hartes Knechtsleben. Und ich gedachte vor allem meiner toten Mutter. Und ich schäme mich nicht einzugestehen, daß ich in dieser Stunde bitterlich weinte.

Es dauerte lange, bis wieder ein Honorar kam. Diesmal waren es dreißig Mark. Meine Halbschwester, die Schütz Gretl, schrieb mir, daß sie in der Münchner Kirchenzeitung einen Roman »Jakob Voggtreuter« entdeckt habe von einem gewissen Hans Ernst. Ob das vielleicht mit mir irgend was zu tun hätte. Ich schrieb sofort zurück, daß ich der Autor sei und daß sie in Zukunft wohl noch mehr entdecken würde.

Es war auch höchste Zeit, daß sich was tat, denn ich war inzwischen achtundzwanzig geworden, und das Häusl am Waldrand mit der Rosenzucht lag noch in weiter Ferne. Aber das war nicht meine Schuld, denn statt der erwarteten Tausender kam das Honorar nur tropfenweise. Zu Weihnachten kamen fünfzehn Mark. Ich verlebte die Feiertage in Neustadt an der Orla in Thüringen, dem Wohnsitz meiner Direktion. Wir setzten vier Wochen aus, und zum erstenmal in meinem Leben genoß ich so etwas wie Urlaub. Eine große Weihnachtsfreude bereitete mir in jenem Jahr das Netterl. Nicht weil sie mir ein paar wertvolle Bücher schickte, sondern durch den Begleitbrief. Meinen Roman, den ich ihr selbstverständlich geschickt hatte, habe sie in einem Zug gelesen.

»Du bist auf dem richtigen Weg«, schrieb sie weiter, »trotzdem, man soll sich nur nicht zu früh als Schriftsteller betrachten.«

(Das war wohl ein kleiner Seitenhieb, weil ich als Absender »Schriftsteller« angegeben hatte.) »Gerade diese Kunst, lieber Hans, verlangt ausgereifte Menschen, Menschen, die vom Leben so hart an die Kandare genommen worden sind. Und das trifft bei Dir zu.«

Worte, die mir bedeutungsvoll waren. Ich faßte meine Schreibereien längst nicht mehr als Zeitvertreib auf, sondern als einen mir von Gott gegebenen Auftrag.

Seit ich auf eigenen Füßen stand, löste der Eintritt in ein neues Jahr immer große Empfindungen in mir aus. Ich hielt eine Silvesternacht wie keine andere dafür geeignet, einen Rückblick auf den bisher gegangenen Weg zu werfen. Mein Weg war immer noch dornenvoll. Zwar hatte ich wenig und manchmal gar kein Geld, war aber kerngesund und konnte schaffen. War das nicht Reichtum genug? Zufrieden war ich aber trotzdem nicht. Immer wieder packten mich Zweifel, ob ich wirklich zum Schriftsteller berufen sei, dann spürte ich aber wieder einen unbezähmbaren Drang, die Feder in die Hand zu nehmen. An Lebenserfahrung und Menschenkenntnis hatte ich mir inzwischen eine ganze Menge angeeignet und mir war klar geworden, daß ich mehr Erkenntnisse als andere benötigte, um hinter die Dinge zu sehen.

Im Februar gingen wir wieder auf Tournee. Herrliche Schneelandschaft im Thüringerwald. Ich sah den Glasbläsern in Steinheid stundenlang zu und in Hauenstein den Heimarbeitern der Spielzeugindustrie. Immer Neues tat sich mir auf. Dann kamen berauschende Frühlingswochen in der Fränkischen Schweiz. Die Bilder wechselten, und ich nahm sie alle in mich auf.

Es waren unvergeßliche Tage. Das liebliche Tal stand in Blüten, und der Himmel hing wie eine mächtige Glasglocke über den blühenden Wiesen mit den Millionen Dotterblumen. Ich wohnte privat bei netten, aber recht armen Leuten. Ich fühlte mich mit einem Schlag in meine Kindheit zurückversetzt, wo es auch so arm hergegangen war. Wenn ich privat wohnte, kam ich besser durch, weil ich da nur fünf Mark in der Woche mit Kaffee zu bezahlen brauchte. Und wenn ich mir zum Abendessen beim Metzger um fünfundzwanzig Pfennige einen schwarzen Preßsack kaufte, war das billiger als das Wirtschaftsessen.

Eines Tages warf ich mich in die Brust und sagte meiner Hausfrau, daß ich Forellen besorgen würde, und die würden wir dann braten und am Abend essen. Wie man Forellen mit der Hand fangen konnte, wußte ich noch von Glonn her. Wenn sich eine in einen der kleinen Entwässerungsgräben verirrte, dann mußte man blitzschnell zugreifen und schauen, daß man sie hinter den Kiemen erwischte. Dann mußte man ihnen den Messerknauf auf den Kopf hauen und sie ausnehmen.

Am Nachmittag machte ich mich auf den Weg zur Behringersmühle. Es war drückend schwül, über den mächtigen Kirchturm von Gößweinstein zog eine breite, schwarze Wolke und verdeckte für lange Zeit die Sonne. Grad das richtige Wetter zum Forellenfischen. Für alle Fälle hatte ich auch noch eine Schnur mit einem Angelhaken in der Tasche. Jedenfalls stand fest, daß ich ohne Forellen nicht heimkommen würde.

In der Sonne flimmernd und ganz klar zog der Bach dahin, der mich in seiner Breite an die Glonn erinnerte. Ich sah sofort, wie sich darin die Forellen tummelten und hängte meine Schnur am Ufer fest. Neben dem Bach führte ein schmaler Fußweg dahin, und ich fand, wie es gar nicht anders sein konnte, auch die schmalen Entwässerungsgräben in der sauren Wiese. Zuerst schaute ich mich ein bißchen um. Weit und breit war keine Menschenseele zu sehen. Dann zog ich die Joppe aus und legte mich neben einen der Gräben. Es dauerte eine ganze Weile, aber dann sah ich was aufblitzen und griff blitzschnell zu. Und schon hatte ich was Zappelndes in der Hand. Gerade wollte ich mein Messer ziehen, als ich merkte, daß sich ein Schatten über mich geworfen hatte. Erschrocken ließ ich die Forelle zurückfallen. Vor mir standen ein Mann und eine Frau. Der Mann, großgewachsen, mit buschigen Augenbrauen und einem scharfen Kinn, hatte seine leichte Sommerjoppe nur lose über der Schulter hängen. Hand in Hand standen sie da. Was für Augen dieses auffallend schöne Mädchen hatte!

Was ich da mache, fragte der Mann. Ich sagte, daß ich gerade eine Forelle, die aufs Trockene gehüpft sei, ins Wasser geworfen hätte, weil sie ja sonst eingehe. So hätte es zwar nicht ausgesehen, meinte er und lächelte die Frau an seiner Seite an. Die fragte mich dann – das erahnte sie wahrscheinlich an meiner Gebirgstracht –, ob ich vielleicht zu dem Oberbayerischen Bauerntheater gehöre, dessen Plakate sie heute beim Mittagessen in Muggendorf im Hotel gelesen habe. Ich schob mein Messer wieder in die Scheide und steckte es ein. Dann sagte ich, daß ich Schauspieler sei.

»Dann sind wir ja Kollegen«, lachte der Mann, und dieses Lachen war von keinerlei Spott begleitet. Er sei der Gustav Diesl und seine Begleiterin sei die Sybille Schmitz.

Die beiden interessierten sich lebhaft für das Repertoire, das wir spielten, und wollten wissen, wie es bei einem wandernden Theater zuginge. Schließlich fragten sie mich, ob ich Lust hätte, mit ihnen in der Behringersmühle eine Tasse Kaffee zu trinken. Lust hatte ich schon, aber ich griff zuerst in meine Hosentasche, ob ich überhaupt Geld dabei hätte. Gustav Diesl mußte das wohl verstanden haben, denn er lächelte wieder und sagte: »Kommen Sie nur mit, ich lade Sie ein.«

Als wir dann am Bach vorbeigingen, zappelte eine Forelle an meiner Angel. Es tat mir so leid, nichts für sie tun zu können, obwohl der Diesl doch längst gemerkt haben mußte, daß ich auf Fischfrevel unterwegs war. Es wurde ein unvergeßlicher Nachmittag in der Behringersmühle, die Unterhaltung floß munter dahin wie die Wiesent, in der meine Forelle an der Angel zappelte. Dann kamen wir auch auf künstlerische Dinge zu sprechen, und die beiden staunten, daß ich da nicht passen mußte. Damals merkte ich zum ersten Mal, daß ich reden konnte. Gustav Diesl unterbrach mich einmal und fragte, ob ich viel lese. Ich verstand die Frage sofort und wollte wissen, ob es sich angelesen anhöre, was ich sagte.

»Ganz im Gegenteil«, versicherte an seiner Statt Sybille

Schmitz. Bei mir habe man außerdem das Gefühl, als wolle das Herz überfließen. Vielleicht konnte ich bestimmte Wörter nicht richtig aussprechen, das merkte ich, wenn sich die beiden anlachelten, und ich nahm mir vor, besser auf mich zu achten. Aber die Hauptsache war, wir verstanden uns prächtig. Ich begriff ja auch manches nicht, was sie sagten. Zum Beispiel wußte ich nichts von einer Konventionalstrafe, die es beim Theater gäbe. Bei unserm Bauerntheater jedenfalls gab es so was nicht.

Wir tranken noch jeder zwei Schoppen Wein. Gustav Diesl bezahlte alles, und zum Schluß ließ er mir von der Wirtin noch vier Forellen in ein Pergamentpapier einwickeln, damit ich durch seine Schuld nicht leer heimkäme, wie er sagte. Also hatte er meinen Fischfrevel durchschaut gehabt.

Gustav Diesl war mit der Sängerin Cebotari verheiratet. Wir wechselten noch ein paarmal Neujahrsgrüße, dann verlor sich unsere Spur. Sybille Schmitz aber bin ich später noch einmal in München begegnet. Sie war immer noch die strahlend schöne Frau und erinnerte sich sogleich an jenen Nachmittag in der Behringersmühle. Ein paar Jahre später traf ich sie wieder und erschrak zutiefst. Ihre strahlende Schönheit war ausgelöscht, sie war nur mehr ein Wrack, und als ich eines Tages in der Zeitung las, daß die Schmitz sich vergiftet habe, war ich wie erstarrt und konnte nicht begreifen, daß dieses einst so schöne Geschöpf freiwillig aus der Welt gegangen war.

Von der Fränkischen Schweiz wanderten wir wieder zum Schwarzwald. Dort erhoffte sich mein Direktor in den Kurorten ein besseres Geschäft. Am Anfang ging es auch noch leidlich, und es wäre soweit alles in Ordnung gewesen, wenn meinen Direktor nicht die Eifersucht auf die eigene Tochter so zerwühlt und zerrissen hätte. Es waren krankhafte Ausbrüche, die sich in ungehemmte Wut hineinsteigern konnten, unter der nicht nur ich, sondern die ganze Truppe zu leiden hatte. Wir starrten uns in der Garderobe haßerfüllt an, um fünf Minuten darauf den Menschen im Saal etwas vorzugaukeln, was gar nicht mehr aus unseren Herzen kam.

»Lache, Bajazzo«, stand auf jedem Blatt des täglichen Kalenders, und es war nur mehr eine Frage der Zeit, wann es zur letzten Auseinandersetzung zwischen mir und dem Chef kommen mußte. Aber dann kam die Katastrophe ganz von selbst. Im Juli des Jahres 1932 machte das Theater im Schwarzwald pleite. Die Zeiten waren so schlecht geworden, daß kaum noch jemand ins Theater gehen konnte oder wollte.

Man wollte zunächst einmal ein halbes Jahr aussetzen, hieß es. Wenn man nach einem halben Jahr wieder anfange, würde man mich verständigen. Ich glaubte dem Bruno Müller kein Wort, denn dazu waren unsere Herzen zu sehr in Haß und Eifersucht zerrissen. Ich hoffte nur, daß ich mit seiner Mizzi auch über die Ferne hinweg noch verbunden bleiben würde. Das war genauso eine Täuschung wie damals mit meiner Jugendliebe. Ich bekam auf keinen meiner Briefe eine Antwort. Es war eine meiner bittersten Enttäuschungen, aber ich stand sie durch. Aus der Zeit der Jugendschwärmerei war ich endgültig heraus. Als ich dann später von ihrer Heirat erfuhr, berührte mich das kaum mehr.

Da war ich nun also wieder in meinem unvergessenen Glonn. Der Marktplatz hatte sich nicht verändert. Die stille Verträumtheit des Ortes nahm mich wieder auf wie einen verlorenen Sohn. Nur ich hatte mich ein bißchen verändert, ging nicht mehr so teilnahmslos an den Dingen vorüber, vor allem auch nicht mehr an Lena Christs Geburtshaus. Aber der Spruch »In diesem Hause ist geboren worden Lena Christ« störte mich ein wenig. Konnte man denn da nichts Sinnvolleres finden? Heute hat man es gefunden. Klar und deutlich steht es heute auf einer Tafel am Haus, daß hier eine der größten Dichterinnen geboren wurde.

Ich hatte in der Zwischenzeit »Die Rumplhanni« und »Madam Bäuerin« von der Lena Christ gelesen und war betroffen von der ungeheuren Kraft und Schönheit ihrer Sprache. Das war alles so tief erschaut und erlebt. Dicht gedrängt war bei ihr alles Geschehen, ich dagegen verlor mich immer noch in epischer Breite. Tief erschüttert hat mich auch das spätere

Schicksal dieser großen Dichterin, deren Leben mit Selbstmord an einem Grab im Waldfriedhof endete. Erst als sie tot war, erkannte man ihren wahren Wert. Vielleicht erging es mir auch einmal nicht anders. Vorerst wußte ich noch tausend Auswege, war voller Tatendrang, hatte meinen zweiten Roman beendet, stellte sofort im Trachtenverein wieder eine Laienspielgruppe zusammen und spielte mit ihnen das Stück »Almenrausch und Edelweiß«. Natürlich hatte ich mir auch die Theaterfachzeitschrift abonniert. Darin fand ich nach sechs Wochen bereits ein Inserat des Oberbayerischen Bauerntheaters Bruno Müller, der wieder Leute suchte. Dabei hätte er bloß an mich zu schreiben brauchen. Mich selber anzubieten, dazu war ich zu stolz geworden. Auch das Tegernseer Bauerntheater suchte Leute, und ich geriet zum erstenmal in meinem Leben in die schwierigste Lage. Das Schicksal wehte mich jetzt nicht mehr mit einem Flügel leise an, sondern stand grau und kalt vor mir und forderte unerbittlich meinen Entschluß. Auf der einen Seite war mir die Schauspielerei in Fleisch und Blut übergegangen, auf der anderen Seite hatte ich die Zügel des Pegasus schon so fest in meinen Händen, daß ich sie nicht mehr loslassen konnte. Hier sah ich mich, meine Gedanken verausschickend, als alternden Charakterspieler in einem Wohlfahrtsheim an Kreislaufschwäche enden. Dort sah ich mich als erfolgreichen Autor mit dem Lorbeerkranz des Ruhms im weißen Haar.

In meiner Ausweglosigkeit schrieb ich wieder einmal an das Netterl und fragte sie um Rat. Der kam umgehend und genauso, wie ich es erhofft hatte. »Bleib das, was Du angefangen hast zu sein«, schrieb sie. »Auch wenn Du Dich dazu durchhungern mußt, was allerdings nicht sein müßte, Du weißt ja, warum.«

O ja, ich wußte es schon und schwankte auch ein wenig. Aber dann blieb ich doch und fuhr nicht zu ihr. Dafür kündigte jemand seinen Besuch bei mir an. Mein Verleger Ernst Geyer. Ich war sehr neugierig auf diesen Mann, der mir von Zeit zu Zeit etwas Honorar schickte. Ich würde ihn gleich fragen, ob diese Zeiträume nicht kürzer sein könnten, denn ich mußte mit meinem Geld recht haushalten, und manchmal hatte ich gar keins, so wie jetzt, als er seinen Besuch ankündigte. Ich stellte mir unter einem Verleger – ich weiß nicht warum – einen gutgenährten, korpulenten älteren Herrn vor, der mehr wußte als ich. Statt dessen kam ein langaufgeschossener Mann, der nur um zwei Jahre älter war als ich und eine dicke Hornbrille trug. Ich holte ihn erwartungsfroh vom Bahnhof in Glonn ab. Er trug einen dunkelblauen Anzug und einen weitrandigen, schwarzen Hut und brachte eine hellbraune Kiste mit, in der eine Schreibmaschine für mich war. Und was für eine! Eine »Mignon«. Sie hatte keine Tastatur, sondern auf der rechten Seite eine Art Drucktaste. Auf der linken Seite war das Alphabet, dort mußte man mit einer Art stählernem Griffel auf die betreffenden Buchstaben hinfahren, dann auf die Taste drücken, woraufhin eine kleine Buchstabenwalze auf das Papier schlug. Im Laufe der nächsten Jahre brachte ich es aber auf der »Mignon« zu einer Fertigkeit, die mich selber überraschte. Wenn man schnell schrieb auf ihr, hörte es sich an wie das Gerassel eines ausgeleierten Maschinengewehres.

Mein Verleger blieb für drei Tage. Wir aßen sehr gut im Gasthaus »Zur Lanz« und tranken auch, aber ich konnte viel mehr vertragen als er. Er sagte, daß er es auf dem Herzen habe und legte immer wieder seine Linke auf die Brustseite, wo das Herz schlägt. Manchmal vergaß er es und legte die Hand auf die rechte Brustseite. Er kaufte mir auch ein paar schwarze Feiertagsschuhe, und ein zweireihiges Jackett mußte er mir auch noch besorgen, weil ich das Gefühl hatte, daß ich mit meinen Honoraren ein bißchen zu kurz gekommen war. Dann hörte ich mit meinen Forderungen auf, weil ich befürchtete, er könnte mir sonst keine fünfzig Mark dalassen. Später habe ich erfahren, daß er aus der Schweiz kam und dort den »Jakob Voggtreuter« recht gut verkauft hatte. Darum war er so spendabel. Aber meine 60% hat er mir bei weitem nicht dagelassen. Wir sprachen auch über einen neuen Roman, und ich packte auf der Mignon gleich »Die Wildreuterin« an.

Inzwischen war es Herbst geworden. Ein wunderschöner Herbst. Die Berge lagen in dunstiges Blau gehüllt unter einem Himmel, der wie Seide war. Sie riefen mich geradezu, daß ich zu ihnen kommen solle. Jetzt begriff ich erst, was es um die Freiheit ist. Ich brauchte niemand um Erlaubnis zu fragen, ich konnte tun und lassen, was ich wollte. Und so packte ich in einen Rucksack etwas zum Essen, stieg auf mein Fahrrad und gondelte los in Richtung Westerham, Bad Aibling, und dann wollte ich weiter nach Brannenburg und von dort aus aufsteigen. Da las ich kurz nach Bad Aibling ein Ortsschild: »Kolbermoor«.

Was war denn jetzt gleich mit diesem Kolbermoor? Ach ja, richtig, von dorther war doch das Schauspielerehepaar Wirth gekommen. Ich fragte gleich den Nächstbesten, ob er einen Wolfgang Wirth kenne und wo der wohne.

Eine Viertelstunde später stand ich vor der Wohnung und klopfte an. Der Wirth Wolfgang, Gangerl genannt, lag auf dem Kanapee und hatte gerade das Rollenbüchl von »Am Himmelhof« in der Hand. Er sagte, daß er soeben an mich gedacht hätte, weil ich doch die Rolle des Leonhard in diesem Stück gespielt habe, und nun wolle er sie demnächst mit einer Laienspielgruppe aufführen. Er spiele auch den Leonhard und habe sich gerade vor Augen gehalten, wie ich die Rolle angelegt hätte. Und was ich sonst triebe, ob ich nicht mehr beim Müller sei und wo ich lebe. Daß ich schrieb, wußte er schon, weil im Rosenheimer Volksblatt mein »Jakob Voggtreuter« gelaufen war. Er sagte mir dann, daß er auch schreibe. Ein Theaterstück habe er verfaßt, und jetzt brauche er bloß jemanden, der es auf der Maschine abschreibe.

Eine Schreibmaschine hätte ich schon. Der Rede kurzer Sinn, wir einigten uns, daß ich nach Kolbermoor zog und das Stück auf der Maschine abschrieb, das er dann uraufführen wollte. Nur im Augenblick konnte ich noch nicht von Glonn weg, weil ich dem Trachtenverein dort noch ein Stück einzustudieren hatte. Es wurde genau der achte Januar, als ich nach Kolbermoor übersiedelte.

Da war ich also nun in dem berüchtigten Kolbermoor. Das Moor lag unter dem grauen Winterhimmel und wartete auf das weiße Leintuch. Wir machten uns voller Tatendrang an das Stück »Almfrieden« von Wolfgang Wirth und Hans Ernst. Der Gangerl hatte eine Ader fürs Humoristische, ich war mehr fürs Dramatische zuständig, und so bastelten wir dann mit Freude und Herzenslust ein Stück zusammen. Als wir mit dem zweiten Akt fertig waren, sagte ich zum Gangerl, er solle nun mit dem dritten Akt aufkreuzen. Da sagte er, den habe er noch nicht geschrieben, aber im Kopf hätte er den dritten und vierten Akt bereits. In seinen Kopf konnte ich allerdings nicht hineinsehen. Auch war ich anderer Meinung und sagte ihm, daß wir jetzt unbedingt zu einem dramatischen Höhepunkt kommen müßten. Und so gingen wir stundenlang durchs Moor. Es hatte geschneit, und unsere Spuren waren die ersten im frischgefallenen Schnee. Ich sollte die Hauptrolle spielen, den jugendlichen Liebhaber, der Gangerl die komische Rolle. Er hatte eigentlich ein ganz gutes Ensemble von Laienspielern beieinander, und kaum setzten wir das »Ende« unter den »Vierakter Almfrieden«, begannen wir auch schon mit den Proben. Dann wurde das Stück aufgeführt bei vollem Saal. Die Kolbermoorer ließen ihren Heimatsohn Gangerl nicht im Stich und kamen in Scharen. Das Stück wurde auch vom Trachtenverein in Glonn erworben und gespielt. Hatte man in der Kolbermoorer Zeitung das Stück über den Schellenkönig gelobt, der Glonner Kritiker zerriß es und schrieb, daß das Stück mit einem Frieden auf der Alm nichts zu tun hätte und besser »Unfrieden auf der Alm« heißen solle. Die braven Trachtler waren darüber empört und ließen mir keine Ruhe, diesem Koller Wolfgang einen geharnischten Brief zu schreiben. Dabei kannte ich Herrn Koller damals noch gar nicht persönlich. Er war Volksschullehrer, ein Bruder des späteren Generalobersten Karl Koller, ein geborener Glonner. Ich schrieb also aus beleidigtem Stolz diesen Brief an den Herrn Koller, weil er sich erlaubt hatte, das Stück zweier Dichter herabzuwürdigen. Dabei hatte der Mann völlig recht. Er wußte von einem dramatischen Aufbau mehr als ich und der Gangerl. Die Antwort auf meinen Brief bekam ich postwendend und war eine Blamage für mich, denn der Mann schrieb sehr höflich und korrekt und flocht auch ein paar Mahnungen ein. An eine kann ich mich noch genau erinnern. Sie lautete: »Man soll einen Besen nur anlehnen, niemals wegwerfen.« Und recht hatte er, tausendmal recht. Ich war ja ein Rindvieh zu glauben, daß ich keiner Kritik bedürfe. Wer sich der Öffentlichkeit stellt, muß auch Kritik vertragen können. Ich weiß nicht, wie Herr Koller über meine späteren Arbeiten urteilt, aber notgedrungen wird er, da ich ihn als ehrlichen Mann kenne, zugeben müssen, daß ich meinen Weg gemacht und meinen eigenen Stil gefunden habe. Dankbar verbunden bin ich ihm auch, weil er sich um die Werke der unglücklichen Lena Christ so verdient gemacht hat.

Ich hatte Blut geleckt und wollte nun auch etwas auf die Bühne bringen. Rasch entschlossen griff ich nach meinem Voggtreuter und arbeitete den Roman zu einem Volksstück in fünf Akten um. Diesmal ging ich sorgfältiger an alles heran, beachtete genau die Gesetze des dramaturgischen Aufbaues, und vor allem suchte ich mir die besten Laienspieler in Kolbermoor zusammen. Eine Frage war nur, ob ich auch den Saal voll bekommen würde, denn ich war ja hier ein Fremder. Ich kannte kaum jemanden. Nur die Landschaft und der Ort selber kamen meinem Herzen immer näher. Dieses geschmähte und so vielfach verrufene Kolbermoor war ja ganz anders, als man es draußen immer hörte. Saubere Straßen und schmucke Häuser und eine fleißig arbeitende Bevölkerung. Und vor allem war es die Weite des Moores, die mich gefangennahm. Wer nie im Frühling in einer ganz frühen Morgenstunde durchs Moor gegangen ist, der kann nicht ermessen, wieviel es zu verschenken hat. Wie geschmückte Bräute standen die hellen Birken auf dem dunklen Grund. Man fühlte sich verloren in der großen Weite, bis dann die ersten leisen Stimmen gleichsam mit dem Morgenrot aufkamen; der feine Morgenwind in den Kronen der jungen Birken, das Quaken der Frösche aus grünlichen Tümpeln. Viele Male bin ich die verzweigten Pfade gegangen, die Hände auf dem Rücken verschränkt, den Blick zu Boden gerichtet, immer lauschend und horchend, ob mir nichts Neues zufalle für die Vorbereitung der Uraufführung meines Voggtreuters. Ich hatte ein bißchen Angst vor der Größe des Mareissaales und auch ein klein wenig Angst vor mir selber und der Kühnheit meines Wollens, denn ich hatte das Stück ja selber geschrieben, führte selbst Regie und spielte die Hauptrolle. Wenn mir nur da nichts aus den Händen glitt. Ich hatte wieder einmal kein Geld. Aber es war merkwürdig, gerade wenn ich ganz armselig dran war, verzehrte mich immer ein wilder Ehrgeiz, aus der Misere herauszukommen.

Inzwischen war das Dritte Reich gekommen. Aber das berührte mich nur am Rande. In meinem Kopf hatte nichts anderes Platz als der Gedanke an die Uraufführung, denn ich hatte schon Unkosten, noch bevor der Vorhang aufging. Die Pächterin des Saales verlangte zwanzig Mark Saalmiete und fragte, ob die Tische weiß gedeckt werden sollten, dann koste der Saal fünfundzwanzig Mark. Ich sagte großspurig: »Natürlich weiß decken. Was wär denn das für eine Uraufführung sonst.« Ferner sollte in den Zwischenpausen und vorher eine Musikkapelle spielen. Die verlangten sechzig Mark. Auch hatte ich mir vorgenommen, jedem Spieler fünf Mark zu zahlen. Elf Spieler waren es ohne mich. Das waren also nochmal fünfundfünfzig Mark. Das waren also bereits hundertvierzig Mark Unkosten. Nobel wie ich war, richtete ich in der Buchhandlung Wagner einen Kartenvorverkauf ein. Die Presse hatte wohlwollend für mich vorgearbeitet und darauf hingewiesen, daß ich der Verfasser des Jakob Voggtreuter sei, der in der Rosenheimer Zeitung so großen Anklang gefunden hätte. Nun hätte ich den Roman zu einem Theaterstück umgearbeitet, und wie den Proben zu entnehmen sei, erwarte den Besucher ein großer Kunstgenuß.

Klopfenden Herzens sah ich dem Tag der Uraufführung entgegen. Es war ein Sonntag im März. Ein strahlender Sonntag, von einer Wärme durchflutet, als sei es bereits Mai. Um fünf Uhr nachmittags ging ich in die Buchhandlung Wagner, um mir die Vorverkaufssumme abzuholen. Und da wurde ich blaß. Ganze achtzehn Mark konnte ich dort in Empfang nehmen. Kaum jemand hatte von dieser Vergünstigung Gebrauch gemacht, obwohl es da um zwanzig Pfennig billiger gewesen wäre. Das konnte ja sauber werden! Ich wagte gar nichts mehr zu essen, so enttäuscht war ich. Um sechs herum kamen dann die Spieler langsam in die Garderobe. Ich schminkte sie schweigend. Dazwischen lief ich immer wieder zu dem Loch im Vorhang, spähte in den Saal hinaus und wurde zuversichtlicher. Um sieben Uhr strömten die ersten Menschen in den Saal und hörten nicht mehr zu strömen auf. Um dreiviertelacht Uhr telefonierte die Wirtin mit der Polizei, daß sie den Saal sperre. Über sechshundert Zuschauer waren gekommen. Jeder Platz war besetzt, hinten, bei der Schenke, standen sie noch Kopf an Kopf, und die Galerie schien unter der Last zusammenbrechen zu wollen.

Da ließ ich mir noch schnell von einer Kellnerin zwei paar Wiener und ein Brot bringen, würgte es rasch hinunter, als man mir meldete, daß draußen soeben zwei Omnibusse aus Glonn vorgefahren seien. Aber die Polizei konnte niemand mehr in den Saal lassen. Die Glonner mußten umkehren. Punkt acht Uhr nahm ich die Kuhglocke in die Hand, die Lichter im Saal erloschen, der schwere Samtvorhang teilte sich, und mein Kind, der »Jakob Voggtreuter«, erblickte das Licht der Welt auf der Bühne.

Es wurde ein rauschender Erfolg.

Immer wieder öffnete sich der Vorhang. Die braven Kolbermoorer klatschten wie besessen, riefen mich immer wieder hervor. In diesen drei Stunden war ich einer der ihren geworden. Zum Schluß stand ich dann ganz allein hinter dem geschlossenen Vorhang. Ich hätte eigentlich jubeln müssen vor Freude und Glück. Aber mir war auf einmal so schwermütig ums Herz. Ich mußte in solchen Augenblicken immer an meine tote Mutter denken. Ich spürte, wie mir die Tränen hinter den Augen schon brannten. In diesem Augenblick sprang ein bildschönes, siebzehnjähriges Mädl zwischen den Kulissen heraus, nahm mich um den Hals, küßte mich auf den Mund und – verschwand, ohne ein Wort gesagt zu haben.

Ich spielte dann das Stück noch mit dem Glonner Trachtenverein und mit dem Ebersberger Theaterverein. Und überall der gleiche Erfolg. Überall blieben dann auch ein Paar zusammen fürs ganze Leben. In Kolbermoor und in Glonn. In Ebersberg blieb ich selber an meiner Partnerin hängen, oder sie an mir, ich weiß das nicht mehr so genau. Sie war Buchhalterin, ein liebes, schwarzhaariges, lustiges Mädl, »Lumperl« nannte ich sie. Es war auch höchste Zeit, denn fürs Herz hatte ich lange nichts mehr gehabt. Und eine Buchhalterin konnte ich wohl gebrauchen in Erwartung der künftigen Einnahmen. Ich konnte nämlich mit Geld nicht recht umgehen. Ich hatte einige Schulden, die zahlte ich gleich weg. Dann kam ein gewisser Herr Cattepol, der sich für das Stück interessierte und es in einer glanzvollen Inszenierung im Kursaal zu Bad Aibling herausbringen wollte. Diesmal waren fast lauter Berufsschauspieler beisammen. Der Wild Franzl von Rosenheim, der Norman Fredl, die spätere Opernsängerin Erna Fuchs und andere. Ich spielte wieder die Hauptrolle. Es war ein schöner Frühlingsabend, die Kurgäste lustwandelten im abendlichen Kurpark und sahen die offenen Saaltüren nicht. Wir spielten für dreißig Personen. Es war eine Aufführung, über die die Presse am andern Tag schrieb, sie sei eines Staatstheaters würdig gewesen. Sicherlich war sie das, aber ich zahlte schwer drauf dabei. Mein Geld schwand dahin wie der Schnee unter einem Föhnwind im März.

Eines Tages, es war inzwischen Mai geworden, klopfte es an meiner Tür, und wer stand, elegant und geschniegelt wie immer, draußen? Mein alter Kumpan und Schauspielerkollege Marquard Zwanziger. Er hatte vom Norman Fredl erfahren, wo ich wohnte. Seine erste Frage nach der Begrüßung war gleich: »Hast du Geld?«

Ich klimperte in meiner Hosentasche. Genau dreiundachtzig Pfennige hatte ich noch. Und der Marquard sagte, daß er schrecklichen Hunger habe. Die dreiundachtzig Pfennige reichten für ein Stück Limburger Käs, zwei Semmeln und eine halbe Bier. Während wir im Wirtsgarten also Brotzeit machten, erzählte der Marquard, daß er mit Riesch von Südamerika nach erfolgreicher Tournee zurückgekehrt sei, sich aber in Hamburg mit Roman Riesch entzweit habe und nun in Rosenheim bei der Fürlbeckbühne sei. Ich sah ihn dann dort auch bei einer Aufführung von Ludwig Thomas »Magdalena« als »Paulimann« und war baff erstaunt, welch prächtiger Schauspieler aus dem Marquard geworden war. Es dauerte keine acht Tage, dann saß er schon wieder auf dem hohen Roß und war aus der »Soße« heraus. Eine reiche Enddreißigerin versorgte ihn reichlich mit allem, was er brauchte. Mir hatte mein Verleger auch wieder einmal fünfzig Mark geschickt, weil ich ihm geschrieben hatte, und so waren die nächsten Wochen recht sorglos. Wir steckten fast ständig beisammen, der Marquard und ich. Einmal gingen wir an einem Sonntagnachmittag zu einem Sportfest in Kolbermoor. Der SVK hatte erstaunlich gute Leichtathleten, besonders eine Damenriege fiel auf, die sich gerade zu einem Vierhundertmeterlauf aufstellte. Eine kleine Schwarze war darunter mit einer eigenwilligen Stirnlocke und leicht vorstehenden Backenknochen. Als der Startschuß fiel, schoß sie los wie ein Pfeil von der Sehne. Der Marquard stieß mich an:

»Schau dir diesen prächtigen Stil an. Und wie die laufen kann! Als wär sie aufgezogen wie eine Maschine!«

Ich starrte auch wie fasziniert hinter den wirbelnden Beinen her, und als sie hernach an mir vorbeiging, sagte ich nicht sehr galant:

»Sie laufen wie eine Lokomotive, Fräulein.«

Sie blieb stehen, sagte gar nichts, schaute mich nur immer aus ihren braunen Augen an, wurde dann feuerrot und rannte in die Kabine. Ich fragte einen Bekannten, wer dieses Mädchen sei, und erfuhr, daß es eine Bauerntochter von Kolbermoor wäre. »Olympiareif«, sagte er voller Stolz. »Aber vorerst schicken wir sie einmal zum deutschen Turnfest nach Stuttgart.«

»Donnerwetter«, sagte der Marquard. Ich sagte gar nichts.

Aber das Gesicht hatte sich mir eingeprägt. Daß ein Mädchen überhaupt noch so rot werden konnte! Und warum war sie so rot geworden? Der Don Juan rührte sich schon wieder in mir. Aber ich hing ja noch an der Angel vom Lumperl, wenn auch nicht mehr so fest wie am Anfang.

Merkwürdige Zeiten gingen durch das Land. Es wurde viel hinter Fahnen hermarschiert. Ich marschierte nicht, noch nicht, ich war für Politik nicht aufgeschlossen, die interessierte mich einfach nicht. Um so mehr befaßte sich der Marquard damit, und ich erschrak oft vor dem Haß, der aus ihm herausbrach, wenn er über die neue Regierung sprach. Erst allmählich begriff ich ihn und versuchte ihn abzulenken, wollte ihn trösten.

»Jetzt übertreib es nicht, Marquard. Dir sieht doch kein Mensch an, daß du Halbjude bist.«

»Hast du eine Ahnung, was die alles ausschnüffeln! Der Riesch Roman weiß das auch, darum geht er im Herbst wieder auf Tournee nach Südamerika.«

Nun verstand ich allmählich, warum er oft so gereizt und mißmutig war. Jetzt bedauerte er, daß er sich mit Roman Riesch entzweit hatte. Gab es denn da gar keine Versöhnung mehr? Das wäre doch gelacht. Ich dachte lange darüber nach, und als er wieder einmal seine düsteren Zukunftsvisionen hatte, sagte ich:

»Jetzt paß einmal auf, Marquard: Ich weiß nicht, ob es wirklich so wird, wie du sagst. Und wenn – du weißt genau, daß ich dich bei mir verstecken würde. Ich bitte dich nur um eins. Zu mir kannst du sagen, was du willst, reagier dich meinetwegen bei mir ab, aber sei in Zukunft vorsichtiger, wenn andere dabei sind. So, das wär das eine. Zweitens, ich merk doch, wie es dich quält, daß Riesch wieder nach Südamerika geht und du nicht mitkannst. Du mußt deinen Stolz beugen, Marquard, mußt zu ihm fahren und dich entschuldigen. Es mag schwer sein, ja, aber das andere, was du auf dich zukommen siehst, ist auch nicht leicht. Ich hab noch zwanzig Mark, die geb ich dir. Fahr nach Lenggries und rede mit Roman Riesch. Und wenn es wirklich nichts ist, werden wir schon einen Ausweg finden.«

Daraufhin sah er mich lange und recht nachdenklich an. Dann sagte er: »Fahr mit.«

Wir fuhren beide nach Lenggries. Der Riesch stand gerade in einer Remise, wo er seine Theaterrequisiten aufbewahrte. Als er den Marquard sah, breitete er die Arme aus und zog ihn an die Brust. Der Marquard brauchte gar nichts sagen. Er blieb gleich bei ihm und fuhr mit ihm wieder nach Südamerika. Diesmal fiel uns der Abschied schon recht schwer. Ich meinte, daß es einer fürs Leben sei.

Am Pfingstsamstag fuhr ich mit dem Rad nach Brannenburg, um eine Bergtour zu machen. Endlich wollte ich einmal auf eine Alm. Ich konnte nicht immer über Jäger, Wilddiebe und Sennerinnen schreiben, wenn ich nicht das Leben auf den Almen aus eigener Erfahrung kannte. Ich wollte es selber erleben. Eigentlich war es ein Weg ohne Ziel. Ich wußte nicht, ob ich schon auf der Schlipfgrubalm übernachten, ob ich zur Schuhbräualm aufsteigen sollte oder zur Ramboldalm. Das beste war, ich zählte es an den Knöpfen meiner Joppe ab. Das Orakel riet: »Zur Schuhbräualm.«

Ich kam in eine richtige Gesellschaft hinein. Die Sennerin, die Kathl, war die Erziehungstochter des Bauern Rauscher von Flintsbach, dem die Alm gehörte, ein strammes Mädl mit viel Humor und einem Herzen wie Gold. Nicht, daß ich mit ihrem Herzen nähere Bekanntschaft gemacht hätte. Nein, uns zwei verband später etwas ganz anderes, ich möchte sagen, ein geschwisterliches Gefühl. Sie war ein Kumpel, mit dem man Pferde hätte stehlen können. Vorerst aber kannten wir uns noch gar nicht. Ich schlief mit vielen anderen im Heu und stieg am Pfingstmorgen auf die Hochsalwand. Ich hatte das noch nie erlebt, so hoch auf einem Gipfel sitzen und zu sehen, wie die Sonne langsam über den Heuberg heraufgekrochen kam. Ans Gipfelkreuz gelehnt, saß ich da, die Hände um die aufgezogenen Knie verschlungen, schaute ich mit trunkenen Augen umher. Von der Lechneralm kam das leise Geläute der Herdenglocken zu mir herauf, das Kreuz auf dem Wendelstein glühte im Licht der aufgehenden Sonne, und der Morgenwind ging mit leisem Rauschen durch das unter mir liegende Latschenfeld. Ich hatte das Gefühl, als hätte ich noch nie so eine stille, feierliche Stunde erlebt, wie an diesem lichtdurchfluteten Pfingstmorgen des Jahres 1933. Als wäre ich dem Herrgott ganz nahe, so kam es mir vor, und ich dankte ihm aus vollem Herzen, daß er mich die wunderlichen Wege meines Lebens so sicher geleitet hatte. Ich faltete die Hände und schloß die Augen. Alles kam jetzt zu mir auf den Gipfel, meine Kindheit, meine Knechtsjahre, die Wanderzeit beim Theater, die Jahre des Schriftstellerns. Das war ja eine ganz schöne Reihe von Bildern, und zum ersten Mal kam mir zum Bewußtsein, daß es eigentlich ein ganz bewegtes Leben war. Träume waren aufgestanden und wieder verweht. Mädchen hatten an meinem Herzen geruht und waren wieder gegangen.

Um acht Uhr kam ich auf die Schuhbräualm zurück. Die Kathl stellte mir eine Schüssel voll Milch hin, Butter und Brot. Da sah ich auf dem Fensterbrett mit Zwirnsfäden zusammengenähte Zeitungsausschnitte meines »Jakob Voggtreuter«. Ich griff danach und fragte: »Wer liest denn da bei euch?«

Die Kathl riß mir den Roman fast aus den Händen, als hätte sie Angst, ich würde ihn ihr nehmen.

»Den müßtest lesen«, sagte sie. »Da liegt was drin.«

»Ja?« sagte ich. »Wovon handelt er denn?«

Und während die Kathl die Stube aufräumte und hernach für das Mittagessen herrichtete, erzählte sie mir vom Lieben und Leiden des Jakob Voggtreuter, schmückte manche Szene noch viel besser aus, als ich sie kannte, und ich wollte mir das merken. Ich saß am Tisch, rauchte meine Pfeife und amüsierte mich köstlich dabei. So zwischenhinein fiel ihr dann noch ein, daß kürzlich von Rosenheim ein paar Bergwanderer zugekehrt wären und erzählt hätten, daß der Verfasser den Roman in ein Theaterstück umgearbeitet habe und daß das Stück in Kolbermoor aufgeführt worden sei. Wenn sie das gewußt hätte, keine zehn Roß hätten sie daran hindern können, sich die Aufführung anzuschauen. Den Hans Ernst möchte sie kennenlernen. »Aber unsereins lernt ja so berühmte Leute nicht kennen«, meinte sie. Wenn der einmal zu ihr auf die Alm käme, dem würde sie die besten Schmankerl aufkochen, und der brauchte keinen Pfennig dafür bezahlen. Das wollte ich mir auch merken, wenn ich gerade wieder einmal auf dem Trockenen saß. Dann munterte ich sie auf, mir doch den Roman noch fertig zu erzählen. Das konnte sie aber nicht, weil sie ihn noch nicht ganz gelesen hatte. Und so erzählte halt ich ihr den Schluß.

»Aha«, sagte sie dann. »Du hast ihn also auch schon gelesen?«

»Nein, ich hab ihn geschrieben.«

Ich werde nie vergessen, wie entgeistert die Kathl mich anstarrte. Sie glaubte es nicht, bis ich ihr meinen Ausweis zeigte. Als sie dann nicht mehr zweifeln konnte, meinte sie: »Da muß ich mich aber jetzt niedersetzen.« Und sie setzte sich mir gegenüber auf die Bank, legte beide Arme auf die Tischplatte und schaute mich von unten heraus eine lange Zeit schweigend an. Dann nickte sie, als wäre sie zufrieden mit mir, und sagte: »Schaust eigentlich aus wie halt andere Menschen auch. Bloß deine Händ, die hab ich gestern schon immer anschaun müssen – was du für feine, schmale Händ hast.« Sie langte über den Tisch herüber und strich mir über die Hände, als wolle sie sich überzeugen, ob das wirklich lebende Gebilde seien. »Bleibst zum Essen da«, sagte sie dann, und das hörte sich an wie ein Befehl. Ich blieb nur zu gerne. Eigentlich sagte niemand Kathl zu ihr, sondern nur »Kath«. Die »Schuahbräukath« war sie. Man nannte sie auch »die eiserne Sennerin«, weil sie als einziges Bauernmädl im Inntal damals schon den Führerschein hatte und auch wirklich Auto fuhr.

Ich kam dann noch oft auf die Schuhbräualm, manchmal war ich gleich zwei Wochen oben. Ich kam mit Jägern und Bauern zusammen, und es mag so manch heimlicher Wilderer dabei gewesen sein. Die Kath gab mir manchmal ein heimliches Zeichen mit den Augen, das hieß dann soviel als wie: »Der ist auch schon nausgegangen.« Im übrigen wäre es der Kath gar nicht drauf angekommen, die Büchse in die Hand zu nehmen.

Wenigstens schwärmte sie davon. In mondhellen Nächten sah man die Hirsche über das Almfeld wandern. Wir saßen auf der Hüttenschwelle und starrten auf die grauen Schatten. In jenem Sommer machte ich mir Notizen für den Roman »Monika«, in dem ich mir die Kath als Vorbild nahm. Nebenbei hackte ich Holz, es war eine herrliche, ungebundene Zeit und eine ungeheure Fundgrube für mein späteres Schaffen. Die Kath nahm nie Geld von mir, und ich weiß noch wie heute den Tag, als wir unter dem Vordach der Hütte saßen. Ein schweres Gewitter war gerade vorübergegangen und nach Osten abgezogen. Im Westen schien bereits wieder die Sonne und warf einen schillernden Regenbogen auf die abziehende schwarze Wolkenwand. Da sagte die Kath: »Dort müßt man sein, wo der Regenbogen ist, dort regnet es nämlich jetzt Gold auf die Erde.« Ich hatte gar nicht gewußt, daß die Kath auch solch materielle Wünsche hatte. Aber weil sie das von den Goldstücken gesagt hatte, kam mir plötzlich der Gedanke, ihr zu versprechen:

»Paß einmal auf, Kath. Du sorgst für mich wie eine Mutter. Du nimmst nie einen Pfennig von mir an. Ich weiß, daß es Blödsinn ist – aber solltest du jemals in eine bedrängte Lage kommen, dann wende dich an mich. Ich werde dir immer helfen, so gut ich kann. Auf diese Weise könnte ich dann so manches gutmachen. Versprich mir das, Kath.«

Sie schaute mich eine Weile sonderbar an. Ich hab nie ergründen können, was in ihr vorgegangen ist. Aber sie streckte mir plötzlich die Hand hin und sagte nur: »Gut, ich werd mich dran erinnern.«

Während der Sommer gnadenvoll vorüberging, beendete ich die »Wildreuterin« und saß an einem neuen Roman, »Wo die Bergwaldtannen rauschen«. Da erreichte mich die Nachricht meines Verlegers, ich solle zu ihm in die Rheinpfalz kommen, um dort einen »Saarroman« zu schreiben. Die Arbeit reizte mich, zumal er schrieb, er habe schon einen Vorentwurf dazu. Auf der anderen Seite hatte ich in Kolbermoor eine Menge guter Freunde gewonnen, und der Ort selber war mir bereits fest ans

Herz gewachsen. Ich überlegte, ob ich das Angebot annehmen sollte. Wie immer, wenn ich vor so schweren Entscheidungen stand, schrieb ich an das Netterl.

»Natürlich gehst Du hin«, antwortete sie gleich per Eilpost. »Du kannst Deinem Schicksal doch nicht entrinnen. Außerdem liegt die Rheinpfalz näher bei Düsseldorf.«

Ich kannte mich schon aus, was sie damit meinte. Zeitweilig wohnte sie nämlich dort bei ihrem Mann, wenn sie nicht gerade auf dem Birkenhof oder in ihrem Landhaus bei Cattolica war.

Bevor ich abreiste, begegnete mir die kleine Schwarze wieder, die so schnell laufen konnte, und von der man gesagt hatte, daß sie olympiareif sei. Sie kam gerade mit dem Rad dahergefahren und stieg ab, als ich mich ihr in den Weg stellte. Warum ich das tat, wußte ich selber nicht. Vielleicht bildete ich mir ein, daß sie sich freue, wenn ich mit ihr redete. Einfachen Menschen bin ich schon immer zugetan gewesen, Menschen, die sich geben, wie sie sind, und nichts Gekünsteltes an sich haben.

»Na, wie geht's denn immer, schönes Kind?« fragte ich. Und sie sagte, daß es ihr gut ginge und daß sie von ihrem Verein nach Stuttgart zum Deutschen Turnfest geschickt worden sei.

Alle Achtung, dachte ich, weil ich wußte, daß dorthin jeweils nur die Besten geschickt wurden. Ich betrachtete unauffällig ihre straffe, sportliche Figur und ihr Gesicht mit den leicht vorstehenden Backenknochen. Ein slawischer Typ, dachte ich wieder, und dann erzählte ich ihr, daß ich Kolbermoor verlassen und in die Rheinpfalz ziehen wolle. Ich konnte mir nicht erklären, warum sich plötzlich so eine Enttäuschung in ihrem Gesicht abzeichnete und warum ihre Hand auf der Lenkstange so zitterte.

»Mach's gut, Mädl«, lachte ich. »Trainier nur jetzt fest für die Olympiade!«

»Ich wünsche Ihnen halt dann auch recht viel Glück für die Zukunft«, sagte sie mit seltsam belegter Stimme. Dann gaben wir uns die Hand und gingen auseinander. Ich war schon ein ganz schönes Stück weg, als ich mich noch mal umdrehte. Da stand sie noch immer an ihr Fahrrad gelehnt und schaute mir nach. Es mutete mich ganz seltsam an, weil sie so verlassen und wie verloren dastand.

Mein Verleger Ernst Geyer hatte seinen Wohnsitz in Kübelberg, nahe der saarländischen Grenze. Der Verlag war nur postalisch in Homburg-Saar eingetragen. Jeden Tag mußte jemand dort hinfahren und die Post abholen. Der Verlag bestand nur aus dem Verleger. Sein Bruder half ihm nach Feierabend, wenn er Zeit hatte, denn er war leidenschaftlicher Fußballer beim FC. Kaiserslautern.
Ich hatte mir eigentlich einen Verlag ganz anders vorgestellt, mit Angestellten und so weiter. Na ja, mir war das gleich. Die Verlegersfrau war eine freundliche, liebe Person und sorgte für mein leibliches Wohl. Untergebracht war ich in einem Zimmer im Schulhaus. Das gehörte zur Wohnung des Lehrers, und der war zu meiner größten Freude aus Oberbayern, nämlich aus Wasserburg am Inn. Mang schrieb er sich, Leonhard Mang, ein ungemein gescheiter Mann, von dem ich alles noch lernte, was mir an Grammatik fehlte. Der Leonhard war so gutmütig, daß es schon beinahe strafbar war. Das wußten auch seine Schüler, und seine Frau wußte es auch. Sie war kalt und streng, wie eine eiserne Jungfrau.
Am zweiten Tag meines Dortseins legte mir mein Verleger das Exposé des Romans vor, der »Wetterleuchten an der Saar« heißen sollte. Es waren etwa zehn Seiten, mit Schreibmaschine geschrieben, und ich war entsetzt, als ich es gelesen hatte. Etwa so: Ein Oberbayer im Pfälzerwald. Ein blondes, blauäugiges Mädl war auch dabei, das sich in den Oberbayern unsterblich verliebte. Vor kurzem war in Neunkirchen an der Saar eine furchtbare Gaskesselexplosion gewesen, bei der nahezu hundert Personen den Tod gefunden hatten. Das sollte auch eingebaut werden. Am anderen Vormittag kam mein Verleger voll gespannter Erwartung und fragte mich, was ich von dem Exposé hielte. Ich sagte ihm, was meine volle Überzeugung war, nämlich, daß ich so einen Mist noch nie gelesen hätte und daß man auf so was nie einen Roman aufbauen könne. So ein

ungläubiges Gesicht hatte ich noch nie gesehen, und ganz zaghaft fragte er mich, wie ich es mir denn vorstelle. Ich sagte ihm, daß er mir jetzt zunächst einmal vierzehn Tage Zeit lassen müsse. In diesen vierzehn Tagen fuhr ich mit dem Fahrrad über Land, fuhr nach Neunkirchen, schaute mir den ungeheuren Scherbenhaufen der Explosion an, beabsichtigte die Stummschen Eisenwerke, unterhielt mich mit Bergarbeitern, die aus der Grube kamen und die nebenbei noch kleine Landwirte waren. Allmählich formte sich in mir ein Bild. Die Saar war damals noch von Franzosen besetzt, unterschwelliger Haß war zu spüren. Mich aber bewegte mehr Völkerversöhnendes, und so erwuchs in mir das Bild eines jungen Bergmanns, dessen Schwester einen französischen Zöllner liebte. Daß die Franzosen die Gruben ausbeuteten, war auch kein Geheimnis. Und die Sehnsucht der Saarländer nach der größeren Heimat Deutschland war auch nicht wegzuleugnen. Also ließ sich aus diesem Problemen und Spannungen schon etwas machen. Und ich schrieb wie besessen. Nicht mehr auf der Mignon, sondern jetzt auf einer richtigen Schreibmaschine, einer »Olympia«. Nach vier Wochen war ich fertig und setzte das »Ende« unter den Roman. Der Verleger mußte zugeben, daß dies doch ganz was anderes wäre als sein Entwurf.

Anschließend ging ich daran, das Theaterstück »Jakob Voggtreuter« auf Matern zu schreiben, hundertmal abzuziehen und mit Klammern zusammenzuheften. Und natürlich an Vereine in Bayern zu verschicken. Das Geld dafür sollte mir gehören. Anschließend machte ich es mit dem Roman »Wo die Alpenrosen blühen« genauso. Ich arbeitete damals wie besessen vierzehn Stunden täglich. Erst hernach kam eine schöne, stille Zeit für mich, und ich meinte, nun könne keine Wolke mehr den Himmel meiner Zufriedenheit trüben.

Es war mir eigentlich noch nie so gut gegangen. Zum ersten Mal hatte ich genügend Geld, verfügte außer meiner Berglertracht noch über zwei Anzüge und zwei entzückende Schäferinnen. Die erste war eine Friseuse. Mit ihr konnte man, was das Äußere betraf, schon Staat machen. Sonst war sie kein

...llzu großes Licht. Ihr Lieblingsthema waren Männer mit Haarproblemen, und ich war ihr da ein geeignetes Studienobjekt, denn ich bekam schon ganz schöne Hofratsecken. Als sie ihre Stelle wechselte und nach Basel ging, schenkte sie mir zum Andenken eine Flasche Haarwuchsmittel.

Die zweite war eine Metzgermeisterstochter. Die suchte ich mir aber nicht aus, weil ich Hunger hatte. Den kannte ich jetzt nicht mehr, und ich konnte mir die Erzeugnisse ihres Herrn Papas kaufen. Nein, sie war ein recht danschiges Dingerl, mit netten Grübchen in den Wangen, wenn sie lachte, und wollte von mir immer wissen, ob es denn wahr sei, daß es auf den Almen meiner Heimat keine Sünde gäbe.

Ach ja, es war eine herrliche, unbekümmerte Zeit. Ich brauchte auf niemanden aufzupassen, kein Mensch konnte mir etwas anschaffen, ich war frei und unabhängig. Aber mehr als alle Unabhängigkeit bedeuteten mir die menschlichen Beziehungen. Ich gewann Freunde, mit denen mich heute noch herzlicher Kontakt verbindet. Wie ganz von selbst wuchs meine Sicherheit im Auftreten, und ich konnte mich mit dem Regierungspräsidenten genauso zwanglos unterhalten wie mit einem Diamantenschleifer, von denen es da drüben eine Anzahl gab. Man kann nämlich viel lernen, wenn man nicht vergißt, daß der liebe Gott einem die Augen gegeben hat, um zu sehen, und die Ohren, um zu hören. Stets war ich aber darauf bedacht, mich auf kein Parkett zu begeben, auf dem ich ausrutschen könnte. Erst wenn ich ein Thema gründlich genug durchdacht hatte, warf ich es in die Debatte, ohne den Eindruck zu erwecken, mehr wissen zu wollen als andere. Ich hörte einmal zwei Damen im Nebenraum über mich sprechen:

»Seine Art sich zu geben ist einfach und anziehend«, sagte die eine, worauf die andere dann antwortete:

»Er ist ganz einfach ein Kontaktmensch, ohne daß er es weiß. Und das ist das Schöne an ihm. Seine Natürlichkeit zieht einen einfach in seinen Bann.«

So ähnlich hatte es damals die Sybille Schmitz in der Behringersmühle auch gemeint. Aber damals verstand ich noch nicht, was damit gemeint war. Aber es war schon was wert, so zu sein, wie ich war, und ich tat mich in vielem leichter als mein Freund Jakob, der Gemeindeoberinspektor war und eine glänzende Erscheinung. Wenn der Jakob eine Eroberung machen wollte, schickte er immer erst mich vor. Ich tanzte mit der betreffenden Dame, raspelte meine lustigen Sprüche herunter, und wenn ich sie dann an unsern Tisch gebracht hatte, war mein Freund so liebenswürdig ehrlich, mir wenigstens einen Wink zu geben, daß er jetzt schon allein weiter wisse. Zum Glück hatten wir nicht denselben Geschmack.

Manchmal, in stillen Stunden, hielt ich Rückschau auf meine Vergangenheit. Welch eine gewaltige Änderung hatte sich vollzogen von der Schulstraße 21 über die Bauernhöfe, das Wandertheater bis zur jetzigen Oase des Friedens, in der ich Freiheit atmete. Im Schulgarten vor meinem Fenster stand eine alte Linde mit einer Bank darum. Oft saß ich in der Dämmerung unter dem grünen Blätterdach und ließ meine Gedanken auf Wanderschaft gehen.

Das Netterl hatte mir auch wieder einmal geschrieben. Ihre Briefe waren geistige Nahrung, ihr Wünschen war nur zwischen den Zeilen zu lesen. Sie weilte zur Zeit wieder auf ihrem Birkenhof. Warum sollte ich eigentlich nicht hinfahren? Mich hielt doch niemand davon zurück.

Ich machte nur den Fehler, ihr mein Kommen nicht mitzuteilen. Ich wollte sie überraschen. Und so mußte ich bei glühender Hitze von der Bahnstation aus zu Fuß nach dem Birkenhof gehen, derweilen Netterls Wagen untätig in der schattigen Garage stand.

Ich konnte nicht gleich feststellen, ob sich das Netterl über meinen unverhofften Besuch freute oder nicht. Eigentlich hatte ich erwartet, daß sie mir um den Hals fallen würde. Das tat sie aber nicht. Sie stand nur ganz still und sah mich eine Weile schweigend an. Dann nahm sie mich am Arm und führte mich in die große Diele, in der es kühl war wie in einem Dom. Dort erst sagte sie:

»Ich habe gefühlt, daß du kommst. Aber du hättest mir

schreiben sollen, dann hätte ich dich von der Bahn abgeholt oder ein Kutschengespann hingeschickt. Aber – du wirst nun ein Bad nehmen wollen. Fühl dich nur ganz wie zuhause.«

Das tat ich auch. Das Netterl machte es mir sehr leicht, sie war so natürlich und mütterlich. Das Gutshaus lag abseits von den Wirtschaftsgebäuden, in denen auch das Gesinde wohnte. Außer einem Dienstmädchen war niemand in dem großen Herrschaftsbau. Es waren jetzt fast vier Jahre, daß wir uns nicht gesehen hatten. Aber sie hatte sich kaum verändert, nur braungebrannt war sie jetzt. Damals, in Liebenzell, war sie so blaß. Ich fragte sie hernach, als ich mich umgezogen hatte, wie lange ich bleiben könne. Darauf sagte sie, daß sie mir das doch schon in Liebenzell gesagt habe. Ob ich es vergessen hätte. Ich hatte es nicht vergessen. Aber was war denn das bloß für eine Gegend? Alles brettleben, keine Berge, fast keine Wälder, und die Luft roch nach Meer. Allerdings mußte ich mir hernach eingestehen, daß auch diese Gegend ihre Reize hatte. Ganz herrlich war dieses Land mit den unermeßlich weiten Feldern. Wir gingen Arm in Arm. Das Korn rauschte das Lied der Erde. Irgendwo aßen wir zu Nacht in einem sauberen Landgasthof. Das Netterl war hier bekannt, denn sie wurde mit außerordentlicher Höflichkeit behandelt. Ein Teil davon fiel auch auf mich ab. Wir saßen auf einer Terrasse, ein Windlicht brannte vor uns auf dem Tisch. Es waren mehrere Leute auf der Terrasse, und jedermann mußte annehmen, daß ich der Geliebte dieser Frau war, weil Eheleute sich nicht so zärtlich die Händchen halten und die Stirnen nicht so zutraulich aneinanderlehnen. Aber mir war das gerade recht, denn ich fühlte mich doch sehr in der Fremde, und das Netterl schenkte mir mit ihrem Anschmiegen eine tiefe Geborgenheit. Wir sprachen natürlich über meine Schriftstellerei. Ich war immer wieder erstaunt, was diese Frau alles wußte. Ihr Urteil war klar, ihre Kritik messerscharf. Einmal unterbrach ich sie, um zu fragen, ob sie an mich glaube. Es wäre mir sehr wichtig, es von ihr zu erfahren.

»Natürlich glaube ich an dich«, sagte sie. »Sonst würde ich ja bei diesem Thema nicht so lange verweilen. Du wirst das Ziel zwar nicht schon in ein paar Jahren erreicht haben, aber einmal wirst du dort sein. Daran glaube ich so fest, wie die Sterne da oben ihren Weg gehen.«

Sie war wirklich der einzige Mensch, der so unbedingt an mich glaubte. Das schenkte mir ungeheures Vertrauen zu mir selber. Sie war eine wunderbare Frau. Ich sagte ihr das auch und glitt damit in ein heikles Thema hinein, denn ich sagte ihr, daß eine Frau wie sie unbedingt Kinder haben müßte. Sofort ließ sie den Kopf sinken und griff nach ihrem Weinglas. Erst nach einer langen Zeit sagte sie:

»Ja, ich weiß. Aber ich müßte mich dazu operieren lassen.«

»Und davor hast du Angst?«

»Nicht die mindeste Angst, wenn du sagst, daß ich es tun soll.«

»Das kann und darf ich dir nicht raten, Netterl.«

»Ich hab dir ja auch geraten damals, daß du Schriftsteller werden sollst, auch wenn du hungern müßtest.«

»Das ist doch ganz was anderes, Netterl.«

»Ich weiß nicht, ob der Unterschied gar so groß ist zwischen einer Mutter und einem Schriftsteller. Ein Schriftsteller geht doch auch schwanger mit seiner Idee und bringt schließlich sein Geisteskind zur Welt.«

Sonderbare Anschauungen hatte diese Frau. Sie sagte, wenn sie es tue, sei es höchste Zeit, denn nun sei sie sechsunddreißig. Aber wenn sie in die Klinik gegangen sei, würde sie hernach in ihr Landhaus nach Cattolica fahren. Und dorthin müßte ich dann unbedingt kommen.

Das versprach ich. Aber sie wollte unbedingt, daß ich es ihr ganz feierlich in die Hand hinein verspräche.

Als wir heimgingen, war es, als klinge die Luft vom Geflimmer der Sterne. Anette war auf einmal so aufgelockert, gerade als ob durch meinen Handschlag Schweres von ihr abgefallen wäre. Ihr Gesicht leuchtete still im Licht des Mondes.

Vierzehn Tage war ich auf dem Birkenhof. Ich kannte ihn bis in den letzten Winkel. Meine bäuerlichen Jahre waren zurückgekommen, mich interessierte alles, es gab soviel Neues. Ich unterhielt mich stundenlang mit dem Baumeister. Die Leute am Hof meinten, ich sei ein Verwandter der Frau, und ich beließ sie bei diesem Glauben. Nur als das Netterl einmal eine Teepartie gab und dazu ein halbes Dutzend vornehme Leute einlud, machte sie gar kein Hehl daraus, daß ich ein Autor wäre, der auf ihrem Gut Studien für einen neuen Roman betreibe. »Wie heißt doch der neue Roman?« fragte sie unvermittelt.

Ich sah sie mit einem unwilligen Blick an, denn sie wußte doch, wie ungern ich über Unvollendetes sprach.

»Die Wildreuterin«, sagte ich und schob dann das Gespräch schnell in eine andere Richtung, sprach von der Landschaft und deren Gegensätzlichkeit zu meiner Heimat. Wenn man auf ein Glatteis geführt wird, muß man immerzu reden, auch wenn es gar nicht zum Thema paßt, hatte mir einmal einer gesagt, ein alter, grauer Besenbinder, der wahrscheinlich schon zu den Sternen gegangen war. Daß ich nur der Studien wegen hier war, das glaubte man sowieso nicht. Dazu konnte das Netterl ihre Blicke zu wenig im Zaum halten. Während ich einmal auf die Terrasse hinausging, um eine Zigarette zu rauchen, gesellte sich ein pensionierter Oberst zu mir und meinte mit vertraulichem Augenzwinkern, ich könne von Glück sagen, daß ich eine solche Mäzenin hätte.

»Wie bitte?« fragte ich schärfer, als vielleicht gewollt.

Er wechselte auch sofort das Thema und erinnerte mich daran, daß ich vorhin gesagt hätte, diese Landschaft hier löse in mir Glücksempfindungen aus. Wie geschwollen ich schon daherreden konnte! Und wie sie mir alles abnahmen! Ehrlich war ich dann allerdings, als er mich fragte, ob ich für immer hier leben möchte. Da sagte ich sofort nein. Ich brauche meine Berge, sagte ich, und den enzianblauen Himmel darüber. Und auch Menschen meines Schlages. Diese Friesen waren hochgewachsene, schöne Menschen, aber so furchtbar ernst.

Ich war auch hier Frühaufsteher und werde es wahrscheinlich mein ganzes Leben lang bleiben. Von meinem Fenster aus sah ich am Morgen die Gespanne aus dem Hof fahren. In dieser frühen Stunde wurde mir dann klar, wie sehr sich mein Weg gewandelt hatte. Vielleicht war es unter Tausenden von Knechten nur einem vergönnt, aufzusteigen in einen Glanz hinein, bei dem man nur darauf achten mußte, daß er einen nicht blendete.

Ich war einer von den Tausenden.

Wir fuhren in Anettes Wagen nach Hamburg und an das Meer. Wir strolchten durch die blühende Heide, und ich konnte Loens erst jetzt ganz verstehen. Nie wird mein Dank ausreichen, den ich dieser Frau schulde, die mir die Welt erschlossen hat. Bei ihr hatte ich das Gefühl vollkommener Zufriedenheit. Wie schnell man sich doch an den Zustand des Glücks gewöhnen kann. Mir war, als könne es gar nicht mehr anders sein.

Als ich zurückfuhr, brachte mich das Netterl mit ihrem DKW zur Bahn. Sie sagte, ich solle den Führerschein machen, dann würde sie mir zu Weihnachten diesen Wagen schenken.

Am Bahnhof wollte ich mich noch einmal für alles bedanken. Aber ich kam gar nicht dazu, denn sie warf plötzlich beide Arme um mich und hielt mich wie in Todesangst umklammert. Unter Schluchzen fragte sie:

»Du kommst doch bestimmt nach Cattolica?«

»Aber ganz bestimmt, Netterl.«

Als wir uns geküßt hatten, sah ich auf dem Bahnsteig den Oberst a. D. stehen. Er hatte ein Monokel im linken Auge und rauchte eine lange, dünne Zigarre.

Ich meinte, daß ich Monate weg gewesen wäre. Über mir lag eine leise Verzauberung, und es brauchte einige Tage, bis ich mich daraus gelöst und wieder in meinen Alltag hineingefunden hatte. Aber es blieb doch eine merkwürdige Unruhe in mir. Ich glaube, ich habe einen sechsten Sinn bekommen und ahne gewisse Dinge voraus, Veränderungen, Unannehmlichkeiten oder sonstige Ereignisse. Irgendwo saß immer das Schicksal versteckt und spann seine Fäden. Eines Tages erhielt ich einen Brief, der eine Veränderung andeutete. Mir schrieb die Verlagsanstalt Manz in München, daß sie in der Reihe ihrer Buchausgaben auch eine Serie Heimatromane starten wolle und ob ich geneigt wäre, mitzuarbeiten. Wenn ja, dann möge ich ein Manuskript einsenden. Die Bücher kämen in einer geschmackvollen Ausgabe heraus.

Und ob ich geneigt war! Mein ganzes Sinnen und Trachten, mein Träumen und Sehnen gipfelte doch stets nur um den einen Wunsch, ein wirkliches Buch von mir in Händen zu haben. Die Zeitungsabdrucke machten meinen Namen wohl bekannt, aber es war kein Glanz dabei, der Glanz war matt wie eine Milchglasscheibe und hatte keinerlei Ausstrahlung. Ich kam immer in Verlegenheit, wenn ich als Schriftsteller vorgestellt wurde, denn unweigerlich kam dann die Frage:

»Ach, Schriftsteller? Wo, bitte, sind denn Ihre Bücher erschienen?« Man konnte sie noch nirgends kaufen. Und wenn wirklich jemand in eine Buchhandlung ging und nach einem Buch von mir fragte, dann hieß es:

»Hans Ernst? Mir völlig unbekannt. Paul Ernst, Otto Ernst, ja, aber ein Hans Ernst? Nein, ist uns kein Begriff.«

Aber ich werd euch schon noch zum Begriff werden, nahm ich mir vor.

Zunächst aber schrieb ich ans Netterl einen langen Brief, teilte ihr die frohe Botschaft gleich mit und sagte ihr in meiner Freude auch sonst noch viel Liebes. Vor allem wiederholte ich auch mein Versprechen, nach Cattolica zu kommen. Ihre Antwort kam sofort wie ein Echo. Sie beglückwünschte mich zur Wende in meinem Schaffen, sie könne mir gar nicht sagen, wie sehr sie sich auf den Augenblick freue, wenn sie das erste Buch von mir in Händen halte. Sie teilte mir auch mit, daß sie meinen Brief gerade noch rechtzeitig erhalten habe, denn am Montag fahre sie nach Hamburg, um den kleinen Eingriff an sich vornehmen zu lassen.

Am Freitag erhielt ich dann ein Telegramm mit den nüchternen Worten, die wie Hammerschläge wirkten:

»Anette verschieden. Beerdigung Dienstag den 18. September, nachmittags drei Uhr im Friedhof Duisburg-Meiderich.

Richard Schulke-Scholl.«

Ich starrte auf das Papier und konnte es nicht fassen. Das Netterl soll auf einmal nicht mehr sein? Schulke-Scholl war der Name ihres Mannes. Wie kam er dazu, mir das Telegramm zu schicken? Wieso wußte er meine Anschrift? Was wußte er überhaupt von mir?

Die ganze Nacht irrte ich ziellos umher. Am Morgen suchte ich einen befreundeten Arzt auf. Er saß gerade beim Frühstück. Ich wollte von ihm wissen, wie ein so kleiner Eingriff gleich todbringend sein könne. Er kenne den Fall nicht, aber er vermute eine Embolie. »Übrigens«, sagte er, »du schaust auch ganz erbärmlich aus. Mach dich einmal frei.«

Mir fehlte aber sonst nichts, ich war gesund wie immer. Nur schlafen konnte ich schlecht. Er gab mir eine Tablette, und ich schlief durch bis in den nächsten Morgen hinein. Natürlich fiel meine Niedergeschlagenheit auf. Ich konnte mich zu keiner Fröhlichkeit aufschwingen und begann zu trinken. Ich trank ziemlich viel in diesen Wochen, um mich zu betäuben und dann schlafen zu können. Erst allmählich fand ich wieder zu mir, wenn ich auch das Schicksal nicht verstand, das seine Schläge so willkürlich austeilte. Wann würde es das nächstemal zuschlagen?

Es dauerte gar nicht lange. Am Allerheiligentag, als mein Verleger mit seiner Familie zum herkömmlichen Gräberbesuch ging, saß ich ganz allein in seinem Büro. Er hatte mich darum ersucht, falls gerade ein Telefongespräch kam. Ich saß also da und las in den »Buddenbrocks«, die mir das Netterl mitgegeben hatte. Als ich mich einmal zurücklehnte, um über einen Satz nachzudenken, fiel mein Blick zufällig auf einen Karteikasten, den ich noch nie zu Gesicht bekommen hatte. Ich weiß selber nicht, was mich veranlaßte, in den Karteikarten zu blättern. Die Karten vom »Voggtreuter« waren gelb, die von den »Alpenrosen« grün und die von »Wetterleuchten« blau. Zuerst traute ich meinen Augen nicht, was ich da alles zu sehen bekam. Da mußte man doch den Bleistift nehmen und zusammenrechnen. Um Himmelswillen, was war denn das? Demnach hätte ich ja für meinen Voggtreuter aus den Zeitungsabdrucken im ersten Jahr schon über zweitausend Mark erhalten müssen. »Wo die Schwarzwaldtannen rauschen« war auch viel öfter abgesetzt worden. Zum Schluß sah es dann so aus, daß ich fast um eine fünfstellige Zahl benachteiligt worden war. Ich sage absichtlich benachteiligt und nicht betrogen, obwohl ich für den Voggtreuter ganze 480 Mark und für die »Alpenrosen« auch so was bekommen hatte. Ich hätte flott leben können, in Wirklichkeit hatte ich gehungert.

Daß ich dazu nicht schweigen konnte, war klar. Mein Verleger wurde gar nicht einmal blaß, als ich es ihm vorhielt. Er behielt sein bubenhaftes Lächeln bei und nahm auch den Bleistift zur Hand. Die Schuhe kamen auch auf die Rechnung und die Joppe, die er in Glonn für mich gekauft hatte. Die »Mignon« auch und die »Olympia.« Ferner Verpflegung und Unterkunft bei ihm. Er konnte gut rechnen, besser jedenfalls als ich. Unsere Auseinandersetzung war heftig, aber doch nicht so heftig, daß ich meine Hand zu leihen genommen hätte. Ich war ruhiger geworden mit den Jahren. Ich war schon ein ganz guter Schriftsteller geworden, aber ein Kaufmann war ich nicht und würde wohl auch nie einer werden. Meine Freunde rieten mir zu einem Prozeß. Aber das wollte ich auch nicht, und ich mußte meinem Verleger sogar recht geben, wenn er mir vorrechnete, daß ohne ihn wahrscheinlich noch keine Zeile von mir gedruckt worden wäre und daß ich in diesem Jahr bei ihm doch ein ganz sorgenfreies Leben geführt hätte. Aber das Mißtrauen war nun einmal da, und zum mindesten mußte ich meine Konsequenzen ziehen. Ich packte meine Koffer. Nun hatte ich schon drei große Koffer.

Bevor ich abreiste, lud mich die Metzgermeisterstochter an einem Sonntagnachmittag zum Kaffee ein. Im Flur heraußen empfing mich ihre Mutter und war so auffallend freundlich zu mir, wie ich es gar nicht gewohnt war. Hintenherum hatte ich nämlich erfahren, daß ich ihr ein Dorn im Aug war und daß sie meinetwegen schon viele schlaflose Nächte gehabt hätte. Wegen ihrer Tochter nämlich. Sie nahm mir den Mantel ab und fragte gleich:

»Ich hab gehört, daß Sie abreisen?« Die Frage war so gestellt, daß ich boshaft antworten mußte. Ich sagte, daß ich tatsächlich am Montag abreise und daß ich das Gefühl hätte, sie würde sich darüber freuen. Und die Metzgersfrau war so ehrlich wie bei ihrer Waage im Laden, wenn sie ein Pfund Rindfleisch drauflegte und dann fragte: »Ein bißchen mehr ist es, macht's was?« An ihrer Figur konnte ich mir übrigens ausmalen, wie ihre Tochter einmal im Alter aussehen würde. Ganz schön mollig nämlich, so um die zwei Zentner herum. Ich hatte ihre Tochter immer »Muscherl« genannt, sie war ein barocknes Dingerl, ein bisserl pausbackig, aber von herrlichem Wuchs. Als dann die Metzgermeisterin die Stubentür öffnete, sah ich mein Muscherl auf dem Plüschsofa sitzen, und neben ihr saß ein langaufgeschossener Mann mit einer Hornbrille. Man hätte ihn für einen Oberinspektor beim Bezirksamt halten können, aber er war Lehrer in irgendeinem Bauerndorf. Die Metzgermeisterin rieb sich die Hände und sagte mit satter Zufriedenheit:

»Und das ist Marias Verlobter.«

Der Herr stand auf und reichte mir die Hand und sagte, daß er sich freue, mich kennenzulernen. Ich sagte, daß dies ganz meinerseits wäre, und so logen wir einander ganz munter was vor, denn erstens freute er sich wahrscheinlich nicht, und zweitens war es mir nicht angenehm, daß er da war. Ich hatte von seiner Existenz nämlich bisher nichts gewußt. Aber nachdem das Schicksal mit seiner Peitsche in letzter Zeit recht heftig auf mich einknallte, ging es auf das auch nicht mehr zusammen. Mein Muscherl saß da, nachdem sie mir Kaffee eingeschenkt hatte, mit im Schoß gefalteten Händen und züchtig niedergeschlagenen Augen, so wie eben Barockengerl dasitzen, wenn sie zufrieden sind.

Ich fragte den Herrn, wie lange er bleibe. Er sagte, daß er um acht Uhr abends wegfahren müsse, weil er morgen früh wieder im Klassenzimmer stehen müsse. Ich, als Schriftsteller, hätte es in dieser Hinsicht natürlich schöner, weil ich frei und ungebunden sei. Ich rührte verdrossen in meiner Kaffeetasse und dachte nach, wie ich der Gesellschaft hier eins auswischen könnte. Dann lehnte ich mich auf das gestickte Sofakissen zurück, auf dem geschrieben stand: »Über allen Wipfeln ist Ruh«, und sagte:

»Sie haben völlig recht. Ich bin frei und ungebunden. Sie dagegen haben eine gesicherte Existenz. Sie wissen, was Sie kriegen, wenn der Monat um ist. Das ist eine ungeheure Beruhigung für eine Frau und auch für die verehrte Schwiegermama.«

»Ja, da haben Sie recht«, sagte die Metzgermeisterin ganz ehrlich. Das Muscherl aber schaute mich recht erschrocken an, als hätte es gedonnert. Ich hielt mich auch nicht lange auf, wünschte allen alles Gute für die Zukunft, besonders dem jungen Paar, und bemühte mich, möglichst straff hinauszugehen.

Am Abend packte ich die letzten Sachen in meinem Zimmer noch zusammen, als es so um Viertel nach acht an mein Fenster klopfte. Mein Barockengerl stand draußen. Sie hatte ihren Verlobten an die Bahn begleitet und wollte sich auch von mir jetzt verabschieden. Vor allem wollte sie richtigstellen, daß sie noch gar nicht verlobt wäre, das wolle ihre Mutter erst zu Weihnachten arrangieren.

»Aha«, sagte ich. »Verlobung unterm Weihnachtsbaum. Wie niedlich. Auf alle Fälle, sei es wie es will, hat es sich ausgemuscherlt, darüber bist du dir doch klar. Zumindestens hättest du mir das sagen müssen. Aber auf einem freien Schriftsteller kann man ja nach Belieben herumtrampeln.«

Das saß, ich merkte es gleich. Vor allem, daß es sich schon ganz ausgemuscherlt habe, konnte sie nicht glauben. Die Barockarmerln legten sich um meinen Hals und der süße rote Mund flüsterte, daß sie mich nie vergessen würde. Ich hätte halt auch nie was vom Heiraten gesagt. Und ich wüßte vielleicht nicht, wie Mütter seien, die wollten ganz einfach, daß ihre Töchter gut unter die Haube kämen. Ich nahm ihr glühendes Gesichtl in die Hände und fragte:

»Sag nur gleich, daß da mit einer Zeitungsannonce was angebandelt worden ist?«

Sie nickte. Und da erbarmte sie mir halt doch wieder.

Am andern Tag, um zehn Uhr, fuhr ich weg. Alle meine Freunde waren an der Bahn. Die Böll Hedy und ihr Mann, der Böll Hans, ein Vetter des Dichters Heinrich Böll. Der Brömer Jakob und die Defland Anni. Mein Landsmann, der Lehrer Mang, der mich beneidete, daß ich nach Oberbayern zurückfuhr und er dableiben mußte. Auch mein Verleger war da und seine Frau. Von ihr verabschiedete ich mich besonders herzlich, denn sie war eine gute und tapfere Frau, die immer auf mein leibliches Wohl geschaut hatte.

Dann fuhr der Zug hinaus. Auf der Rückseite des Metzgerhauses stand das Muscherl und winkte mit einem weißen Taschentuch. Ich war nun doch ein bißchen traurig, all die lieben Menschen verlassen zu müssen.

Mit achthundert Mark in der Brieftasche fuhr ich heim. Das war zu jener Zeit ein ganz schöner Batzen Geld.

Heim! Ja, wo war ich denn eigentlich daheim? Überall und nirgends. Aber nun wollte ich seßhaft werden. Und wo wollte ich denn das anders sein als in meinem lieben, vertrauten Glonn.

Zunächst blieb ich ein paar Tage in München, ersteigerte mir bei einer Auktion einen Schreibtisch mit Aufsatz, eine Couch, einen Tisch, zwei Stühle und ein kleines Bücherregal. Mit diesen Dingen richtete ich mich in Glonn in einem leeren Zimmer ein und begann sofort an dem Roman »Toni Zaggler« zu schreiben.

Da saß ich also mit eigenen Möbeln in einer Mansarde mit Balkon. Frühling war es wieder einmal. Wenn die Sonne aufging, wenn der Kuckuck im nahen Wald schrie, das Klingeln des Sensendengelns durch die heilige Frühe ging und am südlichen Horizont die Berge aus den feinen Nebeln stiegen, saß ich schon an meinem Schreibtisch. Der »Toni Zaggler« war bereits in Druck und sollte im Juli als Buch erscheinen. Ich hatte ihn im Vorabdruck in die Schweiz an eine Wochenzeitschrift verkauft und mir von diesem Honorar gleich ein Motorrad gekauft. Eine

250er Zündapp war es, ein unverwüstliches Vehikel, mit dem ich schnell überall hinkam.

Um diese Zeit schrieb ich den Roman »Wo die Heimatglocken läuten«, denn ich hatte begriffen, daß man es nur durch eisernen Fleiß zu etwas bringen kann. Bei mir war es aber nicht Fleiß allein, sondern eine wahre Besessenheit. Über meinen früheren Arbeiten lag noch die Unbekümmertheit der Jugend. Jetzt aber erfaßte ich allmählich den wirklichen Sinn des Schreibens. Nur Einfältige denken, daß man allein um der Eitelkeit, des Ruhmes oder des Geldes wegen schreibt. Natürlich wird sich das eines Tages lohnend niederschlagen, aber wenn man die Begabung in sich spürt, denkt man nicht an Ruhm und Geld. Da denkt man auch an die, die es einmal lesen, selbst in fernen Jahren noch, wenn man selber nicht mehr ist. Man denkt daran, daß sich der Leser daran erfreuen könnte, wenn er betrübten Herzens ist. Freude will man verschenken, sonst nichts. Glücklich der, der es auf diese Weise kann.

Ich hatte den Pflug auf dem Feld stehen lassen und dafür die Feder in die Hand genommen. Ein anderer Acker war es, der gepflügt sein wollte. Vielleicht kehrt mein Sohn oder einer meiner Enkel wieder zum Pflug zurück. Aber vorerst hatte ich noch keinen Sohn und nicht einmal eine Mutter für einen Sohn. Ich saß nur vor einem Damenschreibtisch und verströmte meine ganze Liebe an meine Gestalten, an den Florian und das Gittli. Sie waren meine Kinder, denen ich die ganze Wärme meines Herzens schenkte. Und ich hatte schon Angst, wenn ich mich wieder von ihnen verabschieden und sie entlassen mußte.

Nebenbei spielte ich noch Theater mit meinen Laienspielern in Glonn. Wir führten meine Stücke »Wo die Alpenrosen blühen« auf, »Almenrausch und Edelweiß« und andere. Eines Tages sprach man mich darauf an, ob ich nicht Lust hätte, auch anderswo die Laienspielgruppen ein bißchen zu betreuen. Und ob ich Lust hatte! Ich war ja wie besessen vor Arbeitslust. So fuhr ich am Abend oft mit meinem Motorrad nach Grafing, nach Hohenlinden, nach Egmating usw. Die Laienspielgruppen wuchsen damals wie Schwammerl im Wald. Ich besuchte die

Proben, gab Anleitungen und sicherlich auch manch guten Rat. Bezahlt wurde ich dafür nicht. Es geschah aus Lust und Liebe. Für diese Tätigkeit verlieh man mir den Titel »Kreislaienspielwart.« Ich bildete mir nichts ein auf diesen Titel ohne Mittel. Nur Neider begriffen es nicht und sagten: »Wie kann denn der Laienspielwart werden, wenn er gar nicht bei der Partei ist?« Das war ganz einfach, mich zwang niemand, der Partei beizutreten. Ich begriff gar nicht einmal, daß ich mich mit meiner Leidenschaft fürs Theater auf ein Parkett begeben hatte, auf dem ich später einmal ausrutschen sollte.

Wenn ein Mann seine Lebenserinnerungen schreibt, dann darf er sich nicht hinsetzen und etwas verschweigen, das den Spiegel seiner Bekenntnisse trübt. Dann muß er ehrlich sein, wie vor dem Tisch eines Richters. Dann darf er auch nicht sagen: »Ich bin gezwungen worden.«

Ich bin nicht gezwungen worden. Ich trat am 1. Oktober 1938 der Partei bei, bewahrte mir aber jene kritische Distanz, die es mir gestattete, ein innerlich freier Mensch zu bleiben.

So, da steht es jetzt. Klagt mich meinetwegen deshalb wiederum an.

Immer wieder einmal ging ich zur Kath auf die Schuhbräualm und verbrachte dort ein paar Tage, um in aller Ruhe zu schreiben. Schreiben war mein Lebenselexier geworden. Vor lauter Schreiben kam ich zu keiner richtigen Herzdame mehr, und ich begann schön langsam einsam zu werden. Aber gerade diese Einsamkeit brauchte ich. In ihr wuchs etwas Starkes heran, ich durfte mich nicht verzetteln. Und Glonn war gerade der richtige Ort für mich. Verträumt und still, die Luft kam von den Bergen, und der Kupferbach plätscherte mir das altvertraute Lied. Ich ging viel spazieren, aber niemals am Tag, wie die Sommerfrischler, sondern entweder ganz früh oder wenn es schon dunkelte. Es mag dumm klingen, aber es war mir peinlich, am Tag durch die Gassen zu spazieren, durch die ich einmal als Knecht mit dem Pferdefuhrwerk, die Peitsche knallend, gefahren war. Wahrhaftig, ich genierte mich, obwohl ich niemanden etwas schuldig war. Natürlich wollte ich auch kein Sonderling oder gar Einsiedler sein. Ich kehrte ganz gern in der Lanz ein. Dort saßen sie alle, die ich in guter Erinnerung hatte. Der Schweiger fragte mich jedesmal, ob ich den Apfelstrudel immer noch so gern möchte. Der Alois saß auch manchmal dort, mein Kumpan vom Roßstall, der ehemalige Haberfeldtreiber. Er hatte in seinen alten Tagen noch geheiratet und war jetzt Rentner. Klein und gebeugt saß er am Biertisch und hielt sein Krügl mit beiden Händen umklammert. Als wir uns zum erstenmal nach den vielen Jahren auf der Straße begegneten, zog er tatsächlich den Hut vor mir und nannte mich Herr Ernst. Ich blieb sofort stehen und fragte, ob er spinne und ob ich nicht mehr der Hans von früher für ihn sei. Ein sichtbares Aufatmen ging durch den alten Fuhrknecht, und er konnte wahrhaftig lachen. Ich hatte längst vergessen, daß wir uns einmal mit Messer und Mistgabel gegenübergestanden waren. Ich bin überhaupt der Meinung, daß man niemandem etwas nachtragen soll. Nur der Wille zum Gutsein muß da sein.

Eines Tages nun, ich werde ihn nie vergessen, hielt ich mein erstes Buch in Händen. Den »Toni Zaggler«. Ein Leinenband mit herrlichem Umschlag. Dieser Augenblick war wie eine stille Morgenstunde, die auf die Sonne wartet. Und wie immer in solchen Augenblicken mußte ich an meine tote Mutter denken. An den Vater auch, aber doch inniger an die Mutter. Dank für beide strömte aus meinem Herzen, daß sie mir das Leben geschenkt hatten, dieses schöne, gesegnete Leben, das ich jetzt führen durfte. Ich mußte auch an das Netterl denken und war traurig, daß sie diesen Augenblick nicht mehr erleben durfte. Ich hätte ihn ihr so gerne vergönnt, meinem blauen Domino, der so unbeirrt an mich geglaubt hatte. Es waren schon viele aus dem Leben gegangen, die ich gut gekannt hatte. Die Hammer Wab'n war 1928, vierunddreißigjährig, an Schwindsucht gestorben. Der Hammer Hausl, mein erster, wirklicher Jugendfreund, starb 1935 mit zweiunddreißig Jahren, ebenfalls an Schwindsucht. Und ich hatte einmal Zigaretten auf Kippe mit ihm geraucht. Aber ich strotzte immer noch vor Gesundheit. Ich bin an einem Sommermorgen vor ihrem Grab gestanden und hab dabei an meine schwere Jugend gedacht. Von der Wurzi und vom Wiggerl wußte ich nichts mehr. Neue Freunde verdrängten das Alte. Doch eines Nachmittags läutete es am Gartentürl drunten. Ich trat auf den Balkon hinaus, und wer stand drunten? Die Wurzi mit ihren beiden Kindern. Sie war mit dem Zweiuhrzug gekommen. So eine Freude kann man nur schwer beschreiben. Es ist so wundersam, wenn alles wieder lebendig wird und man sich erinnert, daß man einmal Kind gewesen ist. Und was für ein Kind. Das Mädl war so alt wie die Wurzi damals, als wir unsere Zigeunerhochzeit gehalten hatten. Der Bub war um zwei Jahre jünger.

Die Wurzi hatte sich recht gut verheiratet mit einem Ingenieur von den Maffeiwerken. Das hatte auch seine Richtigkeit, ich konnte mich davon überzeugen, als ich die Familie Ranftl einmal besuchte.

Ich führte die drei in mein Zimmer herauf, und die Wurzi schaute sich um.

»Schön hast du es hier«, sagte sie. »Mußt du da auf der Couch schlafen?«

Voller Stolz hob ich den Oberteil meiner Couch hoch und zeigte ihnen das Bettzeug, das tagsüber da unten untergebracht war. Die Kleine fragte gleich: »Onkel, mußt du da unten nicht ersticken?« Die hat gemeint, ich schliefe darin und machte den Deckel zu.

Ein herziges Mädl übrigens, genau wie die Wurzi einmal. Natürlich war ich auf Kinderbesuch nicht eingerichtet, und wir gingen miteinander durch den Wald zur Schießstätte. Zuerst aber mußte ich noch eine Bitte erfüllen. Die Wurzi nahm nämlich aus ihrer Handtasche ein Buch, meinen »Toni Zaggler«, und sagte, ich müsse ihr da etwas hineinschreiben. Ich schrieb ihr ganz was Schönes hinein und fragte, wie sie mich überhaupt gefunden habe. Das sei ganz einfach gewesen, sagte sie. Sie sei in die Verlagsanstalt Manz gegangen, und dort habe sie erfahren, wo der Autor Hans Ernst wohne.

Ich hatte mein erstes Autogramm gegeben und ahnte nicht,

daß es noch Tausende werden sollten. In der Schießstätte lud ich meinen Besuch zu Kaffee und Kuchen ein. Die Kinder bekamen Eis, und ich fühlte mich sehr stolz als Gastgeber. Wir hatten uns unendlich viel zu erzählen, und die Stunden flogen nur so dahin mit lauter »Weißt du noch...?« Der Wiggerl war übrigens jetzt Oberleutnant und in Garmisch stationiert.

Vor lauter Ratschen hatte die Wurzi den Fünfuhrzug versäumt, und wir beratschlagten gerade, wie ich sie allesamt mit meinem Motorrad heimbringen könnte. Wenigstens bis Ramersdorf. Da kam der Jagdpächter und Direktor der Olexgesellschaft, Hans Mayer-Seebohm, herein und fragte gleich mit dröhnendem Lachen, ob ich ihm bisher Frau und Kinder verschwiegen hätte, zu so einer hübschen Frau könne er mir bloß gratulieren. Wir waren im Lauf der Jahre gute Freunde geworden, und weil er sowieso noch nach München mußte, nahm er die Wurzi und ihre Kinder in seinem Wagen mit. Beim Abschied stand die Wurzi ganz nah vor mir, und wir schauten uns an wie damals am Lagerfeuer. Dann beugte sie sich vor, küßte mich, und ich küßte sie auch, ganz zart, so wie Bruder und Schwester sich küssen.

Nach diesem Besuch wurde ich ein bißchen schwermütig. Warum war ich noch immer allein? Die Angst, keine Frau ernähren zu können, hätte ich doch nicht mehr zu haben brauchen, denn die Honorare flossen ganz anständig, und außerdem schrieb ich ja unentwegt.

»Wo die Alpenrosen blühn« hatte ich schon eingeschickt, ich saß bereits über den »Tannhoferbuben.«

Manchmal fuhr ich nach München ins Theater. Nach einer Aufführung von La Boheme ging ich ins Café »Orlando di Lasso« auf eine Tasse Kaffee. Es war Konzert dort, und das Lokal war ziemlich gut besetzt. Kaum hatte ich Platz genommen, sah ich an einem Nachbartisch einen Herrn sitzen, der mir in unangenehmer Erinnerung war. Er war in Begleitung einer sehr schönen Dame, die ich in meiner Bauernknechtzeit heimlich verehrt hatte. Mein Gutsbesitzer aus Orthofen strahlte übers ganze Gesicht. Da sagte die Dame etwas zu ihm, und er schaute ganz abrupt zu mir her. Er zeigte seine Goldzähne, machte den rechten Zeigefinger krumm und winkte mir. Was bildete sich denn dieser Protz ein? Einmal hatte er mich um die sechste Morgenstunde von seinem Hof gejagt, ohne daß ich wußte, warum. Und jetzt winkte er mich zu sich heran, so wie man einen Dackel winkt. Ich lehnte mich zurück, machte ebenfalls meinen Finger krumm und winkte ihn zu mir her. Und er kam tatsächlich.

»Ich hab grad gehört, du wärst unter die Schriftsteller gegangen?« sagte er. »Das ist ja ganz erstaunlich.«

»Wieso?« fragte ich. »Wem es Gott gegeben, der soll es nützen.«

»Ganz richtig«, lächelte er, ob ich mich nicht zu ihnen an den Tisch sitzen möchte.

Warum nicht. Ich hatte mir ja vorgenommen, niemals nachtragend zu sein. Ich ging mit ihm, reichte seiner Begleitung die Hand und sagte: »Servus, Betty. Nett, daß wir uns wieder einmal sehn.«

»Ach, ihr kennt euch?« fragte er.

Ich sagte: »Ja, aber nicht so gut, daß es des Eiferns wert wäre.«

Er verstand den Seitenhieb sofort und wurde rot über die Stirn hin. Dann bestellte er Sekt und schenkte die Gläser ein. Später hat er diese Betty auch geheiratet, und wir kamen des öfteren noch zusammen.

Das Jahr neigte sich bereits wieder dem Ende zu. Ich studierte wieder ein Theaterstück ein, besuchte andere Gruppen und schrieb noch mehr als im Sommer.

Ich war vital in dieser Zeit wie selten zuvor. Mich interessierte einfach alles, sogar Fußball. Und als mich die Glonner Fußballer als ihren Vorstand wollten, konnte ich es auch nicht abschlagen, nicht, weil ich etwa titelsüchtig geworden wäre, sondern weil es mich einfach reizte, aus diesen tüchtigen Burschen, die bis zur C-Klasse hinuntergerutscht waren, wieder eine bessere Mannschaft zusammenzuschweißen. Die Autorität besaß ich, und das war zunächst einmal wichtig. Leider waren Dreß und Fußballstiefel in einem verheerenden Zustand.

Es mußte da ganz was Neues her. In der Kasse aber war gähnende Leere. Wir setzten uns zusammen und überlegten, wie wir aus dieser Misere herauskommen könnten. Da entschloß ich mich kurzerhand, ein Theaterstück einzustudieren und zwar »Das Glück vom Reidhof«. Ich spielte den Gerichtsdiener Schimmel, der Mittelstürmer, von Beruf Kaminkehrer, mußte den Amtsrichter spielen. Die Proben verliefen ganz prächtig, ich hatte überhaupt keine Angst, daß was schief gehen könnte. Wir spielten an einem Samstagabend. Um vier Uhr hatte ich vorsichtshalber noch mal eine Probe angesetzt. Wer nicht erschien, war mein Kaminkehrer, mein Freund Ossi Staimer. Er kam erst um halb sieben Uhr mit einem Fetzen Rausch im Rußgewand von Egmating zurück, wo er den Brauereikamin gekehrt hatte. Um Gotteswillen, dachte ich, was soll das bloß werden. Zunächst brachten wir ihn heim. Seine Frau steckte ihn gleich ins Bad und kochte ihm einen starken Kaffee. So konnte doch glücklicherweise um acht Uhr vor vollbesetztem Saal der Vorhang aufgehen. Mein Amtsgerichtsrat, der eigentlich ruhig und ausgeglichen wirken sollte, hatte gläserne Augen und schrie die Angeklagte Riedhofbäuerin dermaßen an, daß ich ihm zuflüstern mußte: »Schrei doch nicht so, du Hirsch!« Darauf sah er mich glotzend an und fragte: »Wer ist ein Hirsch.« Das hätte selbst mich, der ich doch das ganze Stück aus dem ff heraus beherrschte, aus dem Konzept geworfen.

Es ging aber dann doch alles glücklich vorbei. Wir spielten es zweimal, und dann fuhr ich mit dem Meßner Sepp sofort nach München. Wir kauften von dem Reinerlös ganz neue Dress, weiß und rot. Auch einen Sportlerball zog ich auf. Ich ließ mir damals meinen ersten Smoking schneidern, und meine Ballkönigin war die angesehene Geschäftstochter, die Schweiger Anni. Einer meinte etwas sarkastisch: »Der Smoking steht ihm gut, aber auf der rechten Schulter sieht man die Delle noch, wo er früher die Mistgabel getragen hat.« Über diese Feststellung amüsierte ich mich köstlich. Warum auch nicht? Es war ja keine Schande, einmal Bauernknecht gewesen zu sein. Vielleicht sprach auch der Neid ein bißchen mit. Mir war die Hauptsache, den Verein wieder hochzubringen. Was niemand geglaubt hatte, der Verein kämpfte sich aus der C-Klasse heraus, beherrschte die B-Klasse und stieg zur A-Klasse auf. Es waren prächtige Burschen. Leider blieb die Hälfte der Mannschaft später in Rußland. Das letzte Tor hatte sich hinter ihnen geschlossen. Ich hätte um jeden einzelnen weinen mögen, denn sie waren mir alle ans Herz gewachsen.

Es kam ein Tag, der war so grau und trostlos, wie nur ein Novembertag sein kann. Allerseelenstimmung herrschte in der Natur, der Wind riß die letzten Blätter von den Bäumen und stöhnte um die Ecken des Hauses, das frei und einsam auf einer kleinen Anhöhe stand.

Bei mir im Zimmer war es warm und gemütlich. Die Kohlen glühten im kleinen Ofen, und auf dem Schreibtisch brannte die Lampe mit dem grünen Schirm, denn es fiel schon die Nacht ein, obwohl es erst kurz nach fünf Uhr war. Es begann zu schneien und zu regnen durcheinander, man hätte keinen Hund hinausjagen mögen bei solchem Wetter. Ich schrieb gerade den letzten Satz einer Kurzgeschichte, als es an meine Tür klopfte. Ich dachte, es wäre vielleicht die Hausfrau, und sagte: »Herein!«

Die Tür öffnete sich zaghaft, und im matten Lichtschein stand in einem Lodenumhang, einen schweren Rucksack aufgebürdet und einen Koffer in der Hand, die Kath von der Schuhbräualm.

Erfreut sprang ich auf.

»Du, Kath? Ja, wo kommst denn du her?«

Sie wollte lachen, aber das mißlang ihr völlig. Statt dessen schluckte sie ein paarmal heftig, und die Augen füllten sich mit Wasser. Mit Mühe und Not brachte sie heraus: »Du hast einmal g'sagt, wenn ich in Not komm, dann hilfst du mir. Und jetzt bin ich in Not.«

Natürlich wollte ich helfen. Gott sei Dank war ich jetzt in der Lage dazu. Zuviel Gutes hatte dieses Mädl an mir getan, sie hatte meinen Hunger gestillt, als ich arm war wie eine Kirchenmaus. Sie hatte mir zu trinken gegeben und ein warmes Lager im Heu. Und niemals hatte sie gefragt, ob ich's ihr lohnen würde.

Ich nahm ihr Koffer und Rucksack und den nassen Lodenumhang ab und nötigte sie zunächst einmal zum Niedersetzen. Wie sie so dastand, ohne Lodenumhang, hab ich gleich geahnt, was mit ihr los war. Ich setzte mich zu ihr und nahm ihre Hand. »So, Kath, nun erzähl mir einmal ganz der Reihe nach, was passiert ist.«

Das übliche. Die Kath hatte sich in einen Unteroffizier aus der Brannenburger Kaserne verliebt. Das war nicht ohne Folgen geblieben, und ihre Erziehungseltern hatten sie aus dem Haus gewiesen, weil ihnen der Unteroffizier zu wenig war. Ja, und jetzt stand sie halt auf der Straße und wußte nicht wohin. Ich tröstete sie, so gut ich konnte, und sagte, sie solle jetzt einmal ganz ruhig sein, und was sie meine, daß ich für sie finden solle.

Sie sagte, daß sie bei einem Bauern einstehen möchte oder so was Ähnliches. Das war natürlich um diese Zeit recht schwer. Um Lichtmeß herum wäre es leichter gewesen. Aber notfalls würde ich sie halt solange bei mir aufnehmen. Zunächst ging ich zu meinen Hausleuten hinunter und fragte, ob die Kath in dem kleinen Zimmer unten schlafen könne. Dann ging ich in die Wirtschaft, holte Aufschnitt und Bier, und wir setzten uns gemütlich zusammen. Die Kath hatte seit dem Morgen nichts mehr gegessen und hatte einen herrlichen Appetit. Hernach las ich ihr meine neue Kurzgeschichte vor, und sie sagte: »Du kannst gleich über mich auch einen Roman schreiben.« Dann wurde sie müd und legte sich schlafen.

Am andern Tag ging ich in aller Früh los, fragte umeinander und hatte Glück. Beim Christlmüller brauchten sie eine Magd. Schöner hätte es gar nicht passen können. Beim Christlmüller hatten sie nämlich auch ein Auto, aber niemand hatte einen Führerschein. Doch die Kath hatte einen. Besser hätte sie es nicht treffen können. Ich war von Herzen froh, daß ich ihr hatte helfen können. Es wandelte sich dann für die Kath doch noch zu einem guten Ende. Der Resch Sepp wurde zu einem andern Truppenteil versetzt, bekam dort eine Dienstwohnung, und sie konnten bald heiraten. Unsere Freundschaft aber blieb über die ganzen Jahre hinweg bestehen.

Eine richtige Freundschaft war für mich immer bindend. Und ich hatte wertvolle Freunde gefunden. Wir waren damals sechs Junggesellen, die in der Lanz mittags im Abonnement aßen für sechzig Pfennige. Und da kam die Wirtin auch noch immer aus ihrer Küche heraus und fragte, ob wir satt wären. Zwei von uns hatten ein Auto, und sonntags flogen wir meistens aus, sofern ich nicht mit meinen Fußballern unterwegs sein mußte. Ein recht beliebter Ausflugsort für uns Junggesellen war der malerische Ort Wildenholzen. Es war aber nicht die Romantik dieser Einöde allein, die uns dorthin zog, sondern die bildhübsche Wirtstochter, das Stinauer Marerl, die Klavierspielen konnte und auch sonst recht geschickt war. Sie konnte nämlich mit jedem so reden, daß er meinte, er stünde ihrem Herzen besonders nahe. Ich meinte das auch, weil sie in meiner Mansarde einmal sagte, daß in das Eck, wo das Bücherregal stand, auch ihr Klavier hinpasse. Und als ich einmal in ihrer Wirtschaft im Nebenzimmer mit einem Tintenbleistift meinen Namenszug auf die Tischplatte schrieb, wischte sie wochenlang mit dem nassen Staublumpen in einem Bogen drum herum, weil sie ihn nicht auslöschen wollte. Wenn das nichts bedeuten sollte! Daß es nichts bedeutete, begriffen wir verliebte Gimpel erst, als immer häufiger ein Gastwirt und Metzger von Bruckmühl mit einem schweren Motorrad angebraust kam und sie uns schließlich vor der Nase wegheiratete. Wir fuhren trotzdem zu viert auf ihre Hochzeit, weil wir ihr so anhänglich waren, und mein Freund Richard, der Zahnarzt, sagte:

»Das Marerl soll sich nicht verlassen fühlen an ihrem Hochzeitstag.«

Der Winter war endlich vorüber. Man schrieb das Jahr 1938. Es ging mir verhältnismäßig gut, die Honorare trafen regelmäßig ein, ich hatte jetzt ein Bankkonto, und es war schon so weit, daß ich mir ein Mädl hätte anlachen können, bei dem ich hätte bleiben mögen. Ich hatte mir vorgenommen, erst dann zu heiraten, wenn ich eine Frau ernähren könne, richtig ernähren, meine ich, nicht bloß mit Milchsuppe und Kartoffelpuffer. Es sollte halt eine Frau sein, die gern am Herd stand, mit mir am Tisch saß, nachts meine Träume bewachte und von Politik nichts wissen wollte. An Geld dachte ich überhaupt nicht. Es ist zwar sehr schön, wenn eine Frau in die Ehe etwas mitbringt, aber es darf nicht ausschlaggebend sein, wenn man ein Mädl gern hat.

Ja, schön langsam wurde ich reif für die Ehe. Es lief mir bloß die Richtige nicht über den Weg, wenn ich auch noch so umeinanderflatterte wie ein Zitronenfalter. Mir gingen auch allmählich die Kosenamen aus, die da hießen: Muckerl, Hascherl, Bopperl, Herzerl, Patscherl, Muscherl, Stutzerl, Mauserl, Katzerl, Schnuckerl, Spatzerl und so weiter.

So nahte das Pfingstfest. Am Pfingstsonntag regnete es in Strömen. Nach dem Mittagessen kam mein Freund, der Landthaler Sepp, zu mir in die Lanz und fragte, was wir bei dem Sauwetter unternehmen könnten. Er hatte gerade ein paar Tage vorher einen neuen Wagen bekommen, einen Hansa Sechszylinder, dem es gar nicht paßte, daß er am Pfingstsonntag in der Garage stehen und von niemand gesehen werden sollte. Der Sepp meinte, daß wir vielleicht nach München ins Kino fahren könnten. Er schwärmte für die Zara Leander, ich dagegen für Brigitte Horney. Von der Horney lief gerade kein Film, und ich sagte, er solle mal in die Zeitung hineinschauen, was sonst los wäre. Nach einer Weile las er vor, daß in Kolbermoor Volksfest sei.

Kolbermoor, schoß es mir durch den Kopf. Kolbermoor, wo ich vor Jahren meinen Triumph mit meinem Jakob Voggtreuter gefeiert hatte. Das könnte man eigentlich wieder einmal besuchen. Also fuhren wir nachmittags los.

Unaufhörlich trommelte der Regen auf das Zeltdach der Bierbude, die des schlechten Wetters wegen nur halb besetzt war. Einmal gingen wir zum Schießstand. Der Sepp schoß eine rote Teepuppe heraus und ich eine gelbe in einem entzückenden Rokokokleidchen. Die wollte ich daheim auf meinen Schreibtisch stellen. Der Sepp sagte, daß uns mit diesen Puppen nicht gedient sei und daß wir bei der Kälte eine lebendige bräuchten. Er fand dann gleich darauf eine. Sie setzte sich ganz nah zu ihm hin, trank das kalte Bier mit ihm und machte ihm ganz schön warm. Ich saß allein vor meinem Maßkrug und fand wieder einmal, daß es so allein, wie ich war, nicht einmal im Himmel schön sein könnte. Es mußte bald etwas geschehen mit mir.

Und dann geschah etwas. Am Eingang erschien ein Mädchen. Sie hatte einen weißen Dirndlspenzer an und einen dunklen Faltenrock. Eine kleine, dunkle Locke hing ihr eigenwillig in die Stirn, die Hände hatte sie hinter dem Rücken verschränkt, und so stand sie eine Weile wie verloren da. Genau wie damals, als sie an ihr Fahrrad gelehnt dastand und mir nachschaute, bevor ich in die Saarpfalz gefahren war. Nun kam sie langsam den Mittelgang daher. Jetzt war es an der Zeit, daß ich aufstand und mich ihr in den Weg stellte, sonst wäre sie tatsächlich an mir vorbeigegangen.

»Ja, was sehen denn da meine blauen Augen?« fragte ich. »Was macht denn meine kleine Hundertmeterläuferin? Mädl, hast du ein Glück, daß ich da bin.«

Ich weiß nicht, ob sie es damals als Glück auffaßte. Jedenfalls wurde sie brennend rot, aber sie setzte sich dann doch zu mir. Sie interessierte sich zunächst mehr für meine gelbe Teepuppe als für mich. Erst allmählich wurde sie zutraulicher und schien mir zu glauben, daß ich einsam sei. Ich fragte sie auch, ob sie noch immer Leichtathletik triebe und die Viermalhundertmeter absolviere. Darauf antwortete sie, daß man mit achtundzwanzig Jahren aufhöre zu laufen. Diese Altersangabe bezweifelte ich und sagte, daß man sie höchstens auf dreiundzwanzig oder vierundzwanzig schätze. Aber auf Schmeicheleien gab sie nicht viel. Doch hier schmeichelte ich ausnahmsweise einmal nicht und spürte auch gleich, daß man bei der mit dem üblichen Zopf nicht ankommen konnte. Sie war völlig unkompliziert und gab sich ganz natürlich. Sie neigte den Kopf ein wenig zur Seite und hörte mir schweigend zu, als ich mein Alleinsein beklagte, das mir langsam zum Hals herauswüchse. Darauf meinte sie, daß ich das doch leicht ändern könne. Ein Mann wie ich müsse doch an jedem Finger eine hängen haben.

»Am Herzen muß man sie hängen haben«, sagte ich. Die Finger hätte ich mir schon ein paarmal verbrannt, und ein gebranntes Kind scheue das Feuer. Ja, wenn ich so eine bekäme wie sie, so was Natürliches und Bodenständiges wäre mir am liebsten. Sie schaute mich lange schweigend und nachdenklich an und meinte dann, daß dahin gar kein Weg ginge. Sie sei viel zu einfach für mich, sie sei »bloß« von einem Bauern, und ich sei viel zu gescheit für sie.

»Was heißt, bloß von einem Bauern?« fragte ich. »Ich komm auch vom Acker her, und es liegt gerade zehn Jahre zurück, daß ich noch hinterm Pflug gegangen bin.«

Und das schuf dann den richtigen Kontakt. Ihr Herz öffnete sich gleichsam, wir fanden so viel Gemeinsames, und sie konnte endlich frei lachen und ohne Beklommenheit. Ihre Natürlichkeit kam meiner Vorstellung von einer Idealfrau immer näher. Ich betrachtete ihre Hände und wußte, daß sie vor keiner Arbeit zurückschrecken würden, wenn es sein müßte. Aber es mußte ja nicht sein. Ich brauchte ja keine entzückende Schäferin mehr, sondern eine tapfere Kameradin. Ich wollte und ich will keine, die mich anhimmelte, denn für die Begabung, die mir geschenkt worden ist, kann ich nichts. Ich wollte und ich will Mensch sein, ein ganz einfacher Mensch, ohne Hoffart und Eitelkeit. Der Schriftsteller kommt erst hinterher. Ich will auf meinem Weg bleiben und nicht nach unerreichbaren Sternen greifen. Illusionen könnten meinen Weg bloß zertrümmern und mich wieder ins Dunkel zurückwerfen.

Alle diese Gedanken gingen mir durch den Kopf, als der Sepp und ich spät in der Nacht heimfuhren. Ich war recht schweigsam, während der Sepp in einer gewissen Seligkeit schwebte, aus der er aber jäh herausgerissen wurde, als zwei Tage später bereits der Vater seiner Bierbudenbekanntschaft nach Glonn kam, um das Sägewerk und alles, was dazu gehörte, zu besichtigen. Er fühlte sich schon als angehender Schwiegervater. Wahrscheinlich hatte mein guter Freund, so wie ich ihn kannte, wieder einmal das Heiratsfähnchen munter winken lassen.

Ich aber ging von diesem Tag ab gewissenhaft mit mir zu Rate, prüfte mich nach allen Richtungen hin und konnte es dann kaum mehr erwarten, bis die verabredete Stunde des Wiedersehens kam. Und der Stunden wurden immer mehr, daß ich mich auf mein Motorrad schwang und nach Kolbermoor fuhr. Pünktlich war sie nie. Wenn wir um sieben Uhr verabredet waren, kam sie bestimmt um halb acht. In anderen Fällen war ich da viel konsequenter. Wenn eine sich ein paarmal verspätete, konnte ich recht schnell sagen: »Mein liebes Kind, ich liebe Pünktlichkeit über alles. Wenn du dich daran nicht halten kannst, dann ist es besser, wenn wir auseinandergehen.« Merkwürdigerweise schluckte ich hier die Unpünktlichkeit schweigend, weil ich aus eigener Erfahrung um die Mühsal des Bauernlebens wußte und daß ein Heu nicht um eine Stunde früher dürrer wurde, weil ich irgendwo mit meinem Motorrad wartete.

Sie hieß Helene, und an ihrem ganzen Wesen gemessen, erschienen mir die üblichen Kosenamen recht kindisch. Trotzdem suchte ich nach einem und nannte sie dann Geißlein. So wurde sie dann auch von all meinen Freunden gerufen. Als mich aber dann einmal jemand fragte, ob Geißlein vielleicht gleichbedeutend sei mit Ziege, da baute ich diesen Kosenamen rasch wieder ab und nannte sie Hellei. Das kam ihrem Namen Helene ziemlich gleich, und wenn es richtig ausgesprochen wird, klingt es hell und zärtlich. Nur die Norddeutschen können das auch nicht richtig aussprechen und sagen immer: »Heeelei«.

Der Entschluß, daß sie meine Lebensgefährtin werden sollte, kam ganz spontan, als sie mich einmal an einem Samstagnachmittag mit ihrem Fahrrad in Glonn besuchte. Zuerst kochte sie Kaffee, hernach holte sie sich Putzeimer und Schrubber, machte mein Zimmer sauber, daß alles spiegelte, und zum Schluß sagte sie, ich soll meine schmutzige Wäsche hergeben, weil sie die mitnehmen und daheim waschen wolle. Das hatte bisher noch keine getan. Die andern hatten sich umgesehen. Nett hast du es hier, konnten sie sagen. Sie wollten mit mir ausgehen und haben, daß ich dann elegant angezogen war, aber niemals hatte mich eine gefragt, ob ich am nächsten Sonntag ein sauberes Hemd habe.

Sie war die erste, der so was einfiel. Und so gingen wir halt jetzt miteinander. Das Beglückendste war für mich, daß sie mit ihrer Unkompliziertheit die Herzen meiner Freunde und aller Bekannten im Sturm eroberte, ohne daß sie besonders viel dazu getan hätte. Überall war sie 's Hellei vom Hans Ernst. Dafür war ich ihr dankbar, und ich verlobte mich mit ihr auf der Autobahn von München nach Rosenheim. Wir hatten in München die Ringe gekauft. Im Hofoldinger Forst stellte ich das Motorrad ab, steckte ihr den Ring an und sie mir den meinen. Ein Kuß danach, und wir waren verlobt, ohne jeden Pomp und viel Lärm. Bei der Hochzeit sollte es dann schon ein bißl nobler hergehen.

Bevor wir heirateten, wollten wir uns ein Haus bauen. Ich hatte zehntausend Mark auf der Bank, und mein Schwiegervater ließ mir ein Grundstück verschreiben, auf dem wir dieses Haus bauen könnten. In glühender Hitze begann ich den Keller auszuheben und ließ zunächst einmal zehntausend Ziegelsteine anfahren. In dem blinden Eifer und nur mehr hingegeben an den brennenden Wunsch, bald ein eigenes Haus zu besitzen, merkten wir nicht die schweren Gewitterwolken, die heraufzogen, und schreckten zusammen wie Kinder im Traum, als plötzlich eines Morgens im Radio zu vernehmen war:

»Seit 4.45 wird zurückgeschossen.«

Es war der erste September 1939. Der Krieg war ausgebrochen. Mein Traum vom Hausbau war zu Ende.

Ich war vor Jahren schon gemustert und infolge meiner robusten Gesundheit tauglich für alle Waffengattungen befunden worden. Um so mehr überraschte es mich daher, als ich eine Benachrichtigung bekam, auf der gedruckt stand:

»Im Falle einer Mobilmachung haben Sie sich sofort beim örtlichen Gendarmerieposten zu melden.«

Ich legte dem weiter keine Bedeutung bei und war mir auch nicht klar, was ich dort tun sollte. Als ich aber hinging und der Gendarmerieposten mir mitteilte, daß ich der Polizeireserve zugeteilt sei und morgen früh um acht Uhr den Dienst bei ihm anzutreten hätte, da war mir zumute, als hätte jemand einen Kübel voll eiskaltem Wasser über mich ausgeschüttet.

Um Gotteswillen, dachte ich, was hatte sich denn da das Schicksal wieder für einen Streich ausgeheckt. Ich hatte doch Gendarmen nie besonders gern gemocht. Nun sollte ich selber einer werden. Und ausgerechnet in Glonn, wo doch alle meine Freunde und Bekannten waren. Das war erstens grotesk, und zweitens mußte das eine Katastrophe werden. Zunächst konnte ich die ganze Nacht kein Auge zutun vor lauter Aufregung und Niedergeschlagenheit. Und als ich dann am anderen Morgen den Dienst antrat, war ich wie zerschlagen. Aber ich war fest entschlossen, mich sofort wegzumelden zu einer »anständigen« Waffengattung.

Glonn war ein Gendarmerieposten mit zwei Gendarmen, einem Gendarmeriemeister und einem Hauptwachtmeister. Dieser war am ersten Tag schon nach Polen abkommandiert worden. An seine Stelle sollte ich treten. Natürlich nur als ganz kleiner Pinscher, ohne jeden Stern auf den Achselstücken. Ich glaube, Rottwachtmeister hieß das. Dann kam Wachtmeister, Oberwachtmeister. Damit war dann der Mannschaftsgrad beendet. Der nächste Rang hieß dann schon Gendarmeriemeister. Früher hatte man das Gendarmeriekommissär genannt. Und so sprach ich meinen Vorgesetzten auch an »Herr Kommissär«, sagte ich, »jetzt bin ich da. Was soll ich tun?«

Offensichtlich wußte er das selber nicht. Dieser Vorgesetzte hieß Martin Frank. Die Bevölkerung hatte ihm den Spitznamen »General Franko« angehängt. Das war aber mehr seiner soldatischen Haltung zuzuschreiben als seiner Strenge. Im übrigen sah er dem General Franco im fernen Spanien verblüffend ähnlich. Er war bereits fünfundsechzig und wäre normalerweise bereits zur Pension angestanden. Aber infolge des Kriegsausbruches mußten die Rüstigen unter ihnen noch weiter Dienst tun. Und rüstig war er noch, mein General Franko. Am Anfang war es ein recht merkwürdiges Verhältnis zwischen uns beiden. Ich war der Meinung, daß mir mein Vorgesetzter etwas mehr nationalsozialistische Weltanschauung beibringen sollte, er dagegen war der Meinung, man habe ihm einen Spitzel auf die Station gesetzt. So waren wir voller Mißtrauen gegeneinander, wir tasteten uns zunächst ab, aber nach acht Tagen fanden wir so wunderbar zueinander, daß uns die Tauben nicht besser hätten zusammentragen können. Er war wie ein Vater zu mir, und ich war ein gehorsamer Sohn.

Meine Freunde bogen sich vor Lachen, als sie mich in der Uniform eines Gendarmen sahen. Ich versuchte es schon gar nicht, etwa Polizeistunde zu gebieten. Sie hätten höchstens gesagt: »Ja, Hans, spinnst denn du jetzt auf einmal?«

Zunächst ließ sich eigentlich alles recht gut an. Aber dann wurde ich doch mit Sachen konfrontiert, die mir höchst peinlich waren. An einem Sonntagmorgen zum Beispiel, als ich allein auf der Station saß, kam einer daher und wies mir eine klaffende Wunde auf seinem Kopf vor, die ihm seine Frau mit einem kantigen Holzscheitl geschlagen hatte. Sie waren erst kurze Zeit verheiratet. Ich kannte die junge Frau, kannte sie zu gut, so daß ich mich von vornherein da schon nicht einmischen konnte. Ich kannte sie als recht zärtlich und begriff nicht, daß sie sich plötzlich in eine Furie verwandelt haben sollte. Ich sagte dem Mann, daß so was nicht in meine Kompetenzen falle und daß dies Zivilgerichtsklage sei, wenn er die Absicht habe, seine Frau anzuzeigen. In Familienstreitigkeiten könnten wir uns nicht einmischen. »Wo kämen wir denn dahin?« sagte ich ganz dienstlich.

Am Sonntag darauf kam schon wieder etwas recht Unangenehmes auf mich zu. Von der Geheimen Staatspolizei kam eine Order, daß die Predigt in der Kirche zu überwachen sei. Es würde ein Hirtenbrief verlesen, der bereits bekannt sei. Es gelte nur festzustellen, ob der Herr Pfarrer noch einen persönlichen Kommentar dazu gäbe. Und das sei dann zu berichten. Mein Franko meinte, das wäre grad was für mich, weil ich da gleich mitstenografieren könne. Und er war zwar ein bißchen verwundert, als ich ihm sofort antwortete: »Nein, ich mach keinen Spion!« Er unterließ es dann, mir einen dienstlichen Befehl zu erteilen, und meinte: »Ja, dann muß ich halt meine Frau hinschicken.«

Die Frau Kommissär wäre sowieso in die Kirche gegangen und hatte außerdem ein gutes Verhältnis zum Herrn Pfarrer. Als sie vom Hochamt zurückkam, betrat sie mit ihrem Gebetbuch das Dienstzimmer und erzählte uns, daß der Herr Pfarrer kein Sterbenswörtchen über den Hirtenbrief hinaus gesagt habe. Anschließend fragte sie gleich: »Magst du zum Schweinsbraten heut Kartoffelknödl, Vater, oder Semmelknödl?«

Herrgott, dachte ich, so schön sollte ich's auch haben, daß eine Frau mich fragt, was ich zum Mittagessen will. Ich aß als Junggeselle immer noch in der Lanz. Aber ich wollte das nicht mehr lange, jetzt wollte ich heiraten. Ich sagte das meinem Frank, und er sagte, ich müsse da ein Gesuch einreichen. Außerdem brauchte ich noch eine Menge Papiere, daß wir beide arischer Abstammung seien. So ein Schmarrn, dachte ich. Aber es hatte den Vorteil, daß ich dabei einen Rückblick bekam, woher meine Ahnen stammten. Väterlicherseits waren es größtenteils Bauersleute gewesen. Mütterlicherseits auch Landwirte und Handwerker. Ein Bierbrauer aus Salzburg war auch dabei, und ich wunderte mich jetzt nicht mehr so, warum mir das Bier so gut schmeckte. Bei meiner zukünftigen Frau war auch nichts »Artfremdes« dabei, und so konnten wir den Termin zur Hochzeit auf den zweiten Dezember 1939 festsetzen. Meine Bekannten sagten, daß ich ein schlauer Fuchs wäre und schon wisse, was ich wolle, weil ich mir eine reiche Bauerntochter ergattert hätte. Die mußten es ja wissen. Andere Leute wissen ja immer mehr als man selbst. So meinten sie auch, diese Ehe könne nie gut gehen, denn geistig könne die Hellei doch mit mir nie Schritt halten. So ein Blödsinn! Als ob es nicht genügt, wenn eins in der Familie gescheit ist und mit vollem Herzen bereit ist, für das zu sorgen, was er auf sich nimmt und was nachkommt.

Meine »reiche« Braut hatte an ihrem Hochzeitstag genau achtundsiebzig Pfennige in der Tasche, ein schönes, schwarzes Spitzenkleid und eine Bettwäscheausstattung in dreifacher Form. Außerdem hatten wir ja noch das Grundstück im Wert von 800.00 Mark. Das andere sollte sie bekommen, wenn der Krieg vorbei wäre. Das war auch ein Trost, wenn auch ein schlechter. Aber es machte mir wirklich nichts aus. Ich hatte 's Hellei gern, und wenn man sich liebt, wird Materielles ziemlich klein geschrieben. Auch hatte ich die Hoffnung, daß wir schon einmal zu was kommen würden, wenn wir zusammenhielten. Und das versprachen wir ja bei der Hochzeit beide mit einem feierlichen Ja.

Der zweite Dezember war ein Tag wie im Frühling, ganz warm und sonndurchtränkt. Vormittags machte ich noch Dienst, mittags genoß ich in der Lanz noch meine Henkersmahlzeit, dann setzte ich mich auf mein Motorrad und fuhr nach Kolbermoor zum Heiraten. Trauzeuge waren mein Freund Hans Mayer-Seebohm, der Olexdirektor und nachmalige Präsident des ADAC. Mit seinem schneeweißen Vollbart sah er aus wie der Nikolaus um die Weihnachtszeit. Der zweite Trauzeuge war mein Schwiegervater, der Landwirt Andreas Klaus, ein weitgereister Mann, der in Penaflor in Chile eine Farm aufgebaut, diese seiner ältesten Tochter überlassen hatte und wieder nach seinem geliebten Kolbermoor heimgekehrt war. Kriegsbedingt konnte die anschließende Hochzeitsfeier nur im kleinen Rahmen von etwa zwanzig Personen abgehalten werden. Die Rechnung für das ganze Hochzeitsessen mit Bier betrug – die Rechnung liegt neben mir, während ich das schreibe – 99,99 RM.

Ich hatte drei Tage Heiratsurlaub bekommen. Wir kauften uns eine nette Küche, von meinen Hausleuten hatte ich das zweite Mansardenzimmer bekommen. Dort richteten wir den

Raum ein, der für die Ernstische Nachkommenschaft bestimmt sein sollte. Das Schlafzimmer war Eiche mit Birke. Heute dient es als unser Fremdenzimmer, und es haben schon ganz berühmte Persönlichkeiten darin übernachtet. Nach uns, nebenbei bemerkt.

Als wir fertig eingerichtet waren, hatte ich noch sechstausend Mark auf meinem Konto. 's Hellei hatte in allem eine recht glückliche Hand. Die zwei Mansardenzimmer waren ein wahren Schmuckkästchen, und wer zu uns kam, war des Lobes voll über die Gemütlichkeit in allen Ecken.

Wenn ich nur hätte daheimbleiben können jetzt, um zu schreiben! In mir war alles so gedrängt voll. Ich führte oft einen regelrechten Kampf mit der Überfülle der zuströmenden Gedanken. Aber ich konnte sie nicht zu Papier bringen, ich war ja wieder eingespannt in den eisernen Ring der Pflichten, die mir gar nicht so leicht fielen, denn ich war zu lange ein unabhängiger Mensch gewesen als Schriftsteller, aus dem man einen Gendarmen gemacht hatte. Übrigens war mein Gesuch um Versetzung zu einem andern Waffenteil abgelehnt worden mit der Begründung, daß jeder seine Pflicht dort zu erfüllen habe, wohin ihn der Führer gestellt hätte. Aus, basta.

Inzwischen hatte ich mich auch schon ein bißchen eingewöhnt in das Ungewöhnliche. Aber die Uniform allein machte noch keinen richtigen Gendarmen aus mir, mein Inneres blieb viel zu weich für die gestellten Aufgaben, und ich fand so vieles belächelnswert, zum Beispiel, wenn mir mein Vater Frank einmal in der Woche weltanschaulichen Unterricht geben mußte. Laut Dienstvorschrift. Wir saßen dann allein im Dienstzimmer. Meister Frank knöpfte seinen Uniformrock zu, nahm mit der Hand Maß an seiner Mütze, ob die Kokarde auch genau über der Nase sitze, setzte die Brille auf, räusperte sich ein paarmal und begann dann aus einem Schulungsheft zu lesen, was »inser Fiehrer« für ein großes Ziel habe. Er konnte es wirklich nicht anders aussprechen, er sagte immer »inser Fiehrer«, für den er übrigens drei Buben großgezogen hatte, die im Felde standen. Ich saß daneben, schaute zum Fenster hinaus, und manchmal schlief ich auch ein dabei. Einmal weiß ich, stand seine Frau draußen auf der Straße mit zwei anderen Frauen und unterhielt sich mit ihnen. Das war meinem guten Frank ein Dorn im Auge. Ein paarmal unterbrach er seinen Vortrag, schielte über die Brillengläser zur Straße hinaus, schaute auf die Uhr und schüttelte den Kopf. Plötzlich stand er auf, nahm einen Stuhl, trug ihn auf die Straße hinaus und sagte zu seiner Frau:

»So, Rosa, daß dir die Füß nicht einschlafen.«

Dann kam er wieder herein, setzte den Unterricht fort, ganz sicher in der Erkenntnis, daß ich gar nichts mitbekommen hatte. Was er sonst von mir hielt, erfuhr ich durch reinen Zufall. Jeden Monat einmal war in Ebersberg, dem Kreissitz der Gendarmerie, eine sogenannte Dienstversammlung. Da kamen alle zwölf Gendarmeriemeister des Kreises zusammen und die zu Kriegsbeginn eingezogenen Polizeireservisten. Vormittags waren immer Vorträge über Strafrecht usw., nachmittags dann auf dem Schießplatz Schießen mit Kleinkaliber oder Karabiner. Der Gendarmerie-Kreisführer, der diese Dienstversammlung einberief, hieß Gugger. Eine Seele von einem Menschen, den sie leider dann bald in Pension schickten, aus Altersgründen hieß es, aber der wirkliche Grund war der, daß er jeden Tag zur Kommunion ging, beziehungsweise die Tapferkeit des Herzens besaß, das zu tun, was man bei seinem Rang nicht erwartete.

Nach dem Mittagessen ging ich bei so einer Dienstversammlung hinter das Haus beim Oberwirt, rauchte eine Zigarette und schaute in den bleischweren Himmel hinauf. Hinter mir waren zwei kleine Fenster eines gewissen Ortes, und da vernahm ich ein aufschlußreiches Gespräch. Die Stimme des Gendarmeriemeisters Färber aus Landsham fragte:

»Was sagst denn zu unseren Hilfskreuzern?«

»Ah, du meinst die Polizeireservisten?« Das war General Frankos Stimme.

»Da haben s' uns was aufgebunden! Der Meinige strotzt grad vor Dummheit. Schreiben kann er überhaupt nicht richtig.«

»O ja, schreiben kann der Meinige schon. Und wie! Viel besser als ich. Bloß sehen tut der nichts.«

»Warum, hat er schlechte Augen?«

»Ich mein, was Strafbares sieht er nicht. Dabei gäb's so vieles, grad bei der Verdunklung. Aber meinst, der hätte schon einmal deswegen jemanden verwarnt? Nicht ums Verrecken! Keine einzige Mark Verwarnungsgebühr hat der noch heimbracht. Dabei ist er jetzt schon ein Vierteljahr bei mir. Ich mein, er müßt doch sehen, was ich zusammenbring.«

Das sah ich wohl. Im Schrank war eine kleine Zigarrenkiste, da legte Meister Frank die Verwarnungsgebühren hinein, im Monat so an die dreißig Mark. Von mir war noch nie eine Mark dabeigewesen. Dabei hätte es an Gelegenheiten wirklich nicht gemangelt. Auch an Anzeigen nicht. Ich beschloß, mich zu bessern. Als Gendarm darf man einfach kein zu weiches Herz haben. Die Gelegenheit kam schneller, als ich's gedacht hatte. An diesem Morgen gleich zweimal.

Ich mußte an diesem Morgen den Dienstgang Nummer I machen. Der ging in den Bairer Winkel und war der ausgedehnteste. Sechs Stunden mußte man da unterwegs sein. Von früh sechs Uhr bis mittags zwölf Uhr.

Es war noch stockfinster um sechs Uhr früh im November. Als ich beim Rechl vorbeiging, das letzte Haus rechts, wo die Straße nach Haslach abzweigt, sah ich durch eine Ritze in der großen Wellblechgarage, wo sonst der Lastwagen untergebracht war, einen dünnen Lichtschein schimmern. Das war gegen die Verdunklungsvorschrift. Dann hörte ich drinnen etwas schlagen und hämmern. Ich dachte zunächst an Einbrecher und wollte hinein. Aber die Tür war verschlossen. Dann schlug ich mit dem Stiefel an das Eisentor. Ziemlich oft sogar und immer stärker. Endlich hörte ich schlürfende Schritte. Das Tor wurde nur einen kleinen Spalt geöffnet. Dahinter stand der Rechl Sepp, Darmhändler, Limonadenhersteller und Brandmetzger in einer Person. Er lächelte wie befreit, als er mich sah, zog mich schnell herein und schloß das Tor – wegen der Verdunklung, wie er sagte. Dann gestand er:

»Ich hab schon gemeint, es wär der Alte«, womit er General Franko meinte. An der Wand hingen an eisernen Haken je die

Hälfte eines geschlachteten Schweines. Natürlich wußte ich sofort Bescheid, und es war mir nicht ganz wohl in meiner Uniform. Auf Schwarzschlachten standen nämlich schwere Strafen, in der Regel Dachau. Trotzdem fragte ich ziemlich kleinlaut: »Einen Schlachtschein hast ja?« Daraufhin lächelte er mich wieder so unschuldsvoll und freundschaftlich an und tröstete mich:

»Halt nur dein Maul, kriegst dann schon eine Zervelatwurst.«

Natürlich machte ich keine Anzeige, nicht wegen der versprochenen Wurst, sondern weil eben auch er ein Freund war. Diese Rücksichtnahme wäre mir später beinahe zum Verhängnis geworden. Als nämlich der aktive Hauptwachtmeister im Frühjahr aus Polen in Urlaub heimkam, erzählte ihm der Rechl Sepp, gewiß nicht in schlechter Absicht, welch ein Glück sie in Glonn hätten, daß der Ernst Hans Gendarm sei. Der hätte ihn beim Schwarzschlachten einer Sau erwischt, aber nicht angezeigt. Dafür habe er mir eine Zervelatwurst gegeben. In glühendem Eifer ging dieser Herr Hauptwachtmeister sogleich zum Bürgermeister, und erzählte ihm, daß man auf mich aufpassen müsse, ich würde Kriegsverbrechen begünstigen. Zu meinem Glück war der Bürgermeister Lanzenberger mir freundschaftlich verbunden und meldete nichts weiter. Er warnte mich bloß und sagte, ich solle in Zukunft vorsichtiger sein.

Als ich damals vom Rechl Sepp wegging, war ich doch ein bißchen niedergedrückt und machte mir Gedanken. Dann aber sagte ich wieder: »Grad recht geschieht ihnen, warum lassen sie mich in Glonn!«

Die nächste Station war der Klinglwirt im Bairer Winkel. Dort bekam ich immer, wenn ich so früh hinkam, eine Schüssel heiße Milch und ein Trumm Bauernbrot. Auf dem Türsims lag ein dickes, schwarzes Buch, das Fremdenbuch. Das mußte ich kontrollieren und dann meinen Namen eintragen. Dies aber diente wiederum zur Kontrolle für den Meister Frank, ob ich dagewesen war.

Ich sitze also dort beim Klinglwirt in der Küche und löffle gerade meine Milch, die mir eine der Töchter hingestellt hatte, als die Tür hinter mir aufging und der Klinglwirt hereinkam, den weißen Schurz voller Blutflecken. Ich glaub, ich bin mehr erschrocken als er und fragte bloß noch tonlos: »Schlachtschein?«

Natürlich hatte er keinen. Er hatte ein Kalb geschlachtet und hatte keinen Schlachtschein. Er versprach mir auch keine Wurst wie der Rechl Sepp, er stand nur da und schaute mich mit seinen alten Augen an wie ein treuer Hund seinen Herrn. Was hätte ich tun sollen? Der Mann war siebzig Jahre alt, hatte zwei Söhne im Feld und war sich wahrscheinlich der Folge seines Tuns gar nicht bewußt. Schließlich sagte ich: »Klinglvater, du bringst mich in eine schöne Verlegenheit. Warum mußt du auch ausgerechnet dann reinkommen, wenn ich dasitz.«

Ich brachte es ganz einfach nicht übers Herz, ihn anzuzeigen, so wie ich es hätte tun müssen. Das Motiv war mir nicht ausschlaggebend genug. Ich hätte niemehr eine ruhige Stunde gehabt, wenn sie den alten Mann eingesperrt hätten. Und so kam ich von diesem Dienstgang um zwölf Uhr mittags auf die Station zurück und meldete vorschriftsmäßig: »Dienstgang I beendet. Ohne Vorkommnisse.«

Im übrigen haute mein Herr Schwiegervater in Kolbermoor auch hin und wieder einem Schwein ein Beil auf den Kopf, ohne Schlachtschein. Aber das wußte ich nicht, und was dort in Kolbermoor passierte, ging mich in Glonn nichts an. Ich fragte auch gar nie, woher 's Hellei das Geselchte hatte, das sie in einen großen Hafen mit Kraut legte und kochte. Sie machte noch zwölf oder fünfzehn Knödel dazu. Sie fuhr am Montagabend immer nach Kolbermoor und kam am Freitagabend wieder. Sie arbeitete die ganze Woche daheim am Hof und hätte es in Glonn so schön haben können. Sie hätte in der warmen Wohnung sitzen, ein Buch lesen oder sonst was treiben können. Aber nein, sie konnte einfach ohne Arbeit nicht sein. So gab es halt bei mir von Montag bis Donnerstag mittags Knödel mit Kraut und Geselchtem. Am Abend Geselchtes, Kraut und Knödel. Am Mittwoch war dann das Geselchte zu Ende, aber das Kraut wärmte ich halt immer wieder auf, bis das auch alle war. Ich hatte mir meine Ehe eigentlich anders vorgestellt. Aber was wollte ich machen? 's Hellei kam halt von der Erde noch nicht los, so wie ich auch lange Jahre nicht von ihr losgekommen war. Vielleicht fiel später einmal das Heiratsgut höher aus, weil sie sich so aufopferte.

Eines Tages nun, so gegen Ende Januar 1940 zeigte mir mein Meister Frank die Zigarrenschachtel, schüttelte das Geld darinnen ein bißchen umeinander und klagte traurig, daß das so nicht weitergehen könne. Er hätte jetzt wieder achtundzwanzig Mark beisammen, und von mir sei noch nie eine Mark hineingekommen. Ob ich denn meinen Verwarnungsblock bloß zum Spazierentragen habe. Andere Polizeireservisten, so habe er erfahren, seien da viel tüchtiger. Ob ich denn gar nichts sähe, und ich solle bedenken, daß die Soldaten draußen im Feld auch ihre Pflicht für »insern Fiehrer« erfüllen müßten.

Das mit den Soldaten ging mir schon recht nahe. Aber konnte denn ich was dafür, daß man mich zum Gendarm gemacht hatte? Ich war gewiß, daß ich als Soldat genauso meine Pflicht erfüllt hätte wie Millionen andere auch. Jawohl, ich nahm mir's ehrlich zu Herzen und wollte nun auch etwas für die Zigarrenkiste tun. Als er mich am andern Morgen auf Dienstgang II schickte, nahm ich mir fest vor, etwas zu sehen.

Wieder war es stockdunkel, und der Schnee knirschte unter meinen Stiefeln, als ich langsam den Wetterlinger Berg hinaufging. Oben angekommen, hörte ich ein seltsames Gerassel. Natürlich, das mußte ein Radfahrer ohne Licht sein. Ich stellte mich mitten auf die Straße, schaltete an meiner Taschenlaterne das rote Licht ein und schrie: »Halt, absteigen!« Der Mann stieg auch gleich ab, wär ja noch schöner gewesen, wenn ich's befohlen hab, und wollte gerade fragen, warum er ohne Licht führe, da sagte er schon:

»Ach, du bist es, Hans. Herrgott, halt mich nicht auf, ich muß zum Zug, sonst komm ich zu spät in die Kaserne. Dann haun sie mir drei Tag strengen Arrest nauf.«

Und schon sprang er wieder auf das Fahrrad und fuhr den Berg hinunter. Wieder war ich um eine Mark gekommen, und ich hatte doch den Verwarnungsblock schon gezückt. Aber ich konnte doch einen Vaterlandsverteidiger nicht verwarnen. Es war ein Bauernsohn aus dem Bairer Winkl, der in Reichenhall bei den Gebirgsjägern stand und Urlaub gemacht hatte.

Als ich dann langsam weiterging, überlegte ich mir, was es eigentlich für einen Blödsinn auf der Welt gab. Ohne Licht zu fahren, war strafbar. Mit Licht zu fahren, war auch strafbar, wegen der Verdunklung. Eine Verdunklungskappe hätte er halt über die Lampe ziehen müssen, mit einem schmalen Schlitz in der Mitte. Das war Vorschrift. Aber was war denn eigentlich nicht mehr Vorschrift oder verboten?

Also ging ich weiter zum Gut Herrmannsdorf. Dort hatten sie zwölf polnische Landarbeiter. Vielleicht war da einer aufsässig gewesen oder hatte sich sonstwie gegen eine der vielen Vorschriften vergangen. Ich traf die Frau von Senkenberg und fragte, ob sie nicht gegen einen ihrer Polen was vorzubringen hätte. Nein, die seien alle sehr fleißig und anständig, sie könne sich über nichts beklagen. Und ob ich schon gefrühstückt hätte.

In der Gutsküche zog ich meinen Verwarnungsblock heraus, schrieb auf den einen Abschnitt des Blockes den Namen des Bauernsohnes, der ohne Licht gefahren war, nahm aus meinem Geldbeutel eine Mark und schob sie lose in die Tasche. Den Verwarnungszettel selber, den der Gebirgsjäger hätte bekommen sollen, zerknüllte ich und warf ihn hernach in den Schnee. Als ich dann heimkam, legte ich meinem Meister Franko stolz die eine Mark auf den Tisch und sagte, daß ich einen verwarnt hätte mit einer Mark. Er strahlte über das ganze Gesicht und sagte: »Na, sehn Sie, Ernst, es geht ja, man muß bloß wollen!«

Aber er wollte auch manchmal nicht. Peinliche Angelegenheiten schob er gerne auf mich ab. Einmal, kann ich mich erinnern, saß er nachdenklich vor einem Schreiben der Gestapo und studierte lange und fragte mich, ob ich eine Kristin Lavranstochter kenne. Diese Person müsse aus der Klosterbibliothek entfernt und vernichtet werden. Noch dümmer muß ich dreingeschaut haben, als er mich weiter fragte, ob ich den »Roman Sigrid Undset« kenne. Damit schob er mir das Schreiben zu, das nichts anderes enthielt, als daß die Bücher der norwegischen Schriftstellerin Sigrid Undset zu beschlagnahmen seien, unter anderm auch der Roman: »Kristin Lavranstochter«. Ferner hieß es, daß für die Weiterführung der Klosterbibliothek kein Bedürfnis bestehe, und sie sei unter Verschluß zu nehmen.

»Das machen am besten Sie«, sagte Meister Frank zu mir. Ich dachte auch, daß es besser sei, wenn ich es selber mache. Ich ging also in die Klosterschule und sagte der Frau Oberin, um was es sich handle, und daß ich dann am Nachmittag noch mal vorbeikäme. Als ich am Nachmittag hinkam, waren die Bücher der Sigrid Undset schon verschwunden. Es war ein großer Bücherschrank mit vielen Leihbüchern. Die meinen waren auch darunter. So schwer es mir auch fiel – ich mußte ein Siegel anbringen und somit auch meine Bücher »sicherstellen«. Das Herz tat mir weh. Vierzehn Tage darauf traf ich die Frau Oberin zufällig auf der Straße, und sie erzählte mir schuldbewußt, daß die Schulkinder den Siegellack weggekratzt hätten, es sei ihr so peinlich und was sie denn nun tun wolle. Ich sagte, daß ich nachsehen würde. Als ich hinkam, fehlten eine ganze Menge Bücher im Schrank. Wortlos pappte ich neues Siegellack über das Schlüsselloch. Die Frau Oberin schaute mir genau zu und sagte dann, daß sie für mich beten werde. Das war schön von ihr, denn man weiß nie, wozu es gut ist, wenn jemand für einen beim lieben Gott ein bißl vorspricht. Aber »insern Fiehrer« hat sie nicht leiden können. Das sagte sie zwar nicht direkt zu mir, aber ich konnte es ihr vom Gesicht ablesen.

Wenn ich es heute rückblickend betrachte, so war dieser Dienst bei der Gendarmerie für mich eine unerschöpfliche Fundgrube, und es wurden mir eine Menge menschlicher Schwächen bekannt. Ich erinnere mich bloß der vielen anonymen Briefe, in denen einer den andern hinhängen und angezeigt wissen wollte. Anonyme Briefe wanderten bei uns grundsätzlich in den Papierkorb. Einmal kam ein Mann zu mir, nicht auf die Station, sondern in meine Wohnung und erzählte mir von einem, der abends um zehn Uhr immer einen Feindsender abhorche. Abhören von Feindsendern stand unter schwerer Strafe. Der Mann merkte gar nicht, wie ich mich vor ihm ekelte. Ich wußte, daß er mit dem andern schon jahrelang in Feindschaft lebte. Nun wollte er ihm eins auswischen. Ich sagte: »Also gut, dann machen wir halt eine Anzeige. Aber die mußt du unterschreiben.«

Sofort steckte er um. Sein Name dürfe auf keinen Fall genannt werden. Und als ich ihm dann noch vorhielt, daß ich schon ein paarmal nachts vor seinem Haus gestanden sei und auch nicht gerade einen deutschen Sender gehört habe, da schob er mit hochrotem Kopf ab. Erst nach Fünfundvierzig kam dann seine große Zeit. Da konnte und durfte er nach Herzenslust denunzieren.

Der Frühling war mittlerweile gekommen. Alles stand in Blüten, und ein Dienstgang in der Maienzeit war geradezu eine Wonne. Wenn ich ein stilles Platzerl fand, setzte ich mich hin und machte mir Notizen für einen neuen Roman. »Die Sennerin von der Bründlalm« hieß er. Aber ich kam nicht recht voran damit. Ich wurde zu sehr abgelenkt, und an Zeit mangelte es mir auch. Als ich ihn dann doch mühsam zu Ende brachte, teilte mir mein Verlag mit, daß ihm als rein katholischem Verlag das Papierkontingent gestrichen worden sei und daß er daher den Buchverlag aufgeben müsse. Es war für mich ein schwerer Rückschlag, und mir schwante nichts Gutes für die Zukunft und für mein schriftstellerisches Schaffen. Der katholische Manz Verlag war mir eine Heimat geworden, aus der ich nun vertrieben werden sollte. Vielleicht müßte ich anders schreiben, heroischer, der Zeit entsprechend. Aber das konnte ich nicht. Meine Welt war die stille Welt der Bauern. Das war die Umwelt, in der ich mich auskannte. Dort war ich daheim, dort fühlte ich mich wohl. Mir waren auch meine Grenzen bewußt, und ich wollte nicht nach den Sternen greifen, die mir nicht leuchten konnten. Nein, ich mußte nun wohl vorübergehend aufhören zu schreiben. Es ging einfach nicht, auf zwei Hochzeiten zu tanzen, man konnte nicht zwei Herren dienen. Ich war auch innerlich zu unruhig und zu bewegt, um ganz friedsam schreiben zu können.

Und wieder trat eine Veränderung in mein Leben, die ich nicht hatte voraussehen können. In Ebersberg trat ein neuer Kreisführer sein Amt an, ein gewisser Leutnant Steinberger. Den braven Gugger hatte man wegen seiner starken Bindung an die Kirche in Pension geschickt. Sofort wehte ein anderer Wind, weil ja neue Besen immer besser kehren als alte. Hatte Vater Gugger seine Dienstpost immer in der Küche bei seiner Frau erledigt, mit einem Schalerl Kaffee vor sich und Filzpantoffeln an den Füßen, so brauchte der neue Kreisführer natürlich ein eigenes Dienstzimmer. Zu einem Dienstzimmer gehörte selbstredend auch eine Schreibkraft. Eine der ersten Fragen des neuen Kreisführers war denn auch, ob auf den Stationen nicht irgendwo ein Polizeireservist sitze, der schreibgewandt und auch sonst intelligent wäre. Man sagte ihm gleich: »In Glonn sitzt einer, der tut sowieso nichts.«

»So, na ja, dieses Subjekt muß man dann doch einmal anschaun.«

Eines Nachmittags, wir saßen im Dienstzimmer, hielt draußen ein grauer Wehrmachtswagen. Elegant, das EK I an der Uniform, tänzelte der neue Leutnant durchs Gartentürl herein.

»Der hätt sich auch anmelden können«, sagte Vater Frank verdrossen, schnallte schnell sein Koppelzeug um und ich auch. Da klopfte es auch schon an der Tür. Vater Frank baute sein Männchen und meldete mit markiger Stimme: »Gendarmerieposten Glonn mit zwei Mann besetzt.«

Der Leutnant riß den Arm in die Höhe und sagte:

»Danke, meine Herren! Rühren, bitte.« Er ließ sich das Dienstbuch reichen, blätterte es aufmerksam durch, fand es wohl in Ordnung und klappte es wieder zu. Dann drehte er sich auf dem Sessel um und sah mich an.

»Ich nehme an, Sie sind der Wachtmeister Ernst. (Man hatte mich inzwischen, ich weiß nicht warum, um eine Stufe hinaufbefördert.) Sie werden zu mir nach Ebersberg kommen als Schreibkraft. Der Wachtmeister Wax von Markt Schwaben wird dafür hierher beordert. Sie treten morgen früh um sieben Uhr den Dienst an.«

»Jawohl«, sagte ich und fügte gleich hinzu, daß ich unbedingt mit dem Motorrad fahren müsse, weil ich mit dem Zug um sieben Uhr noch nicht in Ebersberg sein könne.

»Ach so, ein Motorrad haben Sie auch? Ist es für den Gendarmeriedienst zugelassen?«

»Jawohl, Herr Leutnant!«

»Dienstfrei können Sie ab sofort nur mehr sonntags haben. Der dienstfreie Tag beginnt am Sonntag früh um sechs Uhr und endet am Montag früh um sechs Uhr.«

Mir war der Ton ein bißchen zu scharf, und es ist immer schwer, wenn man dann nicht auch scharf antworten darf. Jedenfalls erschauerte ich nicht in Ehrfurcht vor dem neuen Herrn und dachte mir, das werde ich schon noch herausknobeln, von welcher Seite er am bequemsten zu nehmen war. Der Abschied voneinander fiel Meister Frank und mir gleich schwer. Wir hatten so gut zusammengepaßt, und er hatte sich damit abgefunden, daß ich halt kein »Draufgänger« war. Dafür hatte ich ihm viele Schreibarbeiten abgenommen und vor allem auch die heiklen Dinge. Es war nämlich gar nicht einfach, zum Beispiel im Pfarrhof unangenehme Situationen zu klären. Und von der Gestapo kam nie etwas Angenehmes. Aber ich konnte mit dem Herrn Pfarrer Boxhorn so manches klären und abbiegen.

Das Hellei fragte gar nicht so viel danach, daß ich nach Ebersberg mußte. Um so ungehinderter konnte sie nach Kolbermoor fahren. Und sonntags waren wir ja dann beisammen.

Punkt sieben Uhr fuhr ich am Montag in Ebersberg vor. Mein neuer Chef führte gerade seinen Rehpinscher spazieren, kam aber dann gleich mit rauf und stellte mich seiner Frau vor und den übrigen Beamten, dem Meister Harteis, den Hauptwachtmeistern Bauernfeind und Beckenbauer sowie dem Polizeireservisten Bichlmaier. Ich hatte meinen Schreibtisch im Zimmer des Meisters Harteis. Die anderen waren im zweiten Zimmer. Der Herr Leutnant hatte sein Büro auf der jenseitigen Seite des Ganges bei seiner Privatwohnung. Für mich selbst war ein Zimmer in Ebersberg bei einer Familie Spargl gemietet worden.

Ich merkte gleich, daß die neuen Kollegen mir gegenüber mißtrauisch waren. Wahrscheinlich dachten sie, ich sei ein Spitzel und würde dem Chef alles zutragen. Aber nach ein paar Tagen merkten sie schon, woher der Wind wehte und daß ich gar nicht daran dachte, jemanden zu verpetzen. Die Station ging mich nichts an. Mir konnte auch von denen keiner was anschaffen, ich war allein nur für den Chef zuständig.

Bald hatte ich heraus, daß mein Leutnant Josef Steinbauer auch bloß mit Wasser kochte. Er verlangte zwar straffes, militärisches Auftreten und zackiges Grüßen, aber er war auch neu auf diesem Posten und mußte sich erst einarbeiten. Daß ich manches schneller kapierte als er, war nur mein Vorteil. Wenn wir zusammen irgendwo hinkamen, stellte er mich als seinen Adjutanten vor. Dafür nannte ich ihn »Seppl«. Nicht, wenn ich ihn anredete natürlich, sondern bei mir halt. Seine Frau nannte ihn auch Seppl.

Zu meinen Aufgaben gehörte, in der Früh um acht Uhr die Post zu holen. Die mußte ich ihm dann vorlegen, geöffnet selbstverständlich. Es dauerte gar nicht lange, dann hatte ich die kleineren Sachen selbst gleich zu erledigen und im Auftrag zu unterschreiben. Da kam es auch wieder aufs Fingerspitzengefühl an, was man als kleinere oder größere Sache beurteilte.

Einmal jedoch ließ mich auch mein Fingerspitzengefühl im Stich, und ich geriet in schwere Gewissensbisse. Wax, mein Nachfolger in Glonn, hatte den alten Klinglwirt auch beim Schwarzschlachten erwischt und Anzeige erstattet wegen Verbrechens gegen die Kriegswirtschaft. Das war nun etwas, was ich unbedingt meinem Chef hätte vorlegen müssen. Dann wäre es automatisch den Instanzenweg weitergelaufen bis zur Gestapo mit der Endstation Dachau.

Ich sah den alten, hilflosen Mann vor mir, ärgerte mich auch, daß er nicht vorsichtiger gewesen war, und schließlich legte ich die Anzeige in meine Brieftasche. Als ich dann am Sonntag heimkam nach Glonn, erzählte ich der Hellei, in welcher Gewissensnot ich war, und ließ sie die Anzeige lesen. Ich hatte sie noch nie mit etwas Dienstlichem belästigt, aber diesmal wurde ich mit einer Sache nicht fertig. 's Hellei wurde schneller fertig damit. Sie öffnete das Ofentürl und warf die Anzeige ins Feuer.

»So«, sagte sie. »Jetzt brauchst du keine Gewissensbisse mehr zu haben.«

Ganz wohl war mir bei der Sache nicht. Ich wurde erst wieder ruhiger, als der Wax von Glonn versetzt und zu einem Polizeibataillon abkommandiert wurde.

Was mir natürlich überhaupt nicht paßte, war, daß ich immer erst am Sonntagmorgen wegfahren durfte. Der Seppl aber fuhr jeden Samstag gleich nach dem Mittagessen mit seinem Wagen weg und nannte das »Postenbesichtigung«. Als ich dahinterkam, daß dies nicht ganz stimmte und er immer schnell auch eine Blitzfahrt nach München unternahm, um sich bei seiner Schwester, die einen Tabakladen hatte, seinen Wochenbedarf an Zigaretten zu holen, nützte ich das sofort aus und fuhr auch jeden Samstag schon um zwei Uhr heim.

Übrigens – mein Chef war nicht kleinlich. Er ließ mich schon auch ein bißl teilhaben an seinem Zigarettenkontingent. Wir bekamen ja auf Raucherkarte nur drei Stück je Tag. Er aber hatte immer ganze Stangen daheim. Der schönen Christl vom Landratsamt spendierte er auch jeden Tag zwei Stück und sagte, sie solle eine mittags rauchen und eine am Abend und dabei an ihn denken. Sie dachte aber nicht an ihn, weil sie mit einem jungen Arzt verlobt war und weil sie die zwei Zigaretten immer mir schenkte.

Das samstägliche Heimfahren klappte ganz gut, bis es eines Samstags Großalarm gab, ich weiß nicht mehr, aus welchem Grund. Da konnte ich nicht weg, und 's Hellei rief an, was denn los sei. Ich sagte ihr, daß ich wahrscheinlich auch am Sonntag nicht frei hätte und sie solle halt die Ente und die Kartoffelknödl für den Montag herrichten, da käme ich mittags dann auf alle Fälle heim.

Am Montag um dreiviertelzwölf Uhr sagte ich zu meinen Kameraden auf der Station, daß ich jetzt schnell nach Glonn führe. Um zwei Uhr sei ich zurück. Meinem Chef sagte ich nichts. Kaum war ich aus Ebersberg raus, sah ich einen Wagen in rasendem Tempo den Berg heraufkommen. Er schnitt eine Kurve und kam direkt auf mich zu. Es gab kein Ausweichen mehr für mich. Entweder fuhr ich rechts an einen der Alleebäume oder in das Auto. In letzter Sekunde wollte ich meine Maschine noch nach links herumreißen, aber es war schon zu spät. Als ich kurz aus meiner Ohnmacht aufwachte, stand Polizei um mich herum, ich sah einen Sanitätswagen, und ein Bekannter aus Glonn, der mit seinem Lastwagen auch angehalten hatte, beugte sich über mich und rief: »Um Gotteswillen, das ist ja der Ernst Hans!« Ich konnte ihn gerade noch bitten, meiner Frau auszurichten, daß ich nicht heimkäme, da schwanden mir wieder die Sinne. Ich wachte nur noch einmal kurz auf, als ich auf dem Operationstisch lag und man mir die engen Schaftstiefel herunterstreifte. Dann war Nacht um mich.

Um halb drei Uhr wachte ich auf und befühlte meinen Körper. Überall, wohin ich griff, tat es fürchterlich weh. Auch der Kopf war dick verbunden, und ich konnte nur mit dem rechten Auge ein bißchen herausblinzeln. Ich sah meine blutbefleckte Uniform und das Koppelzeug mit der Pistole an der Tür hängen. Jemand griff zaghaft nach meiner Hand. 's Hellei saß am Bett und weinte. Ich sah sie zum erstenmal weinen und wollte sie trösten, indem ich flüsterte: »Nur keine Angst, Hellei, ich mach dich noch nicht zur Witwe!«

Unser gemeinsamer Freund, der Doktor Lorenz Jäger, hatte sie mit seinem Wagen hergefahren. Er kam soeben zur Tür herein, und ich fragte gleich: »Warst du beim Chefarzt, Lorenz? Bitte, sag die Wahrheit. Der Chirurg wird dir ja gesagt haben, was mit mir los ist.«

Natürlich wußte er es, aber er faselte etwas, daß ich ganz ruhig liegenbleiben müsse und nicht soviel sprechen dürfte. Und aufregen solle ich mich auch nicht, dann würde meine Natur schon mit dem Übel fertig werden.

Eine Schwester kam und sagte, daß man mich jetzt allein lassen solle. Aber eine Stunde darauf kam mein Chef mit dem Mann, der mich zusammengefahren hatte, und machte einen nicht wieder gutzumachenden Fehler, indem er ziemlich scharf schnarrte: »Ernst, wie können Sie sich unterstehen, ohne Fahrbefehl wegzufahren? Das wird noch ein Nachspiel haben!«

Ich fragte gequält, ob wir das nicht später besprechen könnten. Darauf reagierte er zwar sofort, aber es war schon zu spät. Der Mann, der den Unfall verursachte, war ein reicher Sägewerksbesitzer, der auf Holzeinkauf unterwegs gewesen war. Er roch jetzt noch ein bißchen nach Bauernschnaps. Aber darum hatte sich anscheinend niemand gekümmert. Schuld, sagten sie, sei ich gewesen, weil ich nach links ausgewichen wäre.

Abends um sieben Uhr kam mein Leutnant wieder und brachte mir eine Flasche Wein, Orangen, Zigaretten und Kuchen. Kein Wort des Vorwurfs mehr. Nur eine kleine Enttäuschung brachte er mit, weil er sagte, wenn ich wieder einmal wegführe und er nicht da sei, dann solle ich es wenigstens den Kameraden auf der Station sagen. Die hatten nämlich nichts gewußt.

Ich wollte sie nicht blamieren. Ich hatte es ihnen doch gesagt, aber sie waren zu feig, dies zuzugeben, weil sie Angst vor einem Rüffler hatten. Wie oft aber hatte ich sie schon gedeckt und war für sie eingestanden. Man lernte eben nie aus.

Wie weit es wirklich bei mir gefehlt hatte, das erfuhr ich erst acht Tage später durch den Chefarzt Dr. Eichinger. Er setzte sich zu mir ans Bett.

»Mein lieber Freund«, sagte er, »für dich hab ich eigentlich nicht mehr recht viel gegeben. Aber jetzt kommst du schon durch. Hilf nur weiterhin gut mit, das macht nämlich viel aus.« Dieses Original von einem tüchtigen Chirurgen duzte jeden Patienten, den er gut leiden konnte. »Übrigens, weißt du schon, daß sie dich bereits haben sterben lassen?« Er lachte vor sich hin. »Als am Tag nach deinem Unfall das Sterbeglöckl für die alte Horlingerin läutete, war meine Frau gerade im Metzgerladen. Und da sagten ein paar Frauen: Mein Gott, jetzt ist der Ernst gestorben. Für den ist's aber schad.« Er lachte wieder so lustig. »Und wen die sterben lassen, der kommt bestimmt durch. Also, mach's weiterhin gut!«

Am andern Tag kam dann der Sohn des Mannes, der mich zusammengefahren hatte. Er brachte eine Flasche Sekt mit und erkundigte sich nach meinem Befinden. Dabei ließ er durchblicken, daß sie eine eigene Jagd hätten, und wenn ich gern einen Hasen oder einen Rehrücken möchte, dann brauche ich es nur zu sagen. Das war soweit ganz nett. Aber dann fügte er noch hinzu, daß auch der Adjutant vom Himmler bei ihnen jage, und da wußte ich, woher der Wind wehte und daß ich da keine großen Trümpfe mehr ausspielen konnte. Ich war ja ohne Fahrbefehl gefahren und meine Maschine war nur für den Dienst zugelassen, aber nicht zu Privatfahrten zu einer Ente mit Kartoffelknödeln.

Ich bekam viel Besuch. Mein Trauzeuge, Hans Mayer-Seebohm, besuchte mich auch und war voller Optimismus. »Da schlagen wir mindestens zwanzigtausend von der Versicherung heraus«, meinte er. Davon könne ich mir dann ein ganz feudales Haus kaufen. Er werde schon seine Beziehungen spielen lassen. Aber es sprangen bloß fünfhundert Mark von der Versicherung heraus. Mein Unfallpartner hatte nämlich bessere Beziehungen nach oben als mein Freund Seebohm zur damaligen Zeit, weil er nämlich Freimaurer war und sich nicht so nach vorn wagen konnte, wie er es für mich gerne getan hätte. Für die fünfhundert Mark kaufte ich mir gleich wieder ein Motorrad. Diesmal war es eine Triumph. Meine Zündapp war durch den Unfall zusammengeschoben worden wie eine Ziehharmonika.

Post bekam ich auch viel in jenen Tagen. Der Unfall war in

der Zeitung gestanden. Alle wünschten mir gute Besserung. Aber diese Teilnahme so weiter Kreise galt nicht dem Polizisten, sondern dem Schriftsteller. Ich hatte gar nicht geglaubt, daß mein Name doch schon so bekannt war.

Nach zwei Wochen war ich dann soweit beisammen, daß mich alles wieder lebhaft interessierte. Zum Beispiel auch, warum diese wunderschöne junge Schwester ins Kloster gegangen war und nun hier Kranke pflegte. In meiner Phantasie dichtete ich ihr eine unglückliche Liebe an und fragte sie sogar danach. Ich sagte, daß sie deswegen nicht ins Kloster hätte zu gehen brauchen, sondern auf mich hätte zurückgreifen können, solange ich noch ledig war.

»Ach, geben Sie doch nicht gar so an«, antwortete sie. »Sie sind ja gar nicht so, ich brauch ja nur in Ihrem Buch ›Wenn die Heimatglocken läuten‹ zu lesen, dann weiß ich, wie Sie die Menschen sehen. Im übrigen, wie wär's, wenn wir einmal gemeinsam recht innig zum lieben Gott beten, daß Sie wieder ganz gesund werden und weiterhin so schöne Bücher schreiben?«

Kein Mensch braucht sich schämen, wenn er betet. Und ich habe lange nicht mehr so innig gebetet wie mit der jungen, schönen Schwester vom Orden der Franziskanerinnen.

In jenen Tagen hatte ich viel Zeit, über mein bisheriges Leben nachzudenken. Manchmal lag ich stundenlang da, die Hände hinter dem Kopf verschlungen, und ließ alle Stationen an mir vorüberziehen. Welch eine Wandlung hatte sich vollzogen, seit meine Hand den Pflug verlassen hatte. Ich hatte Erfolg gehabt und Enttäuschungen erlebt. Aber aus Enttäuschungen kann man lernen, sie können Wegweiser werden zu einem anderen Sein. Jawohl, ganz schön war ich die Sprossen der Leiter zum Erfolg schon hinaufgestiegen gewesen. Aber der Krieg hatte mir die Leiter umgeworfen. Ob ich sie jemals wieder aufstellen und von neuem besteigen könnte? Wenn ich nur erst die Uniform wieder ausziehen dürfte. Aber dazu mußte der Krieg beendet sein. Wann aber würde das sein?

Dieses Ungewisse lag, wie Millionen anderen auch, als

schwere Belastung auf mir. Viel schwerer noch als die Sorge, daß wir in unserer Ehe keine Kinder haben würden. Nach dem Befund eines berühmten Professors wenigstens, in dessen Hände sich 's Hellei in ihrer Not begeben hatte. Diese Nachricht hatte die sonst so frohe und lebensbejahende Hellei aufs tiefste bestürzt, und manchmal schien es, als könne sie mit dieser Hiobsbotschaft nicht fertig werden. Sie radelte in jener Zeit fast jeden Tag von Glonn nach Ebersberg herüber und saß an meinem Bett. Sie klagte nicht mehr, aber ihr Blick ging oft traurig über mich hin, und ich fühlte dann ihr zurückgedämmtes Schluchzen. Ich hatte schon ein paarmal versucht, sie mit dem Gedanken vertraut zu machen, ein Kind anzunehmen, aus einem Waisenhaus vielleicht. Aber davor schreckte sie zurück. Ihre Mutter hatte neben sieben eigenen Kindern noch dreiundzwanzig fremde Kinder großgezogen und – keinen Dank dafür geerntet. Das schreckte sie ab.

So gingen die Wochen dahin, die Blätter fielen schon von den Bäumen, es wurde Herbst. Ich humpelte mühsam auf Krücken umher, aber eines Tages war es dann doch soweit, daß ich entlassen werden konnte. Der leitende Arzt hätte mich ohne weiteres noch vier Wochen krank geschrieben. Aber ich wollte es nicht, das Nichtstun war mir eine Qual, es war nicht meine Art, tatenlos umherzusitzen, wenn andere ihre Pflicht tun mußten.

Auf der Station wartete eine Menge Arbeit auf mich, und auf den Gendarmerieposten hatten sie genauso ungeduldig auf mein Zurückkommen gewartet wie mein Chef, der inzwischen zum Oberleutnant befördert worden war. Ich bekam auch stillschweigend einen Stern auf meine Achselstücke und war nun Oberwachtmeister.

Je länger der Krieg dauerte, desto mehr wurde der Papierkrieg in den Amtsstuben. Die Postenführer kamen fast kaum mehr zurecht mit den vielen Terminen. Den alten Herren vergaßen sie meist und erhielten dann immer einen geharnischten Anpfiff. Mir taten sie leid, und oft rief ich sie von mir aus an, um sie zu mahnen. Zwölf Berichte mußten jeweils hereinkommen. Aus diesen zwölf Berichten hatte ich einen Gesamtbericht zu machen und dem Chef vorzulegen. Der schrieb dann seinen Servus drunter. Oft las er es nur flüchtig durch, ich glaub, der hätte sein Todesurteil auch unterschrieben, weil er wußte, daß er sich auf mich verlassen konnte. Am gräßlichsten waren die Monatsberichte, die am siebenundzwanzigsten eingehen mußten. Was da zusammengelogen wurde, ging auf keine Kuhhaut. Die Luftangriffe auf München und Umgebung hatten bereits eingesetzt, und die einzelnen Posten mußten berichten, wie sich die Luftangriffe auf die Bevölkerung auswirkten. »Wie ist die Stimmung der Bevölkerung nach einem Luftangriff«, lautete eine Frage. Eine andere: »Wie ist derzeit das Vertrauen zur obersten Führung?«

Die Stimmung der Bevölkerung ist heroisch, unbeugsam und stolz. Das Vertrauen in die oberste Führung ist unbegrenzt wie eh und je, lauteten stets die Antworten. Ich wußte es aber anders. Eines Tages läutete wie oft warnend ein Glöcklein in mir, und ich schrieb im Hauptbericht: »Die Stimmung in der Bevölkerung nach Luftangriffen wächst immer mehr zu Unbehagen aus, und das Vertrauen zur obersten Führung gerät ins Wanken, wenn nicht bald eine Wendung eintritt.«

Einen Tag darauf rief mich mein Chef zu sich hinüber. Leichenblaß saß er vor seinem Schreibtisch, die Zigarette in seiner Hand zitterte, aus gequälten Augen sah er mich an.

»Ernst, was haben Sie bloß da geschrieben?« Er deutete auf den umfangreichen Bericht.. »Um Himmelswillen, Ernst, sind Sie denn von allen guten Geistern verlassen? Was schreiben Sie denn da zusammen?«

»Die Wahrheit, Herr Oberleutnant. Und Sie haben es unterschrieben.«

Das überging er und sagte erleichtert:

»Zum Glück hat mir der Herr Landrat den Bericht zurückgeschickt. Stellen Sie sich bloß vor, wenn dieser Bericht an die Regierung und von dort zur Gauleitung weitergegangen wäre. Sie sind doch nicht so unklug, um nicht zu wissen, was uns beiden passiert wäre.«

Ich betonte nochmals und diesmal viel deutlicher, daß er den Bericht unterschrieben hätte. Und er verstand mich und senkte den Kopf. Dann reichte er mir sein Zigarettenetui. »Das müssen Sie anders abfassen, Ernst.«

»Also wieder lügen?« sagte ich. »Sehen Sie, Herr Oberleutnant, durch diese Lügen wird nach oben hin ein ganz falsches Bild vermittelt.«

»Können wir's ändern, Ernst? Und wohin soll ich kommen, wenn ich mich auf Sie schon nicht mehr verlassen kann. Ist denn einer von den Postenführern dabeigewesen, der so ein pessimistisches Stimmungsbild hereingeschickt hat? Also nein! Dann ist das Ihre rein persönliche Ansicht?«

Ja, das sei meine persönliche Ansicht. Ich hätte es auch nicht gern, wenn ich dauernd angelogen würde. Und er verlange doch von seinen Untergebenen auch die Wahrheit.

Er machte eine wegwerfende Handbewegung und wollte dieses leidige Thema beendet wissen. Im Grunde genommen, das wußte ich, dachte er wie ich. Rang und Stellung aber verboten ihm, das Herz nach außen zu kehren. An diesem Abend war es dann auch, daß er sagte, ich müsse Telefondienst in seinem Zimmer tun, weil er dienstlich noch weg müsse, aber er hoffe, um Mitternacht zurück zu sein. So saß ich also in einem geräumigen Dienstzimmer und las »Die Magd des Jürgen Doskocil« von Ernst Wiechert, obwohl dieser Dichter auf der Verbotsliste stand. Dabei litt ich unsagbar unter dem Drang, eine Zigarette rauchen zu wollen. Aber ich hatte keine. In einem Seitenfach des Chefschreibtisches aber lagen genau sieben Schachteln Zigaretten. Eine war sogar offen. Es war verlockend, aber ich wußte nicht, ob ich auf die Probe gestellt werden sollte. Mein Chef kam dann tatsächlich vor Mitternacht, und seine erste Frage war: »Sie haben sich doch hoffentlich Zigaretten genommen?« Ich sagte, daß ich es nicht getan hätte, und da schenkte er mir gleich eine ganze Schachtel.

Während der Zeit, als ich im Krankenhaus lag, was tat da 's Hellei? Sie fand einen Maurer, und mit Einverständnis unserer

Hausleute baute sie die Hälfte des Dachbodens zu einem entzückenden Wohnzimmer aus, richtete es recht gemütlich ein und vergaß dabei ein bißchen ihren Kummer wegen der Kinderlosigkeit. Jetzt hatten wir also drei Zimmer und fühlten uns wohl. Mein grüner Kufer, von dem ich mich wohl nie trennen werde, stand jetzt draußen im Verschlag, mit einer Decke zugedeckt. Er war das einzige Mobiliar, das mich an meine Knechtszeit und an die Wanderjahre erinnerte. Auch eine verirrte Karte vom Marquard war einmal nach langer Zeit angekommen. Er schrieb mir aus Brasilien, daß er mit der Erbin eines großen Kaufhauses verheiratet sei und einen schönen Bungalow und ein großes Auto besitze. Ich konnte ihm leider nicht zurückschreiben, da ja mittlerweile auch Amerika mit uns im Kriege stand. Ach, wohin waren die Jahre gekommen, wo wir zwei oft die letzte Mark miteinander geteilt hatten, um ein Telegramm absenden zu können: »Sitze richtig in der Soße, liebe Irmy, schicke Geld.«

An einem freien Sonntag traf ich einmal den Maurer, dem 's Hellei den Mörtel für unser Wohnzimmer hinaufgetragen hatte, in der Lanz beim Vormittagsbier. Er lobte 's Hellei über alle Maßen, daß sie so tüchtig sei und sich vor keiner Arbeit fürchte. Und es sei Sünd und schade, daß Leute wie wir keine Kinder hätten. Er habe vier, und nun habe eine Bekannte ihm noch ein ganz kleines Kind ins Haus gebracht. Bloß ein paar Tage zur Aufbewahrung, bis sie von einer Reise zurückkehre. Aber sie sei nie mehr zurückgekommen, und nun habe er das Kind, ein wunderschönes Kind übrigens, auf dem Hals. Wenn er wüßte, daß das arme Würmerl ein gutes Platzerl bekäme, dann könne er sich schon von ihm trennen. Das galt mir, ich begriff es wohl. Ich sprach mit der Hellei, stieß aber immer noch auf Ablehnung. Jetzt stand sie sogar auf dem Standpunkt, daß auch der Professor sich geirrt haben könne.

So gingen die Wochen und Monate dahin. Der Krieg rückte immer näher an die Heimat heran. Die Luftangriffe auf München und die Umgebung häuften sich. Und jedesmal nach so einem Angriff mußte ich eine Meldung schreiben über die

Schäden in unserem Bereich und diese Berichte dann mit dem Motorrad nach München bringen zum Luftgaukommando, zur Regierung, zur Gauleitung und zum Polizeipräsidium. Meist schickte mich dann mein Chef auch zu seiner Schwester, um Zigaretten für ihn zu holen.

Als ich einmal mitten im Zentrum der Stadt war, gab es Luftalarm. Ich stand noch im Zigarettenladen, als die Leute schon über die Straßen rannten und in den Kellern verschwanden. Mein erster Gedanke war, raus aus der Stadt, so schnell wie möglich. Wenn ich alles herausholte, gab meine Triumph gut ihre 120 km her. Aber mein Instinkt riet mir anders. Ich preschte die Kaufingerstraße hinauf, stellte meine Maschine beim Oberpollinger in den Gang hinein und begab mich in den Keller. Ich hoffte, dort auch meine Schwester, die Schützen-Gretl, anzutreffen. Aber der Keller war so gerammelt voll, daß es schwer war, dort jemanden zu finden. Ich bekam noch einen Platz auf der Treppe. Kaum hatte ich mich an die Wand gelehnt, begannen die schweren Flakbatterien zu feuern, dann fielen Sprengbomben und Minen, die Wände zitterten, es war, als presse sich die Luft zusammen. Ein Kind neben mir begann zu schreien, und eine alte Frau ließ mit leisem Gemurmel die Perlen ihres Rosenkranzes durch die zitternden Finger gleiten. Ich weiß nicht mehr, wie lange es gedauert hat. Als ich mein Motorrad wieder auf die Straße schob, war der Himmel über der Stadt rot, und Rauchschwaden krochen aus allen Gassen.

Nur raus jetzt, dachte ich und trat auf den Starter, als mir plötzlich jemand auf die Schulter klopfte. Ich fuhr herum und starrte in das ausgemergelte Gesicht eines Majors der Luftwaffe. An seinem Hals baumelte das Ritterkreuz. Ich wollte gerade mein »Männchen« bauen, da sagte er: »Laß doch die Faxen! Kennst mich denn nimmer?«

In diesem Augenblick zündete es bei mir. Stand da wahrhaftig der Wiggerl vor mir, der Gefährte meiner Kindheit aus der Schulstraße! Vor lauter Freude hätte ich ihn am liebsten umarmt. Aber sein Gesicht war so ernst. Er deutete zum Augustiner: »Komm, gehen wir da nüber.«

Wir saßen vor einer Halben Dünnbier, und der Wiggerl erzählte, daß er Sonderurlaub bekommen habe zur Beerdigung seiner Mutter, der Wurzi und ihrer beiden Kinder, die beim Luftangriff vor drei Tagen gemeinsam verschüttet worden waren und nicht mehr lebend hatten geborgen werden können.

Ich brachte kein Wort heraus, es würgte mich im Hals. Mein Bierglas hielt ich mit beiden Händen umklammert und starrte auf die nicht mehr recht saubere Tischdecke. Schließlich konnte ich fragen:

»Wann ist die Beerdigung?«

»Morgen nachmittag um drei im Westfriedhof«, murmelte der Wiggerl, nippte dann an seinem Bier und fügte hinzu: »Das da, das war ärger als draußen das ärgste Trommelfeuer.«

»Und wie siehst du sonst die Lage, Wiggerl?«

»Es wird sich bald was ändern«, sagte er. Aber er könne es mir nicht sagen. Ich erkannte, daß der Major Ludwig Zimmerer immer noch in einem Wahn lebte. Aber er hätte ja nicht der Wiggerl meiner Kindheit sein müssen, wenn er in seinem Glauben schwankend geworden wäre. Der Verlust von Mutter und Schwester zugleich hatte ihn schwer getroffen, aber es warf ihn nicht um.

Mein Oberleutnant gab mir für den nächsten Nachmittag dienstfrei, um zur Beerdigung fahren zu können. Die Särge waren zu, ich konnte meine Kinderliebe, die Wurzi, nicht mehr sehen. Es war erschütternd, die vier Särge nebeneinander stehen zu sehen. Als man sie dann nacheinander in die Grube hinunterließ, klappte der alte Zimmerervater zusammen. Sein Haar war schneeweiß geworden. Der Wiggerl und ich mußten ihn stützen, bis er sich wieder aufraffte und dann starr auf den Priester schaute, dem es sichtbar schwer fiel, die richtigen Worte zu finden für den Unsinn, daß unschuldige Menschen getötet wurden.

Ich schaute verstohlen den Wiggerl an. Straff aufgerichtet stand er da, die Sonne glitzerte auf seinem Ritterkreuz. Er starrte in den Himmel. Unheimlich, wie er sich beherrschte. Nur am Zucken seiner Kinnladen erkannte ich seine innere

Erregung. Vielleicht wußte nur ich allein, wie sehr er seine Mutter geliebt hatte. Als wir vom Grab weggingen, sagte er leise zu mir: »Wenn draußen Tausende um einen herum fallen, ist das nicht so schwer, als wenn man einer Mutter ins Grab nachschauen muß.«

Ich bat die anderen vorauszugehen, vor der Wirtschaft am Eingang würde ich sie treffen. An meinem Elterngrab wollte ich allein stehen. Der Efeu wucherte schon wieder weit über den Grabstein hinauf. Ich zog mein Seitengewehr heraus und stutzte ihn ein wenig. Der Name der Mutter kam zum Vorschein: Anna Ernst, geborene Blank. Es ist immer ein sonderbares Gefühl, wenn ich an diesem Grab stehe. Auch heute noch. Da werden Erinnerungen wach, die man längst vergessen wähnte. Ich sehe mich dann wieder an der Mutter Hand durch die nächtlichen Straßen gehen, das Mehlpappha-ferl in den kleinen Fingern haltend, wenn sie ihre Zettel anklebte: »Zimmer an soliden Herrn zu vermieten.« Oder ich höre den abendlichen Pfiff meines Vaters durch die Schulstraße gellen.

Der Frühling war wiedergekommen, aber mir war, als hätte er nicht den Glanz und die Schönheit der früheren Jahre, seit dieses Morden in der Welt war.

An einem schönen Junitag mußte ich dienstlich nach Anzing, und als ich von dort durch den Ebersberger Forst zurückfuhr, sah ich eine Bache mit sieben Frischlingen friedlich über die Straße ziehen und im Wald verschwinden. Ich hatte unwillkür-lich meine Maschine abgestellt und verfolgte interessiert das eilige Gewurle der Jungen, die sich schutzsuchend um die Mutter drängten. Ich setzte mich ins Moos, lehnte den Rücken gegen einen der Baumriesen. So eine stille Stunde hatte ich schon lange nicht mehr erlebt. Warum durfte es nicht immer so sein? Alles auslöschen zu dürfen, nicht mehr grübeln zu müssen, wie das Heute war und das Morgen sein würde. Nicht mehr die Peitsche des eisernen »Du mußt« im Nacken zu fühlen und wieder frei zu sein. Ein freier Schriftsteller, wie man so schön sagt. Ich schloß die Augen und hörte auf die Stimmen ringsum. Es schluchzte, jubelte und flötete in den Kronen der Bäume. Aus den lichtumzitterten Fichtenwipfeln perlten die schmelzenden Töne eines Amselliedes, und weiter drinnen klopfte ein Specht seinen Wirbel ins Holz. Das hörte sich an wie Maschinengewehrgeknatter, und schon brach die Verzauberung, der ich mich hingegeben hatte, auseinander. Ein Bomberstrom zog hoch über dem Wald dahin. Sie kamen jetzt schon vom Süden her über die Alpen. Als silberne Punkte zogen sie mit tiefem Gebrumm dahin, eine Armada, der sich nichts mehr entgegenstellte.

Als es wieder still geworden war über dem Wald, stand ich auf und wollte gerade meine Maschine antreten, als ich ein merkwürdiges Geräusch vernahm. Zuerst meinte ich, es sei der klagende Laut eines Tieres, dann hörte es sich wieder wie menschliches Stöhnen an. Vorsichtig schlich ich in den Wald hinein, den seltsamen Lauten entgegen, und prallte dann erschrocken zurück. Unter einer niederen Fichtengruppe kauerte halb aufgerichtet ein mit dem Fallschirm abgesprungener englischer Flieger. Im Geäst zweier Fichten hing der schneeweiße Fallschirm. Nie werde ich die weitgeöffneten Augen vergessen, die mich anstarrten. Die ganze Angst einer hilflosen Kreatur schrie mich aus diesem Blick an. Ich zeigte ihm meine leeren Hände und lächelte ihn an, ich wollte ihm die Angst aus den Augen nehmen. Die Angst und das Mißtrauen, mit dem er auf meine Pistolentasche starrte. Aber ich dachte doch gar nicht daran, sie zu öffnen, wollte ihm doch überhaupt nichts tun, schon darum nicht, weil ich den strengen Befehl kannte, daß abgesprungene Feindflieger unter allen Umständen vor etwaiger Lynchjustiz der Bevölkerung zu schützen seien. Außerdem war er ja ein hilfloser Mensch, anscheinend auch verletzt. Tausend Gedanken schossen mir durch den Kopf, die ganze Grausamkeit dieses Krieges kam mir wieder zum Bewußtsein und die grenzenlose Hilflosigkeit, wenn einer des anderen Sprache nicht versteht. Ich konnte begreifen, wie ihm zumute sein mußte, hilflos in einem feindlichen Land zu liegen, ein junger Mensch, einer Mutter Sohn, die um ihn genauso bangte wie Millionen Mütter dieser Erde um ihre Söhne. Verzweifelt versuchte ich ihm durch Gesten klarzumachen, daß ich ihm helfen wollte, aber er sah mich immer nur furchtsam an. Endlich kam mir der erleuchtende Gedanke, ihm von meinen restlichen zwei Zigaretten eine anzubieten. Da begriff er, sein Gesicht entspannte sich. Mit zitternder Hand öffnete er einen der Reißverschlüsse an seiner Kombination und bot mir eine volle Schachtel Zigaretten an. Na endlich kamen wir uns näher. Ich setzte mich neben ihn, wir rauchten zusammen. Bei einer so guten Zigarette war mir zumute, als könnte ich alles vergessen, und mir war, als seien wir zwei Buben, die heimlich die Friedenspfeife rauchten.

Der abgesprungene Flieger hieß Jak Roberson, war in Manchester beheimatet und war der einzige Sohn eines Putzmittelfabrikanten. Aber das erfuhr ich erst viele Jahre später, im Mai 1963, als er plötzlich mit seiner Frau, einer Deutschen, vor meiner Haustür stand. Ich arbeitete gerade im Garten, als sie mit einem schweren Wagen vorfuhren. Sie hatten mich zuerst in Ebersberg gesucht, dann in Glonn und waren endlich bei mir in Kolbermoor gelandet. Ich hätte diesen stattlichen, schon etwas beleibten Mann nicht erkannt, der damals so ein schmales, hilfloses Bürscherl war. Wir freuten uns beide, uns nach fast zwanzig Jahren gesund wiederzusehen und umarmten uns, als hätten sich zwei verlorene Brüder wiedergefunden.

Seine Frau fragte, ob ich vielleicht noch wisse, was das für ein Essen war, das ich ihm seinerzeit aus der Wirtschaft geholt hätte. Ich wußte es noch so genau, als wäre es erst gestern gewesen. Es war Boeuf à la mode mit Semmelknödel, ein in Essig eingelegtes Rindfleisch mit Soße. 's Hellei solle ihr aufschreiben, wie das gemacht würde, weil ihr Jak heute noch davon schwärme. Sie wollten uns auf drei Wochen nach Italien mitnehmen, aber ich konnte leider nicht abkommen, weil ich gerade an dem Roman »Auf der sonnenheißen Halde« schrieb und zum ersten Juli Ablieferungstermin hatte. Wir sagten, sie sollten auf dem Rückweg wieder vorbeikommen, dann würde 's

Hellei ein Boeuf à la mode mit Knödeln machen. So geschah es dann auch. Sie blieben noch drei Tage bei uns, allerdings nur unter der Bedingung, daß wir auch einmal zu ihnen nach England kämen. Ich bin bis heute noch nicht dazu gekommen, aber vielleicht mach ich's doch, wenn ich in »Pension« gehe.

Als ich damals den Roberson auf dem Rücksitz meines Motorrades mühsam nach Ebersberg auf die Station brachte, staunten sie nicht wenig. Und wie schnell sich das herumsprach! Kaum waren wir angekommen, stürmte bereits einer von der Kreisleitung ins Stationszimmer und wollte den Roberson mit wüsten Schimpfworten überfallen. Aber der Seppl wies ihn sofort aus dem Zimmer und sagte ihm, daß dies die Kreisleitung einen »Dreck« anginge und wir für den Verletzten die Verantwortung hätten. Dazu gehörte schon auch Mut zur damaligen Zeit. Roberson hatte sich den Knöchel gebrochen. Wir nahmen ihm vorsichtig den Stiefel ab, die Frau des Chefs machte kalte Umschläge mit Essigsauretonerde und wickelte den Fuß dick ein. Dann schickte mein Chef mich zum Gastwirt Wölfl um ein Mittagessen für Roberson. Das war dann dieses Boeuf à la mode mit Knödeln. Hernach verfrachteten wir ihn dann vorsichtig im Chefwagen und brachten ihn zum Luftwaffenstab nach Riem, von wo er nach Feststellung der Personalien ins Lazarett eingewiesen wurde. Am Abend fuhr ich noch einmal in den Ebersberger Forst und holte mir den Fallschirm, weil man das feste Seidentuch vielleicht einmal brauchen konnte.

Andern Tags traf ich den Maurer aus Glonn, der mir einmal gesagt hatte, daß man bei ihm ein Kind ausgesetzt hätte. Das fiel mir in dem Augenblick wieder ein, als ich ihn sah, und ich fragte ihn gleich, was aus dem Kindl jetzt geworden sei. Er sagte, daß er es noch immer habe, aber nächste Woche bringe er es doch los. Eine alleinstehende Frau aus München würde es nehmen, weil sie dann mit zwei Lebensmittelkarten besser durchkomme. Das ging mir nicht mehr aus dem Kopf. Daß man ein Kind nur deswegen zu sich nimmt, um selber besser satt zu werden, das fand ich skrupellos.

Ich setzte, als ich am Samstag heimkam, der Hellei zum erstenmal in unserer Ehe richtig zu, daß sie sich das Kind doch wenigstens einmal anschauen solle, bevor sie ablehne, es aufzunehmen. Ich muß hier aber erwähnen, daß es bei meiner Frau keineswegs Verständnislosigkeit war für die Not so eines armen Kindes. Das hätte nicht zu ihrer Einstellung gepaßt, die doch immerwährend aus Güte und Helfenwollen bestand. Nein, sie trug ganz einfach trotz des Urteils des Professors den Glauben in sich, selber noch ein Kind zu bekommen.

Am nächsten Tag war es dann so weit. Es war ein Sonntag, wie ihn Gott nur in einer ganz guten Laune an die Welt verschenken kann. Weiße Schäferwölkchen schwammen am Himmel dahin, und die Berge waren wie von heller Seide überzogen. Wir gingen zu Fuß nach Haslach. Die Glonn zog flimmernd unter den Uferbüschen dahin, ich sah die Wiesen wieder, die ich einst gemäht hatte, und die kleinen Abwässergräben, in die sich zuweilen Forellen verirrten. Ich dachte sogar an ein paar gebackene Forellen für den Abend, aber als Bezirksoberwachtmeister der Gendarmerie konnte ich doch nicht mehr einen Fischfrevel begehen. Kurz vor Haslach setzten wir uns unter einem Feldkreuz auf eine Bank. Da erst kam uns ganz zum Bewußtsein, was wir auf uns zu nehmen gedachten, daß wir Schicksal spielen und über eines kleinen Menschenkindes Weg entscheiden wollten. Ich schaute einmal hinter mich am Kreuzstamm hinauf, und da war mir, als nicke der Herrgott zustimmend.

Wenn uns das Kind nicht gefällt, sagten wir zueinander, dann müssen wir es ja nicht nehmen. Es gibt nämlich kleine Kinder, in die man im ersten Moment schon vernarrt sein kann, und andere, zu denen man einfach keinen Kontakt findet.

Der Maurer Xaver Heiler saß mit seiner ganzen Familie in der Stube. Nur das angeblich so schöne Kind, das von seiner Mutter verlassen worden war, war nicht darunter, und ich bekam plötzlich Angst, daß die guten Heilers das Mädl schon an die fremde Frau aus München abgegeben hätten.

»Jetzt sind wir da und möchten uns das Kindl anschaun.«

»Wo ist sie denn, die Gerda?« fragte der Hausvater, und einer von den Buben sagte, daß sie am Bach sitze. Das ältere Mädl lief, um die Gerda zu holen. Der Heiler meinte, es wäre ihm schon lieber, wenn wir das Kind nähmen, weil er dann wüßte, daß es in gute Hände käme. Am liebsten würde er es selber behalten, weil sie die Gerda alle miteinander gern hätten. Aber wenn man selber vier unmündige Kinder hat...

Da ging die Tür auf. Das Mädl vom Heiler kam herein und hatte auf dem Arm die Gerda, einen kleinen Engel mit blondem Haar und blauen Augen, mit denen sie uns groß anschaute. Sie hatte nur ein dünnes Hemdchen an, die Fingerl waren voll Schmutz von den Steinchen, die sie ins Wasser geworfen hatte, und unter der Nase lief etwas herunter, das die Heilermutter gleich mit ihrer Schürze abwischte. Ich sah die Hellei an, die ein ganz verklärtes Gesicht bekommen hatte und immer nur das Kind anschaute. Da streckte die Kleine plötzlich ihre Ärmchen, lächelte 's Hellei so lieb an, daß die gar nicht anders konnte, als das Kindl in ihre Arme zu schließen. »Herzerl«, sagte sie, »dich geb ich nimmer her.«

»Ausgeschlossen«, sagte ich und musterte das Kindl. Es hatte ein Grübchen im Kinn wie ich, hatte meine blonden Haare und die blauen Augen. Wenn das nur nicht einmal zu falschen Vermutungen führt, dachte ich. Und so kam es denn auch später. Die sieht ihm doch runtergerissen gleich, sagten die Leute und wackelten dabei vielsagend mit dem Kopf. Dabei hatte ich die Mutter dieses Kindes nie gesehen. Aber die Laune der Natur spielt manchmal so seltsam.

Gleich mitnehmen konnten wir die Gerda nicht, wir mußten erst ein Bettstattl beschaffen, Wäsche und Kleider. Aber dann war sie bei uns. 's Hellei brachte die zerfransten Haare in Ordnung, band ihr zwei Mascherl hinein und zog ihr ein himmelblaues Kleidchen an. Wir waren so glücklich und steigerten uns in den Gedanken hinein, daß es unsere Tochter sei. Und das ist bis heute auch so geblieben. Sie war ein braves und liebes Kind. Nur einmal schrie sie in der Nacht fürchterlich. Wir wußten uns keinen Rat. Ich nahm sie aus dem Bettstattl heraus, trug sie im Nachthemd durch die Schlafkammer und pfiff ihr das Lied vom »lieben Augustin« vor, aber es wollte nichts helfen. 's Hellei wollte sich schon anziehen und zum Dr. Jäger hinüberlaufen, weil »unser Kindl« plötzlich so schwer krank geworden war. Da kam mir plötzlich die Erleuchtung, und ich fragte:

»Ob sie vielleicht Hunger hat?«

Ohne zu antworten, lief 's Hellei in die Küche, machte Milch heiß und gab sie ins Flascherl. Ich schob meinem Kindl den Schnuller in den Mund, und das Gerdalein soff das ganze Flascherl gierig leer. Grad geschmatzt hat sie, und zu schwitzen hat sie angefangen. Hernach machte sie ein paar Kopperchen und schlief die ganze Nacht hindurch wie ein Murmeltier.

Wir hätten jetzt wunschlos glücklich sein können, wenn der Krieg zu Ende gewesen wär. So waren die Tage doch immer von einer leisen Traurigkeit beschattet. Aber auch aus der leisen Traurigkeit konnte noch ein stiller Glanz über unser Leben fallen, und vielleicht war es das Kind, das diesen Glanz zu verschenken hatte und auch das bißchen Glück für die schwere Zeit. Und Glück konnte ich wahrhaftig brauchen, denn immer drohender rückten die Fackeln des Krieges auf die Heimat zu und rissen auch uns Polizisten in Gefahren hinein, die man vorher nicht hatte ahnen können.

Da war zum Beispiel von unserer Station der Meister Pelger zu einem Kurs abgeordnet worden, auf dem er lernen sollte, wie man Blindgänger entschärft. Nicht die großen, schweren Fünf- oder Zehnzentnerbomben, sondern diese kleineren Phosphorbrandbomben. Wenn die Bombe nicht ganz genau auf dem Boden aufschlug, kam der Zünder nicht zur Explosion und sie raste als Blindgänger ein Stück in die Erde hinein. Die Bombe trug den Namen LB 100 und war englisches Fabrikat.

Eines Tages läutete das Telefon, und die Gendarmerie von Kirchseeon meldete, daß in der Nähe eines Bauernhofes so eine Bombe in der Erde stecke. Der Seppl fuhr mit dem Meister Pelger und mir zu dem Bauernhof. Unweit des Hofes steckte dieses Monstrum etwa zur Hälfte in der Erde. Der Seppl sagte:

»So, Pelger, nun walten Sie Ihres Amtes, zeigen Sie, was Sie auf dem Kurs gelernt haben.«

Pelger, sonst ein ganz forscher Kerl, der auf seinen Untergebenen gerne herumhackte und auch mit mir schon ein paarmal scharf zusammengerumpelt war, war auf einmal recht blaß geworden. Der Vierkantschlüssel in seiner Hand zitterte. Wir probierten zuerst, ob wir die Bombe nicht rausziehen könnten, aber es war zu dritt schlecht an sie hinzukommen. Da machte ich den Vorschlag, vom Bauern ein paar Heuseile zu holen. Wir machten eine Schlinge um den hinteren Teil der Bombe und zogen sie heraus. Da lag sie nun. Der kleine Propeller mit dem Zünder war ganz voll Ackererde und verbogen. Der Seppl und ich traten hinter einen Baum, weil wir ja keine Ahnung hatten, wie man den Zünder herausschraubt. Meister Pelger bückte sich über die Bombe, sprang plötzlich wieder auf und schrie mit leichenblassem Gesicht: »Ich kann nicht! Ich bin verheiratet und hab ein Kind. Soll doch der Ernst hingehen!«

Ich hatte doch auch ein Kind jetzt. Ich sah, wie die Stirn vom Seppl rot wurde unter der Schirmmütze. Er hätte ja dem Pelger jetzt den dienstlichen Befehl geben können, aber er sagte nur: »Sie Scheißkerl«, nahm ihm den Schraubenschlüssel aus der Hand und beugte sich über die Bombe. Da schämte ich mich plötzlich, so schützend hinter einem Baum zu stehen und meinen Chef allein in der Gefahr zu lassen. Wer konnte sagen, daß die Bombe nicht doch plötzlich bei der Berührung der Zündschraube explodierte. Die Folge wäre gewesen, daß brennender Phosphor sich über Josef Steinbauer ergossen hätte und er als brennende Fackel im Wald gestanden wäre. Noch nie hatte ich so gefühlt wie in diesen Minuten, wie nah ich dem Steinbauer eigentlich verbunden war und wie sehr ich zu ihm gehörte, gerade in der Stunde der Gefahr. Schon kniete ich neben ihm, kratzte vorsichtig mit den Fingern die Erde von der Schraube. Es war so still um uns geworden, daß man das rasende Klopfen unserer Herzen hörte. Der Seppl schaute mich an und ich ihn. Dann setzte er den Schraubenschlüssel an. Ein kleiner Ruck, die Schraube löste sich, und man konnte jetzt den

Zünder herausnehmen. So einfach war das, wenn man es wußte und – wenn man Glück hatte. Der Pelger tat jetzt recht geschäftig und wollte uns die Einzelheiten des Zünders erklären. Aber wir antworteten ihm kaum. Ich hatte das Gefühl, daß der Seppl ihn verachtete, und mich wurmte sowieso, weil er mir vorgeworfen hatte, daß ich kein Kind hätte.

Daheim angekommen, sagte der Seppl: »So, Ernst, jetzt haben wir uns aber eine Zigarette verdient.« Wir rauchten sie mit Genuß, und die Frau vom Chef kochte uns einen guten Kaffee. Der Seppl fragte mich so nebenbei: »Hätten Sie jetzt Schneid, Ernst, allein an so ein Ding ranzugehn?«

Ich sagte, wenn es sein müsse, würde ich es schon riskieren. Darauf lachte er und meinte, daß mein Herz aber ganz schön geklopft hätte.

Ich sagte: »Aber das Ihre schon auch.«

Das gab er zu und sagte, das erste Mal sei das immer so. Damit hatte er recht. Im Verlauf der nächsten Monate entschärfte ich zweiundvierzig solcher Dinge.

Einmal kamen wir abends heim, und da sagte der Seppl voller Stolz, daß es heute bei ihm vier Stück gewesen seien. Darauf legte ich ihm meinen Bericht vor, ich hatte sechs entschärft an diesem Nachmittag. Für die zweiundvierzig bekam ich das Verdienstkreuz erster Klasse mit Schwertern. Wenn es mir heute zufällig einmal in die Hände gerät, kommt mir alles wieder in den Sinn, das Spiel mit dem Tod und warum unter dieser Serie LB 100 eigentlich so viele Blindgänger waren. Ob da nicht auch Sabotage im Spiel war? Ach ja, zuweilen erinnere ich mich an jene düstere Zeit, in der ich Gendarm sein mußte. Erinnere mich auch an die monatlichen Dienstversammlungen, wo ich auch meinen guten alten General Franko traf, dessen Haar immer weißer wurde, und dessen Schultern immer mehr nach vorn sanken. Und doch war es bewundernswert, wie dieser nun schon Siebzigjährige mit stummer Verbissenheit seine Pflicht erfüllte. Sein Motto hieß immer noch: »Dienst ist Dienst.

An einem Sonntagabend Mitte April warf jemand Steinchen

zu mir auf den Balkon herauf. Ich trat hinaus. Drunten stand mein alter General Franko und fragte, ob er mich sprechen könne. Ich holte ihn herauf, schenkte ihm einen Schnaps ein und fragte, was ich für ihn tun könne. Er hatte seine Mütze abgenommen, ich sah den dünnen, roten Streifen um seine Stirne und hatte eine ganz merkwürdige Vision dabei. Er sah mich stumm eine Weile mit seinen guten, wasserblauen Augen an und fragte mich, was ich von der Kriegslage hielte. Ich sagte ihm, was ich dachte, nämlich, daß es bald zu Ende sein würde.

»Aber doch nicht verloren?« fragte er mich entsetzt.

»Doch, Frank. Da ist nichts mehr zu machen.« (Wir duzten uns längst).

»Ja aber – das darf doch nicht sein«, meinte er. »Dann wäre ja mein Willy ganz umsonst gefallen?«

»Millionen sind umsonst gefallen, Frank. Damit müssen wir uns abfinden.«

Er nickte ein paarmal schwer vor sich hin, trank seinen Schnaps aus und stand auf.

»Langt es, wenn du bis zum achtundzwanzigsten den Monatsbericht hast?«

»Schreib keinen mehr, Frank. Ich mach das schon für dich. Es ist ja doch immer die gleiche Lüge, und das noch angesichts des Unterganges.«

Ich begleitete ihn hinunter. Am Gartentürl faßte er nach meinen beiden Händen und drückte sie so fest, daß es fast schmerzte und als wäre es ein Abschied fürs Leben. Vierzehn Tage darauf war er tot. Erschossen von den Amerikanern auf freiem Feld, weil er seinen Lieblingssohn Willy rächen wollte und mit seiner Pistole auf den Mann im Panzerturm geschossen hatte. Sein Tod ging mir sehr nahe. Mir war, als sei mir ein Vater gestorben.

Es ging dann alles rasend schnell. Am achtundzwanzigsten April kam der letzte Funkspruch vom Reichsführer SS Himmler, der lautete: »Aus jedem Haus, in dem eine weiße Fahne gehißt wird, ist jeweils eine männliche Person festzunehmen und zu erschießen.« Ich weiß das deshalb noch so gut, weil ich damals meinte, mir bliebe das Herz stehen, denn wenn ich zum Fenster hinausschaute, sah ich seit einer Stunde schon an zwei Häusern ein weißes Bettlaken heraushängen. Noch dazu bei guten Bekannten. Natürlich, das stand bei mir sofort fest, durfte und konnte ich diesen Funkspruch nicht an die Stationen hinausgeben. Ich ging zu meinem Oberleutnant und zeigte ihm den Funkspruch. Er las ihn und wurde blaß.

»Sie haben ihn doch nicht an die Stationen gegeben, Ernst?«

Ich schüttelte den Kopf, zerriß den Funkspruch und warf ihn in den Papierkorb. Aber ich fragte, was ich tun solle, die Stationsführer riefen immer wieder an, wie sie sich verhalten sollten.

Resigniert meinte er, daß ich schon wisse, was zu antworten sei.

Gar nichts tun, gab ich den Rat hinaus. Am allerwenigsten Widerstand leisten, weil das sinnlos wäre. Wir selber aber hatten einen auf der Station, den Meister Pelger, der drohte, den ersten Panzer vom Fenster aus mit der Panzerfaust abzuschießen. Daraufhin verständigte ich mich mit den anderen fünf, daß wir ihn dann mitsamt seiner Panzerfaust zum Fenster hinauswerfen würden.

Zwei Tage später kam gegen halb sieben Uhr abends der letzte Telefonanruf vom Kirchseeon: »Soeben rollt der erste amerikanische Panzer ins Dorf herein.«

Ich legte den Hörer auf und dachte mir: Gott sei Dank, jetzt ist der Krieg aus. Und merkwürdigerweise dachte ich sofort wieder ans Schreiben. Nun konnte ich endlich wieder ein freier Mensch werden. Der Seppl aber schaute auf seine Armbanduhr und sagte, gerade so, als ob er darin Erfahrung hätte: »Es wird dunkel, also kommen sie heut nicht mehr. Aber morgen früh werden sie da sein.«

Und tatsächlich, am andern Morgen, am ersten Mai, rollte gegen acht Uhr der erste Panzer herein. Ich stand gerade am Fenster und schaute hinunter, als er um die Ecke bog. Vorn drauf saß ein Bienenzüchter, ein gewisser Wuzzer, mit einer weißen Fahne.

Wir hatten unsere Waffen auf einen langen Tisch gelegt, fast pedantisch ausgerichtet. Acht Karabiner, acht Pistolen 08, vier Panzerfäuste und ein leichtes MG. Da wurde auch schon die Tür aufgestoßen, zuerst wurde eine Maschinenpistole durch den Spalt geschoben, und als sich unsererseits nichts rührte, kam einer nach dem andern zum Vorschein. Sieben Mann waren es, die dann nicht recht wußten, was sie mit uns anfangen sollten. Schließlich wurde entschieden, daß wir weiterhin für Ordnung zu sorgen hätten, ohne Waffen natürlich, nur mit einer weißen Armbinde, auf der gedruckt stand »Police«.

Für Ordnung sorgen, das war leicht gesagt. Es hielt sich niemand an die Ordnung. Die Herrschaft hatten nämlich die polnischen Fremdarbeiter angetreten. Sie holten sich überall die Motorräder heraus und fuhren Korso auf dem Marktplatz in Ebersberg. Nur mit meiner Maschine konnten sie nichts anfangen, weil ich das Hinterrad herausgeschraubt und bei einem Bauern im Heu versteckt hatte. Sie nahmen auch die Verteilung der eingelagerten Textilien vor, von deren Vorhandensein nicht einmal wir von der Polizei etwas gewußt hatten. Es waren Wehrmachtsbestände, und folglich war auch die Wehrmacht dafür verantwortlich gewesen. Wir hatten auch von den zehntausend Paar Schuhen nichts gewußt, die auf dem Dachboden des Bräuhauses eingelagert waren. Sie waren holländischer Herkunft, und wahrscheinlich hatte ein Großhändler aus München sie bei der Besetzung Hollands billig erstanden.

Merkwürdig, die Polen mußten es gewußt haben, denn als ich am zweiten Mai bei meinem Spezl, dem Braugehilfen Sepp, in dem kleinen Stüberl stand und meine Halbe trank, sah ich einen mir bekannten Polen – bis vor wenigen Tagen hatte er noch im Forst gearbeitet – in hohen Schaftstiefeln, schwarzem Ledermantel, weißem Hemd und Krawatte zum Tor hereinspazieren und die Stiege zum Boden hinaufgehen. Ich fragte meinen Spezl verdutzt, was denn mit dem los sei, und erfuhr, daß sich dieser polnische Fremdarbeiter selber zum Sprecher sämtlicher polnischer Arbeiter ernannt habe, daß er das Schuhlager beschlagnahmt hätte und daß man ihn »Herr Inspektor« anreden müsse. Das höre er gerne. Er habe bereits ein paar Schuhe von ihm geschenkt bekommen.

Zehntausend Schuhe lagerten da droben. Ich hatte seit einem halben Jahr schon einen Bezugschein für Kinderschuhe in meiner Tasche und konnte nirgends welche auftreiben.

»Red ihn halt an, wenn er runterkommt«, riet der Sepp. Und da hörte ich ihn auch schon wieder die Stiege herunterkommen. Ich stellte mich ihm gleich in den Weg, tippte an meinen Mützenrand und machte ihn gleich um einen Rang höher. »Guten Morgen, Herr Oberinspektor« sagte ich, und es reute mich hernach, daß ich ihn nicht gleich zum Amtsrat befördert hatte, denn er war sehr gnädig, so gnädig und leutselig, wie man halt mit vierundzwanzig Jahren sein kann und aus dem Nichts zu einem hohen Tier befördert wird.

»Morgen, Morgen«, sagte er. »Wie geht es?«

»Schlecht«, sagte ich. »Sauschlecht.« Dann zog ich meinen Bezugschein heraus und erklärte ihm, daß ich nirgends Kinderschuhe bekommen könnte. Alles verstand er wahrscheinlich nicht, aber er fragte mich: »Wieviel du Kinder haben?« Ich sagte, daß ich sieben Kinder hätte, und die Frau hätte auch keine richtigen Schuhe mehr. Darauf machte er eine scharfe Kopfbewegung und sagte, ich solle mitkommen. Wir stiegen ins Lager hinauf, und er gab mir für jedes Kind zwei Paar Schuhe. Also vierzehn Paare. »Weil du immer gudd gewesen zu Polen«, sagte er. Für 's Hellei gab er mir drei Paar Damenschuhe und für mich selbst ergatterte ich auch noch ein Paar Schnürschuhe. Ich hatte Glück gehabt, denn am andern Tag verlor der Herr Inspektor die Herrschaft über die Schlüssel des Schuhlagers, und es setzte eine allgemeine Plünderung ein.

Wir mußten noch bis zum dreißigsten Juni bei den Amerikanern Dienst tun, dann wurden wir entlassen.

Ich war wieder ein freier Mensch, wußte aber mit dieser Freiheit zunächst nichts anzufangen. Das heißt, schreiben hätte ich wohl wieder können. Aber es gab in jener Zeit weder einen Verlag, nicht einmal eine Zeitung. Aber es gab meinen unerschütterlichen Willen, mich nicht unterzukriegen lassen. Nur war es jetzt etwas schwerer als vorher. Wenn ich früher Hunger oder Durst zu leiden hatte, dann hatte ich das allein zu erleiden. Jetzt aber hatte ich Frau und Kind.

Übrigens sagte auch 's Hellei niemals, daß wir das Kind angenommen hatten. Es war ganz einfach unser Mädl. Wir hätten es auch gerne adoptiert oder ihr unsern Namen gegeben. Aber da gab es wieder so verschiedene Paragraphen, die wie Stolperdrähte waren. Wir müßten dazu erst ein bestimmtes Alter erreicht haben, hieß es. Trotzdem, wir hatten viel Freude mit dem Kind, das sich prächtig entwickelte. Später habe ich dann ihre Entwicklung und ihren Lebensweg in dem Roman »Daheim im Hügelhaus« beschrieben, den das Rosenheimer Verlagshaus herausbrachte.

Aber wie gesagt, erst viel später. Damals, nach dem Zusammenbruch, krähte kein Hahn nach einem Buch. Jede kulturelle Arbeit lag brach. Aber ich hatte keine Angst. Wenn alle Stricke rissen, dann konnte ich meine Hände auch wieder um Pflugsterz oder um den Sensengriff legen. Gelernt war halt doch gelernt. Und beim Bauern gab es auch noch etwas zu essen. Ich meine, bei einem richtigen Bauern. Es gab auch andere in jener Zeit.

Vor dem Krieg hatte ich eine Menge bedeutender Persönlichkeiten kennengelernt, Künstler, Professoren, Sepp Hilz zum Beispiel, den Bildhauer Thorak, die Schauspieler Ferdinand Marion und Josef Eichheim. Aber denen allen ging es nicht viel besser als mir. Im Gegenteil, sie hatten von Sense und Pflug keine Ahnung.

Wir waren nach Kolbermoor übergesiedelt, denn dort hatten wir ein Grundstück, achttausend Mark, zehntausend Ziegelsteine und viel Optimismus. Zudem war Helleis Mutter an Typhus erkrankt und innerhalb von drei Tagen daran gestorben. Im Wirrwarr des Zusammenbruches hatten durchziehende

Soldaten ihre Uniformen gegen Zivilkleidung vertauscht, um leichter heimzukommen. In diesen Uniformen war der Typhusvirus gesteckt. Es mußte verschwiegen werden, weil sonst über die ganze Ortschaft Quarantäne verhängt worden wäre. Hellei hatte diese Uniformen gewaschen und prompt wurde auch sie von dieser tödlichen Krankheit befallen. Lange Zeit schwebte der schwarze Engel über ihr. Tagsüber arbeitete ich auf dem Feld, nachts saß ich an ihrem Bett und zergrübelte mir den Kopf, was ich anfangen solle, wenn ich sie verlöre. Dann stand ich allein da mit dem nun dreijährigen Kind. Wir hatten ja von unserer Ehe überhaupt noch gar nichts gehabt. Aber dann fragte ich mich wieder, warum das Glück mich jetzt auf einmal verlassen sollte, das immer so treu an meiner Seite gestanden hatte. Ich war, außer nach meinem Motorradunfall, nie eine Stunde krank gewesen, die Blindgänger hatten mir auch nichts anhaben können, und verhungert war ich auch nicht.

Nach sechs Wochen erhob sich 's Hellei von ihrem Krankenlager, abgemagert bis zum Skelett und ihres schönen dunklen Haares zur Hälfte beraubt. Langsam erholte sie sich wieder, und der Arzt sagte, daß es nur ihre robuste Natur gewesen sei, die sie hatte überleben lassen. Das Haar wuchs wieder nach, das Gewicht nahm wieder zu, der Wille wuchs. Er wuchs zu meinem dazu, so daß er vereint eine starke Kraft ergab. Schon schmiedeten wir wieder an unsern Bauplänen, die um so dringlicher geworden waren, weil seit dem Tod ihrer Mutter die Verhältnisse am Hof alles andere als harmonisch waren.

Eines Tages schob ich mein Fahrrad, an das ich die Sense gebunden hatte, weil ich gerade vom Streumähen kam, über den hölzernen provisorischen Steg – die Brücke war unter dem Gewicht eines der letzten Tigerpanzer eingebrochen. Mitten auf dem Steg begegnete mir ein sauberer Bursch. Wir blieben voreinander stehen und schauten uns an. Dann schüttelte ich den Kopf und sagte: »Nein.« Er lächelte. »Ich meine doch!«

In diesem Augenblick erinnerte ich mich. Es war der Karl Staudter, der beim Schweiger in Glonn immer seine Sommerferien verleben durfte, als ich dort noch Knecht war. Es war ein seltsames Wiedersehen nach soviel Jahren. Er sagte auch gleich, daß er schon viel von mir gelesen und meine Stücke angeschaut habe, und er sei sehr verwundert über den Weg, den ich gemacht hätte. Ich meinte, ja, ein wunderbarer Weg, und deutete auf mein Fahrrad mit der Sense. Das ginge alles vorüber, prophezeite er. Dieser Karl Staudter hatte auch eine Kolbermoorerin geheiratet, und die Amerikaner hatten ihn zum Bürgermeister von Kolbermoor eingesetzt. Als er mir das sagte, nahmen meine Baupläne sogleich wieder riesenhafte Gestalt an, und ich fragte ihn, ob man sich nicht ein kleines Häusl bauen dürfe. Zuerst meinte er, daß dies wohl schwer sein würde in dieser Zeit, besann sich aber dann und sagte: »Warum eigentlich nicht, wenn Sie das Material haben. Und außerdem, jemand muß ja wieder anfangen mit Bauen. Reichen Sie doch einen Bauplan ein bei der Gemeinde.« Er sagte Sie zu mir, und ich zu ihm auch. Aber dann fiel uns ein, daß wir dies doch bei einer so alten Bekanntschaft nicht nötig hätten, und wir fanden zum vertraulichen Du. Nur im Amt war er für mich der Herr Bürgermeister, sonst aber der Karl.

Der Maurermeister Sperber machte uns einen Bauplan, ich reichte ihn bei der Gemeinde ein, und dann hörte ich lange nichts mehr. Ich fuhr zwar immer wieder einmal zum Kreisbaumeister nach Aibling, wurde aber immer nur vertröstet. Schließlich verlor ich die Geduld und schickte 's Hellei als Bittgängerin zum Kreisbauamt. Die machte es schlauer als ich, packte ein Stück Geselchtes ein, ein Dutzend Eier und eine große Tasche voll Äpfel. Damit ging sie am Büro des Herrn Kreisbaumeisters vorbei und klopfte gleich an die richtige Tür, die Küchentür, hinter der sich die Frau Kreisbaumeister befand, die auch sofort Verständnis hatte für unsere Wohnungsnot. Zwei Tage darauf hatte ich meinen genehmigten Bauplan, und am ersten September tat ich den ersten Spatenstich zu unserm Häusl am Bach. »Mit Gott fang an«, schrieb ich in das Album meiner Patin, in das ich alle wichtigen Stationen meines Lebens eingetragen hatte.

Und wie wir anfingen! Ohne Betonmischmaschine, ohne jede

sonstige Hilfsmittel. Den Beton und den Mörtel mischten wir noch mit der Schaufel. Wir packten an wie die Wilden, 's Hellei und ich. Unsere Hände bekamen Schrunden und Risse. Spät abends sanken wir wie gerädert ins Bett, ums Morgengrauen ging es wieder los. Aber wir taten es unverdrossen und frohen Herzens, galt es doch, uns ein Heimatl zu schaffen. Der Sperber Franz mauerte, 's Hellei und ich trugen Mörtel und Steine herbei. Der Bau wuchs, und als das Dach droben war, sanken wir zwei uns in die Arme und weinten. Auch der alte Sperber freute sich, war es doch sein erster Bau nach dem Krieg.

Dann gingen uns die Steine aus. Woher nehmen und nicht stehlen? Da winkte uns wieder das Glück mit einem Zipfelchen. Am selben Abend kam ein Mann zur Baustelle hereingefahren, der sich als Baubeauftragter des Kreises ausgab. Er fragte uns, wie es mit dem Bau ginge. Ich sagte, soweit ganz gut, aber jetzt gingen uns die Steine aus. Er betrat den Bau, und schaute sich um, nickte ein paarmal und sagte dann: »Dreitausend schätze ich, gehen noch ab.« Er kratzte sich hinterm Ohr und dachte nach. »Die muß ich halt jetzt bei irgendeinem Parteigenossen beschlagnahmen, weil so einer jetzt doch nicht bauen darf.« Das Hellei und ich schauten uns an, und der Sperber Franz schaute zur Decke hinauf.

Am nächsten Tag waren dreitausend Ziegelsteine da. Der Baubeauftragte hatte sie, wie ich so nebenbei erfuhr, bei einem Bauern in Wiechs beschlagnahmt, damit wir weiterbauen konnten.

An einem schönen Morgen nun, Anfang November, der Sperber Franz mauerte gerade den Kamin auf und 's Hellei war noch nicht an der Baustelle, fuhr ein Jeep herein. Darin saßen ein amerikanischer Major und ein deutscher Polizist mit einer weißen Armbinde, so wie ich sie auch einmal getragen hatte. Der Sperber Franz duckte sich hinter den Kamin, weil er meinte, sie wollten ihn holen. Aber sie kamen meinetwegen und verhafteten mich. Ich weiß nicht, warum ich mich keine Sekunde aufregte. Ich hatte kein schlechtes Gewissen, und darum war vielleicht diese Ruhe in mir. Aber in diesem Aufzug, sagte ich, könne ich doch nicht mitkommen. Wenn ich schon eingesperrt werden solle, dann möchte ich in sauberem Anzug sitzen, nicht mit Mörteldreck an der Hose, unrasiert und mit schwarzen Fingernägeln. Der amerikanische Major sagte in tadellosem Deutsch, daß sie bereits bei meinem Schwiegervater gewesen wären. Wir würden jetzt dorthin zurückfahren, ich solle ein paar Decken, Seife und Zahnputzzeug einpacken, und dann müsse ich mit ihnen kommen. Ich mußte mich vorne neben den Major setzen, der Deutsche saß hinter mir und hielt mir die Pistole in den Rücken. Als wir die Brückenstraße hineinfuhren, drehte sich der Major um und sagte zu dem Deutschen, er solle die Pistole doch einstecken.

Ich wäre sowieso nicht hinausgesprungen, weil es zwecklos gewesen wäre. Zudem hatte ich mich in mein Schicksal ergeben. Ich dachte mir einfach: »Mitgefangen, mitgehangen.«

Nach einer Viertelstunde war ich »reisefertig«. Eine Nichte von der Hellei, die ihr Fähnchen recht schnell gewechselt hatte und mit einem Amerikaner poussierte, steckte mir noch schnell zwei Schachteln Ami-Zigaretten zu, dann stieg ich in den Jeep. 's Hellei stand unter der Tür mit der kleinen Gerda. Beide weinten, und das Kind hängte sich wie in Verzweiflung an mich. Da sagte der Major Murphie: »Brauchst nicht weinen, Kindchen, dein Papa kommt bald wieder.«

Ich dachte mir: Das glaubst du doch selber nicht, weil ich wußte, daß andere schon monatelang in Lagern saßen. Ich sagte zur Hellei nur noch, daß sie den Bau inzwischen fertigmachen solle. Dann ging es dahin. Als wir am Rohbau vorbeifuhren, sah ich den Sperbervater hinterm halbfertigen Kamin hervorlugen. Da wurde mir doch das Herz schwer, und in meiner Aufgeregtheit zog ich eine von den Amizigarettenschachteln heraus und riß die Banderole herunter, ohne daran zu denken, daß es uns Deutschen streng verboten war, Amizigaretten zu besitzen. Ich riß ein Zündholz an und wollte mir die Zigarette anzünden, aber der Major fuhr ein so rasendes Tempo, daß der Wind das Zündholz immer auslöschte. Da plötzlich, beim Schillinger droben, haute der Major die Bremse rein, der Wagen stand. Er zog ein goldenes Feuerzeug heraus, knipste es an und reichte mir die Flamme hin. »Brennt sie jetzt?« fragte er freundlich. Ich sagte »Ja, danke«, und dachte mir, wenn du so nett bleibst, wie du bis jetzt warst, kann es nicht allzu schlimm werden. Als wir die CIC-Station betraten, saß ein bildschönes Fräulein im Büro und schien auf den Herrn Major gewartet zu haben. Weiter hinten saß eine ältere Dame und schrieb. Wahrscheinlich war sie dort angestellt. Der deutsche Polizist setzte sich auch an einen Tisch und legte die entsicherte Pistole neben sich. Am liebsten hätte ich ihn gefragt, ob er nicht wisse, daß man eine entsicherte Pistole nicht so hinlege. Aber das ging mich ja nichts mehr an. Das schöne Fräulein war eine Deutsche, aber sie unterhielt sich mit dem Major nur auf englisch. Sehr angeregt sogar. Sie lachte viel und wippte mit ihren schlanken Beinen. Ich stand immer noch mit meinem Rucksack und zwei Wolldecken wie ein armer Sünder, bis es mir zu dumm wurde und ich zu dem Deutschen sagte: »Der Stuhl ist wohl zum Niedersitzen da?« Ich setzte mich. Der Polizist machte ein Gesicht wie ein Nußknacker.

Endlich waren der Major und das Fräulein mit ihrer angeregten Unterhaltung fertig. Der Major begleitete sie hinaus. Als er wieder hereinkam, rieb er sich die Hände und strahlte über das ganze Gesicht.

»So, und jetzt zu Ihnen«, sagte er. Ich wollte aufstehen, aber er winkte ab. »Bleiben Sie nur sitzen. Wo ist der Akt Ernst?«

Der Polizist reichte ihm einen grünen Ordner, darauf stand groß mein Name und eine Aktennummer.

»Sie sind bei der SS gewesen?«

Ich sagte »Nein«, was ja auch der Wahrheit entsprach. »Ich bin zur Ordnungspolizei eingezogen worden.«

»Ja, aber die unterstand doch auch Himmler?«

»Dafür kann ich doch nichts.«

»Nein, dafür können Sie nichts. Aber bei der Partei waren Sie doch? Vermutlich sind Sie dazu gezwungen worden?« Ich merkte sofort, daß er mir eine Brücke bauen wollte. Und er machte ganz erstaunte Augen, als ich sagte:

»Nein, ich bin nicht dazu gezwungen worden, Herr Major.«

»Ja, aber warum sind Sie denn dann eingetreten? Können Sie mir das erklären?«

»Weil ich doch nicht wissen konnte, daß es später strafbar sein könnte, wenn man einer Partei angehört. Schön, es mag vielleicht ein Irrtum gewesen sein. Aber warum soll ein kleiner Mensch nicht irren dürfen, wenn die Großen ungestraft irren?«

Er sagte nichts darauf, blätterte in meinem Akt. Dann hob er wieder den Kopf.

»Das mit der Partei wäre auch gar nicht so schlimm. Aber Sie waren ja auch noch Kreislaien – was ist das überhaupt, ein Kreislaienspielwart?«

Mir war bekannt, daß alles, was in jener Zeit mit »Kreis« anfing, ein rotes Tuch für die Sieger war. So hatten sie vor kurzem auch einen simplen Kreissägemeister verhaftet, und der Mann saß dann über ein Jahr in Moosburg im Lager, obwohl er nie in seinem Leben bei der Partei gewesen war. Ich erzählte dem Major, was meine Aufgabe als Kreislaienspielleiter gewesen war, und es leuchtete ihm sogar ein, daß dies eine schöne Aufgabe gewesen sein müsse. Was ich dafür bezahlt bekommen hätte, wollte er wissen und schüttelte nur den Kopf, als ich sagte, daß ich dafür keinen Pfennig bekommen hätte.

»Also aus reinem Idealismus?«

»Ja, so kann man sagen. Aus Freude halt am Theaterspiel.«

Er schaute wieder kurz in meinen Akt und sagte dann:

»Ja, richtig, Sie waren doch auch einmal bei einem Oberbayrischen Bauerntheater?«

»Ja, viereinhalb Jahren bin ich dabeigewesen.«

Er lehnte sich weit in seinen Stuhl zurück, blickte zur Decke hinauf und lächelte wie in einer schönen Erinnerung versunken. »In Bad Homburg hab ich einmal so ein Bauerntheater besucht. Das war im Sommer 1930. Ich weiß es noch wie heute. Ich habe selten so viel gelacht. Da war ein Bader dabei. Wie hat denn das Stück gleich geheißen?«

»Jägerblut«, sagte ich und deutete mit dem Finger auf mich. »Da habe ich den Försterssohn gespielt.«

Seine Stirn umwölkte sich plötzlich, und ein weher Zug sammelte sich um seine Mundwinkel.

»Damals«, sagte er, »waren meine beiden Brüder und meine Mutter noch am Leben. Meine Brüder sind im KZ umgekommen, weil man uns Juden – Sie haben die Juden auch nicht gemocht?«

»Sie werden es vielleicht nicht glauben, Herr Major, ich hatte einen Halbjuden zu meinem besten Freund.«

»Wie heißt der?«

»Marquard Zwanziger, illegaler Sohn von Walter Hasenclever, der das Stück...«

»Ehen werden im Himmel geschlossen, ich weiß. Wo ist der jetzt?«

»Der Marquard? In Brasilien.«

Der Deutsche schüttelte immer wieder den Kopf. Mit so einer Unterhaltung hatte er wohl nicht gerechnet oder es war so was in diesem Raum noch nicht vorgekommen. Ich spürte, neben mir saß wieder das Glück, und ich reichte ihm heimlich die Hand. Ich fühlte mich so frei und ungebunden, daß ich unwillkürlich nach meiner Zigarettenschachtel griff, sie aber gleich wieder einsteckte.

»Rauchen Sie ruhig«, sagte der Major, und der Deutsche schüttelte wieder den Kopf. Dann sagte er noch:

»Darf ich Herrn Major daran erinnern...«

»Sie brauchen mich an gar nichts erinnern, ich weiß schon selber, was ich zu tun habe«, sagte der Major, schloß die Akte und sah mich lange an. Ich wich seinem Blick auch keine Sekunde aus. Dann fragte er:

»Was würden Sie tun, wenn ich Sie nach Hause ließe?«

Das ist doch eine Falle, dachte ich, antwortete aber ehrlich:

»Dann würde ich heimgehen und an meinem Bau weiterarbeiten.«

»An Ihrem Bau? Wieso können Sie bauen?«

»Ich meine an dem Bau, an dem ich als Hilfsarbeiter beschäftigt bin.«
»Und sonst sind Sie Schriftsteller? Haben Sie Naziliteratur geschrieben?«
»Nein, Heimatromane. Und Heimatromane brauchen keinen politischen Hintergrund.«
»An sich nicht. Ich werde Ihre Bücher beschlagnahmen. Und jetzt nehmen Sie Ihre Sachen und setzten sich in den Jeep, ich bringe Sie wieder nach Hause.«
Ich meinte, daß ich nicht richtig gehört hätte. Aber es stimmte. Der deutsche Hilfspolizist schüttelte wieder den Kopf und ging mit mir hinaus. Draußen sagte er: »Das versteh ich nicht. Hier ist doch noch keiner so ungeschoren davongekommen. Aber wenn Sie wieder einmal ein Buch schreiben, dann krieg ich auch eins mit Widmung.«
Wenn wieder normale Zeiten sind, dachte ich, dann kriegst du von mir ganz was anderes. Aber ich begegnete ihm nie mehr. Der Major fuhr mich also nach Kolbermoor zurück. 's Hellei ließ vor Schreck einen Suppenhafen fallen und meinte:
»Haben S' den Verkehrten erwischt?«
Ich gab dem Major Murphy von jedem meiner Bücher eins. Er verstaute sie neben sich im Sitz und sagte noch:
»Ich werde sie lesen. Und wehe, wenn was von Hitler drinsteht, dann komme ich und hol Sie!«
Da wußte ich, daß er nicht mehr kommen würde. Als ich etwa vierzehn Tage später im Kurpark Aibling spazierenging, sah ich das schöne Fräulein auf einer Bank sitzen und in einem meiner Bücher lesen. »Wenn die Heimatglocken läuten«, war es.
Am fünfzehnten Dezember 1945 zogen wir in unser Häusl ein. Es war nicht groß. Keller, Wohnküche, Wohnzimmer, Schlafzimmer. Jeder Raum zwanzig Quadratmeter groß. Nun hatten wir also ein »Heimatl«, aber kein Geld mehr. Mein Schwiegervater hatte immer gesagt: »Tut mir bloß die Handwerker zahlen, daß man sich nicht anschauen lassen muß.« Aber gegeben hat er uns nichts dazu.

Zu Weihnachten kamen wir uns vor wie die heilige Familie. Schenken konnten wir uns nichts. Nur für die Gerda hatte mir ein Freund eine Puppenküche gebastelt. Wir waren zufrieden bis in die tiefste Seele hinein, auch wenn wir kein Geld mehr hatten. Nach Neujahr mußte ich mein Motorrad an einen Schwarzhändler verkaufen. Fünftausend Mark bekam ich. Damit fretteten wir uns bis zum Frühjahr durch.

In diesem Winter, der Schnee reichte bis zu den Fenstern herauf, begann ich wieder an einem Roman zu schreiben, am »Brucknerhof«. Es gab aber kaum Papier, und so beschrieb ich das Manuskript auch auf der Rückseite. Leider gab es weit und breit keinen Verlag und auch keine Zeitung. Aber ich mußte einfach schreiben.

Im Frühjahr pflanzten wir Kartoffeln an, hatten etwa zwanzig Stallhasen und vier Hühner. Ich ging in den Wald und arbeitete Stöcke heraus. Sieben riesige Baumstöcke wurden mir zugeteilt. Klein gemacht, ergaben sie fast einen Klafter Holz. Ich ging ins Moor hinaus und stach, wie hundert andere auch, Torf, damit wir es immer schön warm hätten in unserm Häusl. 's Hellei arbeitete weiterhin auf ihrem elterlichen Hof. Dafür bekamen wir täglich zwei Liter Milch, aber kein Geld. Ich setzte mich aufs Fahrrad und fuhr in die Glonner Gegend, um Lebensmittel zu ergattern. Jetzt lohnte es sich, daß ich kein Gendarm gewesen war, wie es das Gesetz befahl. Überall bekam ich etwas. Ich brachte Fleisch mit heim, Butter und Mehl. Wenn ich etwas zum Schwarzhandeln gehabt hätte, wäre es noch besser gewesen. Aber wir hatten eben nichts. Ein Buch wog nicht auf dem Schwarzmarkt. Doch ich war auch so zufrieden. Wenn ich nur immer so viel herbrachte, daß die Familie nicht hungern mußte. Sonntags schlachteten wir einen Hasen. Ich rauchte nicht mehr, trank kein Bier und versagte mir jeden Wunsch.

Ich erinnerte mich meiner treuen Leserschaft in der Schweiz und an die Illustrierte in Zofingen, die bisher noch jeden Roman von mir abgedruckt hatte. Als ich den Roman fertig hatte, zerbrach ich mir den Kopf, wie ich ihn in die Schweiz schicken könnte. Das ging nämlich damals alles noch nicht. Da kam mir ein rettender Gedanke. Ich gab das fertige Manuskript einem Lokomotivführer mit, der übergab es in Konstanz einem Schweizer Lokomotivführer, und der leitete es dem Ringier Verlag zu. Der damalige Chefredakteur Alfons Wagner war entsetzt, daß ich das Manuskript auch rückseitig beschrieben hatte, aber er übernahm den Roman sofort zum Vorabdruck im »Gelben Heft«. Leider konnte man kein Geld nach Deutschland schicken, aber wir einigten uns darauf, daß man mir über das Rote Kreuz jeden Monat ein Lebensmittelpaket zukommen ließ, die wir dann später, wenn wieder geordnete Verhältnisse herrschten, auf das Honorar anrechnen wollten.

Eines Abends dann, als ich vom Feld heimkam, saßen zwei Männer in unserer Küche und warteten auf mich. Ich kannte sie noch von früher, den Kaiser Pauli und den Bliem Sepp. Sie waren vom Trachtenverein, dem auch ein dramatischer Club angegliedert war. Zunächst konnte ich mir nicht denken, was sie wollten, aber sie rückten gleich recht forsch mit ihrem Anliegen heraus. Theaterspielen wollten sie wieder, und da seien sie in einer Ausschußsitzung auf den Gedanken gekommen, daß gerade ich der richtige Mann wäre, die Sache in die Hand zu nehmen und den Dramatischen Club aus seinem Dornröschenschlaf zu erwecken. Ich wußte um die Mühen, aus dem Nichts etwas aufzubauen. Andererseits aber konnte ich mich dem Wunsch nicht verschließen, obwohl ich mir geschworen hatte, nie mehr auf einer Bühne stehen zu wollen, nachdem man es mir doch als strafbar ausgelegt hatte, mich als Kreislaienspielwart einmal fürs Volkstum eingesetzt zu haben.

Ich sagte den beiden, daß ich darüber schlafen wolle. Am anderen Tag war mein Entschluß gefaßt, ich machte mit. Kolbermoor war meine Heimat geworden. Von Wiesen umkränzt lag mein Häusl am Bach, hier lebte ich, hier wollte ich wieder schaffen, und hier würde ich einmal sterben.

Man ließ mir völlig freie Hand. Anders kann man ja auch nichts Gescheites aufbauen. Wenn mehrere dreinreden, hat das keinen Sinn. Wenn ich etwas anpackte, dann mußte es etwas

Richtiges werden. Halbheiten waren mir immer schon verhaßt und sind es mir heute noch.

Ich wählte »Die drei Eisbären« aus, das Stück mit den drei verschrobenen Brüdern, die um einer schönen Magd willen eine innere und äußere Wandlung erfahren. Den Pauli spielte ich selber, den Peter übernahm der Kaiser Pauli und den dritten, den Jüngsten, spielte Adolf Rasp, den ich bis dahin noch nicht gekannt hatte. Ferner war noch ein Stamm von früheren Spielern da. Die Proben gingen flott vonstatten, und nach vier Wochen spielten wir das Stück mit großem Erfolg vor ausverkauftem Haus. Juliander hieß der Jüngere der drei Eisbären, den, wie gesagt, der Rasp Adolf spielte. Ein noch junger Bursche, mit raschem Auffassungsvermögen und gewandtem Auftreten auf der Bühne, jeder Effekthascherei abhold, nur der Sache allein hingegeben. Aber ein miserabler Lerner war er. Ich glaub, der hatte nebenbei stets etwas anderes im Kopf. Bei der vorletzten Probe hatte er immer noch das Büchl in der Hand gehabt, und wenn ich dann sorgenvoll sagte: »Mein lieber Adi, jetzt wird's aber schön langsam Zeit«, dann lächelte er nur und meinte, daß er es bis zur Aufführung schon könne. Und so war es auch. Damals erkannte ich, daß man dem jede Rolle anvertrauen konnte. Das nächstemal spielte er einen Kunstmaler, dann einen Liebhaber, einen Bauern und auch einen Bürgermeister. Und wie er den spielte! Kein Mensch ahnte damals, daß der Rasp Adolf fünfzehn Jahre später tatsächlich der Bürgermeister der Stadt Kolbermoor sein würde, sogar ein recht guter Bürgermeister.

Vorerst aber war Karl Staudter noch Bürgermeister, ein Mann, der wußte, was er wollte, und auch genau wußte, daß da draußen in der Staatsstraße 16 einer wohnte, der zu gebrauchen war. Ihm schwebte die Gründung eines Volksbildungswerkes vor, aus dem später die weithin bekannte Handelsschule »Alpenland« hervorging. Ich wurde Gründungsmitglied beider Institutionen und war auf einmal wieder mittendrin im kulturellen Geschehen. Das hört sich heute so einfach an. Damals aber war es mit viel Zeit und Opfern verbunden. Doch es lohnte sich. Hans Lorenz baute die Marktsingschule wieder auf. Es waren Ströme, die zusammenflossen und gemeinsam zu etwas Starkem wurden. Man schickte mich für drei Tage nach Kulmbach zu einer Tagung im Zusammenhang mit dem Volksbildungswerk, und ich war stolz, das dort Gewonnene an Erfahrungen daheim vermitteln zu können. Ach ja, es war eine berauschende Zeit des Aufbaues. Es war zuviel verschüttet worden, zuviel Dunkles war über die Menschen gegangen. Wenn ich nur mehr Geld gehabt hätte. Ich arbeitete fast Tag und Nacht, beim Tag körperlich, in den Nächten geistig. Nur nicht rosten, sagte ich mir. Es war ein unnennbares Glück, daß 's Hellei so viel Verständnis für meine Rastlosigkeit aufbrachte. Sie war mir eine große Stütze in dieser schweren Zeit, und es tat mir oft leid, daß ich's ihr mit nichts lohnen konnte. Nicht einmal ein neues Kleid konnte ich ihr kaufen und der Gerda keine Puppe. Wir lebten grad so von der Hand in den Mund. Wo war denn mein sprichwörtliches Glück geblieben? Es nahte bereits schon wieder mit weiten Flügelschlägen.

Als ich eines Mittags todmüde heimkam und mir eine Kartoffelsuppe aufwärmte, weil 's Hellei am Hof Waschtag hatte, war eine simple Postkarte im Briefkasten, daß ich zur Caritasstelle nach Rosenheim kommen solle, um dort ein Carepaket abzuholen. Ich konnte mir nicht denken, wer mir ein Carepaket schicken sollte. Die von der Schweiz kamen ja regelmäßig mit der Post. Ich fuhr mit dem Fahrrad nach Rosenheim. Dort lagen drei Carepakete für mich bereit. Als Absender stand darauf: »Marquard·Zwanziger, Juee, Brasilien.«

Jedes Paket wog zwanzig Pfund, und in jedem waren unter anderem 60 Zigaretten. Ich packte die drei Pakete auf das Fahrrad, dann setzte ich mich heraußen auf die Staffel und hätte am liebsten geheult. Nicht weil ich die Pakete bekommen hatte, sondern weil mich dieser Freundschaftsdienst bis ins Innerste berührte. Wie oft hatte ich mit Marquard meine letzte Mark geteilt. Nun lohnte er es mir auf so großartige Weise.

Daheim breitete ich die Herrlichkeiten auf meinem Schreibtisch aus. Gab es denn so was überhaupt noch? Wir bekamen damals auf Marken nur 50 Gramm Fett in der Woche und Fleisch nicht viel mehr. Eine kleine Büchse mit Gänseleberpastete fraß ich gleich auf einen Sitz auf. Dann rauchte ich nach langer, langer Zeit wieder eine Zigarette. Ich rauchte sie nur zur Hälfte, weil mir schlecht wurde.

Es war schon dunkel, als 's Hellei todmüde mit der Kleinen heimkam. Ich hatte mich auf den feierlichen Akt vorbereitet, tat recht geheimnisvoll und verlangte, daß sich beide die Augen verbinden ließen. Dann führte ich sie ins Wohnzimmer. Wir faßten uns an den Händen und tanzten um den Tisch herum. Hernach aber gab es eine Mahlzeit, wie wir sie seit unserm Beisammensein noch nicht genossen hatten.

Etwa drei Wochen später bekam ich von Marquard einen Brief, in dem er mir mitteilte, daß er eine Millionärin geheiratet habe, einen prächtigen Bungalow besitze, drei Kinder habe und gesund sei. Bilder lagen bei. Eine schöne Frau, diese Ines Zwanziger. Das Auto vor dem Bungalow war ein richtiggehender Straßenkreuzer. Er hatte es also geschafft, ich aber stand wieder einmal wie vor einer Felswand und wußte noch nicht, wohin uns das Schicksal treiben würde.

Zu Weihnachten schickte uns der Marquard einen richtigen weißen, rundum zugenähten Seesack mit allen Kostbarkeiten, die es auf dieser Erde gab. Der Seesack kam genau am heiligen Abend an. Ich mußte ihn mit dem Leiterwagerl an der Bahn abholen, weil er einen Zentner wog.

Wir saßen tief eingeschneit in unserm Häusl am Bach, 's Hellei und ich und das Kind. Wie die heilige Familie kamen wir uns vor. Nun empfand ich erst so richtig, was ein Idyll ist. Am zweiten Weihnachtsfeiertag lud ich meine Theatergesellschaft zu Kaffee und Kuchen ein, denn jedes Geschenk ist nur schön, wenn man davon auch an andere was verschenkt. 's Hellei hatte in Chile zwei Schwestern, beide verheiratet. Eine in Penaflor bei Santiago, die andere bei Valparaiso. Auch aus Valparaiso kamen Pakete, und zu Ostern schickte mir mein Freund Marquard einen Zentner Bohnenkaffee und zwanzig Pfund schwarzen Tee. Damit ließ sich schon etwas anfangen. Ich selber hatte da zwar keine recht glückliche Hand, aber 's Hellei entwickelte ein wahres Talent mit der Schwarzhandlerei. Sie wollte unbedingt ein Bad haben von den Kaffeebohnen und dem Tee. Es waren grüne Bohnen, und wir brannten jeden Tag nur eine Handvoll davon in einem kleinen Pfandl, so daß wir immer frischgerösteten Kaffee hatten.

Wir hatten auch immer viel Besuch. Irgendwie hatte es sich herumgesprochen, daß es bei uns Bohnenkaffee gab. Und auch etwas zu rauchen. Wir erlebten wunderschöne Abende in unserer kleinen Bauernstube. Thorak war manchmal da, der Dichter Hans Heyck, der den historischen Roman »Der große Kurfürst« geschrieben hat. Eduard Köck, der Bauernschauspieler, der Wastl Witt und die Elise Aulinger und andere. Wir führten dann interessante Gespräche, weil ja der Geist nicht schlafen gegangen war, sondern noch rastlos tätig war, obwohl niemand ahnte, wie die Zukunft aussehen würde. Die Gegenwart jedenfalls war grau und trostlos. Wie ein ruhender Pol stand 's Hellei inmitten der Wirrnis, von der wir Männer umgeben waren. Der Maler-Professor Hilz nannte es einmal so:

»Vom Hellei geht etwas beruhigend Harmonisches aus. Sie scheint vollkommen im Einklang mit sich selber zu sein und gibt viel von ihrem Innenleuchten an andere ab, ohne daß sie es weiß.«

Der Dichter Heyck nickte dazu und schaute mich an und sagte: »Sie ist eine Frau, die du nicht enttäuschen darfst. Soviel ausstrahlende Fröhlichkeit soll man immer dankbar anerkennen. Im übrigen, die guten Schmankerl schlagen ihr scheinbar an. Sie rundet sich ganz schön.«

Er hatte recht. 's Hellei war in dieser Zeit immer so fröhlich. Das tat ungemein gut. Daß sie ein bißl beleibter wurde, hatte ich noch gar nicht beachtet. Aber als die Freunde an diesem Abend gegangen waren, sagte sie zu mir:

»Andere merken, daß ich dicker werde, bloß du nicht.«

»Wenn man ständig um einen Menschen herum ist«, sagte ich, »dann gibt man da nicht so Obacht. Im übrigen, ich mag das Mollige recht gern.«

Ja, meinte sie, aber in Zukunft werde sie noch molliger werden, und eines schönen Tages, so im August herum, würden wir halt dann zu viert sein.

Ich starrte sie an. Jetzt fiel mir auf einmal Verschiedenes ein; sie häkelte in letzter Zeit so viel, und auf ihrem Nachtkastl lag ein Buch, »Die Storchentante«. Ich stotterte: »Du wirst mich doch nicht zum Vater machen?«

Es war tatsächlich so. Ohne daß ich eine Ahnung davon hatte, war sie zu einer Frauenärztin gegangen. Die war gleich wieder mit einer Operation da, doch auch dann könne sie noch für nichts garantieren. Ein kleiner Landarzt aber sagte ihr, es handelte sich vielleicht bloß um einen kleinen Eingriff, sie solle einmal zu ihm ins Krankenhaus kommen.

Von all dem wußte ich nichts. Aber am 10. August 1947 brachte 's Hellei einen acht Pfund schweren Buben um halb drei Uhr mittags zur Welt, und zwei Minuten darauf verließ er uns schon wieder. Die Hebamme hatte die dreimal um den Hals geschlungene Nabelschnur nicht schnell genug weggebracht, und das Bübl war erstickt.

Ich ging mit der Gerda allein hinter dem weißen Sarg her, und es stieg mir schon ganz eigenartig zum Hals herauf bis hinter die Augen, als sie meinen Buben, auf den ich mich so gefreut hatte, in die Erde hinunterließen. Da hätte es wieder einen Hans Ernst gegeben, und nun war's wieder nichts. 's Hellei nahm es nicht ganz so schwer wie ich und tröstete sich bereits mit der Hoffnung auf einen nächsten Buben. Der kam dann auch prompt zwei Jahre später, und wir meinten schon, daß er genau an meinem Geburtstag, am neunten November, käme. Er ließ sich aber Zeit und wartete bis zum sechzehnten November, früh um halb fünf Uhr. Ich konnte die ganze Nacht nicht schlafen. Um fünf Uhr in der Früh schlich ich mich aus dem Haus und fuhr mit dem Radl zum Krankenhaus hinunter, vor dem mir eine Verwandte begegnete und freudestrahlend verkündete:

»Gut ist's gegangen, und ein Bub ist's!«

Die hintere Tür des Krankenhauses war nicht verschlossen,

und ich sprang, gleich zwei Stiegen auf einmal nehmend, in den ersten Stock hinauf. Dort begegnete mir eine Schwester, die mich ganz empört fragte, was ich um diese Zeit da herinnen wolle. Ich sagte, daß ich meinen Buben sehen möchte. So, so, den Buben? Wer ich denn sei. In meiner Aufregung hatte ich ganz vergessen, mich vorzustellen. Dann öffnete sie eine Tür und trat mit mir in einen Raum, in dem sechs Neugeborene nebeneinander in Körbchen lagen. Die Schwester fragte mich lächelnd: »Welches Kind könnte denn jetzt das Ihre sein?« Ich betrachtete die Babys der Reihe nach. Beim vierten blieb ich stehen. Das hatte das Gesichtl ganz verkratzt. Dieses Kind schaute ich lange an, dann ging ich weiter bis ans Ende, ging wieder zu dem verkratzten Kind zurück, deutete mit dem Finger darauf und sagte: »Der muß es sein.«

Er war es auch. Wir ließen ihn Hans-Peter taufen und waren sehr glücklich, denn 's Hellei war ja inzwischen auch schon einundvierzig geworden. Dieses Bübl ist inzwischen vierundzwanzig geworden und heiratet demnächst. Er braucht nicht mehr so armselig mit zwei Mansardenzimmern anfangen wie wir, denn inzwischen hat sich auf meiner Schreibmaschine ganz schön was zusammengeklappert. Beamter ist er auch, und wenn ich ihn frage, was ein Achtel Beamtenschweiß kostet, dann fragt er, ob ein Schriftsteller überhaupt einmal schwitzen müsse. Als Schriftsteller nicht mehr, aber als Bauernknecht hab ich den Schweiß literweis vergossen. Als Schauspieler nicht mehr und als Gendarm schon zweimal nicht, denn da war man ja auch so ein halber Beamter.

Die Gerda war auch ganz stolz, weil sie jetzt ein Brüderl hatte. Sie mußte ihn viel spazierenfahren und war ganz verliebt in den kleinen Kerl. Bloß einmal hörte ich, wie sie zu einer Freundin sagte:

»Da hab ich gemeint, ich krieg einmal das Häusl, jetzt kommt der Saubub auch noch daher.«

Na ja, vielleicht kommt noch einmal ein zweites Häusl dazu. Jedenfalls, ich wollte ihnen eine wohlbehütete Kindheit schenken, nachdem die meine so schwer war.

Als am 20. Juni 1948 die neue Währung kam, schrieb ich an meine »Lebensmittellieferanten«, daß sie mir jetzt keine Pakete mehr zu schicken brauchten. Ich wollte nicht länger Almosenempfänger sein und meinte, mit meinen hundertzwanzig Mark könnte ich weiß Gott was anfangen. Aber die schmolzen dahin wie Butter in der Sonne, und nach sechs Wochen waren wir soweit, daß wir uns nicht einmal mehr einen Wecken Brot kaufen konnten. Schweren Herzens ließen wir aufschreiben. Zwei Tage darauf kam mein erstes Honorar in der neuen Währung. Es waren zweihundert Mark von einer Zeitung. Dann riß es eigentlich nicht mehr ab. Ich schickte einen neuen Roman an meine Schweizer Freunde und bat, die Lebensmittelpakete jetzt vom Honorar abzuziehen. Sie schrieben zurück, die Lebensmittelpakete seien geschenkt, und auf den neuen Roman hätten sie schon längst gewartet. Das hob uns gleich wieder um drei Treppen höher hinauf. So eine Handlungsweise erfordert Dank, und ich glaube, ich habe meinen Dank bewiesen, indem ich meinen Schweizer Freunden bis heute die Treue gehalten habe.

Kurz vor der Währungsumstellung schrieb mir eine Presseagentur aus Faßberg, sie hätte Interesse, meine Romane an Zeitungen und Zeitschriften zu vermitteln. Na, was ist denn jetzt das? dachte ich, weiß denn dieser Alfred Bechthold aus Faßberg, ob es bald wieder viele Zeitungen und Zeitschriften geben wird? Er schrieb auch, daß er auch Interesse daran hätte, meine künftigen Romane in der Presse zu verwerten. Das war ja geradezu eine Aufforderung, die Sense wieder wegzulegen und zur Schreibmaschine zurückzukehren! Da war also ein Mann in der fernen Lüneburger Heide, der an die Zukunft glaubte. Mir fiel auch gleich ein Romantitel ein: »Ruf aus der Heide...«

In Alfred Bechthold habe ich einen ehrlichen Makler gefunden, mit dem ich immer noch gern zusammen arbeite.

Es lag etwas in der Luft mit der Währung, aber ich roch es nicht. Acht Tage vor der Währungsumstellung bekam nämlich 's Hellei ihr Erbteil ausbezahlt. Dreitausendsechshundert

Reichsmark waren es. Ein Butterbrot für einen Hoferben, der gerade zwei Kühe schwarz um achtunddreißigtausend Reichsmark verkauft hatte. Weil 's Hellei das Geld nicht annehmen wollte – mein Freund Hans Mayer-Seebohm, der inzwischen Präsident des ADAC geworden war, hatte ihr gesagt, daß es mit einer neuen Währung nicht mehr lange dauern könne –, wurde das Geld bei einer Amtsstelle in Bad Aibling hinterlegt. Nach acht Tagen waren es nur mehr 360 DM. Das Geld liegt noch dort, 's Hellei war arg enttäuscht, weil sie für 360 DM ihr Lebtag daheim hatte schwer arbeiten müssen. Mir machte das weniger aus, denn erstens hatte ich mit gar keinem Erbteil gerechnet, und zweitens war mir die Schlitzohrigkeit gewisser Bauern bekannt, was ich jedoch nicht verallgemeinern möchte, denn ich kenne eine Menge hochanständiger Bauern, die ihre Geschwister kurz vor der Währung nicht mit einem Butterbrot abspeisten.

Jedenfalls begriff ich um diese Zeit, daß jetzt etwas geschehen müsse, daß ich mich auf niemanden verlassen durfte, sondern aus eigener Kraft wieder dorthin kommen mußte, wo ich schon einmal war. So lange ich ledig war, hat mich eine Geldmisere nie erschüttert. Jetzt aber hatte ich Frau und zwei Kinder. Wenn die Frau auch tapfer war und treu und die Kinder folgsam, Hunger hatten sie trotzdem. Ich mußte also die Leiter wieder anlehnen und die Sprossen neu erklimmen.

Hans Heyck erzählte mir, daß er begonnen habe, seinen »Clausewitz« zu schreiben und daß er sich deshalb in die Einsamkeit seiner Walmhütte bei Reit im Winkel zurückziehe, weil es ihm daheim zu unruhig sei. Bei mir daheim war es auch unruhiger geworden, aber ich hatte keine Hütte im Gebirg. Noch nicht. Aber wie schon so oft, hatte 's Hellei wieder einmal eine rettende Idee und erinnerte sich, daß Rosenheimer Bekannte eine Hütte hätten oberhalb der Schlipfgrubalm, die sie mir sicherlich auf ein paar Wochen überlassen würden. Sie leitete das in ihrer impulsiven Art sogleich ein, und am Montag darauf machte ich mich mit einem Rucksack voll Essen, der Schreibmaschine und fünf Mark in der Tasche nach dorthin auf den Weg. Die Hütte war sehr geräumig, lag an einem Hang und ließ sich von der Morgenfrüh bis zum späten Nachmittag von der Sonne umschmeicheln. Soviel Ruhe hatte ich selten um mich gehabt. Im ersten Augenblick meinte ich, es müsse mich erdrücken. Nichts war um mich als das Rauschen der Bäume, das Plätschern einer Quelle und von fernher das Klingen der Herdenglocken. Alles Belastende fiel von mir ab, ich kam mir vor wie ein Vogel, der seine Schwingen breiten will.

In vierzehn Tagen schrieb ich da oben das Volksstück »Der Schandfleck von Tulling« und machte mir Notizen zu dem Roman »Der Weg zu neuem Leben«. Denn ein neues Leben war es ja, das jetzt beginnen sollte.

Zwischenhinein unternahm ich kurze Wanderungen auf die Schuhbräualm. Leider war die Kath jetzt nicht mehr da, und es war gerade, als ob mit ihr eine Welt stiller Verzauberung fortgegangen wäre.

Ich beschloß, das Stück mit dem dramatischen Club in Kolbermoor uraufzuführen. Während der Proben allerdings kamen mir Bedenken. Hatte ich das Stück nicht doch zu hoch angelegt? Es wich ab vom üblichen Klischee der Volksstücke und stellte große Ansprüche an jeden Spieler. Erst als ich merkte, mit welcher Begeisterung und Hingabe sich die Spieler in ihre Rolle vertieften, wurde mir leichter ums Herz. Ich hatte allerdings ausgezeichnete Spieler. Das Liebhaber- und das Komikerpaar hätten sich bei jeder Berufsbühne sehen lassen können, und der, der den Tullingerbauern spielte, wuchs in dieser großen Rolle über sich hinaus. Ich spielte einen ganz altgewordenen Bauernknecht, der der jungen, modernen Bäuerin ein Dorn im Auge war. Das Ganze wollte ich recht feierlich aufziehen und bat den Herrn Landrat von Bad Aibling, die Schirmherrschaft zu übernehmen.

Der große Mareissaal war wieder brechend voll. Ach ja, um dieses Kolbermoor war es schon etwas Merkwürdiges. Die ließen keinen der ihren im Stich. Und ich war ja mittlerweile einer der ihren geworden. Wer einmal dort seßhaft geworden ist, geht nicht mehr weg, oder es zieht ihn immer wieder zurück.

Der Herr Landrat saß mit seiner Gattin in der ersten Reihe, schaute sich immer wieder im dichtbesetzten Saal um und fragte den Bürgermeister: »Wie macht ihr Kolbermoorer das bloß, daß ihr immer so dicht besetzte Säle habt?« Der Bürgermeister hielt vor dem Vorhang eine kurze Ansprache über dieses kulturelle Ereignis, dann ging der Vorhang auf.

Bei dieser Aufführung, die sonst so glänzend verlief, passierte mir etwas, das mir vorher noch nie und hernach auch nie mehr passierte. Ich blieb im vierten Akt ganz einfach stecken. Wahrscheinlich hatte ich mich nervlich doch zu sehr überanstrengt. Da saß ich nun auf der Ofenbank, der Tullinger kniete vor mir und hatte mir die Schuhe einzuschnüren, weil ich mich ja auf Grund meines Alters nicht mehr bücken konnte und mit den achtzig Jahren schon sehr zittrig war. Ich sah die Souffleuse verzweifelt die Hände ringen, sie zischte mir das Stichwort zu, aber ich hörte einfach nichts mehr. Routinemäßig sagte ich dann halt was anders und flüsterte nebenbei dem Rasp Adi immer zu: »Wie geht's denn weiter?« Zu allem Unglück fing der zu lachen an. Das sah bloß niemand, weil er mit dem Rücken zum Publikum kniete. Aber ich sah es am Zucken seiner Schultern. Dann konnte er mir aber doch das Stichwort zuflüstern, und ich hatte mich wieder gefangen. Die Kritik über das Stück und die Spieler in der Zeitung fiel glänzend aus, und ich schrieb gleich noch ein Stück, »Der zweite Schuß«. Die Uraufführung fand wieder in Kolbermoor statt. Diesmal spielte ich nicht mehr selber mit, sondern führte nur Regie. Zugleich beendete ich damit meine Theaterlaufbahn. Nicht weil ich die Freude daran verloren hätte, nein, es tat mir sogar bitter leid, etwas aus der Hand zu geben, was unter großen Opfern aufgebaut worden war, aber es mangelte mir einfach an Zeit, denn mittlerweile waren die Direktoren vom Manz Verlag erschienen, sagten mir, daß sie meine alten Romane wieder auflegen möchten und daß ich so schnell wie möglich etwas Neues schreiben solle. Na also, die Leiter war wieder angelehnt! Das sollte aber nicht heißen, daß ich mich aus dem kulturellen Leben ganz zurückgezogen hätte. Ganz im Gegenteil. Es war in

Kolbermoor zu seltener Blüte emporgewachsen. Die Marktsingschule war wieder in altem Glanz entstanden, und im Volksbildungswerk hielten wir Dichterlesungen ab, die den Stettner-Saal bis auf den letzten Platz füllten. Wenn ich »wir« sage, dann meine ich den Kreis, der sich um den damaligen Leiter des Volksbildungswerkes, Hans Weigl, geschart hatte, junge Idealisten, von denen mir Günther Herth ganz besonders ans Herz gewachsen war. Umrahmt waren diese Veranstaltungen stets von dem Klaviervirtuosen Werner Brüger, der dabei so manche seiner eigenen Kompositionen zur Erstaufführung bringen konnte. Das alles hört sich heute nach fünfundzwanzig Jahren vielleicht wie Eigenlob an, aber es war tatsächlich so, daß Kolbermoor in jenen Jahren zu einem kulturellen Mittelpunkt geworden war, um den uns manche beneideten. Wir fragten nie, was kriegen wir dafür. Wir taten es ganz einfach in der festen Überzeugung, daß aus der Asche neue Glut werden müsse. Der Krieg hatte das Wesen der Welt verändert. Aber gerade in dieser dunkelsten Zeit schien es mir wichtig, daß man die gesunden Kräfte sammeln müsse zu einem neuen Anfang.

Ich schrieb sehr viel um diese Zeit, war aber sehr viel selbstkritischer geworden, und mehr als einmal zerriß ich zehn oder zwölf Seiten, weil mir das Geschriebene nicht gefiel, und warf sie in den Papierkorb. Wie sollte etwas, das mir nicht gefiel, meinen Lesern gefallen?

So einfach ist das Schreiben nicht, jedenfalls mache ich es mir nicht so leicht. Ich kann nicht nach dem Rezept arbeiten: »Man nehme ein bißchen Liebe, ein bißchen Romantik, streue einige Naturschilderungen darauf, vermenge das Ganze, und die Mahlzeit ist fertig.« Ich liebe meine Gestalten und lebe mit ihnen, und oft bin ich traurig, wenn ich das Wort »Ende« unter einen Roman setzen muß, weil die Gestalten durch Wochen und Monate hindurch meine treuen Gefährten waren und ich sie nun entlassen muß.

Ich nehme es sehr gewissenhaft, so gewissenhaft, wie ich einmal meine Pferde gestriegelt und den Pflug durch die Felder geführt habe. Da habe ich mich gefreut, wenn das Korn auf dem

Halm wuchs und die Ernte in die Scheuer kam. Jetzt wollte ich eine andere Ernte in die Scheuer bringen. Was in stillen Stunden und einsamen Nächten gesät, bewahre und bewache ich, daß es leben kann, daß es den Weg zum Herzen meiner Leser findet und auch nach mir noch weiterlebt. Seit ich das weiß, ist eine große Ruhe über mich gekommen. Bis man aber das weiß, ist es ein mühsamer und steiniger Weg. Es ist nicht leicht, mit seinen Romangestalten zu leben, und oft gehe ich tage- und wochenlang schwanger, bis der Funke kommt, der dann von aller Mühsal befreit. Nie habe ich jemanden um diese inneren Nöte wissen lassen. In Gesellschaft bin ich fröhlich, man schätzt meinen Humor und meine Schlagfertigkeit, und niemand merkt, daß es oft nur Galgenhumor ist und daß mein Herz zuweilen leise weint, wenn der Mund lacht.

Ich stehe immer noch sehr früh auf, sehe mich um in der noch schlafenden Welt und denke an die Menschen, die ich gern habe, zuerst an die, die zu mir gehören und im eigenen Hause leben, und dann an die vielen anderen, die mir Freunde geworden sind über die Grenzen unseres klein gewordenen Vaterlandes hinaus, in der Schweiz, in Österreich, bis nach Kärnten und in Südtirol. Das soll man, glaube ich, schon tun, bevor man sich an die Schreibmaschine setzt, denn das Einschließen liebgewordener Menschen in den Gedankenkreis des Tages schenkt Frieden und die Ruhe, die notwendig ist, damit die Schleusen sich öffnen können für das, was man schreiben will.

Noch ist es aber nicht soweit, denn zuerst setze ich mich in den Wagen und fahre in den Aiblinger Kurpark. Das mache ich nun schon seit vielen Jahren so, Tag für Tag, bei Sonnenschein und Regen, im Winter und im Sommer. Ich brauche diese morgendlichen Wanderungen. Kaum daß mir um diese frühe Stunde ein Mensch begegnet, höchstens der Gärtnermeister. Mit dem plaudere ich dann ein wenig.

Aber nun bin ich wieder einmal vorausgeeilt. Noch hatte ich ja gar keinen Wagen. Die Honorare gingen zwar recht erfreulich ein, aber 's Hellei mußte doch noch recht sparsam haushalten mit unserm Geld. Für mich selber brauchte ich wenig, ich rauchte nur mäßig, und ins Wirtshaus ging ich auch selten.

Eines Tages brachte mir die Post zwei Briefe, die mich riesig freuten. Der eine war von meinem Freund Marquard Zwanziger, der mir mitteilte, daß er von Brasilien herübergekommen sei und in München geschäftlich zu tun habe. Ich solle ihn sobald wie möglich besuchen. Der zweite war von einem Verleger aus Hamburg, der mich zu Besprechungen einlud und das Fahrgeld mitschickte. Das war gerade das, was ich brauchte. Ich hätte längst einmal rausmüssen aus dem täglichen Einerlei, und Reisen gehört zum Schriftstellerberuf wie das Salz zur Suppe.

Am frühen Nachmittag war ich bei Marquard. Abends wollte ich dann nach Hamburg weiterfahren.

Elegant und flott wie eh und je, stand der Marquard vor mir. Die Begrüßung fiel herzlich aus. Und doch schien es nicht mehr der gleiche Marquard zu sein. Er war gealtert, und zwei scharfe Falten durchschnitten seine Wangen. Er hatte in Schwabing ein ganzes Appartment gemietet und bewirtete mich mit allem, was er hatte. Und er hatte viel. An der Wand im Wohnzimmer hingen ein Dutzend gegerbter Krokodilhäute. Noch wertvoller aber war, was er mir in zwei Kassetten zeigte. Gold lag darin, Perlen und Edelsteine. Dann öffnete er die Schranktüren weit. Neben einem halben Dutzend Anzügen hing eine lange, schwarze Pelerine mit vielen Abzeichen. Ich fragte, was er denn damit wolle, es sei doch jetzt nicht Fasching. Darauf erklärte er mir, daß er Großmeister einer brasilianischen Freimaurerloge sei und daß der Zweck seiner Reise unter anderem auch der sei, die deutschen Logen wieder aufbauen zu helfen, die im Dritten Reich verboten worden waren. Ob es der Wahrheit entsprach, daß Marquard so einen hohen Rang besaß, weiß ich nicht. Ich wußte einiges von meinem Freund Mayer-Seebohm über die Freimaurerei, aber interessiert hat mich die Sache nicht, und ich sagte dem Marquard auch, daß ich bei einer so noblen Gesellschaft wahrscheinlich gar nicht aufgenommen würde.

»Oh, sag das nicht«, meinte er. »Stell dein Licht nur nicht so untern Scheffel. Du hast dich nämlich auch ganz schön gemausert seit damals. Ich hab in Rio in einer deutschen Buchhandlung einige deiner Bücher ausgestellt gesehen, und der Buchhändler sagte, daß sie ganz gut gingen. Du verstehst bloß nicht, aus dir was zu machen.«

»Was soll denn das heißen?« fragte ich.

»Schau, Hans, da fährst du jetzt in einem Trachtenanzug nach Hamburg anstatt in einem eleganten Straßenanzug.«

»Warum? Es ist doch die Tracht meiner Heimat.«

Er lachte und meinte: »Ich seh schon, du bist noch immer der gleiche!«

Wir unterhielten uns dann lange über unsere gemeinsame Theaterzeit. Was ich nicht mehr wußte, fiel ihm ein. Wir lachten sehr viel dabei und soffen auch ganz schön von dem scharfen Schnaps, den er aus Brasilien mitgebracht hatte. So gegen fünf Uhr wurde er immer nervöser, stand immer wieder auf und schaute zum Fenster auf die Straße hinunter, und als es dann läutete, rannte er wie gehetzt in den Flur hinaus, um zu öffnen. Dann kam er mit einem bildschönen Mädchen herein, stellte es mir als seine Cousine vor und riß dann seine Joppe herunter, um den rechten Ärmel seines Hemdes hochkrempeln zu können. Das Mädchen hatte inzwischen eine Spritze aus einem Etui genommen, füllte sie und spritzte eine Flüssigkeit in Marquards Arm. Ich sah, daß der Arm schon ziemlich zerstochen war, und sagte:

»Menschenskind, muß denn das sein? Machst du dich denn da nicht kaputt mit der Zeit?«

»Einmal werden wir alle kaputt«, meinte er und wirkte wie erlöst von einer dumpfen Qual. Ein paar Jahre später unterzog er sich dann doch einer Entziehungskur.

Am Abend speisten wir zu dritt in einem vornehmen Hotel. Die Cousine war herzig und verriet durch ihre Blicke, daß sie keine Cousine war. Dann brachten sie mich zum Nachtschnellzug.

In Hamburg wohnte ich in dem Hotel, das dem Boxer Hein ten Hoff gehörte. Drei Tage war ich Gast des Verlegers Fritz

Mardicke, der unter dem Autorennamen »Wolfgang Marken« auch Romane schrieb. Ich fachsimpelte viel mit dem zweieinhalb Zentner schweren Mardicke, Gott hab ihn selig. Man zeigte mir so ziemlich alles, was es in Hamburg gab, den Hafen, den Jungfernstieg. Unter anderm besuchten wir auch ein Lokal, wo es echt bayrisch zugehen sollte. Aber das war alles nicht original. Die Musiker hatten keine einheitliche Tracht an, und das Schuhplattlerpaar, du meine Güte! Das Mädel drehte zwar ganz kunstgerecht, aber was der Bursch da auf seine kurze Lederhose und die Schuhsohlen klopfte, das kam mir vor wie ein Veitstanz und tat mir in der Seele weh. Ich hätte ihm am liebsten gezeigt, was ein richtiger »Miesbacher« ist oder ein »Birkensteiner Glöckerl«. Nur das Bier war original, echt Münchner Spatenbräu. Ich trank sieben Maß davon, und der gute Mardicke meinte, er müsse mithalten, und brachte es auf sechs, was ihm allerdings nicht gut bekam. Als ich ihn am nächsten Vormittag aufsuchte, um mich zu verabschieden, hatte er ein nasses Tuch um den Kopf gewickelt und saß wie geschlagen hinter seinem großen Schreibtisch.

Bevor Marquard wieder nach Brasilien zurückfuhr, besuchte er uns in unserm Häusl. Er brachte dem Hellei als Mitbringsel eine ganze Krokodilhaut mit und für meine immer nach Schönheit dürstenden Augen eine neue Cousine, die noch schöner war als die andere. Mein kleiner Hans-Peter war von ihr begeistert und sagte: »Die hat aber schöne rote Lippen.« Das »Lippen« hätte er am liebsten mit vier pppp ausgesprochen. Ich fragte meinen Freund: »Wieviel Cousinen hast du denn eigentlich?«

Nein, er war nicht mehr mein alter Marquard. Er saß im Wohnzimmer im Polsterstuhl müd und abgehetzt, lobte den guten Kuchen, den 's Hellei gebacken hatte, trank in kleinen Schlucken den starken Mokka und meinte dann plötzlich:

»Wie göttlich ruhig es bei euch ist. Menschenskinder, ihr wißt ja gar nicht, wie schön ihr es habt.«

Das sagte er, der Millionär, in einem kleinen Häusl mit drei Zimmern ohne Bad.

Beim Abschied bekam der kleine Hans-Peter einen Kuß von den roten »Lippppen«. Der Marquard und ich gaben uns die Hand. Es war etwas seltsam Verschleiertes in seinem Blick. Dann riß er mich plötzlich an seine Brust und sagte: »Du bist mein treuester und bester Freund, weil du es in meiner Armut warst.« Mir war auch seltsam zumute, und ich wollte mich aus der Beklemmung befreien, indem ich sagte: »Grüß deine Frau und deine Kinder recht herzlich. Und vielleicht sehen wir uns im nächsten Jahr wieder.«

Wir sahen uns nie mehr. Marquard Zwanziger starb in Brasilien im Alter von zweiundfünfzig Jahren. Aber seine Frau lernte ich noch kennen. Sie kam 1963 nach Deutschland und war acht Tage unser Gast.

Ich schrieb in jener Zeit wie besessen. Nicht weil wir das Haus umbauen und vergrößern und einen Wagen kaufen wollten – ein Motorrad hatte ich mir längst wieder angeschafft –, sondern weil ich einfach wie berauscht war und wie besessen. Es drängte soviel in mir und wollte ans Licht. Ich schrieb damals die Romane: »Das Tal der sieben Sünden«, »Der Läufer von Flurs«, »Berghammerhof«, »Intermezzo am Tegernsee«, »Johanna und Andreas«, »Abseits der großen Straße«, »Schatten, die verdämmern«, sowie den Theaterroman: »Wenn die Masken fallen«.

Die Vierteljahresabrechnungen der Verlage waren sehr erfreulich. Ich kaufte mir einen Wagen, einen gebrauchten DKW für achtzehnhundert Mark. 's Hellei schlug die Hände über dem Kopf zusammen, und meine Freunde sagten, mit dem Karren könne ich alles, bloß nicht repräsentieren. Aber das wollte ich ja gar nicht. In mir steckte noch zuviel von meiner armseligen Kindheit, als daß Geld mich übermütig oder gar hochmütig gemacht hätte. Außerdem hegte ich einen Wunsch, von dem ich vorerst niemandem etwas sagte. Ich wollte eine Hütte im Gebirg, wo ich in Ruhe und in Stille schreiben könnte, denn daheim war es doch recht unruhig geworden. Die Kinder erfüllten das Haus mit Leben, und dann kam auch immer viel

Besuch, der mich störte. Wenn der Hans-Peter vor meinem Fenster mit seinen Kameraden die wilden Indianerkämpfe austrug und immer wieder von einem Pfeil getroffen laut aufstöhnend zusammenbrach, dann konnte ich mich einfach nicht mehr sammeln. Es freute mich, daß sie dasselbe Spiel spielten wie ich in meiner Kindheit, und ich mußte dann oft an meine kleine Squaw, die Wurzi, denken, und an den Wiggerl, von dem ich nichts mehr wußte.

Eines Tages war es dann soweit. Ich hatte eine Hütte, ganz still und verborgen am Rande eines uralten Waldes mit Blick auf den Wendelstein, und der alte DKW konnte mich fast bis zur Haustür bringen.

Ja, über mein Vehikel spotteten sie. Mir machte der Wagen Freude, auch wenn er alt war. Ich war ja auch nicht mehr jung. Auf meiner ersten größeren Reise mit ihm nach Nürnberg kam ich in ein Gewitter, und es regnete zum Dach herein. Das war ja auch grad nicht das Richtige, und ich kaufte nun einen Volkswagen. Der fand schon mehr Gnade bei meiner Umwelt. Aber als ich mir dann später einen Mercedes zulegte, da war das wieder nicht recht, und sie sagten: »Verdient denn der wirklich so viel mit seiner Schreiberei?« Mich ließ das alles unberührt. Und wenn ich mir einen amerikanischen Straßenkreuzer hätte zulegen können, ich wäre innerlich doch immer der gleiche Mensch geblieben, der nie seine frühere Armut vergißt, und wenn ich ein altes Weibl auf der Straße sehe, dann nehme ich sie mit oder einen alten Bauernknecht, der krumm und zusammengerackert seines Weges geht.

Um diese Zeit war es auch, daß mein Freund, der Herth Günter, mich fragte, ob ich mit ihm durch Frankreich und Italien fahren möchte. Wir bauten damals gerade das Haus um, und ich wollte 's Hellei mit dem ganzen Durcheinander, das so ein Erweiterungsbau ergibt, nicht allein lassen. Sie aber sagte überzeugend, daß ich die ganze Zeit jammere, nicht in die Welt hinauszukommen, und jetzt besänne ich mich.

»Ja, aber kommst du denn zurecht mit den Maurern und Zimmerleuten?«

Das war mehr eine scheinheilige Frage, denn ich wußte ja, wie sie die Handwerker zu nehmen verstand. Besser als ich. Sie brachte pünktlich um neun und um drei Uhr die Brotzeit, ratschte mit ihnen und sagte dann genau nach einer halben Stunde lachend: »So, und jetzt packen wir's wieder, ihr Manner.«

In hektischer Eile packte sie mir den Koffer, sie trieb mich förmlich zu dieser Reise, und flüchtig dachte ich: Die führt doch was im Schilde!

Vier Tage in Paris! Ich stieg auf den Eifelturm und genoß die herrliche Rundschau. Von Paris ging es weiter nach Bordeaux. Als Günther seinen Geschäften nachging, spazierte ich, immer in der Nähe des Wagens, die Straße auf und ab. Da las ich im Fenster eines Restaurants: »Hier spricht man deutsch.« Endlich kann ich mich mit jemanden unterhalten, dachte ich, und Durst hatte ich auch, denn es herrschte eine Gluthitze. Die Bedienung fragte auf französisch nach meinen Wünschen. Ich deutete auf das Schild im Fenster und sie wisperte: »Ich nix deutsch, aber Chef.« Sie holte den Chef. Ein junger, schwarzhaariger, drahtiger Mann kam herein und sagte: »Grüß Gott!« Er fragte auch gleich weiter, wo ich herkäme, und als ich sagte, daß ich aus Kolbermoor sei, fest davon überzeugt, daß er doch nicht wisse, wo das liegt, hellte sich sein Gesicht auf, beide Hände streckte er mir entgegen und erzählte, daß er in der Nähe von Kolbermoor als Kriegsgefangener bei einem Bauern gearbeitet hätte und daß es ihm dort ganz besonders gut gegangen sei. Als dann der Günther kam, wurden wir mit sieben Gängen bewirtet, es wurde uns der beste Wein aus dem Keller vorgesetzt, und dann sagte der kleine Franzose, unser Besuch sei ihm eine große Freude gewesen und wir sollten uns als seine Gäste betrachten. Das hieß soviel, daß wir nichts bezahlen brauchten. Er gab uns noch einen Brief mit an einen Kameraden in Nizza, der bei dem gleichen Bauern in Kriegsgefangenschaft gewesen war. Wir wurden auch bei ihm mit der gleichen Herzlichkeit aufgenommen.

Vorerst aber fuhren wir von Bordeaux aus eine Nacht durch

und kamen ums Morgengrauen ans Mittelmeer. Zwischen Palmen und schneeweißen Villen hielten wir an und erwarteten den Morgen. Wir waren müde, aber ich konnte nicht schlafen. Zu verwirrend war alles. Der Wind kam vom Meer herauf, die Häuser lagen wie verschlafen in der Tiefe. Aber dann ging die Sonne auf, schimmerte über das Meer hin und entwickelte eine unvorstellbare Farbenpracht. Fischerboote näherten sich dem Ufer, drunten im Städtchen wurde es lebendig. Der Freund schlief, mein Bleistift aber hastete über den Notizblock:

Wie bin ich klein, o Herr,
im Reigen dieses Lichtes,
das du verschenkst in reicher Fülle.
Aus nachtgebliebenem Schweigen
wird aller Reichtum mir zu eigen.

Über Marsaille, Nizza und Mailand gelangten wir in die Schweiz, und in Zofingen lernte ich endlich meine guten Freunde persönlich kennen, allen voran den hünenhaften Redakteur Haller und seine entzückende Frau. Ich sah dort einen der modernsten Verlage Europas, das Ringierhaus, mit dem ich nun schon bald zwanzig Jahre zusammenarbeitete.

Als wir nach zehn Tagen wieder in Kolbermoor landeten, hatte 's Hellei doch wahrhaftig eine Zentralheizung einbauen lassen. Das war nicht vorgesehen gewesen, und ich erschrak, als mir die Rechnung präsentiert wurde. Darum also hatte sie so gedrängt, daß ich verreise. Die Eindrücke dieser Reise aber waren so gewaltig, daß die Rechnung mich gar nicht mehr so schmerzte, zumal gerade das Quartal wieder auslief und neues Honorar hereinkam.

Bald darauf lernte ich den Verleger Alfred Förg kennen, der gerade das Rosenheimer Verlagshaus, früher Meister Verlag, aufbaute.

In diesem Verlagshaus sind eine ganze Reihe Bücher von mir erschienen, deren Auflagenhöhe sich sehen lassen kann.

Eines Tages, als ich in meiner Hütte bei Feilnbach über den Entwurf für meinen Roman »Der Lehrer von Tschamm« grübelte, kam 's Hellei ganz aufgeregt mit ihrem Moped angebraust und teilte mir mit, daß eine Filmproduktionsfirma angerufen habe wegen meines Romans »Das Glück vom Berghammerhof«, ich solle heute noch zurückrufen.

Ein paar Tage später kam der Produzent mit seiner Frau zu uns. Sie führte das Wort und hatte anscheinend auch das Geld, denn sie ließ gleich einen Scheck da. Wir machten aus, daß ich eine kleinere Rolle übernehmen sollte, und beim Abfassen des Drehbuchs schrieb ich mir diese Rolle auch gleich auf den Leib. Mir ging erst hernach eine Gaslaterne auf, in was ich mich da eingelassen hatte. Nicht daß mir die Technik des Drehbuchschreibens Schwierigkeiten gemacht hätte, aber man schickte mir einen typischen Großstädter heraus, der von Land und Leuten nichts verstand. Die Gegensätze prallten hart aufeinander, denn die bayrische Mentalität lag ihm nicht, wohl aber das bayrische Bier. Acht Tage war er bei uns, acht Tage war ich bei ihm in München. Zwischenhinein fuhren wir nach Dachau, wo der Produzent seine Villa hatte. Über ein Treatment kamen wir nie hinaus, dann wurde alles wieder umgeworfen. »Wo der Wildbach rauscht«, sollte der Film heißen. Kam ich von Dachau heim, klingelte das Telefon, dies oder jenes müsse geändert werden. Einmal hockte ich die ganze Nacht an so einer Änderung. Ohne eine Mütze voll Schlaf setzte ich mich in den Wagen, holte in München den Mann ab und fuhr wieder nach Dachau hinaus. Dort bekam ich dann unterm Mittagessen einen Kreislaufkollaps. Sie waren rührend bemüht um mich, jawohl, aber allmählich bekam ich die Nase voll von der Filmerei. Als das Drehbuch fertig war, lehnte der Berliner Geldgeber es ab. Und ich lehnte auch ab, noch mal von vorn anzufangen. In der Zeit, die ich damit vertrödelt hatte, hätte ich leicht einen Roman geschrieben. »Wo der Wildbach rauscht« wurde aber dann doch noch verfilmt nach einer anderen Vorlage. Mein Ehrgeiz aber, ein Drehbuch selber zu schreiben, war gestillt. Mein Trost war, daß meine Arbeit immerhin ganz schön honoriert wurde.

Und die Jahre gingen über mich hin, über mein Haus, über meine Familie, über den Marktflecken Kolbermoor, der jetzt von meinem einstigen Laienspielkumpel Adi Rasp regiert wird. Ich sitze auf der Bank vor meinem Haus, schaue den Wölkchen meiner Pfeife nach und sehe, wie die Bäume gewachsen sind, sinne darüber nach, wie auch ich gewachsen bin und wie sich meine Welt gewandelt hat. Im Rahmen des Bildes aber sehe ich immer noch ein schmales, schlankes Bürscherl hinter dem Pflug gehen, dabei an den Roggen denkend, der auf dem Acker wachsen soll. Noch schöner aber ist es, nicht vor, sondern in meiner Hütte zu sitzen, denn da meint man, die Zeit stünde still. Nur die alten Bäume hört man rauschen, und langsam zieht ein Rudel Rehe ohne Scheu zum Dostaller Stadel hinüber, wo sie Heu finden. Oft sitze ich nachdenkend und schweigend, bis die Sterne über dem Hüttendach aufziehen. Und mir wird dann bewußt, daß nun der Abend auch über mich selber kommen will. Die Gerda hat Hochzeit gehalten – wie erschrak ich, als ich das erstemal das Wort »Opa« aus dem Mund des Enkels vernahm! Da war mir, als hätte ein schwerer Hammer angeschlagen und gemahnt: »Es ist später, als du denkst.«

Nur das Herz war noch so unverschämt jung. Ich verströmte es an neue Bücher, die an Auflage wuchsen. Ich schrieb die Romane »Der Lehrer von Tschamm«, »Die Posthalter-Christl«, »Licht am andern Ufer«, »Die Gurk hat mir ein Lied erzählt«, »Der Jäger von St. Johann«, »Zwischen Sturm und Stille«, »Der Hirt vom Rochusberg«, »Unter der Benediktenwand«, und viele andere, darunter »Im Herbst verblühn die Rosen.«

Ausgerechnet nach diesem Buch griff die Neubach Filmgesellschaft, um es unter dem Titel »Wetterleuchten um Maria« unter der Regie von Luis Trenker zu verfilmen. Der Film wurde hauptsächlich in Kitzbühel und auf der Griesenalm unter den Wänden des wilden Kaisers gedreht. Neben Marianne Hold und Bert Fortell wirkten ausgezeichnete und bewährte Schauspieler mit wie Paul Richter, Viktor Stahl, Wolf Albach-Retti, Matthias Wiemann, Walter Ladengast und Kai Fischer. Eingebettet in diesen herrlichen Rahmen der Natur, entstand ein Film, der einer der letzten Bergfilme bleiben sollte, bevor die Abneigung gegen Heimatfilme einsetzte. Doch damit scheint es jetzt, nach vielen Jahren, vorbei zu sein: »Wetterleuchten um Maria« läuft zur Zeit wieder in vielen Kinos und bringt volle Häuser.

Als dieser Film gedreht wurde, saß ich eines Nachmittags in Kitzbühel beim Kaffeetrinken, als die Tür sich öffnete und ein großgewachsener Herr mit grauen Schläfen eintrat. Die Frau in seiner Begleitung war eine aparte Mittdreißigerin. Sie nahmen nicht weit von mir Platz, und mein Herz hüpfte vor Freude. Ich trat an ihren Tisch und sagte: »Servus, Wiggerl!«

Einen Moment schaute er mich ungläubig an, dann sprang er auf und packte meine Schultern.

»Das darf doch nicht wahr sein! Alwine schau, das ist der Freund meiner Kindheit, der Ernst Hansl! Meine Frau«, stellte er dann noch vor. Die Dame reichte mir die Hand und sagte, daß sie sich freue, mich kennenzulernen. Aber das nahm ich ihr nicht ganz ab, sie verhielt sich sehr reserviert und unnahbar. Wir tauschten Kindheitserinnerungen aus, dazwischen gab der Wiggerl immer wieder Erläuterungen. Wahrscheinlich hatte die Dame andere Kindheitserinnerungen, es war ihr kaum ein Lächeln abzugewinnen. Auf einmal stand sie auf, nahm ihre Handtasche und sagte:

»Lu, bestell mir doch bitte inzwischen ein Eis.«

Ich sah ihr nach und sagte zum Wiggerl:

»Bestell ihr lieber kein Eis, die ist sowieso so frostig.«

»Du kennst sie noch nicht«, meinte der Wiggerl. »Sie ist eine großartige Frau, schließt sich nur schwer an jemanden an. Aber wenn sie zu jemand Kontakt findet, kann man Pferde stehlen mit ihr.«

»Genau wie die Meine«, sagte ich, und dann erfuhr ich, daß sie die einzige Tochter eines Kaffeeimporteurs aus Bremen sei und daß der Wiggerl in das Geschäft seines Schwiegervaters eingestiegen war.

»Dann kann es dir ja nie mehr naß eingehn«, sagte ich.

»Das kann man wohl sagen. Und du? Was treibst eigentlich du?«

»Trenker dreht hier gerade einen Film, nach einem Roman von mir.«

»So was! Wer hätte das damals gedacht! Weißt du noch, wie wir dem Huber die Wagenschmier an die Türklinke geschmiert haben?

Frau Alwine kam zurück und fragte:

»Na, habt ihr mich jetzt richtig durch die Mühle gedreht?«

»Und wie!« lachte ich. »Und jetzt überlege ich gerade, was ich machen soll, damit Sie mit mir zum Pferdestehlen gehen, gnädige Frau! Mit Pferden kenn ich mich nämlich aus.«

Da lachte sie zum erstenmal.

»Dann lassen Sie zuerst einmal die ›gnädige Frau‹ weg«, sagte sie.

»Stell dir vor, Alwine«, erzählte der Wiggerl eifrig. »Trenker dreht hier gerade einen Film nach einem Roman von Hans.«

»Interessant! War mir doch, als hätte ich vorhin im Hotel den Wolf Albach-Retti gesehn. Ist der vielleicht auch dabei?«

»Ja, der spielt einen adeligen Jagdherrn.«

»Aber bekanntmachen können Sie uns nicht mit ihm?«

»Warum nicht? Das läßt sich sicherlich heute abend machen. Wo seid ihr denn abgestiegen?«

»Im Parkhotel.«

»Da wohnen wir auch alle.«

Am Abend saßen wir dann in fröhlicher Gesellschaft beisammen. Ziemlich lange. Bei der dritten Flasche Sekt wurde die Alwine recht lustig, und wir tranken Bruderschaft. Hernach fragte sie:

»Und deine Frau? Die läßt dich ganz allein hierher fahren? Ich weiß nicht, ob man dir so ohne weiteres trauen darf.«

»Sei so gut«, lachte ich, legte den Arm um sie und erzählte ihr, welch vortreffliche Frau ich habe. »Du wirst sie ja kennenlernen.«

Der Wiggerl und die Alwine kehrten auf der Rückfahrt noch

ein paar Tage bei uns zu. Der Alwine gefiel es ganz ausgezeichnet, obwohl unser Fremdenzimmer bloß eine Mansarde ist, und mit der Hellei verstand sie sich aufs vortrefflichste.

Nebel verhüllte die Landschaft. Erst gegen neun Uhr vormittags riß ein scharfer Novemberwind die graue Wand auseinander, und die Sonne überflutete das ganze Haus mit allen Bäumen und Büschen. Ich war um sechs Uhr früh schon aus dem Schlaf gerissen worden durch die Telegrammfrau, die vier oder fünf Telegramme brachte von Persönlichkeiten, von denen ich nie glaubte, daß ich Ihnen ein Begriff sei. Von der bayrischen Staatskanzlei war auch eins dabei.

In der Diele standen ein Meer von Blumen und ein paar Freßkörbe, Wein- und Sektflaschen und sonstige Geschenke.

Ich feierte meinen sechzigsten Geburtstag.

Meinen sechsten Geburtstag verbrachte ich im Waisenhaus.

So hatten sich die Zeiten und – mein Leben geändert.

Die Naringer Dirndl stimmten in der Bauernstube ihre Instrumente.

Um neun Uhr fuhr der Übertragungswagen vom bayrischen Rundfunk in den Hof, und kurz danach kam der Georg Lohmeier und hätte mich bald zermürbt mit seiner liebenswürdigen, urbayrischen Art. Er machte eine glänzende Reportage, aber ich mußte ganz schön schwitzen unter der Glut der Scheinwerfer. Diese Aufnahme wurde drei Tage später in der Münchner Abendschau gesendet.

Am Nachmittag kamen der Bürgermeister, Verleger und viele andere Freunde. Der ganze Hof stand voller Wagen. 's Hellei servierte einen Rehrücken mit Spätzle, und getrunken wurde auch ganz schön. Sechzig wird man schließlich ja nur einmal. Ich hatte bis dahin etwa achtzig Romane geschrieben. Ich hatte sie nicht nur geschrieben, sie waren auch gedruckt worden und hatten viele Auflagen erlebt. Lohmeier meinte damals, es dürfte mir doch wohl nicht schwerfallen, die Zahl auf hundert abzurunden.

Ich war skeptisch, denn so schnell wie früher schrieb ich nicht mehr.

Wenige Tage nach der Fernsehsendung erhielt ich zwei Briefe, die des Erwähnens wert sind. Der erste kam von Frau Anni Grubmüller aus Hacklberg bei Passau, und in ihm lag mein Kommunionsbild. Frau Grubmüller schrieb, sie hätte die Sendung gesehen, und ob ich der Bub sei, den das Bild darstelle. Er sei bei einem Bauern in Sandbach als Bub gewesen, und sie sei die Tochter dieses Hofes, ob ich mich erinnere.

Und ob ich mich erinnerte! War sie doch das liebe Bauernmädl, das mich die kuhwarme Milch gleich literweise aus dem Melkeimer trinken ließ!

Natürlich schrieb ich gleich zurück und besuchte sie dann auch einmal, als wir in Füssing zur Kur weilten.

Der zweite Brief war von Fräulein Elfriede Fuchs. Sie hatte auch die Sendung gesehen. Als Volksschullehrerin hätte sie in der fünften Klasse einmal einen Hansi Ernst gehabt, ob ich vielleicht mit dem identisch sei.

Die Elfriede Fuchs lebte also noch und erinnerte sich an mich, obwohl sie so oft gesagt hatte: »Aus dir kann nichts Gescheites werden.«

Bei ihr rückte ich eine Woche darauf mit einem großen Blumenstrauß an. Sie wohnte immer noch in der alten Wohnung in Laim, wohin ich die Aufsatzhefte hatte tragen dürfen. Ein altes Weiberl mit schneeweißem Haar saß mir gegenüber, und ihre Hände zitterten schon arg, als sie mir Tee einschenkte. Ich hatte ihr ein Buch, den »Lehrer von Tschamm«, mitgebracht, und wir unterhielten uns stundenlang über die vielen Jahre, die seitdem vergangen waren. Sie sagte mir auch, daß sie im nächsten Jahr achtzig würde, und ich schrieb mir ihren Geburtstag auf. Aber als ich dann ein Jahr darauf zur Gratulation kam, war ein anderes Namensschild an ihrer Tür. Sie war vierzehn Tage vor ihrem Achtziger gestorben und im Westfriedhof beerdigt. Wenig später stand ich davor. Ein kleiner, schmaler Grabstein, auf dem es hieß: »Hier ruht in Gott Fräulein Elfriede Fuchs«. Ich hätte am liebsten darunter geschrieben: »Sie war die Güte selbst«. Wenn ich an Allerheiligen mein Elterngrab besuche, lege ich immer auch der Elfriede ein paar Blümerl hin. Und auch der Wurzi.

Daß ich noch durchaus nicht behäbig meine Tage dahinleben konnte, erwies sich, als meine Heimatgemeinde sich anschickte, ihr hundertjähriges Bestehen zu feiern. Zugleich sollte der Marktflecken Kolbermoor zur Stadt erhoben werden. Man erinnerte sich gern daran, daß ich so etwas wie Organisationstalent besitze, und berief mich in den Ausschuß, der diese Feier vorzubereiten hatte. Ich ahnte nicht, welch ein Berg von Arbeit sich da auf mich heranwälzte. Es gab viele Sitzungen. Dreiundachtzig waren es im ganzen. Ich schrieb einen Prolog: »Mein Kolbermoor«, der in der Festschrift erschien. Des weiteren hatte ich die Begrüßungsansprache an die Festgäste zu halten, darunter auch Vertreter der Staatsregierung.
Diese Stadterhebung war ein Markstein in der Geschichte Kolbermoors, und ich war glücklich, als alles reibungslos ablief. Als das Fest vorüber war, merkte ich doch, daß es mich ein bißchen strapaziert hatte, aber ich hatte es gern getan, denn ich fühlte mich dieser jungen Stadt verpflichtet. Ich war einst als Fremdling zu ihr gekommen, ich durfte glänzende Uraufführungen und Dichterlesungen in ihr feiern, ich hatte viel Verständnis, Vertrauen und – Liebe gefunden. Und jedes Vertrauen ist wert, daß man es wiederschenkt. Ich bin gewiß nicht eitel, aber eins darf ich doch mit vollem Recht in Anspruch nehmen: Wenn meine Heimatstadt mich rief, ich habe niemals nein gesagt. Darauf bin ich stolz. Und für mich allein darf ich es ja wohl sein.
Eine andere Sache ist es, wenn 's Hellei stolz ist auf meine Taten.
Als die Festtage zuende waren, sagte sie mit einem befreiten Seufzer: »Gott sei Dank, daß das jetzt vorbei ist. Die vielen Sitzungen! Vor zwei Uhr früh bist du selten heimgekommen und dann meistens angestochen.« Als ob man Sitzungen trocken

abhalten könnte! »Ich bin bloß neugierig, was du jetzt anfängst.«

»Das kann ich dir ganz genau sagen«, erklärte ich. »Jetzt fahr ich mit dir nach Kärnten in Urlaub, und hernach schreib ich den Roman ›Aus jedem Dunkel steigt ein Licht‹.«

Da konnte sie wieder lachen. Wenn ich schreibe, dann ist sie glücklich, weil sie dann einen ausgeglichenen Ehemann hat, der sich für eine Weile ganz abkapselt und nur mit seinen Träumen lebt. Sie weiß nie, was ich schreibe. Sie erfährt meine Gedanken immer erst, wenn das fertige Buch aus der Druckerei kommt.

Die Stadt Kolbermoor lohnte meinen Einsatz für sie und hatte eine Ehrung für mich vorbereitet. Sie verlieh mir, meinem Freund Dr. Junkenitz und einem Stadtrat am 18. Mai 1967 die Bürgermedaille. Im Rathaussaal wurde mir die Urkunde dazu überreicht, in der es heißt:

»Im Namen der Stadt Kolbermoor verleihe ich dem Schriftsteller Hans Ernst für besondere Verdienste um die kulturelle Entwicklung unserer Heimatstadt die Bürgermedaille. Rasp«

Ich habe noch andere Urkunden über Ehrenmitgliedschaften, besonders stolz aber bin ich doch auf die Bürgermedaille.

Es folgte eine stille Zeit schöpferischen Schaffens. Dem Wirbel meines 65. Geburtstages wollte ich entfliehen. Aber es gelang mir nicht ganz. Wir fuhren nach Füssing wie jedes Jahr um diese Zeit. Am Morgen des neunten November fanden die Telegramme und Blumen aus allen Himmelsrichtungen den Weg auch dorthin. Mein Freund, der Ostler Anderl von Garmisch, bekam mit seinem Spürsinn heraus, was los war, und organisierte die Geburtstagsfeier, der ich eigentlich aus dem Weg hatte gehen wollen. Mit dem zweifachen Goldmedaillensieger der Olympiade in Oslo erlebte ich überhaupt eine Menge froher Stunden in geselliger Runde. Wenn er nur nicht gar so trinkfest gewesen wäre, der Anderl. Ich konnte nicht immer mithalten, weil der Doktor gesagt hatte, ich solle auf meine Leber aufpassen. Er hat mir nur zwei Schoppen Wein am Tag erlaubt. Ich bin aber bei drei Ärzten gewesen, und jeder hat mir zwei Schoppen zugestanden...

Wenn ich mich umschaue, dann wird es schön langsam leer um mich. Einer nach dem anderen geht den Weg der Nimmerwiederkehr. Auch die treue Kath von der Schuhbräualm ist heimgegangen, mein Bruder Pepi und viele andere. Und doch geht das Leben weiter.

Ein langer Weg ist es gewesen von der Schulstraße bis hierher zu unserem Bungalow mit dem großen Garten, in dem so üppig die Rosen blühen. Viele Rosen in allen Farben verschwenden ihren Duft. Man möchte meinen, es müßte im Alter still um einen werden, aber es wird noch nicht still um mich. Neue Freunde treten in mein Leben, und ich nehme sie gerne an mein Herz, weil es gute Freunde sind. Das Tauscher Pepperl aus Deggendorf etwa oder mein lieber Ludwig Schmid-Wildy, der großartige Volksschauspieler, der mit seinem sonnigen Humor und seiner hintergründig-klugen Lebensweisheit die Stunden des Beisammenseins zum Fest macht. Es ist so gut und tröstlich, ihn zum Freund zu haben.

Ja, ja, das Leben geht weiter. Ich sehe es an meinen Kindern und Enkeln. Oft weiß ich gar nicht, wann mein Hans-Peter zum Mann geworden ist. Groß und blond ist er über mich hinausgewachsen. Zum Schriftstellern hat er allerdings keine Begabung. Aber vielleicht rauscht dieser Blutstrom schon zum nächsten Geschlecht hinüber, zum Enkel oder Urenkel. Einmal wird es schon wieder über einen kommen aus der Sippe.

Still! Still! Das Leben rauscht nicht mehr so dröhnend vorbei. Man wird besinnlicher, überlegt alles mehr. Ich mag nicht mehr allen Einladungen folgen. Nur eine flatterte mir kürzlich noch ins Haus, die ich nicht absagen mochte. Auf büttenweißem Papier stand da gedruckt:
»Prinz Hubertus zu Lichtenstein gibt sich die Ehre
Herrn Hans Ernst
zu Ehren von Herrn Hans Habe in den Gartensaal des Regina-Palast-Hotels einzuladen.«

Von einem Prinzen war ich noch nie eingeladen worden. Ich dachte mir: Hansä, da gehst hin. Den Schriftsteller Hans Habe wollte ich schon längst einmal kennenlernen. Er war aus seiner

Villa in Ascona nach München gekommen. Der Luis Trenker war auch da und noch zwei Dutzend andere.

»Sie sind also der Ernst, der in der Schweiz so bekannt ist. Ihre Bücher sieht man überall«, sagte Hans Habe zu mir. Ich antwortete, daß ich die seinen auch überall sähe, aber sie kosteten mehr als die meinen. Er lachte herzlich, und schon war ein Fotograf da und knipste uns beide.

Einmal bin ich an einem der großen Fenster gestanden. Ein paar Kinder schauten neugierig herein, und ich erinnerte mich, daß ich auch einmal mit dem Wiggerl und der Wurzi vor den Fenstern des »Fürstenhofes« stand und neugierig zu der eleganten Welt hineingeschaut habe. Der Wiggerl sagte: »Das sind die Großkopferten. Die fressen und saufen da drin, und mir hab'n Hunger.«

Die Kinder, die jetzt vorm Regina-Palast-Hotel standen, hatten sicherlich keinen Hunger. Sie sahen wohlgenährt aus und waren auch nicht barfuß wie wir damals. Es waren halt Wirtschaftswunderkinder.

Öfter als früher gehe ich jetzt feierabendmäßig, die Hände hinter dem Rücken verschränkt das Geviert meines großen Gartens ab, bleibe unter der hohen Birke stehen und schaue hinauf in das verworrene Geflecht ihrer Zweige. Stürme sind über sie hinweggegangen, Hagel hat sie geschlagen, aber immer wieder hat sie sich aufgerichtet und spendet Schatten mit ihrer weiten Krone.

Dann fällt im Vorübergehen mein Blick auf den Spruch an der Hauswand: »Heimat ist Friede«. Ich gehe dann die ganzen Jahre zurück und befrage mich, ob dieser Spruch seine Gültigkeit bewahrt hat, und darf dann mit frohem Herzen »Ja« sagen. Ich wünsche mir nur, daß er für meine Nachfolger auch seine Gültigkeit bewahrt.

Ich habe Glück gehabt im Leben, mitunter sehr viel Glück. Aber mit Glück allein geht es nicht. Dahinter steht die Forderung an den Menschen selber und für einen Schriftsteller der Auftrag, den es zu erfüllen gilt. Gerade für einen Schriftsteller, der Pflug und Acker verlassen hat, die doch etwas Verläßliches haben in ihrer Beständigkeit, die über die Felder hinausgeht, wo das Korn blüht und der Wind über die Halme streicht.

Ich habe den Pflug in ein neues Brachland gesetzt. Ich habe Gedanken gesät, habe mich einem Ungewissen hingegeben und nicht gewußt, ob eine Saat aufgeht und ob ich jemals ernten könne. Die Ernte sieht nach vierzig Jahren so aus:

Ich habe hundert Bücher geschrieben, vier Theaterstücke und viele Kurzgeschichten. Meine Leserschaft zählt nach Millionen. Dies zu wissen ist ein stilles Glück und läßt mich froh durch meine Tage gehen. In Tausenden von Briefen haben mich Leser und Leserinnen wissen lassen, welch große Freude ich ihnen geschenkt habe. Und merkwürdig, alle wünschen mir, daß ich gesund bleibe, daß ich noch lange leben und noch viele Bücher schreiben solle.

Ja, lange leben möcht ich schon auch noch und so gesund bleiben, wie ich bin.

Ich muß meinem Sohn noch sagen, daß er meinen grünen Knechtskufer nicht zerschlagen soll. Manchmal stehe ich sinnend davor und öffne den Deckel. Dann wehen mich versunkene Jahre an und tausendfältige Erinnerungen an meine Knechtszeit. Auf dem Boden der Truhe aber liegen vergilbte Lorbeerkränze und verschlissene rot-weiße Bänder, auf denen man gerade noch lesen kann, wo und wann einmal mein Hellei in der Leichtathletik um den Sieg gerungen hat. Acht erste Preise sind es von Gauturnfesten, mehrere zweite und auch jener vom deutschen Turnfest in Stuttgart. Ich finde es irgendwie symbolisch, daß die Dinge zusammen sind, der Knechtskufer und die Siegerschleifen als Erinnerungsstücke an unsere Jugend, die verweht ist.

Nun sind wir beide in die Jahre gekommen, und es entbehrt nicht seiner Schönheit, wenn man miteinander alt wird. Ein stiller Glanz der Ruhe und der Zufriedenheit ist um uns. Aber es geht kein Mensch im Glanz, der nicht vorher Bitteres erlebt hat. Möchten das auch unsere Jungen bedenken. Möchten sie auch nie vergessen, daß die Heimat das höchste Gut ist. Gerade

in unserer Zeit, in der so manches zu wanken beginnt, sollte man sich zu Gemüte führen, was die Alten seherisch vorausgesagt haben. Zum Beispiel Peter Rosegger, der einmal sagte:
»Wenn sich die Welt zerstört, dann fängt es so an:
Die Menschen werden zuerst treulos gegen die Heimat,
treulos gegen die Vorfahren, treulos gegen das Vaterland. Sie werden dann treulos gegen die guten Sitten,
gegen die Nächsten, gegen das Weib und das Kind...«
Ich bin kein Peter Rosegger, aber in einem sind wir uns gleich. Wir haben beide die Heimat lieb und sie mit unseren Liedern besungen.

Einmal wird es auch bei mir die letzte Strophe sein. Wann? Nur Gott allein weiß das. Noch wäre es mir zu früh. Aber wann ist es einem Menschen nicht zu früh? Als ich mich vor zwei Jahren einer Operation unterziehen mußte, war mir recht seltsam zumute. Ich sah die grellen Lampen über mir, die weißen Mäntel der Ärzte und Schwestern, die blitzenden Instrumente auf dem Tisch nebenan. Als eine Schwester dem Professor die Gummihandschuhe überzog, sagte ich zu ihm:

»Hoffentlich machen S' jetzt kein Engerl aus mir. Ich muß nämlich noch ein paar Bücher schreiben.«

»Ihr Schriftsteller seid schon ein merkwürdiges Volk. Da beschreibt ihr den Tod so schön, wie Sie zum Beispiel in Ihrem Buch ›Eine Handvoll Heimaterde‹, und selber habt ihr Angst davor. Aber nur keine Bange, lieber Freund, bei Ihrer Konstitution werden Sie leicht achtzig«, sagte er und lächelte.

Achtzig Jahre. Recht wär's. Merkwürdig, mit welcher Besessenheit man daran glaubt. Dann hätte ich also noch elf Jahre vor mir. Wenn ich achtzig werden sollte, dann gehe ich wieder zu einem Doktor. Vielleicht sagt der dann: »Mit Ihrer Konstitution werden Sie leicht neunzig.« Aber es ist ganz gleich, wie alt ich werde, einmal wird mir die Feder aus der Hand fallen, und irgendeine Strophe bleibt dann unvollendet. Aber es leben so viele Strophen von mir weiter, wahrscheinlich noch ins nächste Jahrhundert hinein. Das zu wissen, ist beglückend, und vor allem auch das Wissen, daß es ein erfülltes Leben war.

Ein erfülltes Leben, reich und durch die Begegnung mit vielen Menschen, Männern und Frauen. Ja, manche Frau stand an meinem Weg wie eine Blume. Ein ganzer Strauß ist es, in einer schönen Vase – der Erinnerung. Die schönste Blume aber ist die Mutter. Das Hohelied der Mutter habe ich darum auch in vielen meiner Romane gesungen.

Nun will es Abend werden.

Manchmal befasse ich mich sogar mit der gewissen Stunde. Dann sehe ich den Bürgermeister vor meinem Grab stehen, die silberne Amtskette um den Hals, die Hände gefaltet. Ich kenne genau seinen Blick dabei und kenne seine Worte. Vielleicht sagt er auch, daß ich sein Kolbermoor sehr geliebt habe. Ich würde es von ihm auch sagen, denn es ist ein schönes Stück Heimat. »Aus Krume, Stein und Moor, stieg einstens dein Gebild empor« schrieb ich in einem meiner Gedichte. Ob mein Schlitten einmal schnell oder langsam zu Tal fährt, ich weiß es nicht. Jedenfalls will ich den Schöpfer dieser Erde bitten, mir wenigstens soviel Zeit zu lassen, daß ich allen noch einmal innigst danken kann, die mich immer treu auf meinem Weg begleitet haben, die Freude und Glück an mich verschenkt haben. Meine Frau Helene, genannt 's Hellei, meine Kinder und Enkel.

Auf meinem Grabstein aber soll geschrieben stehen:

»Es war schön, gelebt zu haben.«

Nachwort

Nun habe ich Euch, meine lieben Leserinnen und Leser, erzählt, wie mein Lebensweg verlaufen ist. Dieser Rückblick kommt nicht von ungefähr. Ich stehe an der Schwelle eines neuen Lebensjahrzehntes, und das ist immer ein Einschnitt, wo man eine Atempause macht und Rückschau hält, wo man sich der Menschen erinnert, die einem begegneten, und der Ereignisse, die einen prägten.

Ich danke Euch allen, die Ihr mir viele Jahre hindurch Eure Freundschaft und Zuneigung bewahrt habt – was wäre ein Schriftsteller ohne seine Lesergemeinde! Und daß ich eine so treue Lesergemeinde habe überall dort, wo die deutsche Sprache erklingt, das macht mich von Herzen froh und von Herzen dankbar ... und es macht mich auch ein wenig stolz.

Schenkt mir weiterhin Euer Vertrauen und seid in freundschaftlicher Verbundenheit gegrüßt von Euerm

Hans Ernst

Roßbua, Unterknecht, Oberknecht, Schauspieler, Gendarm, Schriftsteller, Kegelbruder und Präsident des Stammtisches »Männertreu«